EL JUEGO DE LOS ASESINOS

CHRISTINE FEEHAN

EL JUEGO
DE LOS ASESINOS

Titania Editores
ARGENTINA - CHILE - COLOMBIA - ESPAÑA
ESTADOS UNIDOS - MÉXICO - PERÚ - URUGUAY - VENEZUELA

Título original: *Deadly Game*
Editor original: The Berkley Publishing Group, published by the Penguin
    Group New York
Traducción: Rosa Arruti

1.ª edición Abril 2014

ISBN: 978-84-92916-65-8
E-ISBN: 978-84-9944-712-4
Depósito legal: B-7.866-2014

Fotocomposición: Moelmo, SCP
Impreso por: Romanyà-Valls – Verdaguer, 1 – 08786 Capellades (Barcelona)

Impreso en España – *Printed in Spain*

Para Val Philips, un amigo apreciado
a quien no le gustan las lagunas de caimanes si hay caimanes dentro
(¿cómo se distinguen?)
ni los machos superalfas,
esto te lo dedico a ti.

Agradecimientos

Quiero dar las gracias a Domini Stottsberry por su ayuda con la cantidad tremenda de documentación necesaria para hacer posible este libro. Brian Feehan y J&L se merecen también mi agradecimiento por sus charlas llenas de rescates y acción, y por responder a interminables preguntas. Como siempre, Cheryl, ¡eres increíble!

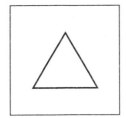

SIGNIFICA
sombra

SIGNIFICA
protección contra
las fuerzas malignas

SIGNIFICA
la letra griega *psi*, que los investigadores
parapsicológicos utilizan para referirse
a la percepción extrasensorial
u otras habilidades psíquicas

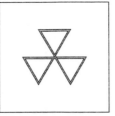

SIGNIFICA
cualidades de un caballero:
lealtad, generosidad,
valor y honor

SIGNIFICA
caballeros en la sombra que protegen
de las fuerzas malignas
mediante los poderes psíquicos,
el valor y el honor

Nox noctis est nostri
La noche es nuestra

El credo de los Soldados Fantasma

Somos Soldados Fantasma, vivimos entre las sombras.
El mar, la tierra y el aire son nuestro entorno.
No dejaremos atrás a ningún compañero caído.
Nos regimos por la lealtad y el honor.
Somos invisibles para nuestros enemigos
y los destruimos allá donde los encontramos.
Creemos en la justicia y protegemos a nuestro país
y a aquellos que no pueden hacerlo.
Lo que nadie ve, oye ni sabe
son los Soldados Fantasma.
Entre las sombras existe el honor, nosotros.
Nos movemos en absoluto silencio,
ya sea por la jungla o por el desierto.
Caminamos sin ser vistos ni oídos entre nuestro enemigo.
Atacamos en silencio y desaparecemos
antes de que descubran nuestra existencia.
Recopilamos información y esperamos con paciencia infinita
el momento idóneo para impartir justicia rápida.
Somos compasivos y despiadados.
Somos crueles e implacables en nuestra ejecución.
Somos los Soldados Fantasma y la noche es nuestra.

Capítulo 1

*K*en Norton dirigió una mirada a las oscuras nubes arremolinadas que ensombrecían las estrellas y ocultaban la luna tras un amenazador velo de carbón. Se fijó en las sombras de los árboles más próximos al espacioso edificio, inspeccionándolas sin cesar en busca de alguna alteración, cualquier indicio de alguien escabulléndose en la oscuridad para eludir las cámaras. Pero su mirada regresaba una y otra vez a la enorme cabaña de caza y a los dos ciervos muertos balanceándose en el porche, suspendidos de los ganchos para colgar carne. El olor a sangre y muerte invadió sus orificios nasales y le provocó una náusea, una torpe reacción a los dos animales colgados y despellejados teniendo en cuenta que él era un francotirador con unas cuantas muertes en su haber.

Cambió de color de piel para adaptarse al entorno mientras sus ropas especialmente diseñadas reflejaban los colores circundantes, con el consiguiente efecto de hacerle desaparecer por completo entre el follaje que le rodeaba, oculto a miradas indiscretas. Por enésima vez apartó la vista de los cadáveres oscilantes que todavía goteaban sangre.

—¿Y quién demonios ordena un ataque contra un senador de los Estados Unidos? —preguntó. El gris acero de su mirada se transformó en un mercurio turbulento—. Y no cualquier senador sino uno considerado candidato a la vicepresidencia. Esto no me gusta nada, no me ha gustado desde el momento en que nos comunicaron quién era el objetivo.

—Qué caray, Ken, no es ningún angelito —contestó su hermano gemelo, Jack, adelantándose un poco para buscar una mejor posición desde la que controlar el pabellón de caza— y tú lo sabes mejor que nadie. Desconozco por qué cuernos estamos protegiendo a este hijo de perra. Me gustaría matarlo con mis propias manos. Este hijoputa fue el señuelo que te hizo ir al Congo, pero él escapó y tú te quedaste allí para que te cortaran a trocitos y te despellejaran vivo. —Las palabras sonaban amargas, pero Jack mantenía una voz absolutamente calmada—. No me digas que no se te ha pasado por la cabeza que él estuviera en el ajo. Varias personas pudieron ordenarlo, pero el senador te tendió la trampa, Ken, te entregó al líder rebelde y luego Ekabela casi te asesina. Podría darle un centenar de palizas sin perder el sueño por ello... o hacerme a un lado para dejar que otro le moliera a palos.

—Exactamente.

Ken rodó entre los arbustos próximos con precaución de no moverlos. Confiaba en que la oscuridad hubiera ocultado su leve estremecimiento cuando su hermano sacó a colación el pasado. No pensaba mucho en la tortura, la piel cortada en trocitos, la espalda despellejada, o en lo que suponía sentir el puñal seccionándola. Pero tenía pesadillas cada vez que cerraba los ojos, lo recordaba todo entonces. Cada corte. Cada incisión. El tormento que nunca cesaba. Se despertaba medio asfixiado, empapado en sudor, oyendo sus propios gritos reverberando en lo más profundo de su ser, donde nadie podía oírlos. Los ciervos colgados de los ganchos le hicieron rememorar todo con detalles vívidos y marcados, y no pudo evitar preguntarse si no formarían parte de un plan más general.

Levantó la mano para comprobar si temblaba. Las cicatrices eran visibles, tirantes, pero mantenía su mano firme como una roca.

—¿Por qué crees que nos han elegido a nosotros para protegerle? Tenemos una cuenta pendiente con este hombre. Sabemos que no es lo que todo el mundo piensa, por lo tanto ¿quién mejor para cargárselo sin suscitar demasiadas preguntas? ¿Quién mejor para cargar con la culpa? Algo no me cuadra.

—Lo que no me cuadra es tener que proteger a ese hijo de perra. Dejemos que se lo carguen.

Ken echó una ojeada a su hermano gemelo.

—¿Te estás oyendo? Como bien dices no somos los únicos que sabemos que el senador Freeman no es tan inmaculado como hacen creer a la gente. Cuando regresamos del Congo, todos recibimos el parte, es decir, los dos equipos. Y ambos grupos llegamos a la misma conclusión: el senador estaba salpicado... aun así nunca le interrogaron ni amonestaron, ni salió nada a la luz. Y ahora nos ordenan que le protejamos de una amenaza de asesinato.

Jack permaneció callado un momento.

—¿Y tú crees que es una treta para cargarnos el mochuelo si lo matan?

—Vaya si lo creo, qué cuernos. ¿Es una orden directa del almirante? ¿Se la transmitió el almirante al propio Logan? Si en realidad tienen algún trapo sucio contra este tipo, ¿por qué no le arrestan? Y lo cierto es que acabamos de rechazar un trabajo para deshacernos del general Ekabela, otro viejo enemigo nuestro... y conectado con el senador precisamente. Para mí que la historia se repite.

—A Ekabela lo han eliminado de todas maneras. Sencillamente llamaron a otro tirador; y yo he perdido la ocasión de darme el gusto de cargarme a ese tío.

Ken miró a su hermano frunciendo el ceño.

—Te lo estás tomando como algo personal.

—El senador lo volvió personal al entregarte a Ekabela para que ese sádico te torturara. No voy a fingir. Quiero ver al senador muerto, Ken, y no tengo reparos en mirar a otro lado si alguien quiere cortarle el cuello. Si vive y continúa como hasta ahora, acabará de presidente o como mínimo de vicepresidente, ¿y qué haremos entonces? Es consciente de que sabemos que tiene las manos sucias. Lo primero que hará será asignarnos una misión suicida.

—¿Igual que cuando quisieron enviarnos de regreso al Congo para matar a Ekabela?

Tenía que dejar de mirar esos cadáveres. Iba a vomitar, su estómago se revolvía como protesta. Casi oía el goteo constante de la sangre pese a encontrarse a metros de distancia. Caía formando un pequeño reguero sobre las maderas y un pozo oscuro y reluciente al final. Intentó bloquear el sonido de sus propios gritos en la cabeza, pero su piel ya se había crizado, con cada cicatriz palpitando como si los nervios recordaran las incisiones constantes del persistente puñal.

—Ekabela merecía morir —dijo Jack—. Se lo merecía de sobras, y lo sabes. Arrasó ciudades y cometió genocidio, dirigía el narcotráfico y robaba a la ONU cuando ésta intentaba enviar medicinas y comida a la zona.

—Correcto, pero mira quién lo ha sustituido. El general Armine, más temido y odiado que Ekabela. Qué extraño que la transición de poder haya ido tan fluida.

—¿Qué cuernos intentas decir, Ken?

Ken alzó la vista a las nubes que oscurecían la esquirla de luna, las observó girando perezosamente como un velo oscuro sin sitio a dónde ir. Recordó las formas de las nubes en la selva, el balanceo de las copas de los árboles y el olor de su propio sudor y sangre.

—Me refiero a que nosotros nunca nos tomamos las cosas como algo personal, pero alguien lo ha estado haciendo en nuestro lugar. No me gusta, y este trabajo me gusta aún menos. Creo que otra vez nos están tendiendo un trampa. Simplemente no creo en las coincidencias, y ésta es bien grande.

Jack maldijo en voz baja y pegó el ojo a la mira, inspeccionando con atención la cabaña situada en la montaña a varios cientos de metros.

—Está ahí con su esposa. Podría hacerle salir, y nos largaríamos con las manos limpias. Nadie se enteraría.

—Aparte de todo nuestro equipo.

Jack dedicó a su hermano una rápida mirada sin humor.

—Me apoyarían, y lo sabes. Detestan a ese hombre tanto como yo.

—Alguien quería a Armine en una posición de poder. Alguien aquí, en Estados Unidos. He pensado mucho en esto, Jack. Cada misión a la que nos han mandado en el pasado ha creado un vacío, un agujero que ha permitido a otro delincuente ocupar su sitio; desde señores de la droga colombianos hasta el general Ekabela en el Congo, estamos creando una vacante en esos puestos de poder, y hay alguien manipulando eso. Pero no pienso precisamente en el presidente de Estados Unidos. —Dirigió una mirada rápida a su hermano—. ¿Tú sí?

Jack maldijo otra vez.

—No, lo que pienso es que estamos pringados.

—No puedo preguntarle a Logan si el almirante ha dado la orden en persona, porque Jesse Calhoun contactó con él para algo urgente y Logan fue a verle. Jesse ha estado al cargo de una investigación sobre el vínculo Ekabela-Senador. Por eso Kadan Montague ha ocupado su lugar en el equipo.

—Pensaba que Jesse seguía imposibilitado —dijo Jack—. Lo último que había oído era que estaba inactivo y que hacía fisioterapia.

—Bien, por lo visto vuelve a trabajar. Es uno de los videntes más poderosos de nuestro equipo, y es listo. El almirante no va a renunciar a él así como así. Fue atroz lo que le hicieron. Entre la modificación genética y los experimentos psíquicos, sumado a lo de sus piernas, Jesse quedó muy maltrecho.

—Igual que todos. Cuando nos ofrecimos voluntarios para las pruebas psíquicas —dijo Jack— no teníamos ni idea de que nos poníamos una pistola en la cabeza. Lo tenemos negro, Ken. Estamos pringados, puñetas, todos los Soldados Fantasma lo estamos. ¿En qué nos hemos metido?

Al menos su participación en el experimento había sido voluntaria. Todos procedían de la fuerza de Operaciones Especiales, todos con formación militar. En cambio, las mujeres eran niñas huérfanas que Whitney había adoptado en países extranjeros; las había comprado para experimentar con sus vidas durante toda su existencia.

Ken sacudió la cabeza.

—No sé, pero tenemos que descubrirlo. El coronel Higgens intentó librarse del equipo de Ryland Miller. Asesinó a un par de ellos antes de que escaparan y le comprometieran. Pero tal vez no desenmascararon al responsable de la trama.

—Sabemos que el doctor Whitney es el responsable, él es el cerebro. Propuso los experimentos, tenía contactos, dinero y autorización de acceso restringido que le daba luz verde. Y fingió su propia muerte. Si encontramos a Whitney, mataremos la serpiente.

—Tal vez. —No había dudas en la voz de Ken—. Primero, todos creímos que Whitney estaba muerto; luego creímos que fingió su propia muerte para no responsabilizarse de los experimentos ilegales que realizaba al mismo tiempo que sus experimentos militares. Ahora... —Su voz se apagó, una vez más fijándose en las nubes. El goteo constante de la sangre sonaba demasiado ruidoso en medio de la noche. Nunca antes su pasado le había consumido hasta el punto de poner en peligro una misión pero, por primera vez, empezaba a dudar de su capacidad de concentración.

—¿Crees que alguien iba tras Whitney con intención de matarle en serio y él tuvo que fingir su propia muerte, no para evitar ser descubierto y ocultarse de nosotros sino para no ser el blanco? —Jack se frotó las sienes—. ¿Cómo cuernos hemos acabado metidos en esto?

—En su momento nos importaba un bledo —dijo Ken—, pero ahora tienes una esposa y unos gemelos en camino, y algo por lo que vivir. Retrocedamos, reagrupemos nuestro equipo y hagamos unas cuantas preguntas comprometidas. Podemos conseguir que Logan contacte con el equipo de Ryland Miller. Entre nosotros, deberíamos ser lo bastante listos como para averiguar qué está pasando.

Jack frunció el ceño, volvió a rodar por el suelo y, usando los codos y las puntas de los pies, se adelantó unos centímetros entre el frondoso follaje.

—Pero no podemos dejar desprotegido a ese hijo de perra y abandonarlo como un blanco vulnerable, ¿verdad? Si alguien le quiere muerto, probablemente deberíamos descubrir por qué y cómo nos afecta.

Ken avanzó meneándose por un sendero de conejos, boca abajo y con el arma sostenida apartada del polvo. Hacía rato que tenía una mala sensación.

—Alto, Jack —susurró Ken, con el ojo en la mira—. *Algo va mal.*

Conectó telepáticamente con su hermano gemelo para comunicarse con él. Esta habilidad resultaba muy práctica cuando querían pasar desapercibidos. Llevaban comunicándose así desde siempre, por lo que él recordaba, sin necesidad de hacerlo verbalmente, ya que la telepatía era muy conveniente. Por lo tanto, era un vínculo tan fuerte que había resultado sumamente útil a lo largo de los años. El experimento psíquico al que habían accedido después de su instrucción con los grupos de elite SEAL de la armada estadounidense sólo había incrementado esa herramienta poderosa.

Yo también lo noto. Kadan ha enviado un aviso de alerta. Van a venir deprisa y en gran número. Tendremos que proteger a ese hijoputa de quienes desean su muerte. Sean quienes sean, ya están aquí.

Ken mantenía la mirada fija en el senador a través de la ventana.

La joven y hermosa esposa de la que tanto presume Freeman es consciente de que tienen compañía. Mírala.

Jack escudriñó a través del visor. Al otro lado de la ventana en la cabaña, una rubia se inclinaba para dar un besito en la mejilla a su marido. Le dijo algo y sonrió exhibiendo dentadura, y el senador le respondió tocándole la barbilla. Luego se volvió hacia la ventana, lo que les permitió ver bien su rostro.

Oh, sí, lo sabe. Y no le ha dicho una palabra, dijo Jack.

Esta noche podían caer muchos hombres buenos. A Ken le costaba resistir la necesidad imperiosa de introducirse en la casa y ahorrarles muchas molestias a todos sólo con rajar el cuello a aquel hijo de perra. El senador había traicionado a su país por dinero o poder o una combinación de ambos. A Ken en realidad le importaban un carajo sus motivos, pues le había vendido. Él había sido el señuelo que le hizo ir al Congo en misión de rescate, una operación que le llevó directo al infierno, y a su hermano tras él. Y ahora, ironías de la vida, estaban protegiendo a aquel traidor.

—¿Cómo demonios se llama la esposa? —preguntó Jack—. ¿No supondrás que es de los nuestros? ¿Una Soldado Fantasma?

Ambos estudiaron con atención a la alta rubia mientras se alejaba del senador y entraba en la habitación contigua para coger varias armas, manejándolas como si supiera lo que estaba haciendo.

Ken respiró hondo y soltó una exhalación. ¿La esposa del senador? ¿Soldado Fantasma? ¿Cómo se llamaba? Violet Smythe. El informe contaba poco de su vida previa a la boda con el senador. Violet. Nombre de flor. Cuando recibieron los informes sobre los experimentos psíquicos con niños de Whitney, las huérfanas con las que trabajaba eran todas niñas y a todas les había dado nombre de flor.

—Violet —dijo en voz alta.

¿Cómo encajaba ella en todo esto? ¿Cómo una Soldado Fantasma podía traicionar a sus compañeros? Sabía todo por lo que ellos habían pasado. Ken volvió a observar a través de la mira, apuntando al ojo izquierdo del senador. Sólo tenía que apretar el gatillo y todo habría terminado. No se perderían más vidas. Un disparo y habría muerto el hombre que le había entregado a un loco torturador.

Sé en qué estás pensando, dijo Jack. *Dios sabe que si alguien tiene derecho a matar a ese hijo de perra, ése eres tú. Si quieres que lo haga otro, Ken, sólo tienes que decirlo y lo liquido ahora mismo.*

Jack lo haría en un instante. Ken se tocó la mandíbula llena de cicatrices. Tenía poca sensibilidad en la piel, poco quedaba del rostro o del cuerpo en otro tiempo atractivos. Un temblor lo recorrió de arriba abajo y, por un momento, se sintió desbordado por una rabia ardiente y pura, que normalmente sellaba con un caparazón de hielo. Vaciló, consciente de que un único movimiento de cabeza serviría para que Jack apretara el gatillo. O, mejor aún, podía hacerlo él mismo, con la satisfacción de saber que se habrían librado de un traidor. Respiró hondo y rechazó toda emoción. Si seguía por ahí sólo encontraría la locura, y se negaba a seguir el legado con el que había nacido.

Notó el alivio de Jack, consciente de lo cerca que le vigilaba su hermano en los últimos tiempos. *Estoy bien.* Por supuesto, Jack sabía que sudaba a chorros y oía gritos. Jack y Ken vivían uno en la mente del otro. Jack lo sabía, y se culpaba de no haber sido capaz de acudir junto a Ken antes de que Ekabela le torturara. No importaba que al final Jack le hubiera rescatado y que le hubieran hecho prisionero a él. Jack pensaba que debería haber sido capaz de impedirlo.

Estoy bien, repitió Ken.

Lo sé.

Pero no estaba bien. No había nacido bien, no había estado bien de niño, ni al principio de su carrera militar. Había empeorado tras su captura y tortura en el Congo, y los demonios le acosaban día y noche. Y ahora que el senador necesitaba protección —y era probable que del hombre que justamente le habría estado pagando durante años— Ken sabía de la peligrosa sombra que crecía en su interior convirtiéndose en una amenaza demasiado real para su cordura.

Tenemos compañía, anunció Kadan por vía telepática. *Manteneos alerta mientras yo meto a toda prisa al senador en un cuarto de seguridad.*

Kadan, vigila a la esposa, advirtió Ken. *Pensamos que podría ser de los nuestros. Va armada hasta los dientes y ha percibido la presencia de intrusos en el mismo instante que nosotros.*

Kadan nunca expresaba sorpresa. Nadie sabía con certeza si sentía emoción alguna. Parecía una máquina, práctica y eficiente en su trabajo. Se le daba bien.

Entendido.

Ken ocupó su posición. La vida de Kadan dependería de él, y Jack protegería la del senador. Si Violet hacía algún movimiento contra Kadan, era mujer muerta. Mantuvo el enfoque en su objetivo primordial. Kadan se movía entre las sombras. Era casi imposible verle. Un borde borroso a veces, una impresión de movimiento, pero sólo porque Ken sabía dónde iba a estar. Había realizado esta rutina varias veces. Ken mantenía despejado el camino, barriendo la zona circundante con su percepción expandida.

Un escuadrón de asesinos ocupaban sus puestos, y ellos intentarían a toda costa reducir el número de bajas. Neil Campbell y Trace Aikens eran imposibles de detectar, pero estaban ahí fuera. Martin Howard había retrocedido para ayudar a Kadan y poner al senador a salvo.

Kadan alcanzó el porche, desplazándose junto a los cadáveres oscilantes de los ciervos para entrar en la cabaña. Habló brevemente con Violet y ambos se apresuraron a regresar al lado del senador, empujándole de vuelta a la cocina donde estaba la «habitación segura». El cuarto ignífugo se encontraba debajo de la planta principal.

El balanceo macabro de los cadáveres atrajo otra vez la atención de Ken. La sangre goteaba y su hedor era transportado por la brisa nocturna. Tragó la bilis, se secó unas gotas de sudor de la frente y de nuevo puso el ojo en la mira. Algo del ciervo le tenía inquieto; no se libraba de aquella sensación. Una sombra parecía crecer desde el animal, justo en el lado más alejado, emergiendo desde lo alto, cerca del gancho.

Ken apretó el gatillo y la sombra cayó con un golpe seco, estirando un brazo hacia fuera como una súplica. Mientras Ken hacía el disparo, el arma de Jack detonó y un segundo cuerpo cayó simultáneamente, este otro desde el extremo más alejado del techo.

Un tercer disparo resonó mientras Jack buscaba refugio a toda prisa entre los arbustos y la bala alcanzaba el lugar donde había estado su cabeza. Ken ya apuntaba en dirección al breve destello. Se tomó su tiempo y presionó el gatillo con el dedo justo cuando su presa cambiaba de posición. La bala dio en el blanco y empujó hacia atrás al francotirador, con el rifle aún en sus manos. Ken disparó una segunda bala, pero su objetivo ya caía entre las ramas del árbol. Sabía que ninguna de las balas había matado a su presa, y eso era raro. Con el ojo en la mira, siguió el desplazamiento del francotirador mientras caía por la ladera, dándose contra los árboles y la maleza.

Una impresión invadió a Ken de manera instantánea, como si todos los miembros de los Soldados Fantasma y los del escuadrón asesino estuvieran conectados de algún modo con el francotirador.

¡Agáchate, Ken!, fue la orden de Kadan. *Están retrocediendo de la cabaña para proteger a ese hombre. Tienes que alcanzarlo tú primero. Sea quien sea, es más importante que el primer objetivo. Atrapa al francotirador de inmediato. Entretendremos aquí a su equipo mientras tú le persigues.*

Yo le cubro, dijo Jack innecesariamente.

Cada miembro del equipo de Soldados Fantasma sabía que allí donde iba Ken también iba Jack, y viceversa.

Hubo un instante de quietud, y luego una corriente eléctrica atravesó crepitante el cielo, con chasquidos y chisporroteos tan reales que los extremos de las nubes respondieron iluminándose de electricidad. La potencia se elevó vertiginosamente. Era innegable la repentina ansiedad que cargaba el ambiente. Relumbraba en la brisa nocturna como una alarma repentina que otros miembros de la unidad del francotirador no podían controlar.

Ken se echó el rifle al hombro y aceleró el paso. Tenía detectada la localización del cuerpo y, a juzgar por la manera en que el francotirador había descendido en caída libre, había bajado inconsciente hasta allí. Pero eso no significaba que estuviera sin sentido. Igual que los demás, era un supersoldado, con facultades físicas y psíquicas mejoradas. Y eso significaba tener que reducirlo lo más rápido posible.

Ken planeó cada movimiento mientras seguía corriendo, confiando en que Jack mantuviera a raya al enemigo. Dos disparos resonaron casi simultáneos. Un bala pasó silbando a su derecha, rasurando la corteza de un árbol próximo a donde daba un viraje. El tirador había anticipado que iba a saltar por encima de un tronco caído para ponerse a resguardo de otro y alcanzar la colina más alejada. Jack, sin duda, había tenido más suerte con su bala, porque nadie más disparó a Ken pese a la sensación que notaba entre los omoplatos.

Los tenemos inmovilizados. La voz de Kadan sonaba extremadamente calmada. *Bloqueo sus comunicaciones, pero no puedo mantenerlo así eternamente. Coged al francotirador, largaos de aquí y, por el amor de Dios, mantenedlo con vida para sacarle alguna información. El resto de nosotros se llevará de aquí al senador y su esposa. He pedido un segundo helicóptero. Tomaremos la ruta secundaria de escape. Tú reúnete con Nico y dirígete a un refugio seguro.*

Entendido, transmitió Jack.

Se encontrarían a solas una vez determinaran una ubicación para retener al prisionero, al menos hasta que Kadan y el resto del equipo se aseguraran de que el senador estaba a salvo.

Ken se abría paso a través del polvo y hojas sueltas, sin importarle dejar rastro. La velocidad era fundamental. Jack disparó dos veces más.

Se están arriesgando mucho, Ken. No quieren que atrapes a ese hombre. Voy justo detrás de ti, o sea, que no me dispares.

Jack recargó mientras corría, manteniéndose junto al follaje más frondoso al tiempo que barría el terreno en busca de indicios del enemigo, protegiendo a Ken que avanzaba en zigzag entre los abundantes troncos y la maleza para llegar junto al enemigo caído.

Ken ralentizó la marcha al aproximarse a su presa. Si el hombre seguía con vida, como Ken creía, bien podría ir armado y estar en condiciones de buscarle problemas. Ken notaba un zumbido en la cabeza, la presión habitual que acompañaba a la comunicación telepática. Alguien que no pertenecía a su propio equipo intentaba hablar, pero Kadan constituía un escudo potente e interfería toda interacción psíquica. Pocos soldados reforzados conseguían lo que hacía él; con toda probabilidad estaría impresionando al escuadrón enemigo. Pero estaba claro que el otro equipo también tenía sus facultades mejoradas, las físicas y las psíquicas, lo cual significaba que eran Soldados Fantasma.

Tenía que ser Whitney quien venía a por el senador. ¿Significaba eso que había habido alguna división? Ken procedió con más sigilo, procurando moverse con el viento y evitando pisar ramas en la medida de lo posible. El francotirador ya sabría que venía, pero vacilaría antes de disparar por temor a alcanzar a uno de los suyos. No obstante, pedía ayuda, el zumbido era frenético y continuo en la cabeza de Ken. No había palabras —Kadan se ocupaba de eso—, pero todos quienes estuvieran receptivos a la interacción extrasensorial sabrían que el francotirador estaba vivo y buscaba ayuda. Tenía que bloquear todo contacto psíquico de inmediato antes de que los esfuerzos combinados del otro equipo le redujeran.

Apartó el follaje y vio al francotirador tirado justo a sus pies, con el rostro vuelto. La primera bala le había alcanzado en el pecho, pero llevaba un chaleco protector como mínimo, probablemente dos, pues su pecho parecía un barril bajo la ropa reflectante. La armadura corporal le había salvado la vida, pero la segunda bala le había perforado la pierna. La sangre salpicaba hojas y hierba con enormes manchas negras. A veces Ken pensaba que nunca volvería a ver la sangre de color rojo. En la selva, su sangre aparecía negra, manando a su alrededor como un río. Se echó el rifle hacia atrás, con la correa colgada del cuello y sacó con cuidado la pistola ahora que se acercaba al francotirador.

El arma del hombre debería estar enredada entre la maleza, pero el francotirador la había retenido, y eso le reveló que no estaba inconsciente. No se movía ni tenía el rifle en posición de disparar, pero sí que lo mantenía en la mano, con el dedo en el gatillo.

Ken se aproximó al francotirador desde una posición fuera de su campo de visión, asegurándose de que el hombre herido tendría que volverse en un ángulo incómodo, algo improbable tal y como tenía la pierna. El hombre mantenía un silencio absoluto, enrollado como una serpiente, esperando a identificar al otro para pasar explosivamente a la acción.

Ken se movió deprisa, enganchó el rifle y lo lanzó a cierta distancia antes de que el francotirador fuera consciente de que le tenía encima. El hombre no luchó por retener el arma; en vez de ello, movió la mano libre con la velocidad del rayo para desenfundar una pistola oculta en la bota ensangrentada, deslizándola a toda velocidad y colocando el dedo en el gatillo para apuntarse a la cabeza.

A Ken casi se le detiene el corazón. Reaccionó sin pensar con una fuerte patada que propulsó la punta de su bota contra la mano del francotirador, mandando el arma por los aires con el sonido gratificante de unos huesos partidos.

Aun así el francotirador no profirió sonido alguno, pero con la otra mano fue a por un puñal oculto. Con la misma fluidez e igual de rápido. Iba a quitarse la vida y evitar así la captura. ¿Con qué clase de fanáticos trataban? El francotirador empleó la mano rota sin estremecerse siquiera al sacar el puñal, pero esta vez gritó cuando Ken se la pisó para retener el puñal en el suelo. El grito sonó agudo y a él le provocó un escalofrío en la columna.

Se agachó junto al hombre herido y observó sus grandes ojos, con abundantes pestañas. Ojos que reconoció. Ojos que había visto antes devolviéndole la mirada con risa y afecto. Se le retorcieron los músculos del vientre y juró en voz baja mientras retiraba el gorro de la cabeza del herido. No estaba mirando a un hombre y, maldición, sabía con exactitud de quién se trataba.

Esa milésima de segundo de reconocimiento fue suficiente para ella. Le golpeó con el codo en la garganta, en busca de un golpe mortífero, intentando darle en la tráquea y aplastar la vía respiratoria. La chica estaba mejorada físicamente, no cabía duda. Tenía velocidad y fuerza pese a sus heridas, pero Ken esquivó el golpe y sacó su botiquín, luego apoyó su peso en ella para sujetarla y preparó la jeringa. Con ayuda de los dientes retiró el tapón de la aguja y se la clavó, inyectando con rapidez y rogando que no fuera alérgica para así poder hacer un rápido chequeo y salir pitando.

Jack llegó por detrás y se posicionó de espaldas a ellos, haciendo un barrido con el rifle para mantener a raya a cualquier escuadrón de francotiradores que pudiera colarse a través de la red que formaba su equipo.

—Date prisa —gruñó Jack—. Déjale sin sentido y olvídate de finuras.

—Es Mari, Jack —susurró Ken sintiendo la necesidad de decirlo en alto.

—¿Qué? —Jack se giró de golpe y observó al francotirador a quien se le cerraban los ojos—. ¿Estás seguro?

Ken aflojó el cinturón de la mujer y lo ajustó alrededor de la pierna.

—O eso o tu mujer está haciendo de francotiradora para el otro equipo. Tiene que ser Mari. Tiene el mismo aspecto que Briony.

Jack retrocedió para poder mirar bien el rostro de la mujer. Estaba lleno de polvo, arañazos y sangre, pero la visión de su cabello claro platino y dorado caído en torno al rostro casi le corta la respiración.

—¿Va a superarlo?

—Estoy en ello. Ha perdido algo de sangre. Tenemos que sacarla de aquí, Jack. Kadan y los otros no podrán contenerlos mucho más. ¿Quién es nuestro médico?

—Nico es el que está más cerca. Se encuentra en el helicóptero, a una hora de distancia más o menos.

—Diles que nos reuniremos en el punto. Vamos a largarnos de aquí con ella a cuestas, y confío en que no se desangre mientras huimos.

Ken se estiró por encima de la cabeza de la mujer para cogerla por el brazo. Tomó aire al hacerlo; había evitado respirar sin ser consciente, temeroso de absorber su fragancia. Whitney había hecho todo tipo de experimentos, desde refuerzo genético hasta feromonas. Ken no quería tener nada que ver con eso. Ya tenía bastante a lo que enfrentarse.

Mari era menuda y curvilínea bajo los chalecos, la ropa de camuflaje y las botas reglamentarias. En el momento en que su olor alcanzó sus pulmones, Ken supo que estaba en peligro. Poco importaba que estuvieran rodeados de enemigos o que ella también oliera a sudor y sangre; su fragancia natural actuaba como una droga poderosa, un afrodisíaco. De pronto se encontró con la reacción de su cuerpo pese a la peligrosa situación. Apretó los dientes, se la echó al hombro y luego se movió deprisa por la densa maleza en dirección al punto de encuentro con el helicóptero.

Jack recogió el rifle, se lo colgó del cuello y se colocó tras su hermano, centrando la atención en mantenerse con vida en vez de preocuparse por lo que pudiera suceder a la hermana de su esposa.

Kadan y el resto del equipo llevarían a lugar seguro al senador y su esposa en sus vehículos. Kadan ya tenía organizada otra operación de recogida con otro helicóptero en una ubicación opuesta. Ken y Jack tenían la certeza de que el escuadrón asesino iba a cargar tras ellos y su prisionero, o que al menos se dividiría en ambas direcciones. En cualquier caso, Kadan necesitaba interrogar a la esposa del senador. Como mínimo tenía que vigilarla mucho mejor.

Ken corrió, sintiendo a cada paso que daba el peso de la certeza: era él quien había disparado a la mujer. Si moría nunca podría mirar otra vez a la cara a Briony, la esposa de Jack. Ella había aportado felicidad y esperanza al mundo de los hermanos, tan inhóspito e implacable.

Briony y su hermana gemela eran dos de las huérfanas con las que había experimentado Whitney, quien las había separado, manteniendo con él a Marigold y dando a Briony en adopción. Briony estaba frenética por encontrar a Mari, y si ahora él la había matado, no tenía ni idea de qué significaría eso para su familia. Pronunció una oración silenciosa sin dejar de correr, en un intento de pasar por alto el olor de la sangre que empapaba su camisa.

Habían buscado a Marigold; durante semanas siguieron las pistas que podrían llevarles hasta ella, empezando por las instalaciones donde Whitney aún la tenía encerrada en uno de su muchos complejos de barracones. Las ubicaciones eran secretas y difíciles de encontrar, pues contaba con un fuerte dispositivo de seguridad y con alguien muy bien posicionado que le ayudaba a ocultar su rastro. Pero disponían del nombre y número de registro del jet privado que había volado hasta el Congo para transportar al senador. Y también un avión privado había transportado al equipo de hombres que habían perseguido a Briony por el país.

Los aviones a reacción eran propiedad de dos corporaciones diferentes. La empresa de Nevada tenía una secretaria que se limitaba a reiterar que el propietario, un tal Earl Thomas Barlett, no estaba disponible. Firmaba todos los documentos y poseía una casa, pero no existía ningún documento público sobre él, ni siquiera un permiso de conducir. Por extraño que pareciera, la empresa de Wyoming era un calco de la de Nevada, y ambas empresas consultoras estaban representadas por el mismo abogado que había adquirido los aviones.

La corporación de Wyoming poseía una gran extensión de tierras no explotadas en las Cascadas, inaccesible si no se llegaba en avioneta —aterrizando en una única pista de aterrizaje carísima— o navegando por un río rápido y peligroso. Daba la casualidad de que el senador poseía una cabaña de caza en una tierra adyacente y tenía otorgados privilegios para aterrizar, concedidos por la empresa asesora de Wyoming. El mismo abogado había realizado las gestiones para adquirir tales privilegios.

Jack y Ken se dirigían a la zona para hacer un poco de reconocimiento cuando les llegaron órdenes de proteger al senador. Su equipo había trasladado un helicóptero hasta aquella remota zona y establecido un dispositivo de vigilancia y un plan de salida. El senador había insistido en que él y su esposa deberían continuar con la cacería a pesar del peligro, y ella había mostrado su conformidad, desoyendo la recomendación de trasladarse a una zona más segura.

Ken intentaba no pensar en la mujer que llevaba a hombros ni en cómo sentía aquel cuerpo contra el suyo. No quería tocar su piel ni tomarle el pulso, ni prestar atención a la melena de cabello sedoso que tenía junto al mentón, donde la cabeza de ella rebotaba. La chica parecía envolverle, y su fragancia penetraba en él a través de poros y pulmones hasta la profundidad de sus tejidos y huesos de donde sabía que nunca la erradicaría.

Quería seguir siendo insensible durante el resto de su vida. No quería tener que enfrentarse a otro juicio con fuego. No estaba seguro de ser bastante fuerte como para superar la rabia que vivía y respiraba en su interior. No podía permitirse sentir. No podía permitirse querer o necesitar. Vivía para el trabajo, vivía para mantener a Jack a salvo, y ahora también a Briony y a los gemelos que llevaba en su vientre. La vida se había detenido para él casi antes de que naciera, y era mucho más seguro para todo el mundo que todo se mantuviera así.

Esta mujer desconocida, estaba claro que del bando enemigo, podría destruirle no sólo a él sino a su familia. La culpa no era de ella, pero no se atrevía a permitir que la compasión desviara su rumbo. Él no iba a convertirse en alguien más monstruoso de lo que ya era. Poco a poco su situación se había comprometido, hasta que ahora su piel exterior reflejaba las sombras de su interior, donde nadie alcanzaba a ver.

Los perros están sueltos, advirtió Kadan. *Nadie se ha quedado para ir tras el senador. Van a por vosotros. No me atrevo a dejar al senador, por si acaso todo esto es una trampa, pero tened mucho cuidado. No estoy seguro de quién es vuestro francotirador ni por qué es tan importante, pero esfumaos ya de ahí. Estáis en territorio enemigo. Y podrá comunicarse con ellos si no le alejáis del radio de alcance.*

Entendido, dijo Jack. Se había retrasado aún más para protegerles mientras corrían a lugar seguro. *Y nuestro tirador es una tiradora.*

Ken ni se molestó en responder. Cruzó salpicando tres arroyos estrechos y subió por una orilla empinada, agradeciendo el hecho de estar reforzado genéticamente. Podía correr largas distancias sin perder el aliento, y en este caso llevar a la mujer no constituía problema alguno, pues era menuda. Pero los soldados que venían tras ellos también estaban reforzados y llevaban armas. Intentó mantenerse cerca del follaje espeso en la medida de lo posible, en la profundidad del bosque, con cuidado de no dejar su cuerpo expuesto mientras corría hacia el punto de encuentro.

Le llegó el sonido del helicóptero. Volaba bajo y rápido. Kadan había contenido y rechazado al otro equipo para darles el respiro necesario.

Podrían volver sobre sus pasos contra vosotros por pura frustración, advirtió Ken a Kadan.

Nico ha volado sobre esa pista de tierra que posee la corporación de la que hablabais. Es una instalación de entrenamiento militar, anunció Kadan. *Tened cuidado, podrían seguir vuestro rastro por el aire.*

Ken maldijo en voz baja y avanzó hacia su posición justo en el extremo del claro, donde podría permanecer a cubierto entre el follaje. Jack llegó tras él, pero continuó de cara al camino por el que habían venido.

—Tienes que desmarcarte de esto, Jack —le dijo Ken—. Haré que Nico me deje en una vivienda franca para que tú vayas a casa con Briony. Lo más probable es que esto no acabe bien.

—No voy a largarme y dejarte a ti armando revuelo.

—¿Y si tenemos que matarla? Entonces, ¿qué? Tú vete a casa y no te metas. Así no tendrás que decirle a Briony que hemos encontrado a su hermana.

—¿Mentirle? ¿Vivir en un engaño con Briony? Eso es lo que todo el mundo hizo con ella en aquellos años. Eso es lo último que haría. Le prometí que siempre le diría la verdad y, por muy fea que se ponga la cosa, siempre le cuento todo.

—No tienes que participar en esto.

—No vamos a cambiar las cosas a estas alturas. Briony no querría, y yo tampoco. No sé en qué estás pensando pero, Ken, olvídalo. Si hay alguna oportunidad de sacar a la hermana de Briony de esto, lo haremos. Si no podemos recuperarla, entonces no tendremos otra opción y lo aceptaremos.

—Briony, no.

—Es más fuerte de lo que crees. Detesta tanto como yo que Whitney intente echar mano a nuestros hijos. No voy a largarme, o sea, que déjalo.

Ken mantenía la vista en el helicóptero que descendía sobre el claro. Nico se encontraba junto a la puerta abierta sujetando con manos firmes su rifle y con el ojo en la mira para cubrirles mientras corrían.

Capítulo 2

Marigold Smith parecía estar flotando en un mar de dolor. No era del todo inusitado despertar así, pero en esta ocasión un terror absoluto dominaba su corazón. Había fastidiado la misión. No había conseguido hablar con el senador ni defender su caso. No había sido capaz de protegerle y, una vez capturada, no había conseguido quitarse la vida. Desconocía si el senador estaba a salvo o si le habían asesinado. No iba a resultar tan fácil que alguien redujera a Violet para llegar hasta él, pero por otro lado, ella tampoco había tenido en cuenta su propio fracaso. Quiso mantener los ojos muy cerrados y regodearse en su desgracia. El enemigo la había hecho prisionera, ya era demasiado tarde para quitarse la vida y salvar a los demás. Eso le dejaba una única opción: tenía que escapar.

Sentía palpitaciones y ardor en la pierna, el pecho e incluso en la mano. Lo peor de todo era que no contaba con ningún anclaje psíquico para impedir que la sobrecarga le friera el cerebro. Estaba totalmente expuesta a una agresión psíquica, y eso era más terrorífico que todas las heridas físicas del mundo. Percibió, más que oírlo, un movimiento próximo a ella, y mantuvo los ojos cerrados y la respiración regular. Pese a no oír ruidos ni pisadas, tenía la impresión de que algo grande y muy poderoso se inclinaba sobre ella.

Quiso contener la respiración, la autoconservación se imponía con urgencia, pero eso delataría su debilidad. Inspiró para absorber a aquella persona hasta sus pulmones. Olía a muerte y sangre, a especias y aire libre. Olía a peligro y a todo cuanto no quería... todo cuanto la asustaba. Y, sin embargo, su corazón se aceleró, el útero se contrajo y el estómago dio un vuelco que la dejó asustada. Abrió los ojos de golpe a pesar de su determinación, a pesar del peligro, a pesar de los años de entrenamiento y disciplina. Sus miradas chocaron.

Tenía los ojos más terroríficos que había visto en la vida. Acero gélido. Un glaciar, tan helado que notó cómo el frío quemaba su piel en cada punto que la alcanzaba esa mirada. No había piedad ni compasión. Los ojos de un asesino, duros y vigilantes y sin emoción alguna. Grises en apariencia, eran lo bastante claros como para ser plateados. Tenían pestañas negras como el azabache del cabello. El rostro debería haber sido bello —de constitución meticulosa, con atención al detalle y la estructura ósea—, pero varias cicatrices rígidas y brillantes se entrecruzaban sobre la piel, desde debajo de ambos ojos hasta la mandíbula, atravesando los pómulos y ascendiendo también por su frente. Una cicatriz diseccionaba sus labios, cortándolos casi por la mitad. Las otras descendían por el cuello y desaparecían bajo la camisa, creando una máscara implacable, un efecto Frankenstein. Los cortes eran precisos y fríos, obviamente realizados con gran esmero.

—¿Ya has mirado bastante o necesitas un poco más de tiempo?

Aquella voz le puso los pelos de punta. Su reacción a él era inquietante, pues no respondía a la de un soldado; era más bien la reacción de una mujer, y ni siquiera sabía hasta el momento que eso fuera posible. No podía apartar su mirada, y tampoco supo resistirse a llevar la mano a su mejilla para seguir con las yemas de los dedos el dibujo de una cicatriz rígida que la recorría. Se preparó para una reacción psíquica violenta: la agresión de los pensamientos y emociones de aquel hombre, los fragmentos de vidrio que siempre acompañaban el contacto con los demás, desgarrando su cráneo incluso con la mera proximidad. Pero sólo notó el calor de su piel y las duras estrías seccionadas en ella.

El hombre le agarró la muñeca, y el sonido del contacto de su carne resonó con potencia. La sujetaba como un torno y, sin embargo, con sorprendente delicadeza.

—¿Qué estás haciendo?

Ella se tragó un nudo en la garganta que amenazaba con atragantarla. Sí, ¿qué estaba haciendo? Este hombre era su enemigo. Aún más importante, era un hombre y detestaba a los hombres y todo lo que representaban. Podía respetar y admirar a los soldados, pero no se relacionaba con ellos para nada cuando estaban fuera de servicio. Los hombres eran brutos y carecían de lealtad, pese a la camaradería entre soldados. No iba a sentir compasión por un enemigo y menos por uno incapaz obviamente de sentir lástima por los demás. Con toda probabilidad él era el interrogador, el sádico concentrado en hacer daño a los demás igual que se lo habían hecho a él.

Debería haber retirado el brazo, pero se sentía incapaz de hacer otra cosa aparte de darle alivio. Su máscara era sólo eso, una capa que cubría la extraña belleza masculina de su rostro. Parecía tan solo... tan incomunicado y distante.

—¿Aún duele?

Deslizó el pulgar con una pequeña caricia sobre el brazo por donde continuaban las estrías. Percibió una ronquera poco natural en su voz. No tenía ni idea de qué estaba haciendo, sólo sabía que cuando le tocaba, el dolor en su propio cuerpo remitía y todo lo femenino en ella se volcaba hacia este hombre.

Él pestañeó. Su única reacción, sin posibilidad de un cambio de expresión. Ni una sonrisa, tan sólo un pequeño movimiento descendente de las pestañas. Marigold pensó que podía haber tragado saliva, pero él volvió un poco la cabeza para recorrer con sus peculiares ojos su rostro y el interior de ella, viendo lo vulnerable que se sentía, más mujer que soldado, medio avergonzada y medio fascinada.

No había apartado el brazo de ella, se percató Mari. Era como tocar un tigre, una experiencia salvaje y excitante, y lograr su cooperación con esa pequeña caricia con el dorso del pulgar, un movimiento sobre todas esas terribles e implacables cicatrices que a él le impedían darse media vuelta y matarla tal vez de un golpe, o quizá salir disparado hacia el sotobosque y perderse sin que ella pudiera desvelar sus secretos y conocer al hombre tras la máscara. Él tembló, una mínima reacción, pero ella lo percibió como un gran depredador estremeciéndose bajo el primer contacto.

El hombre le volvió la mano para estrecharle los dedos, deteniendo con eficacia los esfuerzos de Mari, a la que, una vez más, le sorprendió la delicadeza del contacto. No había conocido la delicadeza en su vida, nunca había tocado a otro ser humano de esta manera. Bajó la vista a las manos entrelazadas y vio las cicatrices que ascendían por el brazo hasta desaparecer bajo la manga. El momento parecía surrealista en cierto modo, como alejado de ella. Su vida había estado llena de instrucción y ejercicio, un túnel estrecho de experiencia y poco más que deber. La vida de él parecía exótica y misteriosa. Esos ojos fríos sugerían mucho conocimiento, algo caliente y peligroso ardía bajo el glaciar que la atraía.

El hombre deslizó el pulgar sobre la piel sensible de la muñeca de Marigold. Sólo una caricia, ligera como una pluma, y ella notó el espasmo en el útero. El contacto fue eléctrico; la suave seda de la piel en contraste con las violentas cicatrices. Ella también tenía sus imperfecciones, pero el leve contacto hizo que se sintiera impecable y hermosa, algo que nunca se había sentido. No estaba completa ni intacta, pero él le hacía sentirse así, como nadie había logrado antes.

Al pasar la yema del pulgar sobre su piel, pequeñas lenguas llameaban y se propagaban, hasta que el ardor se propagó veloz hacia sus pechos, descendiendo luego más abajo hasta la unión entre sus piernas. Un contacto. Fue todo lo que hizo falta para que Mari tomara plena conciencia de él como hombre y ella como mujer. Retiró la mano, sobrecogida ante la pérdida de contacto, pero más temerosa de entregarse demasiado.

Su mirada continuaba fija en él, como si la retuviera ahí sin merced, bajo el brillante foco. Marigold intentó no estremecerse, intentó no humedecer sus labios secos de repente. La habían interrogado un centenar de veces, más incluso, y nunca había estado tan nerviosa.

—¿Por qué querías matar al senador?

La voz era amable, no acusadora, la inflexión casi agradable.

La pregunta la conmocionó. Observó a su interrogador con ojos muy abiertos, frunciendo un poco el ceño en un intento de asimilar por qué iba a preguntar una cosa así.

—Vosotros queríais matar al senador, nosotros le protegíamos.

—Si estabais ahí para protegerle, ¿por qué todo vuestro equipo completo le dejó atrás cuando te capturamos?

Ella se mordió el labio. No entendía que él estuviera mejorado genéticamente sin formar parte de su equipo, una unidad especial del ejército concebida para operaciones encubiertas. Pero nunca antes le había visto, y estaba reforzado, sin duda. Podía notar la fuerza y el poder en él aun sin establecer contacto físico.

—No tengo respuesta para eso —dijo con sinceridad.

—¿No estabais ahí para asesinar al senador?

—No, por supuesto que no. Éramos su unidad de protección.

—Una unidad de protección no desaparece dejando al cliente cuando uno del equipo es abatido o capturado. Y eso es justo lo que hizo tu unidad.

—No puedo responder por mi unidad.

—¿Por qué piensas que nosotros estábamos ahí para matar al senador?

Sin su contacto, el dolor volvía a acosarla. La pierna le dolía tanto que amenazaba con hacerle llorar. Se arriesgó a mirar la herida. La pierna estaba hinchada, pero le habían hecho una cura. Le había desgarrado la ropa, lo cual significaba que ya no le quedaban armas ocultas. Tan sólo tenía puesta una camiseta larga.

—¿Voy a perder la pierna?

—No. Nico se ha ocupado de ti antes de que llegara el doctor. Te pondrás bien. También tienes la mano rota. No me diste muchas opciones. ¿Por qué intentar matarte si estabas ahí para proteger al senador?

—No puedo responder a eso.

El rostro del interrogador no registró ningún parpadeo de impaciencia. No pestañeó mientras la miraba de hito en hito con ojos gélidos. Sin embargo, no suscitaba en ella el temor que debería.

—Déjame que te ayude a sentarte. Te hemos dado fluidos, pero deberías intentar beber por ti misma. Has perdido mucha sangre.

Antes de darle ocasión de protestar, él ya había deslizado el brazo bajo su espalda para ayudarle a incorporarse, arreglando las almohadas de la cama.

Mari le olió y notó la corriente eléctrica instantánea circulando entre ellos. Marigold juraría haber notado chispas danzando sobre su piel.

Aquella amabilidad la desarmaba. Resultaba evidente que él era un asesino. Ella había sido soldado toda la vida y reconocía a un depredador mortal nada más verlo, pero cuando él la tocaba no había indicios de agresividad ni tampoco necesitaba dominarla ni ser bruto. Sencillamente le ayudaba, cuando bien podría apartarse y observar distante sus dificultades.

—¿Ken? —La voz llegó de la otra habitación, y el captor medio se volvió hacia el umbral—. Briony dice que lleves a su hermana a casa; manda un beso.

Mari miró más allá del hombre situado junto a la cama y casi se le paraliza el corazón. El rostro del otro hombre de pie en el umbral era todo lo que debería haber sido Ken. Fuerte, apuesto, una belleza según los cánones clásicos. Era el rostro que imaginaba en un ángel vengador: la estructura ósea, las líneas y perfección masculina. El desconocido tenía los mismos ojos y la misma boca. Había evitado mirar demasiado la boca de Ken por miedo a obsesionarse con ella. La cicatriz que marcaba la blanda plenitud de los labios iba del labio superior al inferior y continuaba barbilla abajo en línea recta, con la misma simetría precisa de las demás cicatrices.

El hombre en la puerta se detuvo.

—No me había dado cuenta de que estaba despierta.

Ken se volvió hacia ella, acunando todavía su cuerpo con el brazo, y cogió un vaso de agua.

—¿Puedes arreglártelas con una mano?

Podía disparar un arma o arrojar un puñal con una mano. Sin duda podría beber agua, pero tener a Ken cerca era embriagador. Tampoco se había sentido embriagada con anterioridad. Permitió que le acercara el vaso a los labios, con manos firmes como rocas. Ella temblaba. Era obvio que lo que la tenía tan alterada, fuera lo que fuese, no tenía el mismo efecto sobre él.

Mari vaciló y miró el líquido claro pensando de repente que ella era la prisionera y ellos querían información. Como si Ken leyera su pensamiento, se llevó el vaso a los labios y dio un largo trago. Ella observó el vaso deslizándose contra la boca, la manera en que su garganta operaba al tragar, y no pudo evitar fijarse en esas mismas cicatrices horribles también en el cuello y más abajo, ocultas por la camisa. ¿Hasta dónde más llegaban?

Dejó a Ken acercarle el vaso a sus labios, asombrada de lo bien que sabía el agua. No se había percatado de la sed que tenía. Mientras bebía tenía que obligar a su mente a no desplazarse hacia él. Saboreó a Ken en el vaso, le sentía a través del fino material de la camiseta... o tal vez la prenda le perteneciera. Tal vez éste fuera el motivo de percibirle tan grabado en todos sus huesos.

Sostuvo el vaso contra su frente, buscando aire con desesperación. Con cada bocanada que llegaba a sus pulmones, un dolor agudo perforaba su pecho.

—Tienes suerte de seguir con vida —dijo Ken cogiendo el vaso y dejándolo en la mesilla situada junto a la cama—. Si no llevaras dos chalecos, a estas alturas estarías muerta.

Cami había insistido en que se pusiera dos chalecos. Tendría que acordarse de agradecérselo a su amiga. Se tocó el punto doloroso.

—¿Fuiste tú?

—Te apuntaba al ojo. Te moviste mientras apretaba el gatillo.

—Me imaginé que dispararías en cuanto supieras dónde me encontraba. Continué rodando, pero me alcanzaste con dos disparos.

—Pero no te maté —indicó él con voz suave—. Y eso es algo raro.

Mari alzó la vista para mirarle parpadeante, viendo la belleza del rostro pese a la máscara que él quería que viera. Ella sabía que se ocultaba tras la máscara de completa indiferencia, alejándose hasta donde nadie pudiera alcanzarle... ¿Por qué iba a importarle eso a ella? Ni idea. Seguía teniendo obligaciones y tendría que escapar lo antes posible. Pero su única certeza era que no quería dejar más cicatrices en este hombre.

—Qué afortunada. Yo tampoco te maté, y eso tal vez sea más raro aún.

Al oírla, Ken alzó una ceja, la que no estaba rajada por la cicatriz blanca en medio del pelo negro.

—De hecho, fue a Jack a quien casi alcanzas. ¿Necesitas algún analgésico?

Mari negó con la cabeza.

—Ya me habéis dado algo, y me siento flotando. ¿Cómo de grave es la herida de la pierna?

—Digamos que vas a tener que posponer tus planes de escapada un poco.

¿Le leía los pensamientos? Tal vez. Ella era una telépata potente; quizás él lo fuera también. Quizás al tocarla lograba acceder a su mente. El pánico le removió las tripas, y el estómago también. El doctor Whitney había experimentado con soldados; la idea era crear un equipo excepcional de operaciones encubiertas capaz de aparecer y desaparecer en situaciones de crisis y ocuparse de cualquier problema que pudiera surgir, incluido el interrogatorio. Con la capacidad psíquica adecuada, el simple hecho de tocar a otra persona podría ser suficiente para extraer la información deseada.

—No lo hago.

—¿No haces el qué?

—No te leo la mente.

Ella volvió a mirarle parpadeante.

—Si no es así, ¿cómo sabes lo que estaba pensando?

—No pones cara de póquer y conozco muy bien a tu hermana. —Fijó los ojos en ella... le mantuvo la mirada—. Pone las mismas expresiones que tú.

El golpetazo la dejó sin respiración, arrebatándole el aire que quedaba en sus pulmones. ¿Cómo sabía que tenía una hermana? ¿Quién era él? Sintió náuseas, la bilis la asaltó tan deprisa que se vio obligada a pegarse el dorso de la mano a la boca. ¿Habría hablado mientras estaba inconsciente? No permitiría que la utilizaran para capturar a su hermana. Eso nunca.

—¿Mi hermana?

Mientras repetía las palabras, recordó lo que Jack le había dicho a su hermano. «Briony dice que traigas a casa a su hermana.» Briony no era un nombre normal. ¿Cómo podían saberlo? Ni siquiera había hablado con Cami de Briony. Mantenía los recuerdos de su hermana bien guardados, temerosa de que Whitney se los pudiera borrar.

Permaneció muy quieta, encogida en la cama. Era cierto que se encontraba a merced de aquellos hombres en aquel preciso momento, pero seguro que la estaban subvalorando, sobre todo por la manera en que actuaba con Ken. Habría un momento en que se confiarían, en el que olvidarían que era una soldado adiestrada, y entonces sería capaz de escapar.

Abrió la comunicación telepática, llamando a los otros miembros de su unidad con la confianza de que alguien se encontrara en el radio de alcance. A veces, cuando todos estaban conectados, llegaban muy lejos, incluso millas a la redonda, pero la mayor parte del tiempo tenían que estar bastante cerca.

Ken se apretó las sienes con varios dedos, frotándoselas como si le dolieran.

—Déjalo. Cuando intentas conectar con tus amigos, suena igual que un montón de abejas zumbando en mi cabeza. No sólo me distrae, sino que llega a ser doloroso.

Mari se sonrojó, incapaz de contener el rubor en sus mejillas.

—Lo lamento, no era mi intención hacerte daño. —Echó una rápida mirada a Jack, quien observaba a su hermano con expresión preocupada... ella desconocía el motivo—. Estaba haciendo una prueba.

—Doy fe —dijo Jack—. Ken, ¿por qué no te tomas un descanso y así yo charlo también un poco con nuestra invitada?

La tensión en la habitación se elevó de forma perceptible. Ken se volvió despacio separando las manos de sus costados. No había nada claramente amenazador en su actitud, pero el corazón de Marigold empezó a latir con alarma. Sin pensar, estiró los brazos deslizando los dedos por el brazo de Ken. Notó sus músculos en tensión bajo el material fino de su camisa, luego las yemas de sus dedos se deslizaron sobre la piel caliente y se instalaron ahí. Notaba las cicatrices contra la palma lisa, consternada una vez más por la percepción acrecentada de él como hombre y de ella como mujer.

Ken dejó de moverse, permitiendo que los dedos casi le rodearan la muñeca, pero no se dio la vuelta. Miraba a su hermano, y Mari miraba hacia la ventana intentando ver su expresión en el reflejo. En el vidrio no se detectaban las cicatrices; en él se apreciaba la misma belleza masculina que tallaba el rostro de su hermano con tal exquisitez. Tuvo la curiosa sensación de que el corazón se le derretía. Notó un extraño deseo de enmarcar ese rostro con las manos, de besar cada una de las cicatrices y decirle que ninguna de ellas importaba. Pero sabía que sí importaban. Algo mortífero yacía bajo esa superficie de destrucción, vinculado de algún modo a cada una de esas incisiones en la carne.

Jack tendió las manos ante sí, luego levantó la palma derecha.

—Es sólo una sugerencia.

—Soy capaz de manejar las cosas aquí sin problemas —dijo Ken.

Jack se encogió de hombros y salió.

—¿Qué ha sido eso? —preguntó Mari.

Ken se volvió de nuevo, con el rostro tan inexpresivo como antes.

—¿No lo sabes?

¿Sabía? Mari estaba confundida por su reacción a él, por su conducta y también por el hecho de que mientras él estuviera cerca sus dolores no resultaran tan terribles. Parecía no poder pensar con claridad. Él admitió haberle suministrado algo para el dolor, tal vez la tuvieran dopada, porque ya nada tenía sentido.

A menos... no podía ser. Lo habría sabido, ¿verdad que sí? Se le secó la boca sólo de pensar que Whitney la hubiera emparejado con este hombre. Apretó la muñeca de Ken con los dedos.

—Acércate más.

Whitney hacía muchos, muchos experimentos, y el peor era combinar parejas... su programa de reproducción. Por este motivo había convencido al resto de su unidad de que le permitieran participar en una misión más con ellos para poder hablar con el senador.

Violet la conocía. Violet respondería por ella. Hablar con el senador y pedirle —rogarle— que interviniera era la única forma de que ella y las demás mujeres continuaran cumpliendo su deber como soldados. Y si no regresaba pronto al complejo de barracones, demasiada gente saldría malparada.

—Lo sabes —dijo él con voz amable.

Ella cerró los ojos y apartó la vista. La habían instruido como soldado casi desde el día en que nació, y estaba orgullosa de sus habilidades. Pero, de repente, Whitney había retirado a las mujeres de las unidades y las había trasladado a otra ubicación, un nuevo centro de entrenamiento donde prácticamente habían acabado como prisioneras.

Whitney había emparejado a algunos de los hombres con las mujeres empleando cierta clase de compatibilidad de fragancias. Era más complicado que eso, pero ella había visto los resultados y no eran nada agradables. Los hombres se obsesionaban con las mujeres, tanto si respondían a ellos como si no. Y a la mayoría de ellos no parecía importarles en absoluto. Mari y las otras mujeres habían conspirado para que una de ellas saliera del complejo militar y abordara al senador Freeman y a Violet con la esperanza de que cancelara el experimento de Whitney y las dejara regresar a sus unidades.

Mari nunca se había sentido atraída por ninguno de los hombres que conocía y respetaba, no obstante ahora se sentía fascinada por un total desconocido, su enemigo, un hombre que casi la mata. Y no sentía una simple atracción: la sensación lo desbordaba todo. Ella quería calmar sus heridas, necesitaba encontrar la manera de poner fin a la absoluta soledad que veía en él.

De algún modo, Whitney la había emparejado con este hombre. Ken no actuaba como si le correspondiera, y eso la avergonzaba aún más. Detestaba a los hombres del programa de reproducción por su falta de disciplina y control, y no obstante ella se comportaba casi igual de mal. La situación era horrible y difícil de superar.

Pero en realidad ¿qué esperaba ella? ¿Dormir con él, lo mismo que buscaban los hombres? ¿Pensaba que él iba a enamorarse con locura de su persona? Tal cosa era imposible, el amor era una ilusión. Según Whitney, tenían el deber de acostarse con su pareja para conseguir un hijo. Hasta el momento, Mari se había resistido, la habían castigado en numerosas ocasiones, pero la idea de una relación íntima con Brett, ni más ni menos, un bruto vicioso que disfrutaba infligiendo castigos, era demasiado para su temperamento obstinado.

Ken seguía sin apartarse, por lo que fue ella quien le soltó, pues el calor de su piel le quemaba la palma de la mano. Él se negaba a apartar la mirada y ella notaba esos ojos clavándosele. Meneó la cabeza.

—Ya conoces a Whitney —dijo Ken.

—Igual que tú. ¿Por qué no nos conocíamos entonces?

Alzando las pestañas, rogó en silencio estar equivocada y que él no tuviera efecto alguno sobre ella. Sus miradas se encontraron y el estómago de Mari dio aquel vuelco estúpido que empezaba a detestar. El cosquilleo de reconocimiento se propagó convirtiéndose en una excitación acalorada que endureció sus pechos. Quiso gritar. No estaba bien manipular a alguien sexualmente, ni siquiera a solados instruidos en el deber y la disciplina.

—Whitney tiene varios experimentos en marcha. Sólo hemos empezado a percatarnos de cuántos. Adoptó a recién nacidas en países extranjeros y experimentó con ellas. Por muchos privilegios y autorizaciones de seguridad que tuviera, nadie iba a permitir algo así, por lo tanto mantuvo a las niñas ocultas usando varias estratagemas. Dio a Briony en adopción a una familia, pero manteniendo un seguimiento mediante un chip, insistiendo en planificar su educación y formación e incluso enviando a un doctor privado para controlar su salud. La conocí hace unas semanas.

Mari intentó no mostrar reacción alguna. Podría ser una trampa, una encerrona. Otra prueba más de Whitney, que a menudo les ponía a prueba, y si fallaban las consecuencias eran duras. No dijo nada, se limitó a seguir observando su rostro. La máscara no delataba nada. A ella se le daba bien analizar a la gente, pero no funcionaba con él. Ni siquiera el contacto le facilitaba información, sólo una paz extraña y sosegada. Y no debería sentirse aplacada; debería estar en guardia. ¿Podría tratarse de un nueva droga para interrogatorios? Casi lo deseaba. Temía que esto fuera el principio de una adicción a un hombre, lo cual simplemente era inaceptable.

—Sois gemelas idénticas, es obvio. Es igual que tú.

Mari apartó el rostro, pues sabía que no podía disimular su expresión. Durante años había anhelado conseguir información sobre su hermana. Ahora, la tenía a su alcance, si conseguía creérselo. Y se la dejaban caer así de fácil. Vaya coincidencia tan grande ¿no? Se mordió el labio para contener una respuesta sarcástica. Tenía que tratarse de una encerrona, era imposible conocer por casualidad a este hombre y que además él conociera a su hermana perdida hacía tanto tiempo. Pero aunque él mintiera, necesitaba noticias de Briony con tal desesperación que quería que él siguiera hablando. Qué patético era aquello.

—¿Me estás escuchando?

Por supuesto que le escuchaba.

—Me gustan los cuentos de hadas.

—Puedo callarme entonces. No quiero aburrirte.

Se apartó y volvió a las sombras, lejos de la luz. Fue el primer movimiento inquieto que le veía hacer; hasta entonces su control había sido total. El movimiento le recordó a un tigre encerrado recorriendo la jaula con impaciencia y frustración; necesitaba salir al exterior, a las montañas, lejos de la civilización. Era demasiado salvaje, demasiado depredador como para permanecer enjaulado en una casa.

—Estaba disfrutando de la historia. —¿Había revelado demasiado o había conseguido sonar como si sólo fuera eso para ella: un cuento de hadas? Quería que regresara a su lado, le quería cerca. En cuanto él se alejó, el dolor volvió a dominarla—. Eres un anclaje —dijo.

Sin un anclaje para contrarrestar reacciones psíquicas adversas, siempre estaba expuesta a ataques. Igual que alguien nacido con autismo, no contaba con los filtros necesarios para evitar que su cerebro fuera sometido a asaltos constantes de todos los estímulos a su alrededor. Se percató de que él estaba controlando eso por ella.

—Sí. Igual que Jack.

Jack. El guapo. El que tenía la cara de Ken. ¿Qué se sentiría estando al lado del hermano cada día, mirando esa cara que él debería haber tenido? Debía de doler. Por muy estoico que fuera, por mucho que quisiera a su hermano, tenía que dolerle mirar esa cara.

Mari le estudió mientras Ken apoyaba perezosamente una cadera en la pared, ahí en las sombras. Estaba segura de que ahí se encontraba más cómodo. ¿Se percataba de que las cicatrices no eran tan obvias como bajo el resplandor de la luz? ¿Y que cuando la oscuridad alcanzaba su rostro, era casi igual de guapo que Jack? Lo dudaba. Él prefería las sombras sencillamente porque en ellas podía desaparecer.

—¿Y Jack conoce a esta Briony que afirmas que es mi hermana?

Él suspiró.

—¿Vamos a seguir jugando?

—Eres un soldado, probablemente participas en operaciones clandestinas. ¿Cuánto estás dispuesto a revelar? Ni siquiera tienes nombre, rango o número de serie. No existes en el ámbito militar, ¿verdad?

—Conozco tu nombre. Es Marigold. Me lo dijo tu hermana. Sufre un dolor tremendo cuando intenta recordarte. Porque Whitney manipuló sus recuerdos. Está desesperada por encontrarte. Whitney hizo matar a sus padres adoptivos cuando se negaron a permitir que se marchara a Colombia. ¿Y sabes por qué estaba tan empeñado en que fuera allí? —No esperó a una respuesta—. Quería que se topara con Jack, que le encontrara para continuar con su último experimento: quiere un hijo de ambos.

El corazón de Mari latía con fuerza en el pecho, y la bilis volvió a actuar. Esta vez no podía controlarlo:

—Voy a vomitar.

Ken se acercó al instante a su lado para tenderle una pequeña palangana. Era humillante estar en cama y vomitando bajo su mirada penetrante. Quería gritarle que se largara y la dejara en paz para poder rebelarse contra la injusticia... la traición. Lo había sacrificado todo por mantener a Briony a salvo. Todo. Había soportado aquella vida estéril, viviendo sin hogar o sin familia, sin ver el exterior del complejo militar a menos que saliera de misión, la dura instrucción, la disciplina y experimentos... todo. Lo soportaba sin protestar para que Briony pudiera tener una vida en algún lugar. Era el trato que había hecho de niña, con el diablo. Se había prometido a sí misma que si cooperaba, Briony podría tener una vida de ensueño. Podría vivir en un cuento de hadas. Amor. Risa. Familia. Se suponía que Briony tenía todo eso.

Ken le tendió un paño húmedo con el que limpiarse la boca. Ella evitó sus ojos resplandecientes. No podía. Si él decía la verdad —y de pronto sospechó que lo hacía— toda su vida habría sido una mentira, y si Ken veía su rostro en ese instante, lo sabría también.

A Whitney no le importaban nada los soldados que alojaba en los barracones. Ella le había visto mientras hacía sus observaciones, con sus ojos de serpiente excitados, fanáticos, cuando conseguía los resultados esperados; furiosos y malévolos cuando no era así. No eran reales para él, no eran gente, sólo sujetos con los que experimentar.

—¿Se conocieron en Colombia?

Su voz era un susurro, un sonido estrangulado demasiado cercano a las lágrimas..., eran una debilidad que no se permitían los soldados. ¿Con qué frecuencia había oído eso de niña? Los soldados no juegan. Los soldados estaban por el deber, las penurias y la destreza.

—No. Sus padres se negaron a permitir su marcha y él mandó asesinarlos. Ella entró en casa poco después y se los encontró allí. —Hablaba con voz amable, como si supiera que lo que contaba le hacía daño—. Tiene hermanos, pero igual que tú necesita un anclaje psíquico. Vivir sin un sostén próximo era un infierno para ella en ocasiones. Sobre todo de niña, antes de que fuera lo bastante fuerte para crear sus propias y pequeñas protecciones.

Mari asintió, pues sabía qué era sentirse bombardeada por demasiada emoción. Una niña viviendo en una casa con padres y hermanos tendría dolores de cabeza y desvanecimientos, tal vez incluso derrames cerebrales.

—Lo hizo a posta para ver lo resistente que era ella, ¿verdad? Yo me encontraba en un entorno controlado y estéril, y a ella la puso en una casa bulliciosa y caótica. Quería comparar cómo lo asimilábamos.

—Es lo que creemos.

—Y quería que ella tuviera un hijo de tu hermano porque está mejorado genéticamente, ¿cierto?

Ken asintió:

—Sí, y pensamos que también te quería a ti embarazada al mismo tiempo.

De nuevo su voz carecía de inflexión. Su expresión tampoco cambió, sus ojos gélidos seguían insondables del todo, pero ella se estremeció, pues percibía el peligro extremo. Era extraño que él nunca se agitara, que no moviera un solo músculo, pero el aura de peligro, la tensión en la habitación, parecían crecer por momentos hasta impedirle casi respirar, como si previera un desastre. Había estado durante casi toda su vida con soldados modificados genéticamente —ella misma lo era— y algunos, como Brett, eran crueles; otros eran hombres que respetaba, pero todos ellos peligrosos. Percibía otra cosa en Ken. No podía identificar de qué se trataba exactamente, pero sabía que jamás querría volver a entrar en combate con él. Podía decir que había tenido mucha suerte.

—¿Mari?

La manera en que pronunció su nombre la conmocionó. Una caricia, un toque de terciopelo creando intimidad sin que existiera en absoluto. Siempre sonaba amable. Los hombres no eran amables. Los soldados no eran amables. Los hombres como Ken, depredadores, cazadores, no eran amables. ¿Cómo conseguía hacerla sentir tan vulnerable sólo con su voz?

—¿Qué quieres que diga? ¿Que sí, que tienes razón?

Debería haber mantenido la boca cerrada. Cualquiera percibiría la tensión, la rabia, el miedo y dolor reprimidos. Su vida había sido un infierno desde que Whitney decidió emparejar con soldados a las mujeres modificadas genéticamente. No le importaba si las mujeres deseaban a los hombres; de hecho, parecía deleitarse al ver hasta dónde estaban dispuestos a llegar los hombres con tal de conseguir la cooperación de las mujeres. Todo estaba detallado en informes meticulosos. Y hombres como Brett no aceptaban el no por respuesta.

—¿Intentó que cooperasen las mujeres a la fuerza?

Mari contuvo una risita histérica. Era una manera cortés de decirlo.

—Whitney no lo expresaría así. Crea una situación y se sienta a observar. No quiere ser tan desagradable como para obligarnos. Eso lo deja a los hombres.

Apretó los labios y se volvió. ¿Cómo podía estar facilitando esa información? Personal y vital. Tenían que haberla drogado.

—Whitney es un hijoputa en toda regla. —Ken se movió, se deslizó sin apenas mover un músculo para dar unos pasos silenciosos por la habitación hasta que una vez más se encontró a su lado y ella pudo inspirar toda su esencia hasta sus pulmones. Notó la palma fría en la frente para retirarle unos mechones de pelo—. Fingió su propia muerte y ha pasado a la clandestinidad. Alguien en una posición elevada le está ayudando. Después de que Jack conociera a Briony...

—¿Cómo? Todo esto parece una coincidencia demasiado exagerada como para tragármela. Resulta que eres el tirador encargado de la defensa del senador cuando se suponía que nosotros le protegíamos. Has fallado un disparo cuando lo más probable es que no hayas fallado en toda tu vida.

—No fallé.

—Fallaste.

La sombra de una sonrisa estiró la boca de Ken. Incluso hubo un destello blanco de dientes. El efecto fue pasmoso. El estómago de Mari dio otro vuelco, notó un hormigueo incluso en los dedos rotos... los dedos que él había aplastado. Recordó el ataque, tan veloz que fue como la sombra de un movimiento. Pese a su propósito de cumplir las promesas hechas a las otras mujeres, admiraba su eficiencia.

—Cuéntame —le instó ella.

—Empezó con el senador Freeman. Sobrevolaba el Congo, sobre territorio rebelde, y su avión fue abatido. De forma misteriosa, el general Ekabela, famoso por sus torturas a prisioneros, no tocó al senador ni al piloto ni a ninguno de los pasajeros del avión. Como mínimo deberían haber matado al piloto. —Esperó un momento, permitiendo que las implicaciones de todo eso calaran en ella—. Se suponía que Jack lideraba una misión para rescatar al senador. Llegaron las órdenes, pero Jack estaba aún en Colombia y había tropezado con dificultades allí, de modo que yo ocupé su sitio.

—Lideraste un equipo en territorio rebelde para liberar al senador y a su gente, pero las cosas se torcieron.

Su mirada se desplazó de nuevo hacia las terribles cicatrices.

—Nos estaban esperando. Nos tendieron una emboscada y me aislaron de mi unidad. Está claro que iban a por mí, señalándome y enviando tantos soldados tras de mí que no tuve ninguna posibilidad. Mis hombres rescataron a los prisioneros y a mí me capturaron.

Una vez más, a ella le conmocionó la completa falta de inflexión en su voz. No mostraba emoción, mientras ella por su lado notaba la emoción como un volcán violento bullendo bajo la superficie tranquila. No podía imaginar la clase de dolor... o el temor.

—¿Cuánto tiempo te retuvieron?

—Una eternidad. Sabía que Jack vendría a por mí. Más tarde me enteré de que habían llevado a cabo tres intentos de rescate, pero los rebeldes me movían constantemente de un campamento a otro. Para cuando Jack dio conmigo, me encontraba en bastante mal estado. No recuerdo nada aparte de ver su cara. No quedaba mucho de mí.

—¿Ekabela hizo que te cortaran así?

—Seccionado en pedacitos, y luego me despellejó la espalda. La arrancó como se la arrancaron a esos ciervos en el porche del senador.

—Por lo tanto, no te faltaban motivos para querer ver al senador Freeman muerto.

Lo afirmó con tranquilidad, buscando una reacción en su rostro.

—Aún quiero verlo muerto.

Capítulo 3

Bien, al menos no me estás mintiendo.

Mari contuvo la respiración, temerosa de moverse. Había pasado de sospechar a creer; ahora le tocaba dar marcha atrás. ¿Por qué alguien iba a ser tan estúpido como para enviar a un francotirador diestro para proteger al senador cuando estaba claro que tenía motivos para verlo muerto? No tenía sentido.

Ken encogió sus amplios hombros:

—¿Por qué iba a negarlo? Pensé en matarle y librar del problema a todo el mundo. También a Jack. Pero olía demasiado a trampa. Si alguien conseguía matarle, estábamos nosotros justo ahí como cabezas de turco, para cargar con el mochuelo. ¿Por qué alguien iba a ordenarnos proteger a ese hombre?

—No tiene sentido —admitió ella sin comprometerse.

—Por curiosidad, ¿cómo puedes recibir entrenamiento de francotiradora si no eres un anclaje? Briony no puede usar un arma contra nadie sin repercusiones terribles.

—Tengo un anclaje. Aparta de mí las secuelas de la violencia.

—Tu observador.

Ella asintió, mirándole a la cara. En los ojos plateados bailaban sombras, agrisándolos, dotándolos de un aspecto ardiente, como si en cualquier momento fueran a lanzar llamas. Un músculo tensó su mentón. No estaba tan hecho de piedra como le hacía creer a ella.

—¿Está emparejado contigo tu observador?

¿Había un matiz de intensidad en su voz? En realidad no, pero había aumentado la alerta en él.

—No, es un amigo. ¿Ha muerto alguien de mi unidad antes?

—No he preguntado. Puedo pedir a Jack que se entere por ti. Fue extraño el momento en que recibiste el disparo: todos los de tu unidad dejaron atrás al senador para intentar protegerte. ¿Por qué iban a hacer algo así?

Sean tenía que estar herido. Era quien se hallaba más próximo a ella, y debería haber llegado a su posición antes que el enemigo. Pronunció un ruego silencioso para que siguiera con vida. Era un buen soldado y lo más próximo a un amigo masculino que tenía.

—No puedo responder a eso.

—Parece que te estoy dando mucha información, pero tú no me devuelves nada.

Mari estaba delatando más de lo debido, y ambos lo sabían.

—Si fuera sólo mi vida la que arriesgara, podría decirte lo que quieres saber. No tengo lealtad a Whitney, o no me habría ausentado sin permiso para intentar llegar al senador.

—Estás protegiendo a las demás, a las mujeres, ¿verdad? —Ahora sí había cierta intensidad en su voz, el hielo se había resquebrajado justo un poco, lo necesario para que escapara una oleada de calor—. Va a lastimarlas si no regresas.

Ella no dijo nada, su corazón latía con fuerza. ¿Tan transparente era? Whitney mataría a alguna de ellas. Al principio habían sido siete, todas criadas en el mismo complejo miserable, con una vida de deber y disciplina que pocas cosas del mundo exterior alcanzaban a ver y donde todo se grababa. Habían aprendido a moverse en las sombras y cronometrar las cámaras para evitar ser detectadas. Habían aprendido a hablar a altas horas de la noche, congregadas en los baños con el grifo abierto y en conversaciones por signos. Marigold había descubierto que podía establecer conexión telepática y que todas podían comunicarse de esa manera. Esas mujeres eran su familia. Había aceptado su vida y se enorgullecía de sus destrezas, hasta que Whitney lo cambió todo.

Cami había protestado e intentado escapar. La habían atrapado y Whitney ordenó sacar un nombre al azar. Se llevaron a una de las mujeres, Ivy, y pocos minutos después oyeron los disparos. Había sangre por las paredes, aunque nadie vio el cadáver. Intentaron decirse que en realidad él no la había matado, pero nadie volvió a tratar de escaparse después de eso.

—Por eso has intentado matarte. Si morías, él no tendría motivos para matar a las demás. Y los hombres de tu unidad sabían que él podía matar a una de las otras mujeres, una con la que tal vez estuvieran emparejados. —Maldijo en voz baja—. Alguien tiene que matar a ese hijo de perra, y rápido. ¿Por qué pensabas que el senador iba a ayudarte? Es amigo de Whitney. Le ha estado favoreciendo.

Ella alzó las cejas.

—No sabes nada del senador.

Ken estudió su rostro. Mari había sufrido varias conmociones en pocos minutos, estaba drogada, con los ojos desenfocados, y la noticia de su hermana le había hecho bajar por completo la guardia. Las revelaciones sobre Whitney lograron que Ken le inspirara alguna confianza. Él sabía que había acertado con sus conjeturas sobre las otras mujeres, a Whitney no le importaban los sujetos humanos: todos eran prescindibles. Frunció el ceño. Tal vez no las mujeres; ellas podían crear más supersoldados. Pero le costaría encontrar mujeres con datos disponibles desde su nacimiento.

—Háblame del senador Freeman.

—No es amigo de Whitney. No se caen bien. Pienso que Whitney estudió con su padre, pero el padre del senador y Jacob Abrams se llevan mejor. Los dos han intentado impedir que Whitney siga con los experimentos. Han hablado con él en innumerables ocasiones. Se lo he oído decir. Le habían dicho muchísimas veces que debía dejarlo porque lo ponía todo en peligro.

»El senador Freeman se opone con violencia a lo que ha hecho Whitney —continuó ella—. Delante de Whitney reprendió a su padre por convertirles en parte de los experimentos. El senador no traicionaría de ninguna manera a nuestros hombres ni a nuestro país por Whitney. Si su avión aterrizó en el Congo y existe algún vínculo entre Ekabela y Whitney, probablemente responda a que Whitney quería ver muerto al senador. Seguramente fue Jacob Abrams quien dio la orden de que entrarais a rescatar al senador, no Whitney.

¿Has oído hablar alguna vez de Jacob Abrams?

Ken conectó con su hermano.

Importante banquero. Está forrado. Tal vez más que Whitney. Seguro que es multimillonario y tiene mucho que ver con el mercado monetario mundial. Se le considera un genio, aunque no sé mucho más de él, pero consultaré a Lily. Ella lo sabrá. ¿Por qué?

Mari ha dejado caer su nombre, dijo que es amigo del senador y ninguno de los dos está demasiado contento con Whitney, y que éste va a ponerlo todo en peligro. Pide a Lily que verifique si el padre del senador, Whitney y Abrams estudiaron juntos.

—Estás hablando con alguien —dijo Mari en un tono de voz acusador, apretándose la sien con la mano.

Le recriminaba con la mirada.

—Es mi hermano. ¿Tú no hablabas siempre con tu hermana cuando estabais juntas?

Mari frunció el ceño y pensó en ello. Hacía tanto tiempo. La telepatía era potente entre ellas. Por supuesto que hablaban, compartían sus pensamientos sin pensar apenas en ello. ¿Tenía ella celos de su hermano y de ese vínculo tan fuerte? ¿O recelaba porque él era el enemigo? Debería saberlo, pero para ser sincera, no tenía ni idea de la respuesta en aquel momento. Sospechaba que eran celos.

Frustrada y avergonzada por su falta de disciplina, intentó mover la pierna. Un sufrimiento desgarrador se apoderó de ella. Se atragantó ruidosamente, como si se hubiera metido el puño en la boca y hubiera mordido y tragado su propia mano. Apartó el rostro de Ken, incapaz de contener las lágrimas que le quemaban los ojos.

Él la calmó con su mano al instante.

—Respira hondo. Te toca medicarte otra vez probablemente. Te han disparado. Te atendió un cirujano nuestro después de Nico, y como estás modificada genéticamente se supone que te curarás a un ritmo excepcionalmente rápido, pero tendrás que darte tiempo.

Jack, necesitamos medicinas aquí y ahora. Está tan pálida que parece que vaya a desmayarse.

Ya voy. Que no cunda el pánico.

—No tengo tiempo. ¿Me oyes?

Mari no recordaba qué le había explicado a él de las otras mujeres. Si no regresaba, Whitney les haría daño. No podía correr riesgos, tenía que regresar. El dolor iba en aumento, se desplazaba por su sistema imposibilitando su correcta concentración. Había algo en el sistema de modificación genética que les permitía depurar los fármacos más deprisa, sólo que esta vez no era una ventaja.

—A estas alturas Whitney ya sabrá que te han disparado. Intentará seguir la cadena de mando para encontrarte. Quienes dirijan nuestros equipos van a ser bombardeados a preguntas y se les pedirán responsabilidades. Whitney no va a tocar a las otras mujeres porque no las puede sustituir. Los hombres son prescindibles, las mujeres, no.

—Whitney hizo matar a mi amiga cuando Cami intentó escapar.

Él se quedó callado un momento.

—¿Lo presenciasteis? ¿Alguien lo vio?

Mari negó con la cabeza.

—Sólo la sangre que dejó.

—No visteis el cadáver, y Whitney es un maestro del ilusionismo. Mi conjetura es que se la llevó a otras instalaciones.

—Pero eso no lo sabes.

—No, pero hemos tenido mucho tiempo para estudiar a Whitney.

—¿De verdad? —Su voz sonó cargada de sarcasmo—. Yo he pasado la vida en sus instalaciones, con sus experimentos. Es una megalómano. Cree que las reglas no cuentan para él, pues es más listo que los demás. Cree que los demás somos borregos y que nos puede manipular a su gusto. Y claro que puede hacerlo... lo hace todo el tiempo.

—Es solo un hombre, Mari —dijo con amabilidad.

—Si otros hombres como el senador y Jacob Abrams no consiguen controlarlo, ¿cómo podremos nosotros? Si ha ordenado un golpe contra uno de ellos, es que tiene medios para hacerlo.

—Tal vez —admitió Ken.

¡Qué es este retraso, Jack? Está temblando y empieza a sudar.

Jack entró a toda prisa en la habitación.

—Lo siento, ha llamado Kadan.

—Podía esperar. —La voz de Ken sonaba áspera. Colocó la aguja en el equipo intravenoso—. Te encontrarás mejor en unos minutos —le aseguró a Mari, deslizando el pulgar sobre su piel como si fuera algo accidental—. Si no, traeremos al médico.

Había preocupación auténtica en su voz, pero mantenía el rostro tan inexpresivo como siempre. Ella no pudo evitar mirar al hermano a la cara. Jack tenía un par de cicatrices que marcaban un lado de su rostro, como si Ekabela le hubiera echado mano y sólo hubiera tenido tiempo de empezar el trabajo. Sólo contribuían a intensificar su atractivo. Le daban un aspecto duro que resultaba intrigante. El rostro de Ken era una malla de cicatrices, y le daban un aspecto terrorífico. Un niño saldría corriendo nada más verlo.

Mari notó que Ken la miraba y volvió la cabeza, para pillarle observándola con ojos relucientes. Le dedicó una breve sonrisa.

—Vuestro parecido es asombroso. Tenéis el mismo gesto obstinado en la mandíbula.

Ken hundió un paño en agua fresca y le limpió las gotas de sudor de la frente.

—¿Cuánto tiempo crees que tenemos antes de que encuentren este sitio?

—¿Con los contactos de Whitney? Si habéis usado un helicóptero, ayuda del ejército y personal de unidades clandestinas, tendrán la información en horas.

—Eso pensaba yo también. Te hemos movido una vez después de la cirugía, pero con un helicóptero. Habrá que moverte otra vez.

—Dejad que me lleven de vuelta.

—No. —Ken hablaba bajito. Su voz, que era un susurro bajo y humilde, le provocó un escalofrío en el cuerpo—. Ya he llamado a un helicóptero. Cuando vuelvas a despertar, estaremos en otro lugar franco.

—Y será cuestión de horas que él tenga también esa información. Al final nos atrapará y alguien morirá.

—Seguiremos moviéndonos hasta que puedas prescindir del gotero intravenoso. El médico dice que otras veinticuatro horas. Podemos ganar ese tiempo.

Entonces se percató de lo que él había dicho. «Cuando vuelvas a despertar.»

—Me has drogado.

—No soy tan tonto. En el minuto en que pensaras que tu gente está cerca, emplearías la telepatía para llamarles. Por supuesto que te hemos drogado. ¿Crees que no he visto tu cuerpo cuando te retiraron la ropa? Alguien te ha machacado a palos. —Su voz sonaba tan baja que ella apenas oía los arranques de rabia contenida. Ken se levantó la camisa para mostrarle el entramado de cicatrices largas y profundas que componía la labor de retazos de su cuerpo—. Sé lo que es que alguien te corte y despelleje como un animal, que te trate como si no tuvieras derechos ni sentimientos, como si no fueras nada en absoluto.

—Para.

Se dio media vuelta para dejarle ver el deterioro de su espalda, los numerosos injertos cutáneos y las terribles cicatrices que quedaban de lo que había sido un hombre bello. Se volvió de pronto, con el rostro muy cerca de ella y los ojos plateados, fieros y firmes, totalmente implacables.

—He visto lo que te han hecho y no vas a volver allí.

—Para. —Su voz surgía como un susurro—. No digas nada más.

Él la había reducido a este estado indefenso, a esta criatura arrastrándose por el suelo, decidida a no pedir misericordia nunca, a no entregar nunca lo que le exigían. Se vio a través de esos ojos plateados: ya no era una soldado que imponía respeto, sino ese animal medio enloquecido de dolor y desesperación, desgarrado y sangrante, sin esperanza.

De todas las personas del mundo, tenía que ser Ken quien viera cómo había destrozado Brett su cuerpo. «Puedo seguir así toda la noche, Mari; al final me darás lo que quiero. Sólo conseguirás que duela mucho más, pero a mí eso no me importa.» Avergonzada, se subió la manta para cubrirse un poco más mientras las palabras de Brett reverberaban en su mente. Por supuesto no le había tocado la cara. Whitney le habría matado, pero más tarde o más temprano, las amenazas del doctor no servirían para detener a Brett. En cierto modo, sentía lástima por él. Whitney le había programado y convertido en un animal que ya no pensaba en lo correcto o incorrecto, sólo en lo que él quería: y la quería a ella. Seguro que Brett formaría parte del equipo que vendría en su busca, y mataría a cualquiera que se interpusiera en su camino.

Bajó la mano para palparse la cadera. Llevaba un vendaje, por lo tanto habrían encontrado y retirado el dispositivo de seguimiento implantado por Whitney. Debería haber sabido que iban a encontrarlo. Contaba con que su equipo sería capaz de dar con ella bastante deprisa gracias al sistema de seguimiento, pero ahora tendrían que depender de Whitney —o de Abrams y sus contactos militares— y eso requeriría cierto tiempo. Los Soldados Fantasma dejaban pocos rastros, y nadie llevaba identificación. Si morían durante una misión, les enterraban con discreción, sin fanfarria pública, porque nadie sabía que existían.

Ken se bajó la camisa y tapó las cicatrices que descendían por su vientre y desaparecían por debajo de los vaqueros. Se inclinó sobre ella para cubrirle con la mano la garganta, acariciando con los dedos la piel sedosa de Mari. Su susurro sonó suave, con los labios pegados a la oreja para que su aliento cálido la alcanzara y propagara espirales de calor por su cuerpo.

—Mi vida no se rige por las normas de otros. Yo creo mis reglas.

Ella le rodeó la muñeca con los dedos, un brazalete que no llegaba a cerrarse, pero se los clavó en su piel, en las estrías de las cicatrices, mientras bajaba las pestañas.

—No dejes que me vea nadie más. En especial Briony.

Ken cerró los ojos y pegó su frente a la de Mari. Era un infierno absoluto estar tan cerca y no poder tocarla. A pesar de la sangre, el sudor y las drogas, su fragancia le volvía loco. El experimento de Whitney para crear parejas mediante el olfato era más que un éxito. Pero, sobre todo, más que la necesidad física, sentía el deseo imperioso de protegerla. Tal vez fue la visión de su cuerpo molido y apaleado cuando le cortaron la ropa y se la retiraron. Tal vez fueron las voces de Nico y el cirujano maldiciendo o el silbido de rabia de Jack. Sólo recordaba haber sentido el impacto como un puñetazo en sus entrañas, y luego, cuando la colocaron boca abajo para examinar su espalda, fue como si le arrancaran el corazón del cuerpo.

Sabía que había monstruos en el mundo —había conocido unos

cuantos y destruido otros más—, pero ¿quién querría hacer esto a una mujer? *Alguien como su padre*. Apartó al instante la mente de la dirección que seguía.

—¿Estás bien, Ken? —preguntó Jack tocándole el brazo.

—Te lo juro, Jack, es como volver a pasar por todo ello. Primero el ciervo y luego Mari. No creo que cierre los ojos otra vez.

—Tenemos que salir de aquí; no nos atrevemos a quedarnos más rato.

—Yo me quedaré rezagado. Llévala a un lugar seguro y que descanse un poco. Me ocuparé de que no puedan acercarse.

—No puedes matarlos a todos, Ken. Y, en cualquier caso, aún no sabemos quiénes son los malos de la película. Ha dicho que su misión no era matar al senador, se suponía que debían protegerle. Si la orden iba por ahí, no son diferentes a nosotros. Su equipo quiere que regrese, igual que nosotros no dejamos atrás a un Soldado Fantasma.

—Uno de ellos fue quien le hizo esto.

—Ken, no sabemos cuál.

Ken se enderezó poco a poco y se volvió para mirar a su hermano.

—No quiere que Briony se entere.

—Briony no es una cría. No le miento, ni siquiera por ti, y no puedes pedirme que lo haga, Ken. —Jack extendió las manos—: Metámosla en el helicóptero, ya arreglaremos esto más tarde. La llevaremos a la casita que alquiló Lily para nosotros y nos quedaremos ahí unas cuantas horas. La furgoneta se reunirá con nosotros allí y nos largaremos con ella.

—¿Vas a traer a Briony?

Jack negó con la cabeza:

—Es demasiado peligroso. Está embarazada y Whitney la busca. No quiero poner en peligro su vida, aunque ella desee ver a su hermana. Se quedará con Lily por ahora en la casa grande, y Kadan y el equipo de Ryland la vigilarán mientras salimos de aquí.

—Querrás decir mientras imaginamos la mejor manera de usar a Mari en nuestro juego particular con Whitney.

Jack empujó la camilla hacia la puerta, pasando por alto la cólera en la voz de su hermano.

—Ella va a regresar a la primera ocasión que tenga, Ken. No puedes fiarte. Ya la has oído, la has visto. No es Briony, por mucho que se parezcan. Ésta es dura como las uñas y te arrancará el corazón en cuanto le quites el ojo de encima. No olvides eso. En este momento no le confiaría la vida de Briony, y tampoco la tuya.

—No lo he olvidado. —Ken se echó el rifle hacia atrás e inspeccionó las armas y la munición en su cinturón—. Sólo que no estoy dispuesto a dejarla otra vez en manos de quien le haya hecho eso.

—No te identifiques con ella. Es nuestra prisionera y podría cortarte el cuello con facilidad... igual que a mí. No sabes nada de ella. Es capaz de embaucar a cualquiera, igual que nosotros. La han adiestrado como soldado, por lo tanto su deber primordial es escapar.

—Entendido, papi —dijo Ken.

Jack se detuvo con tal brusquedad que Ken se chocó con la cama. Sus miradas se encontraron como espadas de acero batiéndose sobre la cabeza de Mari.

—Voy a vigilarte, Ken, tanto si te gusta como si no. ¿Crees que no sé lo alterado que estabas mientras mirabas los cadáveres de los ciervos? Te estabas identificando con ellos.

—Tal vez, pero no voy a dejar que nadie se lleve a esta mujer de regreso con Whitney.

—Si regresa, podremos seguirla, rescatar a las otras y liquidar a ese cerdo de Whitney —comentó Jack—. A mí me suena bien.

—¿Alguien te ha dicho que eres un hijo de perra sanguinario? —preguntó Ken.

—Sí —reconoció Jack—. Más de una vez.

—Bien, pues es verdad. —Ken levantó a Mari con el brazo mientras Jack le sostenía la pierna y cogía el equipo médico. El helicóptero estaba a pocos metros, donde Nico esperaba con el rifle listo inspeccionando la zona circundante en busca de enemigos—. Sólo cuentan las muertes para ti, Jack. Pensaba que ahora que estás con Briony, dejarías atrás esa costumbre.

Jack se encogió de hombros.

—Es más fácil que cotorrear con todo el mundo como haces tú. Para cuando acabas de charlar con ellos, ya hemos llegado a la conclusión de que de todos modos hay que matarlos. Yo me limito a ahorrarte todas esas molestias.

Ken le miró con el ceño fruncido.

—Pero te habrás percatado de que todo el mundo piensa que eres el guaperas, ahora que yo tengo la cara marcada. Pues eso no queda nada bien con tu imagen de Doctor Muerte.

—¡Guaperas! —Jack le fulminó con la mirada—. Si no tuviera las manos ocupadas te pegaría un tiro por ese comentario.

—¿Quieres decir que Briony no te dice lo guapo que eres a altas horas de la noche cuando estáis los dos solos?

—No creas que no puedo eliminarte —amenazó Jack.

Ken mostró una sonrisa repentina, sincera esta vez.

—Así que te lo dice, ¿verdad?

—Ella me tiene por duro y curtido —corrigió Jack.

—Eh, Nico —llamó Ken mientras subían al helicóptero, no sin dificultades, procurando que la pierna de Mari no sufriera sacudidas—. ¿No piensas que Jack va de guaperas?

Nico miró a Jack a la cara y puso una mueca.

—Sí, es un encanto y está muy bueno, claro. Tiene que volver locas a las tías.

—Podéis iros los dos al infierno —dio Jack.

Ken se dio media vuelta y depositó a Mari con cuidado en la pequeña camilla bien sujeta. Jack fijó también el material médico y Nico ocupó el asiento del piloto. Esperaron al doctor, que corría tras ellos con el resto de equipo necesario. Eric Lambert era un buen médico y a menudo ayudaba a las unidades de Soldados Fantasma, aunque no estaba mejorado ni física ni psíquicamente. Sabía mucho de terapia génica y le interesaban los experimentos de Whitney. Tenía además acceso de seguridad de alto grado, por lo tanto a menudo era el hombre que enviaba Lily al campo de batalla para protegerlos a todos. Él era el cirujano que salvó la vida a Jesse Calhoun después de que le dispararan varias veces en ambas piernas, y Jack y Ken sentían debilidad por él, simplemente porque Jesse era su amigo, y tenían pocos en el mundo.

Ken se desplazó para hacerle sitio.

—¿Con ganas de emociones, doc?

—No. No dispares a nadie.

Jack dio un resoplido.

—¿Lo ves? No soy sólo yo. Sabe que no callas la boca y que al final acabas disparándoles de todos modos.

Ken entrecerró los ojos mientras Eric se levantaba para examinar a su paciente.

—Tiene el pulso más fuerte de lo que pensaba para la dosis que le has suministrado. Me gustaría tomarle más muestras de sangre. Creo que se cura mucho más rápido de lo que habíamos previsto. Whitney incluyó un par adicional de cromosomas cuando os modificaba a todos y eso le proporciona mucho código genético con el que trabajar. Cuanto más os estudio a todos más comprendo que no sabemos ni una tercera parte de lo que sois capaces de hacer.

—Ya le has sacado demasiada sangre —objetó Ken—. Toda su vida la han usado como conejillo de Indias en los experimentos de Whitney. No creo necesario que le hagamos lo mismo.

Como siempre, Ken sonaba moderado, pero Eric oyó la nota de advertencia en su voz y dirigió una mirada a Jack, que sencillamente negó con la cabeza. Eric volvió a acomodarse en el asiento.

—Es preciso que entendamos bien lo que os sucede a todos —comentó—. Si ella se cura más deprisa y elimina los fármacos más rápido, tenemos que saberlo. No nos interesa encontrarnos un día en medio de una operación compleja de cirugía y que uno de vosotros se despierte de repente delante de nuestras narices.

Eric se hundió en el banco y se agarró al asiento para el despegue. Nunca le había gustado volar. Ken lo recordó, y recordó cuán agradecidos deberían estarle por estar siempre dispuesto a venir cuando alguno se encontraba malherido. En vez de eso, se sintió invadido por una oleada irracional de emociones que no era capaz de identificar del todo.

Apretó los dientes ante las imágenes espontáneas que cobraron vida en cuanto Eric sugirió eso de que uno de ellos pudiera despertarse en medio de una operación. ¿Era la clase de experimento que Whitney realizaba regularmente? Por las informaciones que tenían, amaba la ciencia y vivía para poca cosa más. ¿Tenía una mente tan retorcida como para someter a un ser humano a un tormento de ese tipo una y otra vez sólo para ver los resultados? A él lo habían torturado, sabía lo que era sentir la hoja del puñal abriendo la carne, totalmente despierto e incapaz de contraatacar. La idea de que Whitney pudiera hacer lo mismo a otro ser humano en nombre de la ciencia le enfermaba.

Notó un escalofrío y tuvo que contener una oleada de náusea. ¿Por qué ahora lo revivía todo después de tantos meses? Volvía a sentir la palpitación en el vientre, y abajo, mucho más abajo, el dolor que entumecía la mente, el tormento que avanzaba por su cuerpo, y podía oír las risas reverberando en su mente como una locura. ¿Estaba perdiendo la cabeza? La rabia interna, reprimida con tal esfuerzo, se abalanzaba alcanzando su vientre y garganta, hasta el punto de sentir ganas de gritar y destrozar a alguien con sus propias manos. Las gotas de sudor cayeron de su frente sobre el brazo. Desde entonces no había vuelto a ver la sangre de color rojo, por lo tanto ya no era capaz de distinguir si las gotas eran sudor, una simple ilusión o sangre real tal y como su mente quería ver.

—Ken.

Jack pronunció su nombre con aspereza.

Sus miradas se encontraron por encima de la litera mientras el helicóptero les sacudía, vibrando en medio del aire, apenas rozando las copas de los árboles. Ken casi no podía soportar la compasión en los ojos sabedores de su hermano. Se le secó la boca, pero consiguió esbozar una pequeña sonrisa, la que tenía reservada para momentos así. Estaba bien. Siempre estaba bien. Le habían arrebatado la piel, su buen aspecto, incluso la hombría, y habían convertido su cuerpo en algo digno de una película de terror, pero estaba bien. Nada de pesadillas, ni gritos, sólo un esbozo de sonrisa para que el mundo supiera que no, que en su interior no vivía y respiraba un monstruo, arañándole con sus garras y exigiendo salir al exterior y aniquilar todo cuanto le rodeaba.

A veces Ken pensaba que el monstruo lograría reventarle un día el vientre desde dentro. Jack se pensaba que quería hablar con todo el mundo, matarlos hablando. Se suponía que era el hermano bueno, el de trato fácil, el que se llevaba bien con todo el mundo. Formó dos puños apretando los dedos, pero entonces se percató de lo que estaba revelando a su hermano, a su mirada de lince, y extendió los dedos ante sí. Firmes como una roca. Podría contar siempre con eso. Tal vez su mano estuviera marcada de cicatrices y los dedos no fueran tan flexibles como debieran, pero Ekabela y sus amigos sádicos habían cometido un error con su método de mutilación, pues conservaba su habilidad para disparar. Estaban demasiado ansiosos por pasar al placer real de cortarle en otros puntos, mucho más dolorosos y espeluznantes.

Apartó la mirada de su hermano. Jack podía leer sus pensamientos. Cuernos, desde que eran críos entraban y salían de la mente del otro a placer. Ya entonces lo hacían por instinto de supervivencia. Ya a esa edad temprana habían aprendido a confiar sólo en ellos. Jack le conocía demasiado bien, sabía que el monstruo que habitaba en el interior de ambos se encontraba últimamente demasiado próximo a la superficie. Para Jack era motivo de preocupación que él no fuera capaz de mantenerlo a raya. La locura era una posibilidad muy real a la que se enfrentaban.

El doctor Peter Whitney era un hombre con demasiado dinero y poder que creía que las reglas no estaban hechas para alguien como él, y por desgracia contaba con el respaldo de algunas personas muy poderosas. A Jack y Ken, igual que a otros tantos hombres del ejército, les había engatusado con su entusiasmo por los experimentos psíquicos. Tenía perfecto sentido al principio: elegir hombres de todas las ramas de la fuerza de Operaciones Especiales y hacerles pruebas que detectaran su potencial para emplear habilidades psíquicas. El doctor planeaba reforzar el talento inherente y crear una unidad de hombres capaz de salvar vidas con sus destrezas.

Whitney no había dicho palabra sobre la terapia génica ni sobre la mejora genética. Tampoco había mencionado el cáncer, los derrames cerebrales ni los ataques. Desde luego no había admitido que iba a enfrentar a unos hombres contra otros sin ellos saberlo. Y ni una vez había mencionado el programa de reproducción y el empleo de feromonas para emparejar supersoldados con mujeres.

Ken se frotó las sienes para calmar el fuerte martilleo. Pero Whitney no les había sometido a una investigación tan meticulosa... o tal vez sí. Quizá sí estaba enterado de lo de su padre, de lo celoso que era y cómo se obsesionaba con su madre, hasta el punto de no soportar compartirla con sus propios hijos. Obsesión era un palabra muy fea, y Whitney había exacerbado sin duda al demonio al que los gemelos se enfrentaban día a día. Ambos habían jurado no arriesgarse a convertirse jamás en el hombre que había sido su padre. No obstante, los dos habían sido elegidos sin su consentimiento para participar en el experimento de reproducción de Whitney.

Por supuesto que conocía al viejo, dijo Jack. *Es la razón por la que Whitney nos eligió. Somos gemelos. Nos ha emparejado con gemelas y ahora espera tan pancho los resultados.*

¿Espiándome, hermano?, contestó Ken. *Quieres saber si me afecta de algún modo el aroma de Mari.*

¿No es así?

Ken dirigió una mirada a Jack. Su hermano no lo tenía claro... y eso significaba que Mari tampoco. Por lo tanto, ella tenía una oportunidad, aunque mínima, pero al menos era una, cuando él ya creía que todo estaba perdido. No le gustaban las películas trágicas y no iba a aceptar una vida trágica, qué cuernos, ni iba a dejar que Jack y Briony, y desde luego tampoco Mari, la vivieran. Maldito Whitney y todos sus experimentos. Iría tras ese hombre si hiciera falta.

¿No es así?, repitió Jack.

Tú ya lo sabrías si fuera así, ¿o no?

Jack maldijo en voz baja.

Eso no es respuesta, y lo sabes.

Ken se encogió de hombros, adoptando el aire más despreocupado que pudo.

Es evidente que mis genes no están tan necesitados como los tuyos.

Jack entrecerró los ojos y miró a su hermano con el ceño fruncido. La sospecha no dejaba de espolearle la mente. Jack no estaba en absoluto satisfecho con la respuesta.

Tienes un comportamiento posesivo con ella.

Le disparé. Es hermana de Briony. No sólo hermana, es su gemela. Si esto acaba mal, ¿crees que Briony va a tomárselo bien? No deberías acercarte a Mari porque, como muera, Briony te culpará sin querer; es la naturaleza humana. No puedes, Jack. Tienes que dejarme manejar esto a mí solo.

Jack se metió los dedos por el pelo, experimentando un momento raro de agitación.

No es justo. Por protegerme a mí vas a destruir tu propia relación con Briony.

Yo no estoy casado con ella. Y es lo que hacemos siempre: nos protegemos el uno al otro.

Tenlo presente, por si decides asumir algún riesgo innecesario sólo por proteger mi relación con mi esposa.

No sabía que existiera tal cosa como un riesgo innecesario.

Ken dedicó una breve sonrisa de gallito a su hermano y le alivió ver que Jack se relajaba también.

Nico hizo descender el helicóptero sobre un pequeño terreno justo encima de la casa que había alquilado Lily Whitney-Miller para ellos. Una mujer de gran talento, era la única huérfana que Peter Whitney había educado como hija propia; la traición de todo lo que ella sabía y creía había sido un golpe tremendo. Casada con un Soldado Fantasma, Ryland Miller, había abierto tanto su casa, una gran finca, como sus recursos, a los Soldados Fantasma. Fue Lily quien descubrió las maneras de crear escudos y proteger sus cerebros del asalto continuo. Y fue Lily quien remitió el cáncer de Flame. Siempre era Lily quien se adelantaba a su padre con tal de mantener a salvo las unidades de Soldados Fantasma. Cuando no sabían a quién recurrir, la llamaban a ella.

Mientras el helicóptero tomaba tierra y Nico apagaba el motor, Eric se levantó del asiento para inclinarse una vez más sobre su paciente con el estetoscopio en el corazón. Deslizó la mano por el brazo hasta encontrar la muñeca para tomarle el pulso.

La mirada de Ken saltó de inmediato a la palma que el doctor deslizaba sobre la carne desnuda de Mari y un rugido de protesta surgió de la profundidad de su vientre. Primitivo y desagradable, el monstruo en su interior rechinaba los dientes y buscaba la libertad con sus zarpas.

—¿No acabas de oír su ritmo cardíaco? —preguntó Ken sin alterar su voz —. ¿Hay algún problema que no nos cuentas?

Eric volvió la cabeza con un leve ceño.

—Ha perdido mucha sangre y sólo podríamos darle...

Su voz se interrumpió de súbito cuando Mari le cogió del pelo, echó su cabeza hacia atrás y la bajó hacia ella. Desplazó la mano del pelo al cinturón y sacó de ahí el puñal para llevarlo rápidamente hasta el cuello del médico.

Jack ya había sacado el arma y apuntaba a Mari entre los ojos.

—Te meteré una puta bala en la cabeza si no sueltas ese puñal ahora mismo.

Hablaba en voz baja pero su voz era aterradora, pues decía en serio cada palabra.

Mari agarró con más fuerza el puñal, apretándolo contra la garganta del doctor.

—Retira la vía intravenosa. Si me disparas aún tendré tiempo suficiente de cortarle el cuello.

—Tal vez, pero no creo —dijo Jack—. E igualmente tú estarás muerta.

—Calmémonos todos un poco. —Ken apareció en el campo de visión de Mari. Sus ojos eran mercurio puro, una rendija de acero líquido—. Esto sólo puede acabar mal, Mari, y a nadie le apetece eso.

Estaba deslizándose por el interior del helicóptero con un movimiento fluido, silencioso y grácil, de músculos y tendones que intimidaría a cualquiera.

—Deja de moverte —ladró ella entre sus dientes apretados, sin aflojar el puñal, hasta el punto de tener los nudillos blancos.

No se te ocurra acercarte, Ken, maldición. No te interpongas entre nosotros. La mataré al instante, advirtió Jack.

No es necesario; no puede ir a ningún lado.

—Lo digo en serio, Ken. Me la cargo.

—Un poco de calma, pensemos en esto —dijo Ken.

No miró a su hermano ni reconoció su advertencia, y tampoco dejó de moverse.

—Aún llevas el catéter. ¿Adónde crees que vas a ir con eso?

—El doctor va a explicarte cómo retirarlo. Hablo en serio, doctor, saca el catéter y hazlo ahora.

—Jack no es un tipo agradable, cielo —dijo Ken—. Parece guapo y pone voz bajita, y la gente a veces tiene la impresión equivocada con él. ¿Recuerdas cuando te conté que me había sacado del campamento de Ekabela? Le capturaron y escapó. Pues bien, cualquiera en su sano juicio habría seguido corriendo sin parar, sobre todo si se encontrara en medio de territorio hostil, pero Jack no.

Hablaba en tono grave y familiar, como si estuvieran sentados en un mesa tan tranquilos, y no mirando la muerte de cerca.

Seguía acercándose, un acosador silencioso, haciendo que Mari se sintiera pequeña y vulnerable. ¿Se encontraba ya a distancia de propinar un golpe? No parecía llevar un arma, aun así de pronto se sintió aterrada. No porque ella pudiera cortarle el cuello a un hombre o porque Jack le disparara, sino por esos ojos relucientes que nunca la dejaban, ojos tan fríos que la estremecían.

—Aléjate de mí —dijo con voz atragantada.

—Jack regresó al campamento y lo preparó todo cuidadosamente para hacerlo saltar por los aires. Robó armas y, tras disponerlas, se instaló en los árboles para accionarlas una a una. Mató a más de...

Ken pasó a la acción a tal velocidad que pareció un borrón, golpeándola con el codo en la cabeza mientras le rodeaba las manos y el puñal, bajándolo y apartándolo del doctor, con tal fuerza que inmovilizó la muñeca de Mari sobre la camilla. Por un momento todo se volvió negro y un millón de estrellas danzaron ante sus ojos. Ken dio un fuerte toque con el pulgar en su punto de presión y ella tuvo que abrir la mano por reflejo.

Él recogió el puñal y se lo tiró a Eric, pero mantuvo su muñeca bien sujeta.

—Apartaos de una vez de ella, maldición.

Jack maldijo en voz alta con un juramento largo y creativo, que por otro lado era anatómicamente imposible. Ken le lanzó una mirada.

—Vigila esa boca.

—No me digas que vigile la boca, qué cojones. ¿Qué cuernos pensabas? Te has plantado delante de mi arma y lo has hecho a posta. Serás hijo de perra.

—Pensaba en distender la situación —contestó Ken, con tono tan moderado como siempre—. Se supone que debe intentar escaparse, Jack. Eso es lo que hacemos cuando nos atrapan. Imaginaba que lo intentaría al final, aunque no pensaba que lo hiciera tan pronto. —Dirigió una mirada a Eric, quien se frotaba aún la garganta y parecía aterrado—. No hay duda de que puede absorber los fármacos en su sistema a una velocidad notable, ¿no? Ya tenéis la respuesta sin sacarle más sangre.

Ken la estaba tocando, rodeándole su muñeca con las manos como un torno, y ella notaba la cólera en él, un río que corría profundo y fiero, cuando en el exterior sólo mostraba indiferencia, tan frío como el hielo.

Capítulo 4

Ken se inclinó hacia Mari, creando un espacio de intimidad entre ellos, como si fueran las únicas personas en el helicóptero:

—¿Estás bien?

Ella cerró los ojos como si quisiera bloquear el sonido de su voz. Aquel tono tan preocupado, tan increíblemente amable... Él no lo era, no tenía nada de amable. Le sujetaba la muñeca sobre la camilla, y el codazo le había dejado la cabeza como si una bomba hubiera explotado dentro. Apartó la cara, decidida a no creerse su falso desvelo.

Pero Ken se acercó todavía más; ella lo supo por su aroma. De pronto estaba en todas partes, a su alrededor, dentro de ella. Notaba el calor de su aliento en la sien, el contacto ligero como una pluma de sus labios, suaves excepto por ese leve raspamiento sobre su piel que la hacía consciente de la cicatriz que cruzaba su boca. Esa leve fricción desenrolló una espiral de calor por su cuerpo. Notó de hecho un espasmo en el útero. No quería reaccionar a él, no quería sentir nada en absoluto, sólo la necesidad de escapar. No quería sentirse culpable si empleaba una hoja afilada, recordándole la manera en que habían mutilado su cuerpo.

—Está bien, Mari. Nadie te culpa por intentarlo. Es lo que hacemos todos; nos han entrenado para eso. Al menos espera a encontrarte más fuerte y a que aclaremos todo este barullo. No llegarías muy lejos tal y como estás ahora.

Si esperaba a encontrarse más fuerte, ellos tendrían tiempo de impedir cualquier intento de fuga. En cuanto a estar más fuerte, su cuerpo se recuperaba más deprisa de lo que ellos calculaban. Tenía mal la pierna, tal vez no pudiera usarla, pero había maneras...

Esta vez, Ken le rozó la oreja con los labios.

—Estoy leyendo tus pensamientos, ¿sabes?

Mari sacudió la mano como respuesta. Ivy, antes de que Whitney la matara, era capaz de leer a la gente y los objetos también, sólo con tocarlos. Era más que posible que Ken tuviera ese talento. Y entonces sabría lo que sentía cuando la tocaba.

La humillación fue a más, mezclada con la rabia. Lanzó veloz la mano rota sin pensar, apuntando a su nariz, esperando clavársela en el cráneo. Era su enemigo y no volvería a tragarse aquella atracción entre ambos. O tal vez su mortificación respondía a que la atracción no era mutua, sólo unilateral.

Ken le cogió la muñeca con fuerza, casi sin esfuerzo, y le alzó ambos brazos por encima de la cabeza, sujetándolos ahí con un golpetazo, colocándose casi sobre ella en una postura mucho más dominante. Aquello la sacó de sus casillas. Tuvo que refrenar el impulso de abalanzare y morderle como un animal rabioso... o tal vez arrancarle con las uñas la ropa que cubría su torso para ver si las cicatrices, que de buen seguro cubrían el cuerpo y el vientre, desaparecían más abajo, por las caderas delgadas y la entrepierna.

—Deja de forcejear.

—Apártate de mí.

—Primero cálmate. Acabo de salvarte la vida, sinvergüenza desagradecida.

Se estaba riendo de ella. Ojalá ardiera en el infierno, se estaba riendo de ella. Veía el destello de humor en sus ojos. No sonreía, su expresión seguía inalterable, pero percibía su risa, y sintió ganas de estallar... o tal vez de pegar sus labios a la blandura de su boca, sólo para notar la caricia de ese roce acalorado una vez más.

Furiosa consigo misma, casi se levanta de la cama, destilando adrenalina por todos los poros, pero él no cedía. Ella seguía aprisionada contra la camilla como si él no notara el forcejeo.

—Que. Te. Apartes. De. Mí. —Ladró cada palabra apretando los dientes—. Juro que te arrancaré el corazón con mis propias manos.

Su mirada brillante recorrió el rostro de Mari despacio, casi posesivamente.

—Dudo que quieras hablarme así; me estás excitando...

A Mari se le aceleró el corazón y un hormigueo de expectación endureció sus pezones. Tenía el pecho de Ken muy próximo, casi pegado a sus pezones ansiosos. Era perverso sentirse así, que un hombre la tuviera cautiva tras haberle propinado un codazo en la cabeza, y que no obstante su cuerpo reaccionara como una gata en celo. En ese momento se detestó a sí misma, se despreció tal como despreciaba a Brett y a los demás hombres. Ahora lo entendía, entendía que el deseo podía dominar cada sentido y desplazar la disciplina y el adiestramiento, hasta sólo pensar en saciar una necesidad química.

¿Lo sabía él? ¿Alimentaba él la adicción a posta con su proximidad? Si fuera así, estaba jugando con fuego. Mari se obligó a relajarse y alzó la vista para mirarle con el ceño fruncido, confiando en conseguir un aspecto intimidante.

—Las viudas negras devoran a sus amantes.

Ken le soltó las muñecas y recorrió su mejilla con un dedo, deslizando la yema sobre los labios, demorándose ahí como si fuera el lugar que le correspondía. Cuando Mari le miraba, cuando él la tocaba, la cólera parecía desvanecerse sin poder retenerla. Ken hacía que se sintiera completa y en paz. Tal vez era un talento psíquico peculiar de él. ¿Podría lograr eso Whitney con una persona? ¿Con el objetivo de conseguir que ella temblara de necesidad, y no obstante sintiera aquella plenitud sólo con el contacto de este hombre?

—No creo que me importe mucho ser devorado por ti —respondió, con voz que era casi un ronroneo.

Una vez más, ella notó la corriente eléctrica saltando entre ellos, dejando un rastro de chispas sobre su piel y calentando su sangre hasta convertirla en un torrente denso y fundido. Un escalofrío de necesidad recorrió su columna. Lo único que podía hacer era observarle, sintiéndose vulnerable y femenina en vez del soldado que sabía que era. Nunca se había sentido así, tan femenina que sólo podía relacionarse así con él, viéndole enteramente como un hombre. No se atrevía a hablar, temerosa de que se percatara de cómo temblaba con aquel contacto, no por miedo o rabia.

Ken cogió su barbilla con la mano y le inclinó la cabeza a un lado para examinar la sien.

—Te va a quedar una magulladura ahí. Tal vez convenga que te la mire nuestro médico, pero creo que podemos pasar sin él. ¿Necesitas más analgésicos?

Movió los dedos sobre su sien palpitante, eliminando parte del escozor.

—No.

Era una mentira flagrante, pero le respondió mirándole a los ojos. No podría manejar a este hombre si tomaba fármacos, necesitaba todo su ingenio si quería sobrevivir.

—Vamos a moverte, Mari, y te va a doler.

—Ya me ha dolido antes.

El destello de algo cruzó el rostro inexpresivo de Ken, un fugaz atisbo de una emoción que ella percibió importante, aunque no vio lo suficiente como para identificarla. Pero él no era de piedra, eso seguro.

—¿Estás lista?

Mari advirtió que el doctor, y no Jack, ocupaba la posición al pie de la camilla de ruedas. Jack empuñaba su arma con aire adusto. La mente de Mari no albergaba dudas, la usaría contra ella si daba un paso en falso con su hermano. Una parte de ella admiraba su actitud; la otra archivaba la información para uso futuro. Era una soldado y su deber era escapar. Ya no era fiel a su trabajo, pero sí a su unidad, y estaba decidida a no caer en la trampa de Whitney, por mucha adicción que creara el cebo, porque esto tenía que ser otra artimaña sádica de Whitney.

Mari asintió y se lamió los labios secos. Prefería que la torturaran a sentirse así, confundida e indefensa, y tan femenina que se moría de necesidad. Comprendía la tortura, el deber y la disciplina. No podía entender en absoluto el calor en su cuerpo o la sangre palpitando en sus venas. Resultaba increíble ser tan consciente de la presencia de Ken, como si todos sus sentidos, todas las células de su cuerpo, estuvieran sintonizadas con él.

Intentó armarse de valor cuando la levantaron, pero nada podía prepararla para el dolor que la desgarró y suprimió todo lo demás, dejándola sin respiración y sin pensamientos. Por un momento el martirio despejó su cabeza y pudo ser quien era: fuerte, estoica y controlada. Era esa luchadora a la que miraban las otras mujeres, la rebelde que no cedía ante las últimas exigencias de Whitney. Era la que fomentaba la idea de escapar, cuando no quedaba nada más, y era quien les prometía que si la ayudaban a conseguir una oportunidad de ver al senador, le convencería de que las liberara.

Las otras mujeres creían en ella, pero al dejarse capturar les había fallado. Tal vez Whitney ya hubiera matado a alguna de ellas, aunque él había abandonado el complejo de barracones, y mientras nadie le contara que Mari no estaba, todas seguirían a salvo. Los hombres la buscarían frenéticamente, pues no querrían que la ira de Whitney recayera sobre alguno de ellos. Sus castigos a veces eran mortales.

Ahora quería retractarse de todo lo dicho y hecho en el último par de años sobre la colaboración de los hombres en el programa de reproducción de Whitney, ahora que sabía lo que era estar tan absorta por otro ser humano y conocía la necesidad de sentir su contacto, oír su voz, mientras él se mostraba indiferente y la observaba como la prisionera que era.

Los hombres eran tan prisioneros como las mujeres, sólo que no se percataban. El experimento de Whitney no podía continuar, estaba convencida. No era natural, fundamentalmente no era aceptable que las personas no pudieran elegir. Aunque ella se enamorara de Ken —y no estaba segura de que fuera posible, dado lo que sentía por los hombres— nunca superaría aquel deseo que la dominaba. Le hizo comprender y sentir compasión como nunca antes por los hombres emparejados con las mujeres de modo tan poco natural. ¿Cómo podía encontrar felicidad alguno de ellos?

Ken observaba las emociones enfrentadas que cruzaban fugaces su rostro mientras él ayudaba a meterla en la pequeña casa donde iban a esperar la llegada del transporte terrestre mientras Nico despistaba a los perseguidores. Continuaría con su plan de vuelo hasta otra ubicación, una casa que también habría alquilado Lily. Cuando la unidad de Mari llegara ahí, la encontrarían vacía y Nico ya tendría el helicóptero de vuelta en su base. Permanecería inactivo un tiempo, por si acaso se lanzaban en su búsqueda, para atraparle y sacarle información. Nico no era un hombre fácil de encontrar. En este momento sólo esperaba a que el doctor acabara para así volver a despegar, una parada tan breve que casi no habría constancia de la misma.

Era duro para Ken observar las gotas de sudor formándose en el rostro de Mari con cada paso que daban. Se había negado a recibir más analgésicos porque quería mantenerse alerta. Él detectaba su confusión y humillación. Se sentía atraída por él, no cabía duda, con el mismo frenesí de aquella adicción aterradora que él notaba cada vez que inhalaba su fragancia. Comprendía ahora qué había llevado a Jack a recorrer medio mundo por seguir con Briony. Jack había conseguido alejarse en una ocasión de la mujer que lo era todo para él, pero no lo logró una segunda vez. Él no estaba seguro de cómo su gemelo lo había conseguido la primera, pero sabía que debía encontrar la misma fuerza.

No podía tenerla. No importaba que ella le deseara o que él consiguiera persuadirla: no podía tenerla. No se atrevía; Jack había pasado por esto, pero él era diferente. Aunque Jack no se creía un buen hombre, él siempre había sabido que lo era. Le observaba de cerca para detectar indicios del legado de locura que su padre les había dejado. Siempre había permanecido cerca de Jack y le había allanado el terreno en cada situación, asegurándose de que su hermano no hiciera ninguna de las cosas que prefería no hacer, de que no hubiera motivos para sentir la rabia furiosa... rabia tan profunda que ardía fría, no de calor. Rabia tan desagradable que superaba la locura, despiadada e infernal.

Jack llevaba el mismo hielo en las venas, la misma capacidad de desconectarse de toda emoción tan sólo con dar a un interruptor, un rasgo peligroso pero manejable. Pero sabía proteger a los demás. Se preocupaba por los hombres de su unidad, por la mujer que les había salvado durante tantos años en el pasado cuando aún eran unos adolescentes novatos que salían en busca de sangre y venganza, y se preocupaba por cualquiera que se cruzara en sus vidas y precisara protección. Se preocupaba por todo el mundo, incluido él.

Ken ocultaba su rabia tras una sonrisa fácil y una broma rápida, y protegía a su hermano con su vida. Estaba pendiente de una sola persona, y esa persona era Jack. Quería a su hermano gemelo con pasión, era protector con él, y estaba decidido a que tuviera una buena vida con Briony y sus niños. Le protegería a él y a su familia; incluso de sí mismo y del conocimiento certero de que la locura del padre vivía en su interior. Era un monstruo al que se enfrentaba a diario, al que conocía íntimamente y al cual apenas podía reducir o controlar.

—Frunces el ceño.

La voz de Mari le sobresaltó y le sacó de su ensimismamiento.

Al instante la máscara uniforme volvió a su cara. Resultaba irónico que la misma máscara que la gente veía, ahora sirviera para revelar lo que había bajo la piel. Aunque nadie se lo tragaba.

—No frunzo el ceño.

Tendría que tener más cuidado. Si ella había pillado su desliz, también se daría cuenta Jack, y eso no convenía.

—El doctor va a examinarte una vez más, y si puede te retirará el catéter y la vía intravenosa. —La voz de Jack sonó ultracalmada. Tenía el arma desenfundada, las manos firmes como una roca y los ojos fríos—. Como se te ocurra menearte te mato.

Ella se volvió para mirarle obligándose a sonreír aunque deseara gritar de dolor.

—A lo mejor me haces un favor.

Algo peligroso destelló en los ojos de Jack.

—No te conviene jugar conmigo, Mari. No sé nada de ti. Briony es mi mundo y si constituyes algún tipo de amenaza para ella, estás acabada.

Briony. No podía pensar en Briony. Su hermana estaba en algún lugar del mundo, lejos de toda esta locura. Estaba a salvo y feliz, y su marido la adoraba, no un asesino frío como una roca con rendijas plateadas en la mirada y sin una sola pizca de compasión.

El médico se acercó y al instante se percató de lo vejada que iba a sentirse. Estaba retirando el catéter con los dos hermanos en la habitación y ella llevaba poca ropa bajo la manta.

—Toma aliento —recomendó Ken—. No nos queda otra opción,

pero, de todos modos, haremos todo lo necesario hasta que puedas volver a andar por ti sola.

—¿Cuánto tiempo necesitaste de alguien para ayudarte a hacer tus necesidades después de que te seccionaran en pedacitos? ¿Te lo cortaron todo o sólo partes?

El suave chasquido del arma fue bastante sonoro en la habitación sumida de pronto en silencio. El doctor soltó un jadeo y evitó a toda costa mirar a Ken. No era difícil imaginar a qué parte del cuerpo se refería.

Mari habría dado cualquier cosa por poder retirar las palabras en el mismo momento que salieron de su boca. Había arremetido contra él por vergüenza, en un intento de hacerle daño y conseguir alguna reacción. Era mezquino, no era digno de ella. No le preocupaban sus cicatrices, aunque debía admitir que sí se preguntaba si le habían cortado por todas partes. No se imaginaba que un sádico como Ekabela, un hombre capaz de genocidio, no infligiera el mayor daño posible en un hombre al que odiaba y temía.

Eso suprimió los demás pensamientos: Ekabela había temido a este hombre, pero ella le estaba provocando a posta, pinchando con el palo a una serpiente enrollada, hurgando en las heridas del depredador sólo para esconder su propia humillación. Alzó la mirada sin importarle que la habitación bullera de tensión y que su hermano quisiera apretar el gatillo. Los dos hombres estaban muy conectados. Jack debía de sentir una puñalada cada vez que miraba a Ken, igual de brutal que el cuchillo que había cortado a su hermano. Ella sentiría lo mismo si hubieran torturado a Briony y dejado en su cuerpo pruebas tan visibles.

—Saque el catéter, doctor —dijo Ken en tono moderado—. ¿Y no crees que es un poco exagerado apuntarla con una pistola, Jack? —Suspiró y le apartó más mechones de pelo del rostro—. A Jack le gusta disparar primero y preguntar después. Le he mandado ya un par de veces al psiquiatra, pero siempre lo envían de vuelta a casa y me dicen que no tiene remedio.

Ella no podía disculparse, era incapaz de pronunciar las palabras con los otros hombres delante. Sólo podía mirar su rostro calculadamente inexpresivo y desear que Jack apretara el gatillo. Dudaba que Ken permitiera que alguna cosa lo lastimara, pero la pulla de Mari le había afectado. No dejó que se notara, en absoluto, pero Jack sí reaccionó, y eso parecía peor, como si su inconsciente comentario hubiera calado tan hondo que Ken no pudiera mostrar su reacción.

Él era su enemigo. Repitió las palabras una y otra vez mientras el médico retiraba el catéter. En todo momento mantuvo la mirada fija en Ken, viendo cada detalle, la estructura ósea perfecta, las densas pestañas oscuras en contraste con los relucientes ojos plateados. Había una sensualidad latente ahí, pero ella sabía que esas cuadrículas en su rostro eran casi todo lo que la mayoría de la gente vería alguna vez.

—¿Qué dijo mi hermana cuando te vio?

Susurró las palabras en voz alta, pues necesitaba enterarse, a sabiendas de que la pregunta sería malinterpretada, pero le revelaría la verdad, las cosas que debería saber para continuar adelante. Tenía que entender bien el carácter de Briony.

—Maldita seas —dijo Jack entre dientes, dando un paso agresivo hacia delante—. Cierra la boca, maldición, antes de que lo haga yo por ti.

Ken salió al paso con un movimiento fluido, bloqueando el camino a su hermano e impidiendo que llegara a la cama; estaba del todo segura de que era el único motivo por el que Jack no la hubiera dejado ya inconsciente con la culata del fusil.

—Briony nunca parece fijarse a menos que lo haga otra persona, y entonces se vuelve protectora como una mamá tigresa —respondió Ken—. ¿Tanto te preocupa?

Debería haber dicho que sí, necesitaba protección, algún tipo de armadura, cierta distancia entre ellos, pero la mentira no salía.

—No.

Jack respiró hondo y soltó aire, retirando el arma fuera de la vista y dándose media vuelta.

—Doc, no te queda tiempo. No te dejes ver, espera a que te contacten cuando todo esté seguro. Ya conoces el procedimiento. Gracias por la ayuda y mis disculpas por el puñal. He menospreciado las destrezas de la chica. —La perforó con la mirada—. No volverá a pasar.

Mari le dirigió una mirada fulminante.

—Seguro que sí. Eres un gran cavernícola y yo la mujercita, demasiado estúpida para saber valerme por mí misma.

Jack salió de la habitación para acompañar al médico hasta el helicóptero, dejándola a solas con Ken. Al instante la habitación pareció demasiado pequeña, demasiado íntima.

—Deja de acosar al tigre —dijo Ken. Deslizó el brazo por su espalda y le dio otro trago de agua fría—. Sólo vamos a estar aquí una hora más o menos, lo suficiente para que descanses un poco.

—Igual él se cree que es un tigre. Es la impresión que te interesa dar a todo el mundo, ¿verdad?

Lo dijo como una suposición, pero sabía que era la verdad.

—No pienses ni por un momento que Jack no va a apretar el gatillo. No es un minino —dijo Ken.

—Tal vez no. —Jack podía ser el callado, el que no estaba por tonterías, pero Ken engatusaba al enemigo dando una falsa impresión de seguridad. Sonreía más a menudo que Jack, pero la sonrisa nunca le llegaba a los ojos. Había algo dentro de él, inmóvil y vigilante, y tan peligroso que el corazón se le aceleró—. Pero tú tampoco lo eres.

Ken observó la manera en que se movía su garganta al tragar agua. Le costaba resistirse y no inclinarse a llevar la lengua y los dientes a esa frágil extensión de piel. Anhelaba saborearla y dejar una señal de propiedad en ella. Marcarla como suya ante el resto del mundo. Y esa necesidad le disgustaba. Se había enfrentado a peligros toda su vida, pero esta mujer era una amenaza más seria para él personalmente que un millar de rifles. Podría hacerle perder el honor y el respeto por sí mismo, y revelaría al mundo su secreto más profundo y desagradable.

—¿Por qué no viene a verme Briony, si de verdad la conoces?

—Jack no se fía de ti.

—A mí eso no me detendría.

Se sentía herida, sin explicación aparente. Si descubría dónde estaba su hermana, movería cielo y tierra por verla un instante; siempre que estuviera segura de que Whitney no se enterara.

Ken permitió que se tumbara, y él se enderezó, provocando de nuevo aquella sensación de pérdida en Mari.

—Has dicho que vuestra misión era proteger al senador. ¿Sabes quién dio la orden a vuestro equipo? ¿Os alertaron de algún plan de asesinato contra él?

Parecía tan remoto... tan solo. Ella se sentía igual por dentro, donde nadie veía quién era. A nadie le había importado nunca quién era ella. Era una soldado. Lo era todo y nada al mismo tiempo. A veces se sentía, sobre todo en los últimos tiempos, como si ya no le quedara humanidad... como si se la hubieran eliminado a base de instrucción o pisotones. No estaba segura cómo, pero ya no le quedaba de eso. *¿Así es como te sientes?* Mari hizo la pregunta en silencio, deseando conectar con él, necesitando comunicarse después de haber arremetido con las garras antes. *¿Te sientes como si no quedara humanidad en ti? ¿Como si te la hubieran sacado a patadas y te hubieran convertido en algo que ni siquiera reconoces ya?*

Ken recorrió su rostro con la mirada, viendo demasiado ahí. Por un momento ella sintió la conexión, como si él hubiera conseguido introducirse a través de su piel para compartir aquello con ella.

Nací sin humanidad, así que nunca he tenido ocasión de perderla.

Sus palabras sonaban ásperas, pero su voz, que recorría la mente de Mari, era una caricia que mimaba sus entrañas, elevaba su temperatura y le prendía fuego. La sorprendió aquella sinceridad total, ya que lo que decía era imposible. Ken creía obviamente lo que decía, y eso la confundía. ¿Qué clase de monstruo se escondía bajo la máscara de cicatrices? En otro tiempo había tenido una máscara de beldad masculina, ¿también eso había sido una máscara?

Lo estudió intentando ser objetiva, intentando verle de verdad mientras la química corporal reaccionaba y se propagaba por el riego sanguíneo con abandono desenfrenado. Whitney era aficionado a los experimentos. Sabía retorcer todo lo bueno hasta pervertirlo en algo que dejaba mal sabor de boca. La habían criado con disciplina y control, pero para su mente metódica, todo lo que hacía Whitney parecía caótico e infame... una forma sutil o no sutil de tortura.

Mari negó con la cabeza.

—Es Whitney quien carece de humanidad. Es cruel e insensible y no queda un gramo de compasión o bondad en él. Tú no eres así.

—No te engañes. Yo soy exactamente así.

—Tú haces cosas agradables.

Ken se encogió de hombros. La mayor parte del tiempo no sentía nada en absoluto, pero cuando sentía, era una rabia gélida que ardía tan profundamente que le aterrorizaba. Ahora sus emociones se habían desmandado, deseaba poder volver a lo familiar. Hacía cosas agradables porque tenía que hacerlas; era necesario mantener a Jack a salvo. Y, por encima de todo, Ken quería ver a Jack feliz y sano en el mundo, viviendo su vida. Uno de ellos tenía que sobrevivir, y Jack era extraordinario.

Ken se inclinó una vez más, agitando con su aliento los mechones de pelo sobre el rostro de Mari. Su expresión era severa.

—Da resultados.

Ella estudió las cicatrices más de cerca. La tortura era bastante reciente. Debería sentirse intimidada, pero no se asustaba fácilmente. Conocía a muchos soldados y reconocía el control cuando lo veía. Ken dominaba la disciplina y circunspección como un arte. Ella estiró la mano y rozó su rostro con los dedos, necesitaba la experiencia táctil, el flujo de información que podía acompañar un solo contacto de piel con piel.

Dentro de Ken, todo se paralizó mientras los dedos seguían el trazado de las cicatrices, dejando pequeños puntitos de fuego ardiendo en el rostro, y eso que cuando él se tocaba no sentía nada. No tenía sensibilidad en la mayor parte del cuerpo, no obstante la sentía a ella bajo la piel, revitalizando terminaciones nerviosas perjudicadas que brincaban y crepitaban con la corriente eléctrica. La sensación se propagó desde el rostro al pecho, con un calor tan denso que parecía lava derramándose por sus venas y tejidos, deslizándose como seda ardiente sobre el músculo, hasta quemarle de dentro a fuera. El fuego se asentó en su entrepierna, reanimándola con dureza y dolor.

Siempre había sido un hombre grande y bien dotado, y los esbirros de Ekabela se habían dado un festín con él. Uno era un maestro de la tortura y había ocasionado esos diminutos cortes de diseño preciso sobre cada centímetro de su cuerpo. Lo llamaba arte, con ternura, mientras los hombres a su alrededor admiraban y animaban esos cortes limpios, concebidos para inferir el mayor dolor sin permitir nunca perder el conocimiento a la víctima. Cortes que acababan con cualquier hombre si por casualidad lograba escapar. Le habían despellejado la espalda, pero no había sido tan atroz... nada había sido tan atroz como las incisiones del puñal en sus partes íntimas, las más privadas.

Aún podía sentir el tormento dominando su cuerpo, la necesidad imperiosa de rogar que le mataran. La necesidad de imponer justicia con alguien... cualquiera. Cuando despertó en el hospital y vio los rostros de las enfermeras supo que el monstruo que vivía y respiraba en su interior había salido a la superficie. Y supo que nunca volvería a funcionar como un hombre normal. Las estrías reducían la sensibilidad, por lo tanto si quería volver a sentir, sentir el más mínimo placer, precisaría una estimulación lo bastante brutal como para llegar más allá de los daños.

—Hijo de perra.

Dejó ir la maldición entre dientes, con voz áspera.

Su sangre se precipitó ardiente hasta encontrar la entrepierna. Apretó los dientes para contener el dolor inevitable en el tejido rígido estirándose a su pesar, hinchándose con una turgencia alargada y voluminosa que ya no creía posible. Su respiración se aceleró desde los pulmones y el sudor cubrió de gotas su frente. Se agarró al borde de la cama y se obligó a respirar en medio del dolor. Entretanto, sus ojos no se despegaban de la mirada de Mari en ningún momento. Ella había logrado, con una sola caricia de sus dedos sobre el rostro, lo que nadie podría hacer por él nunca más.

—Hijo de perra —repitió buscando aire con dificultad, intentando no dejar que el dolor y el placer, ahora entremezclados, se convirtieran en lo mismo.

—¿Ken? —Mari intentó incorporarse en la cama—. ¿Qué pasa?

Él estaba encorvado y, quisiera admitirlo o no, necesitaba ayuda. Ella no podía sentarse en su estado, con la pierna inmovilizada, y cualquier movimiento perjudicaría su precario control, por lo tanto lo único que a Mari se le ocurrió fue:

—¡Jack! ¡Jack! ¡Ven aquí!

Ken le tapó la boca con firmeza, y se inclinó un poco más, encontrándose con sus labios directamente sobre la boca de Mari, separados únicamente por su mano.

—No le necesitamos.

El sonido del helicóptero se oía con fuerza en el exterior, así que

Mari estaba convencida de que Jack no habría oído su llamada. Ken había actuado con tal rapidez que había acallado casi todas sus palabras.

Una gota de sudor cayó sobre el rostro de Mari, que abrió mucho los ojos. Agarró a Ken por la muñeca con la mano buena y tiró. Cuando él apartó la mano de la boca tan sólo unos centímetros, ella tocó la gota.

—Dime qué te pasa.

—De vez en cuando siento algún vestigio de mis vacaciones en el Congo. —Se encogió de hombros—. Nada con lo que preocupar a Jack.

—No le das muchas preocupaciones a Jack, ¿verdad? —infirió ella.

—No hay necesidad. Deja de retorcerte o te harás daño. —Enderezó el cuerpo sólo un poco, poniéndose a prueba, intentando pasar por alto la manera tan tierna en que había percibido sus labios sobre su palma. Con ella tenía sensibilidad, cada sentido se realzaba más de lo normal, hasta ser capaz de saborear a Mari en su boca—. ¿Conoces mucho a Whitney?

—Nadie conoce a Whitney, ni siquiera sus amigos. Es como un camaleón, cambia de piel cuando le apetece. Presenta una cara, una personalidad un día, y al siguiente otra por completo diferente. Personalmente creo que está chiflado, borracho de su propio poder. El gobierno le concedió demasiada autoridad, sin nadie ante quien responder, y tiene demasiado dinero, con lo que tenemos al mayor megalómano del mundo. Y se lo he dicho en varias ocasiones recientemente.

—¿Eres consciente de que elabora unas fichas muy precisas? Quiero decir, ajusta mucho en los expedientes.

Sabía que Ken quería llegar a algo, y ella ya se encontraba ahí.

—Debe de contar con algún tipo de habilidad paranormal. De otro modo, ¿cómo iba a lograr escoger a las niñas adecuadas en los orfanatos? Él sabía que todas teníamos nuestros talentos. Nos contactó o se sintió atraído hasta nosotras de algún modo, por nuestras capacidades paranormales. Eso sería imposible a menos que él también fuera alguna clase de vidente. Así es como sabe cosas de nosotras.

Ken se tragó la repentina bilis en la garganta. Tenía una mala sensación, desde que había reemplazado a Jack en su misión en el Congo y había sido capturado, de que todo había estado orquestado. Lo había presentido incluso antes, con el retraso de Jack en Colombia, que le imposibilitó liderar un equipo de rescate cuando abatieron el avión del senador.

Se aclaró la garganta.

—Dijiste que Whitney no era exactamente amigo del senador. ¿Sabía Whitney que el avión del senador había sido derribado en el Congo por los rebeldes pocos meses atrás?

—Sí. Eso nos dijeron.

—¿Y os dijeron que la primera misión de rescate tuvo éxito pero que un hombre se quedó atrás? ¿Lo sabía Whitney?

—Alcancé a oír a Sean dándole la noticia.

—¿Y cómo reaccionó Whitney?

Le dolía el pecho, sus pulmones ardientes buscaban aire a toda costa.

—Pareció excitado. Pensé que le exaltaba que hubieran rescatado al senador, pero luego dijo algo como que era una lástima que Freeman tuviera que sobrevivir.

Ken mantuvo inexpresivo el rostro mientras su mundo se desmoronaba a su alrededor. Debería haberlo sabido. El doctor Peter Whitney encontraba un gran regocijo en utilizar seres humanos en sus experimentos. Llegaba a extremos asombrosos con tal de manipular a personas de manera que él pudiera documentar los actos y desatar reacciones que había predicho. Lo hizo con Jack y Briony, y ahora, estaba seguro, lo estaba haciendo al enviar a Mari para proteger al senador.

—¿Quién os ha dado la orden de proteger al senador Freeman?

Mari vaciló, tenía claro que Ken andaba detrás de algo... pero también era muy posible que estuvieran en el mismo bando. ¿Qué daño podía hacer? A la vez que él la sondeaba en busca de información, ella recogía datos para sí.

—Yo ya no estoy en esa unidad. Me han trasladado a otro programa. Whitney desapareció, y yo convencí a mi anterior equipo, con un poco de ayuda de las otras, de que me dejaran marchar para tener la oportunidad de hablar con el senador sobre otro asunto.

Ken inspiró con más brusquedad.

—¿Está mejorado genéticamente Whitney?

Ella negó con la cabeza. Mantenía la lealtad a su unidad, pero desde luego no a Whitney, y si esto era una trampa preparada por él, ya estaba al corriente de lo que ella pensaba de sus despreciables experimentos y de él mismo.

—Le puse a prueba un par de veces, sólo para ver. Sus guardaespaldas tuvieron que apartarme de él, por lo tanto, estoy segura de que no está mejorado. Probablemente no se atreve.

—¿Le atacaste?

—Confiaba en que con un poco de suerte le partiría el cuello, pero tiene un guardaespaldas, Sean, que es bueno de verdad.

La admiración por el soldado en la voz de Mari desató algo horrendo y desagradable en lo más profundo de Ken, algo que siempre se esforzaba en mantener oculto. Se apartó de ella de forma abrupta, dándole la espalda hasta conseguir recuperar el control. Formó dos puños con los dedos y se le retorcieron las tripas. Una sombra negra se movía en su mente.

—¿Cómo reaccionó cuando le atacaste?

—Sonrió. Le gusta sonreír justo antes de hacer algo repugnante de verdad. Fue entonces cuando me apartaron de mi unidad y me pasaron a otro programa.

—Su programa de reproducción.

Se obligó a mantener el control, sin moverse ni apartar la vista.

—Envió a Brett para que se ocupara de mí.

Las entrañas de Ken formaron un nudo y la sombra en su mente aumentó de tamaño. Oía el golpeteo del corazón en sus oídos, como el rugido de un animal herido.

—¿Y qué hizo Brett en concreto?

—Brett forma parte de su nuevo programa de reproducción, y le emparejó conmigo.

El rugido alcanzó un *crescendo*. Su mirada lanzó llamaradas de relucientes matices amarillos y rojos que destellaban como señal de advertencia. Ken se dio la vuelta de repente y volvió a su lado, cubriéndole la garganta con la mano.

—¿Qué te hizo Brett exactamente? ¿Te tocó así? —Deslizó la mano por la garganta hasta la prominencia de los senos. Sin dejar las caricias, retiró la manta y dejó expuesto su cuerpo, las fluidas líneas firmes y las curvas exuberantes—. ¿Y así?

Inclinó la cabeza para darle un lengüetazo en el pezón.

Mari se puso rígida a causa de las sensaciones que se disparaban por ella. Tendría que estar chillando, peleando y haciendo cualquier cosa excepto lo que quería hacer. Sabía lo que era esto, sabía que él se estaba aprovechando de sus heridas y utilizando el sexo intencionadamente contra ella, pero nunca había sentido un estallido tan deslumbrante de placer como el que había provocado el mero contacto de su lengua. Le agarró el pelo con los dedos, pero en vez de apartarle, lo retuvo pegado a ella, cerrando los ojos y saboreando la sensación de su lengua, sus dientes, el calor de la boca mientras él lamía.

No era delicado; Mari era capaz de distinguir que la fricción de los dientes y la boca era más que sensual, como si estuviera enfadado con ella, pero su cuerpo reaccionó con tal urgencia que casi gime. Ken desplazó una de las manos sobre su estómago, deslizándola más abajo a continuación para acariciarla una, dos veces, y meter luego el dedo muy adentro en su cuerpo receptivo, cuyos músculos se aferraron deseando retenerlo ahí. Su cuerpo amenazaba con implosionar, el orgasmo se precipitaba por ella sin motivo aparente más allá de la introducción de un solo dedo. Chilló mientras las sensaciones la dominaban y sacudían, sacudían su fe en sí misma y su capacidad de resistencia a cualquier cosa que él le hiciera.

—Joder. —Ken escupió la palabra, sacando de golpe el dedo de su cuerpo, rodeándole el cuello con la mano por segunda vez—. ¿Te hizo sentirte así? ¿Te humedeciste igual con él? ¿Te corriste por él así? Maldita seas, ¿hizo que te corrieras así para su satisfacción?

—¡Ken! ¿Qué coño estás haciendo? —exigió saber Jack.

Ken se puso rígido, con el rostro blanco por completo y los ojos muy abiertos con consternación y horror. Se apartó de ella dando un traspié, mirando indefenso a su hermano y tendiéndole una mano. Había una desesperación absoluta en su rostro, en la desolación de la mirada, en la manera en que se limpiaba la boca con el dorso de la mano como si el sabor le disgustara.

Jack dio un paso en dirección a su hermano sacudiendo la cabeza.

El tiempo se ralentizó. Mari lo supo. Lo vio suceder todo en su cabeza como si de algún modo, ese breve momento de conexión hubiera dejado una parte de ella dentro de Ken, para así poder leer sus pensamientos. Lo supo con exactitud, como si toda la escena se hubiera ensayado.

Ken sacó el arma con un movimiento fluido y se volvió hacia ella.

—Lo lamento, Mari —dijo con calma y se llevó la pistola a la cabeza.

Capítulo 5

*L*a tormenta en la cabeza de Ken aumentaba de volumen. Nunca se sacaría de la mente el sabor o aroma de Mari; nunca dejaría de ansiar alcanzarla, tocarla, poseerla. Al final, tan seguro como que vivía y respiraba, acudiría a ella, la tomaría, la haría suya. Y una vez que sucediera, ambos estarían perdidos. Había demostrado a Mari, y también a sí mismo, que no era digno de confianza. La destruiría igual que su padre hizo con su madre. Primero los celos, luego los castigos y finalmente la locura superaría al amor, y el asesinato sería rápido y brutal. Y luego Jack se vería obligado a darle caza y matarlo.

Dedicó a su hermano una pequeña sonrisa triste y levantó la mano libre para taparle los ojos a Mari.

Siempre te he querido, Jack. No quiero que tengas que hacer esto, dijo y apretó el gatillo con el dedo.

—¡No! —Había miedo y sufrimiento en la voz de Jack—. ¡Maldito seas, no, Ken!

Se adelantó de un brinco, cien años demasiado tarde; ni siquiera su fuerza y velocidad reforzadas podían llegar ahí a tiempo.

La manera en que Ken había sacado la pistola era experimentada y desenvuelta. No había vacilación, sólo resolución; como si supiera de algún modo que debería emplear esa última línea de defensa con su hermano. Mientras levantaba el arma, Mari ya se estaba moviendo. Saltó de la cama con cada movimiento cuidadosamente calculado. Embistió la cabeza contra el brazo de Ken. Notó el calor de la explosión mientras la bala salía de la pistola, demasiado cerca de su rostro. El sonido fue ensordecedor ahí junto al oído, pero agarró su muñeca y les arrojó a ambos al suelo. Aterrizó con dureza, incapaz de protegerse la pierna.

Se oyó a sí misma chillar, con un grito desgarrado y gutural, pero continuó aferrada con todas sus fuerzas al brazo de Ken, sujetándolo con el peso de su cuerpo pese a ver las estrellas, temerosa de desvanecerse antes de que Jack llegara junto a su hermano gemelo.

Ken no forcejeó. En vez de ello la rodeó con el brazo y pegó la boca a su oído:

—He intentado salvarte. Whitney tiene también mi perfil. Me conoce por dentro, donde nadie más llega, y pensó que sería divertido emparejarte con el diablo.

Mari volvió la cabeza para mirar sus ojos de extraño color.

—El diablo no habría intentado quitarse la vida por mantenerme a mí a salvo.

Hubo un momento, un pequeño instante, en el que ella pudo avistar la emoción cruda en esos ojos plateados, y el corazón le dio un vuelco como respuesta.

—Nunca volverás a estar a salvo, Mari, no mientras yo viva.

Jack lanzó el arma por el suelo de una patada, para apartarla de Ken. Luego se hundió al lado de ambos, llevando una mano temblorosa al hombro de su hermano. Mari no hubiera pensado que pudiera afectarle tanto.

—¿En qué estabas pensando? Ken, deberías dejar que te ayudara.

Ken sacudió la cabeza, acercándose más a Mari, buscando la sábana para tapar otra vez su cuerpo. Movía las manos con aire impersonal, como si su boca nunca hubiera saboreado su carne, ni la hubiera llevado a un grado febril de placer sensual sin ni siquiera intentarlo.

—No puedes ayudarme, Jack, y lo sabes. Sólo puedes ayudarla a ella. Sabes lo que tienes que hacer para mantenerla a salvo.

—Eso es un disparate, Ken. Puedo meterle una bala en la cabeza y todo resuelto.

Mari alzó la mano.

—¿Puedo votar yo?

—Estás sangrando por todas partes otra vez —dijo Ken. Se levantó cogiéndola en brazos, con tal dolor que dejó a Mari sin aire en los pulmones—. No puedes matarla, Jack. Tienes que protegerla de todo el mundo... incluso de mí.

Mari intentó con desesperación mantenerse consciente. El movimiento le había dislocado el brazo, y su estómago protestó con una náusea violenta. Pero se negaba a desmayarse, pues necesitaba oír cada palabra.

Jack negó con la cabeza.

—No tiene por qué ser así.

—¿Qué? ¿No me has visto actuando como un animal? Sabes con exactitud cómo va a ser: una larga caída al infierno. No voy a hacer eso. Me niego a ser *él*. Prefiero morir. —Ken colocó otra vez a Mari en la camilla, con cuidado de evitar sacudir su pierna—. Echa un vistazo, Jack, fíjate cuánto daño ha hecho.

Se apartó sin mirarla ni tocarla, su voz tan vacía como su expresión.

—Mira tú. —Jack bajó la mano para arrebatarle el arma—. ¿Vas a hacer estupideces otra vez?

Ken se negó a responder. Jack se acercó más a la camilla y, de pronto, colocó la pistola en la cabeza a Mari:

—Te lo juro por nuestra madre, si se te ocurre alguna otra vez volver a hacer eso, le vuelo la cabeza.

Ken se reanimó al instante. Su rostro se ensombreció y sus ojos se estrecharon hasta reducirse a rajas plateadas.

—Apártate de ella, coño, o vamos a tener problemas, Jack.

—Puede desangrarse por lo que a mí respecta, Ken. Como te pase algo a ti, *cualquier cosa*, provocado por ti o por quien sea, ella muere. ¿Entiendes eso? Te doy mi palabra, por mis cojones. Ella muere. Ya me conoces. Ya sabes que no me para nada. Piénsatelo muy bien antes de intentar otra mierda así conmigo otra vez.

Jack sacó la pistola, se la arrojó a Ken y se abrió paso a zancadas para quedarse apoyado en el umbral de la puerta.

Ken permaneció en pie un momento simplemente sosteniendo el arma mientras observaba la espalda de su gemelo. No dijo nada, se limitó a permanecer en silencio, con los nudillos blancos de tanto apretar la culata. Al final se la metió en la funda que llevaba debajo del brazo y dio una bocanada profunda para calmarse antes de mirar la sangre que empapaba la sábana.

Mari inspiró con brusquedad, intentando encontrar la manera de aliviar la tensión.

—Bien, eso ha salido bien. Ya veo que tu hermano tiene la mala costumbre de querer pegar un tiro a la gente. No bromeaba.

—No, no bromeaba. —Ken retiró la sábana de la pierna—. ¿Tenías que tirarte con tal fuerza? Vaya destrozo has hecho.

—Duele —admitió y estiró la mano para cogerle del brazo—. No has sido tú quien me ha hecho daño. Yo he participado. No ha sido todo culpa tuya, ya sabes. Podía haber dicho que no.

Ken negó con la cabeza y ella notó el temblor recorriendo su cuerpo.

—No es posible que entiendas lo que sucede aquí.

—Entiendo más de lo que piensas —dijo Mari.

Jack apoyó la cadera en el umbral, dedicando una mirada fulminante a su hermano y a Mari.

—Cuéntanoslo entonces.

Ella le dirigió una rápida mirada.

—Tiene que ver con el programa de reproducción de Whitney. Todos estamos atrapados en un experimento enorme. ¿Está Briony embarazada?

Jack se puso rígido.

—¿Por qué lo preguntas?

—Porque Whitney estaba desesperado por que yo me quedara embarazada. Se puso furioso cuando Brett no hizo bien el trabajo. En cuanto me enteré de que ella estaba contigo, no me costó tanto atar cabos y comprender que él la quería en el mismo estado.

Ken negó con la cabeza.

—Es mucho más que eso.

—Ya sabíamos lo que estaba haciendo, Ken —dijo Jack—, lo sabemos desde que envió ese equipo para llevarse a Briony. Quiere los bebés.

—¿Que hizo qué?

Mari empujó a Ken, pues quería una respuesta.

Él no le hizo caso, negó con la cabeza mirando a su hermano.

—¿No entiendes? Él lo sabe. Él provocó esto. Sabe lo mío.

—No razonas —dijo Jack.

—Se refiere a Whitney —interpretó Mari.

Ken asintió, pasándose la mano por el rostro, manchándose la barbilla con la sangre de Mari.

—Siempre he sospechado que era vidente. Está enterado de lo mío. Sabe cómo soy y ha preparado esto. No puede ser otra cosa, Jack. Sabía lo que yo haría si la mandaba conmigo.

—Él piensa que te conoce, igual que pensaba que me conocía. Yo sigo con Briony. Y estoy bien con ella. Tú nos ves juntos; tal vez me ponga un poco celoso de vez en cuando, pero no soy como él, y tú tampoco lo eres.

Mari desplazaba la mirada de un hermano al otro.

—¿Quién es él? Ya no habláis de Whitney.

—Yo sí —dijo Ken a Jack. Su tono era grave, un suave susurro, pero el impacto que difundía era letal—. Yo soy exactamente igual que él.

—Eso no es verdad, Ken —negó Jack.

—Cómo no va a serlo, puñetas —soltó Ken—. ¿No sabes lo que quería hacerle cuando me enteré de que otro hombre había estado dentro de ella? ¿Tocándola? Cuernos, Jack. Ni siquiera la conozco, no sé ni una sola cosa de ella. No estoy enamorado, ni ella lo está de mí, ¿cómo podría estarlo? Pero no importaba. Quería tirármela, que olvidara a cualquier otro, castigarla por atreverse, *atreverse*, a permitir que otro hombre la tocara de esa manera. No estaba siendo amable con ella, y no quería serlo. Quería que supiera con quién estaba.

Jack se dio en la jamba de la puerta con la cabeza.

—Esto es una locura.

—Siempre he sabido que él estaba vivo, dentro de mí. Siempre lo he sabido. Y ese hijo de perra de Whitney lo sabía también. Quiere ver qué va a sucedernos. Cómo destruirá su jueguecito a nuestra familia. Rápido. Despacio. Una gran explosión, una bala silenciosa en la cabeza. Está recostado observándonos, Jack. El hijo de perra está conectado con nosotros de alguna manera. Quiere forzar las cosas para ver si eres capaz de llevar a cabo la labor de pegarme un tiro.

—¿Y de qué le serviría eso a él? —preguntó Jack.

—Quiere ver cómo afecta a Briony, comprobar si los dos sois lo bastante fuertes y válidos como para que vuestros hijos sean supersoldados. Mari es prescindible para él; siempre lo ha sido. ¿Por qué crees que intentó que tuviera un hijo con otra persona? No quería que su trabajo fuera una pérdida completa.

Mari apartó la cara de ambos. No soportaba oír la angustia en la voz de Ken, la desgarraba por dentro. Él no la amaba. ¿Cómo era posible? Desconocía lo sucedido en el pasado de Ken y Jack, pero había detectado la sinceridad en la voz de él y las cosas cobraban sentido. Whitney la detestaba porque no podía controlarla bien. Tenía que aprovechar las amenazas contra otras mujeres para mantenerla a raya. Y ella era fuerte, siempre constituía una amenaza para él y sus programas. Hacía demasiadas preguntas. Whitney se enfureció cuando Brett fue incapaz de dejarla embarazada.

Mari intentó distanciarse de lo que él estaba diciendo. Todo le sucedía a otra persona, una mujer a la que no conocía. Era soldado y tenía que volver con su unidad. Ése era su sitio, el lugar que entendía. No era la clase de persona que se queda quieta e indefensa, con lágrimas en los ojos, mientras un hombre se aprovecha de su cuerpo. Pero eso era justo lo que había hecho, no había sido capaz de resistirse a la boca y a las manos de Ken.

Con Brett, tenían una pelea cada vez que se acercaba a ella. Su principio era defenderse y defender su derecho como persona a elegir con quién quería estar. A Ken le necesitaba cerca con desesperación. Cada momento que pasaba en su compañía empeoraba su adicción a él, hasta el punto de desear con frenesí su contacto.

—¿Podría conseguir eso Whitney? —preguntó, rebuscando en su memoria algún momento en que el científico hubiera introducido algo con disimulo—. ¿Cómo os apellidáis?

—Norton —respondió Jack, sin despegar la mirada de su hermano.

Su corazón dio otro brinco. Reconocía el apellido, debería haberlo sabido. Francotiradores. No sólo eso. La elite.

Ken le limpió la sangre de la pierna, evitando en todo momento tocar su piel. Por orgullo, Mari debería haber evitado mirar, pero estaba fascinada con la manera en que se movía su cuerpo, el modo en que deslizaba las manos, siempre con cuidado de evitar el contacto. El recuerdo surgió de la nada, desatado por el ondulante y cautivador músculo bajo la piel. El rostro de Whitney crispado lleno de rabia.

«Malditos los Norton, qué carajo. ¿Cómo has podido dejar que se te escapen, Scan? Te lo he puesto fácil y tú la pifias de todas todas.»

«No volverá a suceder, doctor.»

Sean había permanecido cerca de ella mientras Whitney la perforaba con una aguja justo antes de una de sus misiones. Recordó el roce subrepticio de su mano para estimularla. Siempre había detestado las agujas, y sólo Sean conocía ese pequeño punto débil.

Ken se puso tenso y le rodeó el pie con dedos como tenazas.

—¿Quién es él?

Mari parpadeó, desplazando la mirada de Jack a Ken.

—No sé de qué me hablas. Me haces daño.

Ken la soltó como si ella le quemara y se limpió la palma en el pantalón.

—El hombre en el que pensabas justo ahora. He captado su impresión. Grandullón, de pie al lado de Whitney. Te cae bien.

—¿Todo eso has captado sólo con tocarme?

—Maldición, contéstame —ordenó Ken.

—Ken, retrocede —advirtió Jack.

—Has tenido tu oportunidad, Jack. —Ken le dirigió una mirada dura—. Ahora todos tenemos que asumir las consecuencias.

Mari apoyó la cara en la manta apilada bajo su cabeza, entrecerrando los ojos fijos en el rostro de Ken, lo cual le permitía una especie de visión de túnel. Reconoció las señales familiares de su mal genio abriéndose paso.

—Espera un momento. Tengo la horrible sensación de que empiezo a entender qué pasa aquí. Dime que soy lenta, pero, por algún motivo, aunque seáis hombres, esperaba que actuarais con inteligencia.

—Mari...

—No me conoces tanto como para llamarme por el nombre de pila. No sabes nada de mí o de mi vida. Soy tu prisionera, ¿recuerdas? Me has pegado un tiro. —Su voz resonaba con tonos furiosos, por lo tanto prefirió mantenerla superbaja, pero era demasiado tarde para controlar su genio, ya estaba buscando algo para rompérselo en la cabeza—. No te atrevas a llamarme así. No me importa tener la pierna rota. Si quieres torturarme, adelante, pero no permitiré que estés ahí sentado todo petulante y actuando como un amante celoso por Brett. Encima, Brett. Eso fue lo que desató todo esto. Ahora lo entiendo. Lo de «tocándote así» y que luego perdieras la cabeza. Qué pedazo de burro.

—Mari...

—Qué tarado. No me hables. No me toques la pierna. —La adrenalina se precipitaba por su cuerpo, tanto que se encontró temblando—. ¿Tienes idea de cómo es ese hombre? ¿Lo que supone para una mujer tener a alguien que le da asco tocándola? Vete al infierno, Ken. La siguiente vez que quieras ponerte la pistola en la cabeza, te ayudaré a apretar el gatillo.

—No lo entiendes —dijo Jack.

—¿Me tomas el pelo? Era yo la que tenía que aguantar a Brett o a cualquier otro al antojo de Whitney. Ni tú, ni Ken. Y ver por una vez a un soldado que me trataba con decencia y respeto, un soldado al que admiro, ¿también es causa de celos?

Ken seguía muy quieto, todavía rodeándole el pie con los dedos, un contacto físico que hacía crepitar chispas eléctricas por sus terminaciones nerviosas, sumándose al flujo de rabia que crecía como un volcán.

—¿Quién es él? —repitió Ken.

El dolor era intenso pero, ¿qué cuernos? Empleó la pierna buena, la lanzó veloz hacia arriba, directa a su cara, aplicando su fuerza mejorada, con la necesidad de sentir la satisfacción de acertar al menos una vez con sus golpes. Se estaba entrometiendo en su mente y para Mari eso era inaceptable.

Ken bloqueó el golpe con un brazo, lo bastante fuerte como para que su pierna se entumeciera, sin que él soltara en momento alguno el otro pie, como si el ataque hubiera sido tan intranscendente que casi no lo hubiera notado.

—Era Sean, ¿verdad?

—Vete al infierno.

—No lo entiendes —repitió Jack—. Whitney no hizo esto.

Mari apretó los labios con fuerza, estudiando sus rostros. Ken no había movido un solo músculo, mantenía la mano aún rodeando la punta de su pie. Mari notaba el calor de la palma, demasiado consciente de él como hombre, no como secuestrador ni como enemigo.

—Ponme al día.

—El viejo consiguió dejar su legado en uno de nosotros —dijo Ken en tono realista.

Pero no estaba afectado. Lo disimulaba bien, tanto que ella dudó de que Jack pudiera ver más allá de su máscara: la falsa careta sin emociones que Ken mostraba al mundo. Pero cuando él la tocaba, cuando sus pieles estaban pegadas, ella veía más, notaba más, sabía más de lo que él querría... y estaba muy afectado, sin duda.

—Yo fui el afortunado en lo que respecta al legado de nuestro padre, y Whitney lo ha sabido en todo momento. Yo pensaba que lo había enterrado bien adentro, donde nadie se enterara nunca, pero él es vidente y me leía como un libro abierto, y todo este tiempo ha estado esperando su ocasión.

Jack se aclaró la garganta.

—¿Piensas que quiere ver tu reacción a ella porque se ha emparejado con otros hombres?

—Piensa que los mataré... o a ella.

Mari notó el vuelco del estómago. La voz de Ken transmitía una sinceridad tranquila. Ella se humedeció los labios de pronto.

—Alguien necesita de verdad aclararme todo esto, porque, con franqueza, no me gusta cómo suena. Whitney sabe cómo manipular a la gente para que haga exactamente lo que quiere que haga, y yo no es que sea exactamente su persona favorita.

—Ken —Jack no prestaba atención a Mari—, él no está conectado contigo, no tiene ni idea de cuál es tu carácter. Tú piensas que el viejo aguanta al acecho dentro de ti. Puñetas, yo pensaba lo mismo, pero no es cierto. Nos investigaron. Whitney tiene autorización de acceso y leyó todo lo que ponía en nuestras fichas.

—¿Qué es todo? —preguntó Mari, intentando con desesperación

pasar por alto que cada dedo de Ken dejaba puntos de fuego en su tobillo.

—Jack, no tiene nada que ver con eso. Es muy probable que leyera los archivos, sí; pero además lo sabe. Organizó esto porque quiere ver cómo reacciono yo y cómo reacciona Mari, y ahora que debes proteger a Briony, quiere ver cómo reaccionas tú. —Ken clavó los dedos en el tobillo de Mari y de pronto volvió hacia ella su gélida mirada—. Nuestro padre era un hombre celoso hasta la locura. Asesinó con brutalidad a nuestra madre e intentó matarnos a los dos. Whitney lo sabe y preparó esto. Tú. Yo. Jack. Briony. Para él todo es un gran juego.

—Pues está jugando a algo mortal —dijo Jack—. Porque nadie nos controla, Ken. Hacemos lo que siempre hemos hecho; tenemos nuestras propias normas y nos mantenemos unidos.

—¿Y qué hay de ella?

La respuesta de Ken fue tan baja que Mari apenas entendió las palabras.

Jack suspiró.

—Sabes que es imposible dejarla atrás, así que vamos a tener que pensar algo. No fue fácil para mí y Briony, pero nos las arreglamos.

—No soy tú, Jack. Te lo digo, soy como era él.

—No, no lo eres. —Mari sonó firme, sorprendiendo a los dos hombres, que le prestaron atención—. Si Whitney hubiera obtenido esa información de alguna ficha en algún sitio, sí, la habría usado en tu contra. Es muy bueno para exprimir a la gente, explorar sus puntos débiles, pero si tiene capacidades paranormales y te tocó, no leyó esa información en ti.

—¿Cómo sabes eso?

Ken continuaba friccionando las puntas de sus pies con gran delicadeza. Sin aflojar el fuerte asimiento, el contacto había perdido el toque de advertencia y se había convertido en una caricia involuntaria.

—Porque yo te he tocado.

Ken parpadeó. Fue el único movimiento. No hubo cambio de expresión en su rostro, pero ella sabía que había reaccionado.

Jack se aproximó más.

—¿Tienes esa clase de capacidad? ¿De leer a la gente cuando les tocas?

—No la tiene —negó Ken—. Está mintiendo para intentar sosegar mi mente.

—Como quieras. Ni siquiera me gustas. ¿Por qué querría sosegar tu mente? Cuanto peor te sientas, más feliz estoy yo. —Los ojos de Ken se habían vuelto de frío acero, pero ella aguantaba la mirada encogiéndose de hombros, fingiendo despreocupación—. No puede importarme menos que me creas o no.

—¿De verdad? —preguntó Jack.

Mari estudió sus rostros. Se había abierto un resquicio en su armadura, sin duda, tanto si querían admitirlo como si no.

—No es muy fuerte —dijo contestando a la pregunta de Jack—, pero lo bastante como para saber que Ken no es un asesino declarado, y menos con las mujeres. Cumpliría ordenes, pero no iría por ahí matando a alguien sin motivo.

—Me alegra saberlo. —Ken le soltó el pie, privándola de su calor—. Si eres tan buena en esto, ¿por qué no me dices quién es ese hombre y lo dejamos ya?

Ella frunció el ceño.

—Sabes que es Sean.

—Y vendrá a por ti.

—Whitney le mandará, sí, pero si estás en lo cierto y esto es un experimento, ¿por qué iba a hacerlo? ¿Por qué mandar a alguien para hacerme regresar con él? ¿No querría ver qué sucede entre nosotros?

—Primero manda a Brett —contestó Ken—, todo es parte de su bonito plan. Y luego enviará al otro porque existe un vínculo entre vosotros, y Whitney lo sabe... y sabe que yo lo sé y sabe que les mataré.

Aquel tono de voz la inquietó, su matiz era grave, mezquino y despiadado. Quería decirse que no era importante, pero conocía el poder de los experimentos de Whitney, y además tenía el sentido del olfato reforzado, tal como Ken y Jack. Por eso la respuesta de las feromonas era mucho más potente. Whitney había creado una atracción sexual poderosa que transcendía el comedimiento común y amenazaba la disciplina de incluso el soldado más fuerte... justo como había planeado el doctor.

Si Ken era de verdad como su padre, como evidentemente él temía, entonces ella podría encontrarse en un problema más serio de lo imaginado. Dudaba que pudiera resistirse a él llegado el caso de que se insinuara sexualmente, pero lo intentaría. Con lo que no había contado era con su preocupación de un modo u otro por este hombre. Se sentía atraída por él, no sólo sexualmente, sino emocionalmente, y eso no tenía sentido, casi la asustaba más que la atracción física.

—Me duele la pierna y esta conversación me da ganas de vomitar. No debería pasaros información, somos enemigos.

Jack negó con la cabeza.

—No creo que lo seamos. Si de verdad te han ordenado proteger al senador tal como a nosotros, entonces estamos en el mismo bando. Llevas el emblema de los Soldados Fantasma tatuado en la parte superior de la espalda. —Se levantó la manga—. Somos miembros de una unidad de elite de las Fuerzas Especiales y todos trabajamos para los Estados Unidos. Estamos en el mismo bando, Mari. No sé de dónde viene este lío, pero supongo que Whitney tiene algo que ver con ello.

—Piensas que Whitney actúa en solitario.

—Todos pensábamos que había muerto... asesinado —contestó Jack—. Desapareció hace unos dieciocho meses, y su hija vio su muerte, le vio muerto.

—Te aseguro que está bien vivo.

—Nadie le ha visto, nadie sabe nada de él, sólo recientemente empezamos a sospechar que fingió su muerte.

Mari frunció el ceño, desplazándose un poco para aliviar el dolor de caderas. Nada podía parar el dolor en la pierna, por lo tanto no le prestó atención, era lo que le habían enseñado. Le molestaba que Jack fuera el que hablara, como si Ken todavía estuviera pensando en otras cosas... cosas en las que ella no quería que pensara.

—Es posible que fingiera su muerte para que no le mataran. Si el gobierno, o sus amigos, hubieran determinado que era un lastre o un chiflado, podrían haber decidido librarse de él o, como mínimo, encerrarlo en una institución.

Se arriesgó a dirigir una rápida mirada a Ken, pero él estaba concentrado en su pierna.

—¿Qué amigos? —preguntó Jack.

—Recibe visitas esporádicas de un par de tipos. Las instalaciones están muy vigiladas cuando vienen, siempre rodeados de guardaespaldas. La mayor parte del tiempo nos trasladan a la parte posterior del complejo y sólo les vemos de lejos. Sean trabaja ahora con Whitney, y nos ha hablado algunas veces de las discusiones mantenidas entre ellos.

Ken se apartó de Mari, cruzando los brazos sobre el pecho y mirándola con ojos fríos.

—¿No se te ocurrió pensar que matar a una mujer porque alguien no regresa podría ser un poco inusitado?

Mari notó que el cuerpo de Ken seguía aún situado entre ella y su hermano. Algo en el tono y la postura engañosamente despreocupada le provocó un escalofrío en la espalda.

—¿Qué es lo normal? Me criaron en los barracones con otras chicas. Éramos soldados, nos adiestraron como tal, realizábamos misiones incluso a la edad de doce años. Ninguna de nosotras había salido, excepto para alguna misión o para ejercicios de adiestramiento. Lo normal era lo que Whitney nos decía que era normal.

—¿Y ahora? —inquirió Jack, dirigiendo una mirada de advertencia a su gemelo.

Mari se encogió de hombros.

—Whitney está cada vez peor. De niña sólo me parecía mezquino y distante, pero con los años se ha deteriorado mucho, sobre todo el último par de años. Durante un tiempo pareció tener un lado humano, pensé que tal vez su hija Lily le había moderado, pero...

—¿Has oído hablar de Lily? —interrumpió Jack.

Mari asintió, intentando no menearse mientras Ken le limpiaba la pierna. Volvía a sangrar.

—Hablaba de ella a menudo, y parecía que la quería de verdad, aunque para ser sincera, no le creo capaz de querer de verdad a nadie. No nos veía a ninguno como seres humanos. Durante los últimos dos años se ha vuelto aún más fanático. Hasta sus amigos parecen tener problemas para mantenerlo a raya.

—Háblanos de sus amigos —le animó Jack, dando otro paso hacia delante.

Mari intentó no desplazar la mirada al arma que tenía Jack en la cintura o a las otras pistolas en las fundas idénticas que llevaba bajo los brazos. Estaba lo bastante cerca como para poder arrebatarle una si actuaba deprisa... muy deprisa.

—¿Hay algo en el rostro de mi hermano que encuentres fascinante? —preguntó Ken.

El tono grave hizo que Mari se volviese. A veces podía sonar amenazador de verdad.

—De hecho, no —negó con descaro, decidida a no intimidarse—. Me preguntaba si me está tentando a posta para que intente quitarle una pistola o si la conversación le tiene tan absorto como para olvidar que soy su prisionera.

—¿De verdad crees que eres tan rápida? —preguntó Jack.

—Por regla general, sí, pero ahora mismo el dolor puede afectar a mi sincronización. En cualquier caso, me estáis marcando por duplicado. Ken está esperando a que te haga saltar y, francamente, es una trampa poco ocurrente. Ninguno de los dos ha pensado mucho.

—Lo siento, es algo improvisado, sólo para ver dónde nos encontramos —dijo Jack—. Tú has considerado intentar lo del arma.

—Tengo que escapar, no tengo otra opción. Por mucho que disfrute de vuestra compañía, de verdad tengo que regresar... Todo el mundo me espera.

—Y yo que pensaba todo este rato que nos estábamos haciendo amigos. ¿No hemos reconocido que estamos en el mismo bando?

Ken, pasando de ellos, se situó una vez más junto a la cabeza de Mari. Le limpió el rostro con un paño fresco.

—Al menos deja de intentar fugarte por un rato. Tu pierna aún no está a punto.

—Ojalá pudiera, pero, aunque estuviéramos en el mismo bando, vendrán a buscarme y alguien va a salir malparado. Tal vez sea capaz de regresar a hurtadillas a las instalaciones sin que Whitney se percate siquiera de que me he marchado. Mi gente intentará que parezca así.

—Tú danos la ubicación del complejo y nosotros te acompañaremos encantados —sugirió Jack.

—Y os traéis a algunos de vuestros amigos sólo para que sea más divertido —dijo Mari. Hizo un gesto desdeñoso—. Estoy cansada. Podéis interrogarme más tarde, ¿vale?

—Da otro trago de agua. —Ken volvió a rodearle la espalda con el brazo—. No podemos arriesgarnos a que te deshidrates.

—¿Cómo está su pierna? —preguntó Jack.

Mari cerró los ojos y volvió la cara hacia el otro lado. Le caían bien. Incluso les entendía; ellos hacían su trabajo. Y bien podrían estar en el mismo bando. Estaba bastante segura de que lo estaban, pero no podía arriesgarse a poner en peligro la vida de todo el mundo para comprobarlo.

Inspiró, absorbiendo la fragancia masculina de Ken hasta sus pulmones. Se había sentido más estimulada, más humillada y más llena de jubilo que en toda su vida. Tenía que escapar. Nada de lo que dijera o hiciera iba a convencerles de que la dejaran marchar.

—Mari, bebe el agua.

El acero en la voz de Ken le provocó dentera. Sabía que esa oleada de rabia dominándola la delataba ante él. Su terquedad característica era lo único que le había ayudado tanto a superar la separación de Briony o su infancia inusual, como a pasar por la degradación del programa demente de reproducción ideado por Whitney.

Ken la rodeó con más firmeza y bajó la cara hasta acariciarle el rostro con su aliento cálido, hasta rodearla con su fragancia y... de nuevo su cuerpo empezó a responder. Intentó con desesperación concentrarse en el dolor de la pierna o en su complicada situación, en cualquier cosa menos en la sensación de los músculos del brazo de Ken, el calor de su piel tan próxima a la suya.

¿Haces esto a propósito? Porque es muy rastrero.

No me desafíes sólo para demostrar algo tan tonto. Necesitas agua para recuperarte. Bebe.

Ella volvió la cabeza para fulminarle con la mirada, y los labios quedaron a escasos centímetros de los suyos, la vista fija en él. La telepatía resultaba práctica porque no le quedaba aire en los pulmones para respirar... ni para hablar.

¿Nadie te ha dicho nunca que eres un completo asno?

Creo que mi hermano en muchas ocasiones.

Ella asintió con la cabeza.

Bien. Eso me tranquiliza, al menos alguien lo ha hecho antes.

Dio un traguito de agua y dejó que descendiera por su garganta, sorprendida por lo reseca que la tenía. Los fármacos empezaban a salir de su organismo, podía enfocar mejor las cosas. Había pasado mucho rato. Comprendía por qué la habían mantenido inconsciente para trasladarla de un lugar a otro, probablemente un paso por delante de su unidad, pero no tenía ni idea de si habían pasado horas o días.

El pánico la dominó por un momento, pero lo controló. Las cinco mujeres que quedaban en el complejo eran su única familia real. Bien, también estaba Sean y un par de hombres más que no habían caído en la red de engaño de Whitney. Pero ella había crecido con las mujeres. Todas se llevaban bien, como hermanas. No tenían padres, ni otros amigos, por lo tanto el vínculo entre ellas era fuerte. Al final, tanto daba si ella se encontraba en el mismo bando que Ken y Jack, porque tenía que regresar. No podía dejar que las otras se enfrentaran a la posibilidad de morir a manos de Whitney.

Estaba absolutamente convencida de que Whitney había iniciado un descenso a la locura. Aunque hubiera comenzado como científico de talento, en algún momento a lo largo del camino se había convencido de que era más listo que los demás y que sus fines justificaban sus medios. Para él no existían las normas. Tenía demasiado poder y pocas explicaciones que dar.

Mari bebió más agua. Tenía que recuperar las fuerzas.

—¿Cuánto tiempo me habéis retenido?

—Un par de días —respondió Jack—. No podemos permitir que llames a tu unidad, nos han seguido de cerca.

Mari le dedicó una breve sonrisa, inclinándose hacia atrás intencionadamente para recostarse en el brazo de Ken, decidida a demostrarle a él, y también a sí misma, que podía controlar sus sentimientos físicos.

—Son muy buenos.

—No tanto —objetó Jack—. No te tienen y nosotros sí. Si nosotros te hubiéramos buscado, te habríamos encontrado.

—Qué arrogante eres.

Jack alzó un ceja.

—Eso no es ser arrogante, es un hecho.

—Estoy cansada y me duele la cabeza. —Alzó la vista y miró a Ken—. Lo más probable es que sea a causa del golpe con el codo que me has dado.

—Ya me acuerdo. Y ni siquiera me has dado las gracias por salvarte la vida.

—Hubiera preferido que me salvaras con más delicadeza.

Estaba de broma, intentando aligerar la situación... o ganar tiempo, no estaba segura, pero de pronto una sombra se cruzó por el rostro de Ken. Al tenerlo tan cerca, pudo captar la reacción fugaz a sus palabras.

Ken la recostó otra vez sobre las almohadas.

—Llevas un par de días con nosotros. Hemos estado alejando a tu unidad para que nadie quedara atrapado en un fuego cruzado.

Mari le dirigió una rápida mirada. Ellos tenían un plan. Fuera lo fuese, ella no podía formar parte del mismo.

—Tengo que regresar. No entendéis. Si no vuelvo, Whitney hará daño a una de mis compañeras. No puedo permitir que eso suceda.

—Danos la ubicación y entraremos para liberarlas —dijo Ken.

Ella le empujó el pecho.

—Sabes que no puedo hacerlo, no las voy a vender. No tengo ni idea de quiénes sois en realidad.

Los ojos relucientes de Ken chocaron con los de ella como la hoja de una espada. Fríos. Posesivos. Aterradores. El pulso de Mari adoptó un ritmo frenético. Él mostraba pocas emociones y eso daba miedo; pero esto parecía peor. Tras la máscara, su mente operaba veloz, calculaba y formulaba, procesando los datos tan rápido como ella, tal vez más. ¿Qué otros atributos había realzado Whitney? ¿Qué otro código genético había introducido el doctor en su cuerpo? Porque en este preciso momento parecía más depredador que hombre.

La palpitación aumentó en la cabeza de Mari. Captó el intercambio entre Jack y Ken. Una sola mirada, sólo eso, pero fue suficiente. Ella respiró hondo y relajó mente y cuerpo. *¿Sean? ¿Alguien ahí? ¿Estáis ahí?* Le dolía la cabeza, no por el codazo sino porque alguien estaba ahí fuera, llamando mediante telepatía, y los Norton se habían puesto en guardia.

Ken le rodeó el cuello con la mano, deslizando los dedos hasta su punto de presión. Ella intentó detenerle, pero llegó tarde, toda una vida de retraso. Notó las oleadas de náusea, la habitación dando vueltas hasta desaparecer, hasta que todo se volvió negro.

Capítulo 6

Ya vienen. Ken, larguémonos de aquí ahora mismo —dijo Jack. Abrió la radio con un rápido movimiento—. ¿Por qué demonios tardas tanto, Logan? En dos minutos empezará el tiroteo. Nico está intentando despistarlos, pero si no te presentas aquí, no servirá de nada todo eso.

—Estoy a unos cinco minutos, voy sin luces.

Ken ya había dejado a oscuras la habitación antes de ocupar su posición al lado de Mari. Le tomó el pulso, deslizando las puntas de los dedos con una caricia sobre su lisa piel. Estaba enfermo de miedo por su hermano y por Mari. Desde el momento en que había inspirado la fragancia de la chica, el monstruo encerrado con tal cuidado en su interior había cobrado fuerza a cada momento que pasaba en compañía de la joven. Tenía celos de esos hombres, Brett y Sean. Era una reacción desagradable y penetrante, que cortaba tan dolorosa como la hoja del cuchillo sobre su piel.

Conocía a Jack y sabía que cumpliría su amenaza tal y como había advertido: mataría a Mari si él intentaba quitarse de en medio. Jack no le dejaba otra opción, había sido eficaz en ese sentido. Y era imposible seguir vivo en el mundo y saber que otro hombre había abrazado a Mari, besándola y tocándola. Casi se le escapa un sonoro rugido. Ella había reanimado su organismo, con sumo dolor, pese a que los doctores y él mismo estaban convencidos del daño permanente. Y dado que había sucedido, ¿qué repercusiones tenía para ambos? Puñetas, sólo porque se le hubiera puesto dura la polla no significaba que la maldita cosa fuera a funcionar otra vez.

Jack se llevó una mano a la cabeza.

106

—La están llamando, y no lo disimulan.

—Deben de estar inspeccionando cada cuadrícula y empleando más de un helicóptero, de otro modo no podrían cubrir tanto territorio tan rápido —añadió Ken.

Era posible emplear la telepatía en modo silencioso. Jack y Ken la habían usado así antes de aprender a andar, y eran capaces de enviarse mensajes sin derrochar demasiada energía. A los Soldados Fantasma se les enseñaba a enviar ondas precisas de comunicación, porque cualquier persona familiarizada con el extraño zumbido y el martilleo en la cabeza lo reconocería en seguida como lo que era; pero suponía un talento difícil de dominar. Aunque en este instante parecía importarle bien poco al equipo de Soldados Fantasma de Mari si alguien les oía. Estaban frenéticos por encontrarla y la llamaban al volumen que hiciera falta.

Estaba claro que su equipo la quería de vuelta. Ken entendía el credo de los Soldados Fantasma: nunca dejaban atrás a un compañero y, si alguien era capturado, siempre acudían al rescate. Pero no podía evitar preguntarse si esa misión de rescate la lideraba Brett o Sean, y si el motivo era por completo personal. La unidad llevaba dos días acosándoles, sin duda seguían los planes de vuelo de Nico, una información que contaba con una autorización de acceso de alta seguridad.

Ken juró en voz baja. Parecía no poder controlar los celos. Nunca había permitido que le preocupara nadie ni nada, aparte de Jack, por lo tanto nunca había surgido la ocasión. Cuando Briony entró en sus vidas y Jack se enamoró tan locamente de ella, lo único que a él le preocupó fue que su hermano no perdiera la única cosa buena que le había pasado en la vida.

Le tocó el rostro a Mari, siguiendo su estructura ósea, grabándosela para siempre en la mente, incorporándola a la piel y órganos. La quería para él. Era inesperado y turbador, incluso le asustaba poder desear tanto algo, pero así era. Estaba ahí, dentro de él. Cuando ella hablaba, Ken observaba cada expresión, cada gesto. Había apoyado también la palma de la mano en su cuerpo para absorber cuanto pudiera de su naturaleza y carácter. No era uno de sus principales dones, pero con ello captó impresiones de su vida: severa, estéril, a menudo desagradable. Era la clase de mujer que le habría atraído sin la interferencia de Whitney.

Era fuerte y con opiniones propias, no era fácil de intimidar. Hermosa. Sabía que ella no pensaría lo mismo; las mujeres nunca lo ven igual. Siempre quieren estar más delgadas o tener un color de pelo diferente, ser más altas o más bajas; pero él se había encargado de desvestirla, y encontraba su cuerpo perfecto. La deseaba con una necesidad primitiva casi salvaje. Y ahora que había despertado su pene, también eso se había convertido en un monstruo que pedía atención con furia.

Siempre había tenido una resistencia tremenda, un fuerte impulso sexual, y ahora que lo había recuperado, y sabía que ella estaba desnuda y receptiva, rozaba casi la obsesión. ¿Y qué haría falta para satisfacerlo? ¿Estimularlo? Estaba casi seguro de que requeriría mucho esfuerzo estimularlo hasta el orgasmo, y una mujer que había soportado el tipo de cosas padecidas por Mari no querría participar en un intercambio sexual agresivo... Gimió en voz baja y se apartó de ella.

¿En qué diablos estaba pensando? No podía tenerla. No podía pensar con la polla, tenía que pensar con el cerebro.... no podía tenerla, así de sencillo. Tenía que dejar de pensar en cómo se iluminaban sus ojos al sonreír o en la curva sensual de sus labios y cómo estaría si... Se frotó la parte delantera de los vaqueros, maldiciendo de nuevo, pues hasta hacía bien poco aún se veía obligado a aplicar una fuerte presión para notar la más mínima oleada de placer, demasiado parecida al dolor.

—Están a dos minutos, Ken.

La voz de Jack le sorprendió, lo cual no era buena señal contando que debía estar alerta. Pero hacía tanto que no sentía placer sexual que notar su órgano endureciéndose, por la proximidad de Mari, y llenándose de necesidad palpitante era un milagro inesperado, y también una maldición.

—¿Estás seguro de que está inconsciente? No podemos arriesgarnos a que mande aviso a alguien. Si no se alejan siguiendo a Nico, no podemos llevarla a casa de Lily. Sabes tan bien como yo que Whitney siempre se guarda algún as más en la manga para asegurarse su regreso a casa. Quiero que Lily la examine bien antes de que se acerque a Briony.

—Está desvanecida. Hemos apurado demasiado. Les llevábamos una hora de ventaja. Nico podría tener problemas.

El zumbido en su cabeza se iba desvaneciendo, lo cual indicaba que el equipo se alejaba de ellos.

—Queríamos hacerles pensar que se estaban aproximando, tenían que seguirle. Nico sabe lo que se hace. Logan llegará aquí en cualquier instante, Ken. Tengo que hacerte una pregunta...

—No. He intentado explicártelo y ahora es demasiado tarde.

—Tenemos que hablar de eso. Tuve que enfrentarme a lo mismo cuando Briony acudió a mí buscando protección. Existía la posibilidad de que nuestro padre viviera dentro de mí.

—Esa posibilidad nunca existió. Hicimos un pacto, Jack: nunca intimaríamos con una mujer lo suficiente como para enamorarnos, pero siempre supe que si sucedía tú lo superarías bien.

—¿Cómo? Yo no lo tenía tan claro. No siento nada en absoluto cuando pego un tiro, Ken, ya lo sabes. No tuve remordimientos cuando maté a nuestro padre.

—Cuando remataste lo que yo empecé —le recordó él—. Mamá ya estaba muerta cuando me lo encontré. Lo normal habría sido salir corriendo, pero sólo podía pensar en matarle.

Aún era capaz de recordar con todo detalle el momento en que arrebató a su padre el bate de béisbol y lo blandió con fuerza. Sintió un placer absoluto cuando el bate emitió un crujido gratificante y su padre gritó. Por primera vez en su vida, Ken se había sentido poderoso, había sentido que él mandaba. Antes de llegar a la adolescencia ya había planeado la muerte de su padre un millón de veces, y cuando lo encontró empapado con la sangre de su madre, algo frío y desagradable, sanguinario y despiadado, cobró vida y tomó el control.

—¿Crees que yo no compartía tus sentimientos, Ken? Convirtió nuestra vida en un infierno. Nos molía a palizas, igual que a mamá, nos ridiculizaba y avergonzaba. Deseaba vernos muertos, y a ella la castigaba cada día por querernos. Por supuesto que deseaba su muerte. Pero eso no tiene nada que ver con ella.

Jack se acercó un poco indicando a Mari.

—Tiene todo que ver con ella y lo sabes. —A Ken le avergonzaba demasiado admitir sus sentimientos incluso a su hermano, la persona que más quería y respetaba en el mundo. Ya era bastante horrible ser consciente de su defecto fatal, mirarse al espejo cada día y tener que ver a su padre devolviéndole la mirada. Desde luego no quería que encima Jack fuera testigo de lo que hacía—. Es lo que siento, que no quiero compartirla con nadie. No voy a arriesgarme a la posibilidad de tener hijos y perder la cabeza por completo. Cuando me enteré de que ese Brett... —Apenas fue capaz de pronunciar el nombre, pues una oleada de asco y rabia dominó su voz—. Debería haber sabido por lo que ella había pasado, pero lo único en que pude pensar fue que él la había tocado, que estuvo dentro de ella, que quería matarlo.

—Mi impresión fue que ella lo despreciaba. Si la forzó, se merece morir. Qué puñetas, yo también querría matarlo.

—La cuestión es que yo no pensaba en ella; estaba pensando en mis sentimientos y no eran nobles exactamente. Quería estar en ella para expulsar cualquier recuerdo de é —soltó avergonzado.

—Ken —dijo Jack en voz baja—, nosotros somos diferentes. Debemos ir con cuidado, pero eso no quiere decir que seamos como él. Tal vez seamos un poco más dominantes...

Ken soltó un resoplido.

—¿Un poco?

—Y un poco más celosos que el hombre medio...

—¿Un poco? —repitió Ken—. Cuernos, Jack, Briony es demasiado dulce y permite que seas un burro redomado con ella, y encima se cree que eres un encanto. A saber qué tiene en la cabeza. Y tú no pierdes el juicio cuando hay otros hombres a su alrededor.

—Me molesta —admitió Jack—, pero lo asumo.

—¿Y si no pudieras? ¿Cómo acabaría afectando a tu relación con Briony? ¿Cómo crees que se sentiría ella cada vez que un hombre le sonriera y tú te enfurecieras al instante?

—Soy lo bastante juicioso como para guardármelo para mis adentros. Confío en ella. Ni siquiera conoces a esta mujer, Ken. No te quiere, tú no la quieres. ¿Por qué piensas en tu capacidad de manejar algo como los celos si ni siquiera mantienes aún una relación? Si confiaras en ella y la amaras, todo sería diferente.

Ken sacudió la cabeza.

—Logan está aquí, vamos. Intentemos despistarles y alejarles de Mari. Tuvimos que deshacernos de sus ropas, pero la idea de que cualquier otro la vea desnuda ya basta para ponerme a cien. Lo pasé mal con el doctor.

Por primera vez, la expresión de Jack era recelosa, como si estuviera aceptando que lo explicado por Ken fuera totalmente cierto, que su naturaleza posesiva y dominante era demasiado fuerte como para controlar el resto, por lo que sus temores eran verdad.

—Podremos con esto —dijo Jack—. Lo haremos como siempre hemos hecho. —Indicó la camilla—. Salgamos de aquí.

Ken levantó un extremo, luego vaciló.

—Si hubieras salido tu primero al patio y hubieras visto a mamá muerta y a él de pie sonriendo, cubierto de sangre, ¿habrías ido a por él o habrías hecho lo juicioso y marcharte?

Jack suspiró.

—Hace mucho de eso, Ken. Le vi golpeándote; te rompió los dos brazos, y fui a por él. No sé qué habría hecho si le hubiera encontrado con mamá, probablemente lo mismo que tú. Yo soy de los que dispara primero y pregunta después, ¿recuerdas? Tú en cambio te plantas en medio para evitar que los demás me molesten y para mantenerles a salvo. No eres nuestro padre, Ken, y nunca me vas a convencer de lo contrario.

Logan Maxwell, líder del equipo de Soldados Fantasma del grupo de elite de la Armada estadounidense, viajaba como guardia armado y Neil Campbell conducía. Logan abrió las puertas y retrocedió para dejar maniobrar a los Norton con la camilla y meterla en el Escalade. Ken y Jack subieron y se sentaron al lado de Mari, y Ken le arregló la sábana con cuidado para que no dejara ver ni un centímetro de piel.

Buscó el botiquín médico que estaba al lado de los pies de Jack.

—Voy a darle otro analgésico ahora que aún está inconsciente. Elimina rápido los fármacos, pero le proporcionará un leve alivio durante el viaje. Seguramente intentaría eliminarme si se lo inyectara estando consciente.

—Te está haciendo pasarlas canutas, ¿eh? —preguntó Logan—. No parece estar muy en forma. Pensaba que entre los dos podríais haceros cargo, pero no os preocupéis, ya ha llegado Papaíto.

Sonrió a Ken, guardándose mucho de no mirar a Jack.

Ken siempre encontraba gracioso que su hermano pusiera nervioso a todo el mundo, incluso a sus colegas Soldados Fantasma, y en cambio él fuera considerado el simpático. Había cultivado esa imagen con esmero, ocultando lo que había detrás de su sonrisa fácil y sus bromas. Allanaba el camino para la personalidad más abrasiva de Jack y les mantenía apartados de peleas... altercados que Ken sabía que resultarían mortales si alguien amenazaba a Jack. Aunque mucha gente parecía temer a Jack, no era él quien debería asustarles más. Pese a su control y disciplina tremendos, Ken nunca vacilaría en destruir a cualquiera que amenazara a su hermano. Lo haría deprisa, con furia y sin remordimientos; y ese conocimiento interior mantenía la sonrisa firme en su sitio y las bromas constantes, porque pasara lo que pasara, Jack le respaldaría, igual que él había hecho todos esos años.

Jack siempre había pensado que, tras descubrir a su padre con su madre muerta, las lágrimas de Ken habían sido de dolor y sufrimiento por los dos brazos rotos, pero en realidad eran de pena por su madre y por un terrible hecho: haber puesto a su hermano gemelo en el compromiso de tener que matar a su padre. Años después, mientras le torturaban los hombres de Ekabela, Ken sabía que Jack vendría a por él. Vivo o muerto, vendría, así que decidió seguir con vida para que Jack no tuviera que encargarse él solo de limpiar de rebeldes el Congo. Siempre se había sentido responsable de su hermano. Conocía la personalidad de Jack, los demonios que le movían, y siempre se sentiría responsable de sacar lo peor de él.

Después de inyectar un analgésico a Mari, le pasó una mano por el rostro. La habían dejado sin ropa y sin dignidad. ¿Cómo podría perdonarles eso? Él sabía bien qué se sentía cuando te dejaban desnudo, el miedo que acompañaba a la completa vulnerabilidad de un prisionero. Enredó los dedos en su cabello y acarició los mechones, amparado en la oscuridad. Necesitaba tocarla, tenerla cerca, y eso era peligroso para ambos. Había trabajado toda su vida para ir por delante de su monstruo interior, y en un breve momento ella había hecho que cobrara vida rugiente, todo garras y dientes, arañando sus entrañas y su mente.

Lo supo justo cuando inspiró su fragancia y la retuvo en sus pulmones; supo que Whitney le había emparejado con ella. La primera reacción fue de rabia, por haber caído víctima con tal facilidad, pero luego, cuando su hermano Jack se acercó a ella, notó el puñal afilado de los celos, tan feos y desagradables como cualquier cosa de la que su padre hacía gala. La reacción había sido atroz y formó un nudo en sus entrañas, una bruma negra se levantó y extendió como un remolino por su mente, saboreándola incluso en su boca. La necesidad de violencia casi le había desbordado. Y luego sintió miedo, más que cuando los hombres de Ekabela le dejaron desnudo, con las extremidades separadas, e iniciaron su labor lenta y meticulosa sobre su cuerpo.

Se le secó la boca sólo de pensar cómo había deseado coger por el cuello a Jack y apartarle de Mari cuando ella observó su cara... esa cara perfecta de su hermano gemelo. Entonces se restregó la cara con la mano, notando las estrías, la piel brillante y la marca en el labio. Era curioso que no le hubiera importado antes. Notaba que le molestaba en ocasiones, por supuesto, pero la mayor parte del tiempo aceptaba lo que habían hecho con su cuerpo, igual que aceptaba todo lo demás en su vida. Era un hecho, y había que hacerse cargo. Aparte, lo de la cara no era nada comparado con la polla. Cerró los ojos un breve momento, recordando cómo cortaban cada vez más y más cerca, cómo había montado en cólera, el miedo creciente... en el momento aterrador en que finalmente llegaron ahí y dieron ese primer corte tan desgarrador.

—Ken —dijo Jack en voz baja—, ¿estás bien?

Ken se secó las gotas de sudor de la frente. La conexión con su hermano era demasiado potente como para ocultarle una reacción emocional tan fuerte. Jack nunca desearía perder a su hermano, pero era sólo cuestión de tiempo que se viera obligado a aceptar la verdad... y eso pondría en peligro la vida de Mari y el bienestar de Briony.

Ken levantó una mano. Tan firme como una roca.

—Estoy bien. Sólo intento imaginar qué vamos a hacer respecto a esta situación.

—Lily dice que la esperará levantada. Flame, la mujer de Gator, está trabajando para entrar en el ordenador de Whitney —informó Logan—. Tiene una gran destreza y no deja rastro, por lo tanto confiamos en que Whitney no se entere de que acceden a sus archivos. Ahora mismo, Lily no cuenta con datos reales de Mari. En realidad, nadie recuerda mucho de ella antes de que se las llevaran a ella y a Briony.

Ken sabía que Gator provenía de las unidades originales de Soldados Fantasma. Los dos equipos tenían mucha mejor relación después de que Nico y su mujer Dahlia, ambos miembros de la unidad original, hubieran rescatado a Jesse Calhoun, miembro del equipo de Soldados Fantasma del grupo de élite de la Armada estadounidense, arrebatando su cuerpo acribillado a balas a los captores que lo retenían. Habían combinado sus recursos y habían aprendido a tenerse confianza mutua en vez de fiarse de la cadena de mando.

—¿Has hablado con el almirante, Logan, para confirmar quién dio la orden de proteger al senador Freeman y de dónde provenía la amenaza? —preguntó Ken.

Logan negó con la cabeza.

—Lo he intentado, Ken, pero me han dicho que va rumbo a Boston, que había tenido una reunión y contactaría conmigo lo antes posible. He mantenido el silencio por si nos están controlando de alguna manera. Está claro que hay actividad en todas esas bases. Quieres que esta mujer regrese. ¿Pudisteis descubrir algo?

—Sólo que es Soldado Fantasma y que su equipo parecía estar ahí para proteger al senador de la misma amenaza que nosotros —respondió Ken—. Se cura mucho más deprisa que nosotros. Si Lily consiguiera incorporarnos esa característica, sería de ayuda. Su pierna estaba fatal, perdió un montón de sangre, no puedo creer lo rápido que se está curando.

—De hecho, Lily advirtió esa peculiaridad en Flame. La atacó un caimán y el brazo se le curó a una velocidad asombrosa —contestó Logan.

—¿Ha superado el cáncer Flame?

—Parece que remite, y Lily tiene esperanzas de que esta vez la recuperación sea completa. Está animando a hacerse pruebas lo antes posible a todos aquellos que han sido mejorados físicamente, sólo para estar tranquilos.

—Whitney le provocó el cáncer a posta. No le caía bien —dijo Ken desplazando la mirada al rostro de Mari.

Supo el momento exacto en que ella recuperó la conciencia. No se movió ni habló, limitándose a escuchar la conversación. Pero Ken, con sus habilidades mejoradas para desenvolverse en la oscuridad y la percepción superior de la presencia de Mari, era demasiado consciente de sus cambios de respiración y, además, ahora desprendía el aroma del miedo.

Contuvo la necesidad de cogerla en brazos y abrazarla para tranquilizarla y protegerla, una reacción inesperada teniendo en cuenta que todas las demás reacciones hasta ahora parecían demasiado violentas. Sabía que no debería tocarla, pero, al notarla tan asustada, no fue capaz. Jack echó un vistazo a su hermano y supo de inmediato que ella estaba despierta. Ken sacudió un poco la cabeza y éste miró por la ventana de vidrios oscurecidos, sin prestar atención a los demás.

—Whitney tendrá que dar muchas explicaciones —dijo Ken en tono grave.

—A Ryland le tiene preocupado que Whitney quiera intentar quedarse con el bebé de Lily. Han reforzado todos los sistemas de seguridad, o sea, que como se le ocurra intentar algo en la casa, se va a meter en problemas.

—Sería ridículo que Whitney intentara enfrentarse a los Soldados Fantasma de Miller, sobre todo ahí. Esa casa es una fortaleza.

Ken percibió el temblor que dominaba a Mari, y deslizó la mano por su hombro y por el brazo sano hasta encontrar su mano. Entrelazó sus dedos. Medio esperaba que ella se soltara, pero se los rodeó y los retuvo.

Me has drogado.

Sabía que el viaje resultaría doloroso. Me gustaría decir que lo siento, pero no es así, por lo tanto no voy a tomarme la molestia de mentir. Deslizó el pulgar por el dorso de su mano con una pequeña caricia. *Nadie va a hacerte daño, Mari.*

¿Nada de aplastapulgares ni otros instrumentos de tortura?

Una pequeña nota de humor que consiguió atravesar el miedo.

No. Lily te hará pasar por unas pocas pruebas, sólo para asegurarse de que Whitney no tiene guardadas sorpresas desagradables. Ken dirigió una mirada a Logan, que se frotaba las sienes. Éste tenía un talento poderoso, y Ken estaba seguro de que era consciente de esa comunicación telepática, aunque no permitía que su expresión o su mirada le delataran. *Mari, las ondas de energía suelen propagarse y circular por todo tipo de superficies, incluidos los seres humanos. Nos resultan molestas, por lo que la gente a nuestro alrededor reacciona a menudo con dolores de cabeza. Cuando me hables, concéntrate sólo en mí. Piensa en un pequeño arroyo con orillas muy delimitadas. Envía la onda de energía directa por esa vía, de ti a mí. Tú estás acostumbrada a enviarla a un equipo, no a una persona.*

Lo intentaré. ¿Ken? Quería comunicarte algo importante. Estoy un poco anestesiada ahora mismo, por lo tanto tal vez no lo exprese bien, pero toda esa historia sobre ser igual que tu padre, bien, pues no es verdad, así de claro.

No puedes saberlo, Mari. No puedes fiarte de mí. Cuernos, si ni yo mismo me fío.

Brett hace que se me congele la sangre cada vez que entra en la habitación conmigo. Las otras mujeres también lo notan. No tengo esa reacción contigo.

Whitney te programó para tener una reacción física a mí; eso es todo, Mari. No saques más conclusiones.

Mari mantenía los ojos cerrados, pues no quería hablar con nadie más. El vehículo oscilaba, los neumáticos daban botes sobre los obstáculos, sacudían la camilla alguna que otra vez, pero aún así la situación era tranquila. Podía oler la noche, clara y fresca después de la lluvia reciente. No tenía ni idea de dónde estaba, no había manera de escapar, y además se encontraba desnuda bajo la sábana: se sentía demasiado vulnerable, sobre todo ahora que estaban los otros hombres cerca.

Distinguía el olor de dos hombres, el conductor y otro que estaba más cerca. Era peligroso, percibía su actitud alerta, esa manera de mantenerse quieto y en silencio. Siempre eran los más mortíferos de los soldados. Sean era igual. Jack era así. Ken también. Hombres, preparados y concentrados, silenciosos y reposados, pero capaces de golpear tan deprisa que nadie se enteraba de qué les había alcanzado.

Debería estar aterrorizada, pero Ken lograba que se sintiera a salvo y protegida, lo cual era bastante tonto teniendo en cuenta que él mismo era una amenaza igual o mayor para ella. Permaneció quieta con los ojos bien cerrados, fantaseando que él le daba la mano como si tuvieran una cita. Nunca había tenido una cita. Nunca había ido a ver una película que no fuera una proyección de adiestramiento. Nunca había andado por las calles de una ciudad de la mano de nadie, y nunca había ido a cenar a un restaurante. No sabría cómo comportarse en un entorno familiar. Era un sueño, un sueño tonto y disparatado, pero disfrutó fingiendo, aunque sólo fuera unos minutos.

Los barracones seguirían allí esperándola cuando descubriera la manera de escapar y regresar, y entonces sus «hermanas» tendrían que pensarse en serio lo de fugarse, porque ella no iba a aguantar ni a Brett ni los castigos por no cooperar con él. Había pensado una docena de maneras de matarle, pero sabía que Whitney castigaría a las otras mujeres. Ivy era la prueba de todo eso. Mari tenía que regresar tanto si los Norton y su equipo estaban en el mismo bando como si no. Tenía que regresar porque Whitney era un megalómano tremendo, con tentáculos que llegaban bien lejos.

¿Crees que Whitney ordenó un golpe contra el senador?, preguntó Mari a Ken.

Le encantaba el sonido de su voz, parecía moverse a través de ella como una melaza lenta y espesa. Era como una caricia dentro de su cabeza, introduciéndose por la piel dentro del cuerpo hasta calentar su riego sanguíneo. Él no intentaba seducirla; le asustaba pensar qué sucedería si de hecho se lo propusiera. Mari estrechó con más fuerza sus dedos, sin importarle cómo delataba aquel gesto su estado emocional.

¿Por qué iba a hacerlo, a menos que el senador tuviera previsto delatarle? Debo suponer que Freeman está enterado de los experimentos de Whitney, ¿cierto? Al fin y al cabo, él se casó con uno de esos experimentos.

Violet. Violet había sido buena amiga suya. Whitney la había emparejado con el senador y la había enviado para que fuera su guardaespaldas. Pero lo siguiente que supieron todos era que Violet se había casado. Parecía querer a su esposo, independientemente de si Whitney continuaba manipulándola o no... y Mari no podía imaginar que renunciara a ella.

¿Cuál es la conexión entre el senador Freeman y Whitney?, preguntó Ken.

Su padre y Whitney estudiaron juntos.

Ken consideró la respuesta. No era la primera vez que lo oía.

Logan, contacta con Lily para que verifique lo antes posible quiénes eran los amigos de Whitney cuando estudiaba. Sólo se relacionaba con personas muy inteligentes y muy ricas.

Marigold soltó la mano con un brusco movimiento, abriendo de golpe los ojos para fulminarle con la mirada, pues sabía que él podía verla en la oscuridad, igual que la visión reforzada se lo permitía a él.

Has pasado esa información a tu amigo.

Ken observó el rostro furioso de la joven. Él no derramaba energía, nunca lo hacía. Mari estaba conectada con él mediante otros sistemas aparte de las feromonas. ¿Qué cuernos había hecho Whitney? ¿Y cómo? ¿Cuándo? Ella estaba leyendo sus pensamientos sin estudiar su expresión, ni detectar energía derramada ni ninguna otra cosa. ¿Qué clase de destrezas psíquicas eran las suyas? ¿Cómo de peligrosa era? Igual que deseaba protegerla, tenía que pensar primero en Jack, en Briony, y en los gemelos que llevaba. Whitney haría cualquier cosa por echar mano a esos niños; era capaz incluso de mandar a la hermana de Briony.

Jack, Briony no estará esperándote en casa de Lily, ¿verdad?

Jack se agitó como un tigre depredador estirándose. Mantuvo la mirada fría e impasible, desplazándola hacia Mari.

Sí. Era el único lugar seguro donde meterla que encontré. Ruland y su gente están cuidando de ella. Y pensé que si iba a conocer a su hermana por primera vez, ése sería el lugar más seguro. Había una pregunta en su tono, aunque no la formuló.

¡No!

Mari pestañeó para contener las lágrimas. Ken estaba indicando a su hermano que mandara marcharse a Briony. Por primera vez ella se permitió pensar en serio en ver a su hermana. Sólo una rápida mirada, era todo lo que necesitaba. Sólo quería saber que estaba viva y feliz, necesitaba con desesperación que Briony fuera feliz.

Mari no le estaba tocando, pero se había enterado, Ken lo veía en su rostro, lo leía en su mente. Y había pánico, pesar, dolor, todo a la vez, como si no pudiera decidir del todo qué sentir sobre lo que él había hecho. Pero él no había tenido otra opción.

Sácala de ahí, Jack. Mándala con Jesse Calhoun o con Nico y Dahlia. Debemos dejar que Lily examine a Mari, pero no podemos arriesgarnos hasta saber qué está sucediendo. Tiene talentos sobre los que no tenemos conocimiento alguno.

Jack maldijo en voz baja, sabía lo ansiosa que estaba Briony por ver a su hermana, y él había prometido a su mujer que encontraría a Marigold. Pero Ken tenía razón. No iban a correr riesgos con Briony. Hasta que supieran qué pretendía Whitney, hasta que determinaran si Mari estaba de verdad en su bando o no, sencillamente no podían arriesgarse.

¿Cómo has podido prevenirle de ese modo contra mí? ¿Qué clase de amenaza podría ser yo para mi hermana? Es lo que has hecho ¿verdad? Soy una prisionera rodeada de Soldados Fantasma adiestrados, y tengo la mano y la pierna rota. Debes pensar que soy buena de verdad.

Temblando de rabia, miró fijamente el rostro sin expresión de Ken. Seguía igual de insensible y frío que la primera vez que le vio. Había conseguido engatusarla sólo porque Whitney lo preparó así; la había vuelto vulnerable a él. A Whitney le encantaban estas bromitas. Le facinaba sentirse superior, y ella le había desafiado en muchas ocasiones. Lo más probable era que se tratara de otro de sus castigos: hacerla creer que estaba a punto de ver a Briony. Mari acertó al no pensar en ella, al no esperar.

Mari, tenemos que protegerla hasta que estemos seguros.

No iba a escuchar esa voz melosa, tan aterciopelada, que tocaba su cuerpo como un instrumento musical. No, otra vez. Nunca más. Notó la garganta áspera y los ojos ardiendo, pero mantuvo la mirada desafiante fija en Ken. Ya podía intentar derrotarla. Nadie, ni siquiera Whitney, con toda su humillación y trucos, la había doblegado.

¿No querrías tú tener a Briony protegida?

No quiero que pronuncies su nombre. Está muerta para mí. No es mi hermana. Mis hermanas están allí en los barracones esperándome y, créeme, regresaré con ellas. Briony no existe. Ha sido un truco, y bastante desalmado. Acepté su muerte hace mucho tiempo.

No iba a aprovecharse de su hermana para hacerle más daño, no lo iba a permitir. Mari iba a sacárselo todo de la cabeza a excepción de su deseo de escapar. Y si no lo hacía pronto, antes de que llegaran a su destino, sería casi imposible. Se dirigían a una fortaleza, eso le había oído decir a Ken.

Ken sabía que era preferible no tocarla. Sin necesidad de hacerlo, sabía lo que ella estaba pensando. Captaba imágenes, emociones, impresiones que no quería que él reconociera.

Está sucediendo algo que no entiendo, Jack. Sé lo que ella está pensando sin tener contacto físico. Y ella puede hacer lo mismo conmigo. La comunicación no es perfecta, pero captamos lo fundamental como si hubiera algún tipo de transmisor silencioso entre nosotros. ¿Te pasa algo similar con Briony?

Jack negó con la cabeza y desplazó su peso levemente para poder tener la pistola en una posición más accesible en caso necesario.

Mari bloqueó todo a su alrededor. El vehículo balanceándose. El dolor. La falta de claridad en su cerebro. Los hombres. Era más difícil borrar a Ken y esa máscara que era su rostro, esos ojos que siempre la observaban directamente. Metió sus pensamientos en un largo y oscuro túnel, introduciendo luego oleadas de agua que se llevaran las ideas erráticas. Debía concentrarse en una sola cosa. El volante. Era su única oportunidad. Planeó cada paso con cuidado y luego concentró su pensamiento en el volante.

De hecho, no podía verlo; creó la imagen en su mente. Ahora lo veía con claridad, lo sentía en sus manos, duro, liso y preparado para cumplir sus deseos. Hizo una prueba previa, un movimiento mínimo hacia la derecha. El vehículo sufrió una sacudida hacia ese lado y luego se recuperó, volviendo a circular con fluidez por la carretera. No era una autovía, más bien un carretera secundaria, y eso significaba que habría vegetación a los lados.

—¿Os importaría abrir la ventana? No puedo respirar.

No quiso sonar demasiado lastimera, buscó sólo el equilibrio correcto entre necesidad y desafío. No se atrevió a mirar a ninguno de ellos, eran demasiado competentes, así que decidió mantener la cara vuelta hacia un lado, agarrando la sábana con los dedos.

Logan dio al botón para dejar entrar el aire nocturno. Ella lo inhaló, absorbiendo las fragancias de la noche. Árboles, desde luego. Muchos. Hierba. Animales. Oh, bien, si se dirigían a una ciudad no buscaban la entrada principal. ¡Eso podía favorecerla!

Sean cuales sean tus maquinaciones, Mari, no.

No volvería a hablar mediante telepatía con él. Era una sombra demasiado íntima para su gusto. Tenía que encontrar la manera de romper aquella red sexual tan cautivadora con la que la había atrapado.

—Es imposible que yo sepa si ésta no es otra de las trampas de Whitney. Le encanta jugar con la mente de la gente.

—¿Y por qué?

—Sabe qué pienso de su programa de reproducción. Todo el mundo sabe que las otras mujeres siguen mis consejos y se resisten. Es típico de él emparejarme contigo, utilizar mi propio cuerpo en mi contra, para castigarme forzándome a cumplir sus deseos.

Le echó un vistazo, pese a saber que no era buena idea. La noche ocultaba la máscara que cubría el hermoso rostro de Ken, dejándole demasiado guapo con aquellos ojos brillantes. Ojos que parecían gemas, diamantes duros e intrigantes. En un momento dado, tan fríos que el contacto la quemaba, al instante vivos con algún dolor oculto que ella quería aliviar.

—No he visto a Whitney desde hace un par de años y desde luego no mueve los hilos en mi caso. *Sé que estás molesta a causa de Briony, Mari, pero si de verdad te preocupa tu hermana, deberías saber que cuenta con la mejor protección que podemos darle.*

No iban a afectarle sus miradas ni su voz. Mari se concentró en la carretera, aprovechando toda la información que proporcionaba el aire.

Sólo contaba con la luz tenue de la luna, oscurecida parcialmente por las nubes. No percibió sonidos que identificaran granjas o ranchos, ni tan siquiera una casa ocasional. Desconocía incluso en qué estado se encontraban. No olía el océano; tenían que hallarse tierra adentro.

Se concentró en el freno, construyendo la forma y el tacto en su mente, los cables y la manera en que operaban. Dio un toque, sólo un instante, y el coche dio un bandazo y continuó con soltura. Fue sólo una fracción de segundo, apenas apreciable, pero oyó la voz de un hombre maldiciendo desde el asiento del conductor. De inmediato llenó su mente con otras cosas, dando vueltas a la posibilidad de que Whitney hubiera pagado a estos hombres para engañarla.

Tenía que ser una trampa. Recordó a Whitney la última vez que le vio, furioso porque no sólo las mujeres estaban molestas y no querían cooperar, sino porque algunos de los hombres se mostraban también reacios. Les había encerrado en sus cuartos, negándose a permitirles interactuar, culpándola a ella del motín. Le había prometido represalias si no hacía lo que él quería. Mari pensó que se refería a enviarle a Brett, pero ahora resultaba obvio que estaba equivocada. Por eso había sido tan fácil convencer a su unidad de que le permitieran acudir a exponer su caso ante el senador Freeman. Whitney tenía que haber orquestado prácticamente todo, y eso significaba que estos hombres eran sus hombres. Y sus «hermanas» allí en los barracones corrían peligro.

—Háblame, Mari.

Tenía que llevar a cabo su plan con precisión y sin vacilación. Habían cometido un error al no atarla. Para mantener a Ken confundido y no permitirle adivinar su plan, llenó con imágenes de Brett su mente. Brett tendida sobre ella, Brett tocándola, Brett intentando tumbarla para que no se le resistiera.

Ken apretó los dientes, y le tembló un músculo en el mentón. Apretó las manos en sedos puños y sus ojos relumbraron en la noche como espadas simétricas de acero perforando su cuerpo, viendo más de lo que ella quería que viera. Él sabía que le estaba provocando a posta.

Juegas con fuego, Mari.

Ken se mordió la lengua para no hablar y apretó los labios, y el sonido perforó las paredes mentales de Mari, que apartó el rostro, demasiado consciente de que podía ver con claridad en la oscuridad. Observó la portezuela que le quedaba enfrente. El vehículo ralentizaba la marcha para tomar una curva. Gimió y se incorporó, inclinándose hacia delante para agarrarse la pierna. La sábana se escurrió y dejó al descubierto sus pechos. Los hombres se paralizaron, observándola fijamente. Ken gruñó desde lo más profundo de su garganta, lo cual contribuyó aún más a la inmovilidad de los demás. Esto proporcionó el precioso segundo que ella necesitaba.

Atacó empleando la mente para aplicar presión sobre el freno, arrancar el volante de las manos del conductor y al mismo tiempo abrir la portezuela que tenía delante. Empleando su fuerza reforzada, se lanzó al exterior con las manos por delante, como si saltara de un trampolín, preparada para frenar la caída con una voltereta de aikido, al tiempo que cambiaba de color de piel para adaptarse al entorno. Oyó el frenazo estridente mientras el chófer intentaba recuperar el control y detener el vehículo, y a continuación el estallido de voces masculinas maldiciendo, pero ella ya había aterrizado camuflada entre el denso follaje, atravesando un arbusto que destrozó, con las ramas desgarrando sus manos y brazos mientras seguía rodando en un intento de protegerse la pierna.

Capítulo 7

*L*a furia se apoderó de Ken. Mari lo había hecho a posta, mostrar sus pechos a todos los hombres presentes, maldita mujer. Por eso no esperó a que Neil recuperara el control del Escalade y se arrojó tras ella, frenando la caída del mismo modo, rodando sobre hojas y ramas caídas en el suelo mojado hasta quedarse quieto, mirando fijamente el cielo nocturno. Se encontraban en una zona muy frondosa. Podía oír un arroyo corriendo a su izquierda.

Ahora me has cabreado de verdad. Podría estrangularte por esto. No te hacía falta montar este numerito.

Ken temía por ella. Mari tenía la mano y la pierna rotas, no llevaba armas ni ropa. Y tal vez le enfureciera más aquel miedo enloquecedor que ella provocaba que no su exhibición ante todos los hombres. ¿Y si se había golpeado con uno de los árboles y se había roto el cuello? Bien podía haber sucedido eso. No quería ni imaginar encontrarse su cuerpo inherte.

Contéstame, maldita seas.

¿Era de verdad él? Al borde del pánico cuando siempre se mostraba tan imperturbable. No le importaba morir, nunca le había importado, por lo cual no ponía reparos a la hora de apuntarse a misiones encubiertas por todo el mundo, pero ésta era diferente por completo. Ella se le había metido bajo la piel. Por más que se repitiera que sólo era otro experimento de Whitney y que una vez que ella desapareciera Jack y Briony se encontrarían a salvo y las cosas volverían a la normalidad, aun así no cesaba el pánico en su interior. El miedo había aflorado y ahora se manifestaba como auténtico terror. Podía estar muerta.

El suelo se movía un poco bajo sus pies, los árboles y arbustos temblaban. Se puso en pie e intentó respirar con normalidad.

Mari, necesito saber que estás viva. Debería sentirse humillado y avergonzado por ese tono de voz suplicante, pero no era así. Sólo decía la verdad. *Necesito saberlo.*

Era así de sencillo y no tenía sentido. Si sólo se tratara de una simple atracción física entre ellos, por muy potente y poderosa que fuera, ¿por qué sentía tal terror ante la posibilidad de que hubiera muerto?

Por supuesto que ella no iba a contestarle. Él era el enemigo. Debía pensar con lógica, superar el temor y poner a trabajar el cerebro. Tenía mucha más experiencia que ella, por lo tanto partiría de la premisa de que estaba viva. Podría seguir su rastro, todo el mundo desprendía células de piel y su sentido del olfato era fenomenal, gracias al refuerzo de Whitney. Pero había otras maneras, más sencillas que andar en la oscuridad olisqueando el suelo. Poco importaba que a ella la hubieran entrenado desde niña, él arrastraba años de batallas duras, y, además, él y Jack llevaban mucho tiempo usando sus destrezas psíquicas antes de los experimentos de Whitney, y ambos eran unos talentos en eso. Con el refuerzo eran capaces de hacer cosas por las que Whitney mataría.

Se hundió en el suelo cubierto de hojas, se acomodó en la tierra fría y húmeda, con las piernas cruzadas y las manos apoyadas en las rodillas. Dejó que su mente se expandiera y absorbiera el mundo que le rodeaba, planeando libre, cobrando poder.

Mari, ven a mí. No tienes otra opción. Ven a mí. Siénteme. Estoy dentro de ti. A tu alrededor. Ven a mí. Me necesitas. Tienes que estar conmigo. No tienes otra opción. Ven a mí.

Se convirtió en una letanía, un mantra, una orden difundida una y otra vez, sin prestar atención a los hombres que iban y venían buscando a su prisionera perdida.

Ken se concentró en Marigold, creando una imagen de ella en su mente. Conocía el tacto de su piel sedosa, las curvas exuberantes del cuerpo sensual. Conocía cada detalle: las heridas en su cuerpo, la forma plena y prometedora de su boca, las pestañas abundantes y rizadas enmarcando sus grandes ojos.

Ven a mí ahora. Rápido, Mari. Tienes que acudir a mí. Puedes encontrarme. Somos uno, compartimos la misma piel, nos necesitamos.

Sobre todo, él había estado dentro de su mente, conocía un nivel más íntimo. No podía ocultarse de él, y tampoco podía ignorarle.

Movió la mente, atrayéndola, llamando una y otra vez. La piel de Mari tendría matices verdes, negros y bronce, fusionada con las hojas y arbustos a su alrededor. Dado que tenía la pierna rota, no sería capaz de aguantar en pie, tendría que arrastrarse a gatas, un desplazamiento sensual sobre la superficie, con los pechos desnudos balanceándose levemente, tan incitantes. Imaginó que le pasaba la mano por la curva del trasero desnudo mientras ella continuaba avanzando hacia él como un gato salvaje, arrastrándose por el follaje para abrirse camino.

Pese a no oír sonido alguno, abrió los ojos, pues sabía que estaba ahí. Cuando la vio por primera vez se le cortó la respiración. Nunca había visto algo tan sensual. Se arrastraba hacia él, y su cuerpo era perfecto con la noche, toda músculo ondulante y curvas que reclamaban atención. El cuerpo de Ken cobró vida llameante, con una reacción salvaje y dolorosa, y su órgano palpitante a punto de reventar de necesidad. Sintió la necesidad imperiosa de bajarse los vaqueros, montarla como un animal rudo y dominante y dejarle su marca.

Ella alzó el rostro, y Ken alcanzó a ver las lágrimas que marcaban sus mejillas. Varios rasguños señalaban sus hombros y cruzaban su pecho izquierdo. El corazón de Ken se rindió, con una sensación extraña y sobrecogedora. Continuaba avanzando hacia él, con una mezcla de desafío y sumisión en los ojos. Arrastraba la pierna, pero consiguió gatear casi hasta alcanzar el regazo de Ken.

—¿Es esto lo que quieres? ¿Alguien obedeciéndote ciegamente? ¿Es lo que necesitas para que se te ponga dura?

Mari le rodeó el cuello sin que él pudiera detenerla, y encontró su boca con los labios casi con desesperación.

Ken la quería sumisa, pero no como resultado de su control mental. En sus fantasías había dominación sexual, no pérdida de identidad y voluntad. Quería su sumisión, pero necesitaba que ella deseara entregarse y confiara en él hasta ese punto. Pero justo cuando sus bocas se encontraron, su volcán interior casi explota.

Hacía tanto que no era capaz de sentir placer que había pensado que el sexo se había acabado para él. Rodeó su cuerpo para atraerla más y sentir sus senos apretados contra su pecho. Tomó el mando de aquel beso, agarrando la espesa melena rubia, obligándola a echar la cabeza hacia atrás mientras él exploraba su boca en un duelo de lenguas, tomando posesión sin darle opción a hacer otra cosa que responder.

Habría jurado que una corriente eléctrica recorría su cuerpo y propagaba el fuego por su riego sanguíneo. Por un momento no pudo pensar nada coherente, sólo sentía su erección furiosa, el impacto de notar su cuerpo más vivo que nunca. El de Mari se movía contra el suyo como seda ardiente, con su boca caliente y húmeda, y sus labios sensuales. Tiró con los dientes de su labio inferior, tan carnoso, y clavó los dedos en su piel. La deseaba, ahí mismo, en aquel preciso instante. Nada podía interponerse entre ellos; necesitaba esto más que respirar.

Pero cayó en la cuenta de sus lágrimas, un suave sollozo atravesó el ardor del deseo tórrido y le impidió continuar. Le tocó el rostro y las marcas de las lágrimas, notó las gotas en el cuello. Se apartó de súbito de ella, respirando con dificultad, intentando recuperar la cordura.

—¿Qué coño he hecho? —preguntó bajito—. Lo siento, Mari.

Sabía que era un hijo de perra, pero no tanto, y no con ella.

¿Cuándo había transformado su orden en un mandato sexual, y por qué? ¿Por qué iba a hacer algo así, consciente de lo poderosa que ya era la química entre ellos de por sí? No recordaba haber cambiado la orden para imponer la obediencia sexual. ¿Había hecho eso él? ¿Qué clase de hombre era?

—Te lo juro, no pretendía que sucediera esto.

Le secó las lágrimas de la cara.

—Nunca volverá a suceder. Te estaba llamando, para traerte de vuelta, no intentaba obligarte a que me aceptaras sexualmente.

Se sacó la camisa por la cabeza y se la puso a ella, para darle calor y protección, y cierto alivio a él. Era tan preciosa, y estaba destruyendo cualquier oportunidad de que tuviera un buen concepto de él.

—Me estabas castigando. —Se le escapó otro sollozo, aunque esta vez se esforzó en contenerlo—. Porque los otros hombres me vieron desnuda, me estabas castigando.

¿Había hecho eso? Negó con la cabeza.

—No, te llamaba para que acudieras a mí.

¿Podía ser tan despreciable? Ya no podía confiar en sí mismo cuando se encontrara en su compañía. No podía estar cerca de ella. No estaba segura y nunca volvería a estarlo. Maldito fuera su padre. Maldito Whitney. Y sobre todo él, que se merecía arder en el infierno.

¡Jack! Fue una orden brusca, algo que rara vez sucedía con su hermano, pues siempre le permitía tomar la iniciativa, pero esta vez era diferente pues Mari estaba implicada, y él no iba a correr más riesgos con ella. *¿Y si no me hubiera detenido?*

Su cuerpo temblaba, aún estremecido de necesidad. Sus manos no la soltaban, necesitaba mantener el contacto con ella. Si existía el infierno, ya se encontraba en él.

Jack irrumpió a través de un arbusto con el arma en la mano. Se fijó en el rostro de Mari surcado de lágrimas, sus sollozos y la expresión de horror en el rostro de su hermano.

—¿Qué cuernos ha pasado aquí?

—Búscale unos vaqueros. Aunque sean grandes, no se caerán con esa escayola liviana que le ha puesto el doctor en la pierna.

Ken intentaba observar desde la distancia lo que había hecho. El monstruo vivía y respiraba, estaba vivito y coleando, e intentaba lograr la supremacía con sus arañazos.

Casi la violo, Jack.

En mi opinión parece bastante deseosa.

Cierra el pico y haz lo que te digo. Hicimos un trato. Tenemos un pacto, cuando te atañía a ti todo estaba bien y era fantástico. Me hiciste prometer que te metería un puto disparo en la cabeza, pero ahora que se trata de mí, la amenazas a ella en vez de ocuparte de mí.

Jack le miró con dureza y se adelantó, acercándose a posta lo bastante como para que el cuerpo de Mari le quedara ante el pecho. La rodeó con los brazos como si pudiera apartarla de Ken, en todo momento observando a su hermano con cautela. Al ver que no sucedía nada, enterró el rostro en el cuello de Mari e inhaló hondo.

Ken se quedó muy quieto, sin apartar en ningún momento sus ojos plateados del rostro de su hermano.

—¿Sabe mi hermana que eres un pervertido? ¡Apártate de mí, cabrón! No vais a compartirme.

La rabia de Mari aminoró el lagrimeo.

—Si eres un celoso hijo de perra, ¿por qué no me arrancas la cabeza, Ken? —preguntó Jack, obviando el comentario de Mari mientras se apartaba de ella—. El viejo habría sacado la pistola y nos habría disparado a los dos.

—Búscale unos vaqueros y luego llévatela de aquí sin rechistar.

Mari contuvo la respiración. Iba a dejarla con los otros. Tendría que estar contenta, emocionada, pero en vez de eso se sintió aterrada.

—No. —Sacudió la cabeza repitiendo en voz baja un ruego que no podía parar—. No, tienes que quedarte conmigo.

Ken tomó su rostro entre ambas manos.

—No puedo. Tienes que entender, no me fío de lo que pueda hacer contigo.

—Está bien. De verdad. He sido yo la que me he echado en tus brazos. Noto la conexión igual que tú. No has sido tú.

Ken rozó con los pulgares los regueros de lágrimas, casi con ternura:

—No te arrojaste a mis brazos y lo sabes. Mari, no voy a arriesgarme y hacerte daño. No soy un buen hombre.

—Cómo que no, qué cuernos dices, Ken —interrumpió Jack—. No sé qué está pasando aquí, pero nunca has faltado al respeto a una mujer en la vida.

Ken dirigió una mirada de advertencia a su hermano, y Jack, soltando una maldición, se dio media vuelta para hacer volver a los demás al vehículo y buscar unos pantalones para ella.

Ken, con especial atención en la pierna de Mari, la levantó sobre su regazo y la abrazó para reconfortarla, acunándola con delicadeza.

—Lo lamento, cielo, de verdad. Te atraje hacia mí, pero en realidad no tenía que ser sexual.

No sabía qué había sucedido, no recordaba haber cambiado la orden. Apoyó la frente en la de ella, respirando hondo para aplacar la tormenta de necesidad y el rugido de odio que sentía hacia sí mismo.

La pierna de Mari volvía a sangrar, también había un hilo de sangre junto a su oreja y otro en la comisura de los labios. Ken lo limpió con el pulgar, la alarma pareció desactivarse en su mente. El pequeño hilo reapareció.

—Puedo mover las cosas e incluso persuadir a la gente —admitió Mari—, conseguir que un vigilante aparte la mirada, ese tipo de cosas, pero nunca he visto a nadie con poder para controlar los movimientos de otro. No quería acudir a ti, pero no podía detenerme. —Negó con la cabeza y se secó la sangre que le manchaba la boca—. Whitney no puede enterarse. Nunca, Ken, ni siquiera por accidente. No puedes hacer eso ante alguien que pueda informarle. —Alzó la cabeza con el rostro empalidecido—. No has informado de esto, ¿verdad? No está escrito en un informe en algún sitio, ¿eh?

—Estás alterada. No, no hay ningún expediente. Jack y yo usamos varios talentos. Los tenemos y practicamos hasta que los dominamos. Vivimos tranquilos, sólo que nos gusta probar cosas diferentes.

—Si Whitney supiera que puedes controlar a otros seres humanos, dominar sus mentes así, no pararía hasta tenerte. Y sin duda querría el bebé de... —Se detuvo—. ¿Puede hacer lo mismo Jack? ¿Está de verdad embarazada Briony? ¿Anda Whitney tras ella porque va a tener un bebé? Es eso, ¿verdad? Por eso envió a Brett y está tan decidido a dejarme embarazada. Él lo sabe, y tú me decías la verdad.

—Cálmate, estás temblando, Mari. Whitney es un asno. Por supuesto que le gustaría quedarse con nuestros niños. Es un chiflado y se cree que puede tener un superbebé. No sabe lo que puedo o no puedo hacer, más allá de lo que él reforzó en mí intencionadamente.

Con el extremo de la camisa que le había puesto a Mari, limpió la sangre que goteaba constante de su pierna.

¡Date prisa, Jack!

—Mientras se concentraba en ciertos talentos psíquicos, fortalecía otros también, ¿no es así? —preguntó Mari—. Eso es lo que nos ha sucedido a todos. Tampoco nosotros le contamos todo, pero Ken, en tu caso se trata de un talento importante, lo más codiciado por él. Querría que un niño lo tuviera. Whitney puede modelar a los niños según su interés, en aspectos donde los adultos presentan problemas. Los adultos no tienen tantos efectos secundarios negativos, pero no puede controlarlos con la misma facilidad. No puede enterarse de esto vuestro.

Ken permaneció en silencio un momento, escuchando el sonido de sus propios latidos.

—Si lo supiera, si se enterara de algún modo... digamos que si pudiera tener acceso a algún expediente mío, en el caso de que estuviera documentado, iría a por mí, ¿verdad?

—Movería cielo y tierra para atraparte. Movería todos sus hilos en el ejército, recurriría a cada oficial que le debe un favor para acceder a ti. —Mari negó con la cabeza—. Ni siquiera pienses en ello, le he visto encerrar a gente para ver si tiene un cerebro diferente. Te pasarías el resto de tu vida conectado a unas máquinas para que él pudiera estudiar tu actividad cerebral.

Ken no contestó. Sabía que Whitney tenía que ser un hijo de perra enfermo, sólo por las cosas que le había hecho a ella. Pese a la opinión de Mari y Jack, estaba convencido de que Whitney tenía alguna capacidad paranormal, y que ya había descubierto el monstruo que él llevaba oculto. Introdujo los dedos en el cabello de Mari y se inclinó para darle un beso en lo alto de la cabeza.

—Tienes que dejar de intentar escapar. Podrías haberte matado, ya lo sabes. Te arrojaste de un coche en marcha sin saber siquiera dónde ibas a aterrizar, y podría haber sido contra un árbol. De hecho, estás sangrando otra vez.

—No me he matado. Y tú habrías hecho lo mismo.

—Es diferente.

—¿Porque soy mujer? —refunfuñó ella—. Primero soy soldado, mi deber es escapar.

Ken cerró los ojos un momento, luego los abrió para encontrar la mirada firme de Mari. Tenía que contarle la verdad, al menos una vez. Le debía eso como mínimo.

—Porque eres mi mujer. Tal vez no pueda tenerte, pero no quiero verte muerta. —Movió los dedos sobre la mano herida y pasó luego a la pierna—. Ni quiero verte sufrir.

Mari alzó la vista.

—No puedo ser tu mujer si planeas alejarte de mí. Ken, Whitney destruye la vida de todo el mundo. Alguien tiene que detenerle. No soy yo la única afectada, están todos los demás, tanto hombres como mujeres, a quienes mantiene encerrados para su estúpido programa de reproducción. Tenemos que dar con un plan para acabar con esto.

—Yo no soy producto de su programa de reproducción, Mari, ojalá lo fuera. Ojalá tuviera una excusa que justificara mi comportamiento, pero no es así. La gente nace con cosas malas dentro, pequeños errores que la mayoría pasa por alto o ni tan siquiera detecta. El mío es peligroso. Tal vez me sienta atraído por ti físicamente porque Whitney nos ha emparejado, pero es más que eso, y sea lo que sea, cada vez es más fuerte.

—A mí también me pasa. Cuanto más cerca estoy de ti, más parezco preocuparme por ti. El sexo y la emoción van entrelazados. Whitney nunca ha sido capaz de obligarme a hacer cosas que no quiero. No puede controlar mi mente ni mis emociones, por lo tanto él no hace esto. Nos ha vinculado química y sexualmente, pero no puede obligarme a desear mejorar las cosas para ti.

—No hay manera de mejorar las cosas para mí, Mari. Cuanto antes lo aceptemos, mejor nos irá. Lo único que puedo ofrecerte es la certeza de que no habrá otra mujer. Independientemente de lo que suceda en tu vida, lo juro, no puedo pensar en ti con otro hombre porque me vuelve loco, pero pase lo que pase, estés donde estés, siempre sabrás que no hay nadie más para mí.

—Tiene que haber una manera de hacer esto bien.

—Mari. —Su voz sonaba baja y convincente, recorría su cuerpo como el contacto de los dedos sobre su piel—. Me tienes miedo, y con razón. No me fío de mí mismo y no voy a joderte la vida más de lo que Whitney ya te la ha jodido. Lo último que necesitas es estar unida a un hombre que puede tener ataques de celos y hacerte daño físico.

—Sé protegerme a mí misma, Ken, y no creo que seas el tipo de hombre capaz de pegar a las mujeres.

—No, sólo de perder la cabeza y violar casi a una porque la ha mirado otro hombre.

Se pasó la mano por el pelo, dejándolo aún más revuelto.

—Yo te deseaba, Ken. No me importaban las circunstancias o la excusa. Te deseaba.

—Hay cosas que desconoces de mí, y ninguna es buena. Ya has aguantado bastante con Whitney y su programa. Vamos a llevarte con Lily. Se asegurará de que tu estado sea satisfactorio y te ayudará a iniciar una nueva vida.

—¿Lily Whitney, la hija del doctor?

—No la nombres así; ella es igual de víctima, tal vez incluso más que el resto de nosotros.

—¿De verdad confías en ella? He trabajado con Whitney repetidas veces durante años y tengo claro que no confío en él y tampoco en sus amigos. Saben lo que hace; tal vez no lo aprueben, pero no le detienen ni comunican lo que está pasando a nadie en cargos de más responsabilidad.

—Dinos donde está el complejo, Mari. Sacaremos a las mujeres.

Ella negó con la cabeza.

—Sabes que los hombres protegerían la base y correría la sangre. Qué demonios, ellos cumplen órdenes.

—Entonces haremos que el almirante la cierre.

—Tal como lleguen las órdenes, Whitney movilizará a todo el mundo. Tiene lugares preparados por todas partes, nunca permitiría que nadie le encerrara. Está protegido, Ken, no puedes entrar sin más y pillarle.

—Pero tú pensabas que el senador sería capaz de ayudaros.

—En eso confiábamos. Su padre ejerció una gran influencia sobre Whitney. Pensamos que si hablábamos con él y le explicábamos lo que estaba sucediendo en realidad, intercedería por nosotros. Sabemos que el padre está molesto por los experimentos. Whitney quiere niños. Está convencido de que puede producir las armas perfectas, física y psíquicamente, porque nadie sospecharía de un bebé introducido en un país para cumplir un cometido, fuera lo que fuese.

—Whitney no te facilitaría a ti esa información.

—No, pero tengo amigos. No todo el mundo implicado acepta lo que él está haciendo. Una de las mujeres ya está embarazada, Ken, y él se quedará con su bebé si no la sacamos de ahí. Tengo que regresar y ayudarles.

—No será necesario si me dejo atrapar por Whitney.

—¡No! Él nunca permitiría que te acercaras a los otros. Te metería en un laboratorio y te diseccionaría tan deprisa que ni te enterarías.

Jack regresó, tendió a Mari los vaqueros y entrecerró los ojos al ver la sangre que corría por su pierna.

—Está pensando en dejarse atrapar por Whitney —dijo Mari—. No puedes permitírselo.

—De hecho, es una manera —añadió Ken—, pero más bien estaba pensando en que el almirante podría destinarme a esa base de Whitney. Si emplea al ejército como tapadera y tiene soldados vigilando el lugar, bien podrían destinarnos a nosotros —explicó Ken—. Agárrate a mi cuello, voy a levantarte un poco y te pondremos los vaqueros. No tienes por qué andar desnuda por ahí con un montón de hombres mirando.

—Vuelve a sangrar. ¿Por qué puñetas sangra tanto? —preguntó Jack.

—Ten cuidado —previno Ken mientras miraba a Jack limpiando la herida antes de ponerle los pantalones—. ¿Se ha hecho otra herida?

Jack deslizó el vaquero con delicadeza sobre la escayola ligera de la pierna. El doctor había empleado más bien una tablilla que una escayola, pues quería que el aire alcanzara la herida de bala.

—No lo parece. —A pesar de sangrar tanto, su cuerpo parecía curarse a un ritmo rápido, recuperando una excelente forma. Ambos hombres sabían que era imposible, incluso con la mejora genética—. Whitney te metió una buena dosis de acelerador, ¿cierto? —preguntó Jack en tono serio—. Debería haber esperado que hiciera algo así.

Ken apretó los hombros de Mari hasta el punto de hacerle casi daño.

—¿Te dio Zenith? Oh, Dios... cariño, dime que no dejaste que te metiera esa porquería.

—Siempre nos mete un chute antes de cada misión, sólo por si nos hieren. ¿No se lo dan a todo el mundo?

—¿Cuándo? —replicó Ken con brusquedad, poniéndose en pie con Mari en brazos. Ella tuvo que agarrarse a su cuello para sujetarse bien mientras salía corriendo hacia el Escalade como alma que lleva el diablo—. Maldición, Mari, ¿cuándo te inyectó? Día y hora, dímelo ya.

El miedo también le aceleró el corazón a ella. Los dos Norton estaban asustados.

—¿Qué sabéis del Zenith que yo no sepa?

—Puede matarte, Mari. Dímelo ahora, ¿cuánto lleva en tu sistema?

Logan sostuvo la puerta abierta y Ken entró casi de un salto, y Jack tras él.

—Pide a Lily que envíe un avión. No el del ejército. Uno de su compañía.

—No podemos arriesgarnos a eso, Ken —protestó Logan—. ¿Qué sucede aquí?

—Le inyectaron una buena cantidad de Zenith antes de mandarla —contestó Ken—. Tenemos que correr ese riesgo.

Neil puso en marcha el vehículo y aceleró por la carretera.

—Podríamos llegar por la mañana. Tenemos unas horas de ventaja. ¿Cuánto tiempo tiene?

Ken maldijo con amargura, sus ojos plateados brillaban más amenazadores cuando intercambió una larga mirada con su hermano.

—Que Lily envíe el avión, Logan. Dile que se reúna con nosotros en uno de los laboratorios con instalaciones médicas y que necesitamos el antídoto del Zenith.

—Ryland no va a permitirle que arriesgue su vida.

Pero abrió su radio con un rápido movimiento y empezó a hablar.

Mari se quedó muy quieta. Los hombres ya no hacían bromas, la tensión en el Escalade podía cortarse con un cuchillo, como suele decirse. Zenith, la droga empleada para acelerar la curación rápida, era peligrosa y todos lo sabían. ¿Por qué iba a atiborrar a sus equipos de eso antes de mandarlos a una misión conociendo los peligros que conllevaba? Y si esos hombres sabían que era peligroso, Whitney estaría al corriente también. Era el inventor del Zenith.

—Debería haberlo sabido; te curabas demasiado rápido incluso para un Soldado Fantasma. Maldición. —Ken dio con el puño en el asiento delantero—. ¿En qué demonios estaba pensando?

Pero ya lo sabía, igual que Jack. Lo veía en los ojos de su hermano. Estaba tan trastornado con sus pensamientos sexuales que no había prestado atención a otra cosa.

—Hay una pista de aterrizaje a unos ciento y pico kilómetros de aquí. Una pequeña granja con una avioneta para fumigar. Lily dice que si llegamos hasta allí tendrá a un piloto esperando, un amigo suyo, nada de militares. Se reunirá con nosotros en el laboratorio clandestino donde retuvieron a Ryland y sus hombres. No está lejos de su casa, y nadie encontrará raro que se pase por ahí. Trabaja a menudo allí. Kandal estará con ella para protegerla, junto con la gente de Ryland, por lo tanto no hay que preocuparse a ese respecto —anunció Logan.

Ken se aproximó a Mari, que notó su aliento caliente en la oreja.

—No te olvides de respirar. Tranquila, llegaremos a tiempo.

—¿Desde cuándo sabéis lo del Zenith?

—Lily encontró el compuesto en el laboratorio con todos los datos escritos. Está claro que sirve para la regeneración de células, pero si se deja en el cuerpo demasiado tiempo empieza a dañarlas y se producen hemorragias. Y, sí, Whitney es muy consciente, es su descubrimiento, de sus resultados. Dos hombres murieron en su laboratorio, aparte de las docenas de animales con los que experimentó —explicó Ken—. Nosotros no tocamos esa porquería ni para misiones breves.

Mari enterró el rostro en el hombro de Ken, sin importarle que los otros vieran su debilidad. No le asustaba que la hicieran prisionera, podía soportar la tortura si era necesario, pero la traición continuada de Whitney era difícil de encajar. Él la crió y fue su única fuente de información. Aunque el doctor había traído maestros a las instalaciones, en última instancia ella había seguido el programa educativo establecido por él. Había aprendido idiomas, estudiado asignaturas y dominado materias a buen ritmo, tras lo cual recibió instrucción de soldado. Era disciplinada y dominaba las armas y el combate cuerpo a cuerpo, dando muestras también de gran destreza con algunos talentos psíquicos. Whitney podría sentirse orgulloso de ella, de todos ellos, y aún así continuaba traicionándoles en todos los sentidos.

Era lo más parecido a un padre que habían tenido, pero cruel y frío, sin mostrar emoción alguna mientras llevaba a cabo sus experimentos. Había empeorado con los años, y ahora ella descubría que no sólo traicionaba a las mujeres: había suministrado Zenith a los hombres de las operaciones especiales antes de salir a cumplir una misión.

Ken introdujo los dedos en el cabello de Mari y aplicó un lento masaje que parecía más relajante que sexual. Le pareció que le daba un suave beso en lo alto de la cabeza.

—La unidad recibió órdenes de salir el lunes por la noche. Whitney no estaba, pero dejó el Zenith para que los hombres lo tomaran antes de partir. Su médico les inyectó a todos. Sean robó una jeringa para mí. Pensábamos que era algo bueno.

Notó la reacción de Ken al oír el nombre, cómo respiraba hondo y luego expulsaba el aire:

—Este Sean, ¿estaba con el equipo?

Mari sacudió la cabeza.

—Ya no, normalmente no, pero sabía que yo iba a participar y no intentó detenerme. Podría haberlo hecho. Protege a Whitney, y no quería que yo viniera, le parecía demasiado peligroso. Pero dijo amén en esta ocasión para protegerme.

—Has recibido instrucción, ¿por qué iba a decir que es demasiado peligroso? —preguntó Ken.

Mari frunció el ceño.

—No lo sé. Somos amigos y supongo que se preocupa por mí.

Este Sean parece pasar mucho rato con ella. ¿Crees que Whitney la ha emparejado con él así como con Brett y conmigo?

Jack alzó la vista nada más oír el tono de voz de Ken.

No, al menos que quisiera que Sean y Brett se mataran entre sí. Yo no compartiría a Briony con otro hombre, ni nadie querría compartir a su pareja. Lo más probable es que se trate de alguien con quien Mari se lleve bien, que sean amigos.

Tal vez ella piense que son amigos, pero el bueno de Sean anda loco por ella.

Jack miró a su hermano con un ceño.

Podrías intentar mantener los celos a raya. Tampoco a mí me gusta que los hombres miren a Briony, pero me domino.

Pues me estoy controlando. No he salido tras él para meterle una puta bala en la cabeza, ¿o sí?

Muy pronto tendría que dejar a Mari y quería que fuera feliz.

Brett iba a morir, y si alguna vez volvía a tocarla, Ken despedazaría a ese hijoputa con sus propias manos. Eso era todo. Iba a asegurarse de eso, pero Sean... bien, podría ser alguien a quien respetar, al menos lo suficiente como para permitirle seguir con vida, siempre que no volviera a pensar en estar junto a Mari.

Intentó no gemir en voz alta y dejar de pensar así. Mari estaba tan sintonizada con él ahora que, tal como él, captaba impresiones de lo que pensaba. No quería empeorar el concepto que ya tenía de él.

Sostenerla en su regazo era una gran estupidez, pero se sentía incapaz de soltarla. No controlaba la reacción de su cuerpo, y era demasiado agradable sentirse vivo otra vez. Y cuanto más permanecía cerca de ella, mayor era la reacción... y más rápida. La dolorosa erección continuada formaba parte del placer ahora, pero el dolor era un pequeño precio a pagar por volver a ser capaz de sentirse un hombre. Pensaba que le habían arrebatado eso. Abrazarla y sentir su cuerpo tierno y flexible, la forma en que se adaptaba al suyo, la curva del trasero acurrucado en su regazo, el roce de los pechos contra su brazo, todo ello le cortaba la respiración, privándole de toda cordura.

Su cuerpo palpitaba y ardía, su furiosa erección era constante. Cuernos, no se le había levantado lo más mínimo después de la tortura, y ahora en cambio no remitía, se abultaba e hinchaba dolorosamente por la necesidad, alojada a lo largo de la juntura del trasero de Mari. Era imposible que ella no sintiera cuánto la deseaba. El balanceo del Escalade sólo contribuía a su incomodidad creciente, pues su trasero se restregaba sin parar.

Se moría de ganas por saborear cada centímetro de ella, iba loco por sentir la piel desnuda pegada a él. Y el calor de su cuerpo también la estaba afectando a ella. La respiración de Mari se aceleraba, los pechos ascendían y descendían bajo la camisa que llevaba puesta, movía el cuerpo inquieta, lo deslizaba contra él, provocándole un estallido de placer palpitante en la polla.

Ken necesitaba deslizar las manos bajo la camisa para percibir la piel caliente, tomar los pechos y juguetear con los pezones hasta que formaran puntas duras. Y quería más que eso, muchísimo más. Deseaba comérsela como una golosina, tomarla deprisa y con rudeza, oyendo sus suaves grititos, sus gemidos rogando más y más. Siempre más. Tenía que mantener vivo el deseo, unirla a él sexualmente. Se sabía capaz, de eso no tenía la menor duda.

La boca de Mari estaba hecha para besarla, para el sexo. Era imposible no tener fantasías sobre esa boca rodeando su polla, los dientes arañando las cicatrices, la lengua danzando sobre el órgano. La imaginaba arrodillada ante él, sosteniendo el saco y pasando las uñas por el falo, exprimiendo su placer; y con sus ojos de chocolate pegados en todo momento a él, mientras se lo metía por la garganta estrecha y caliente, y entretanto él observando lo que le hacía... encantado con lo que le hacía.

Nunca había deseado a una mujer de esta manera. Su corazón latía tan ruidosamente que pensaba que iba a estallar en su pecho. La sangre alcanzaba temperatura de ebullición y corría por sus venas como un fuego crepitante, propagándose por su cuerpo para sensibilizar cada terminación nerviosa. El pulso latía atronador en sus oídos, con un rugido que exigía a su cuerpo enterrarse en ella.

Iba a seducirla despacio y juguetonamente, lamiendo, chupando y mordiendo los pechos y pezones. Justo hasta bordear el dolor. Ella le observaría con sus grandes ojos, un poco escandalizada, pero sin aliento por la necesidad, rogando en silencio más y más... y él la complacería. Le demostraría quién era su hombre, la dejaría marcada, haría que Mari ansiara su contacto... las lamidas de su lengua sobre cada centímetro de su cuerpo.

Sería imposible tomárselo con calma cuando la penetrara; tendría que esforzarse en mantener el control, pero también ella estaría a cien, su vagina demasiado caliente y prieta, sus músculos de terciopelo aferrándose al falo que se hundía en ella con fuertes embestidas, tomando posesión no sólo de su cuerpo sino también de su alma. Era suya e iba a dejárselo claro.

Mari veía las imágenes eróticas danzando en su mente y comprimía los músculos del vientre con espasmos en la matriz. No podía evitar reaccionar al hambre desesperada de Ken. Su seducción era oscura, brusca y con matices de violencia, las imágenes eran dominantes, plagadas de deseo descarnado. Tragó saliva varias veces, pues tenía la boca seca y el corazón latía con violencia mientras contemplaba la absoluta intensidad de la mirada plateada.

Se le cortó la respiración, atrapada en los pulmones mientras la mirada se desplazaba posesiva sobre ella, ardiente y excitada, y llena de deseo manifiesto. Podía notar los dedos acariciando sus pechos, sentir casi el mordisco de los dientes, la lengua juguetona lamiendo los pezones, los dedos acariciando la parte interior de los muslos, hasta que su cuerpo gimió de necesidad.

¡Para! Mari rodeó el cuello de Ken con los brazos, acercándose más para que apreciara la dureza de los pezones. *Me vas a matar aquí mismo. No puedes hacer esto con los demás delante. No estamos solos.*

Sin ellos aquí no estaría haciendo esto. Si estuviéramos solos, te tendría desnuda y te comería viva. Dios, Mari, ¿tienes idea de cuánto deseo follarte y dejarte sin sentido? Maldición. Eso no ha estado muy acertado, es más que eso... mucho más que eso.

Quería que fuera suya, que le perteneciera sólo a él. Quería despertar cada mañana mirando su cara, encontrar maneras de hacerla reír, tomarse años para conocer cada faceta de su personalidad. No sabía por qué, pero esa necesidad era tan fuerte como la de hundirse en su profundidad.

Notaba la llamada del olor almizcleño de Mari. Estaba húmeda de necesidad, reaccionaba a sus fantasías y al lenguaje explícito. En vez de asustarse o sentir repulsa, estaba reaccionando. Una parte de él quería llorar, pues cualquier mujer saldría corriendo nada más contemplar su cuerpo mutilado. En sus fantasías, en las imágenes que poblaban su cabeza, había sido explícito, su polla incluía los múltiples cortes, y los huevos también estaban marcados. No disimulaba su necesidad de sexo brutal, y no obstante Mari le deseaba. La simple idea de ella deseándole le provocó tal erección que creyó explotar, y cada vez que el trasero de Mari se deslizaba con seducción sobre el grueso bulto en su regazo, la sangre pulsaba a un ritmo más salvaje.

¿Ha sido así para ti antes?

Ken distinguió la repentina nota tímida en la voz de Mari. Se avergonzaba de preguntarlo, no obstante necesitaba saber. Él metió los dedos en la densa mata de cabello de color oro platino.

No.

¿Qué vamos a hacer al respecto?

Nada. Nada en absoluto. Voy a poner entre nosotros toda la distancia posible.

¿Y yo no tengo nada que decir ante tu decisión?

Ken inclinó la cabeza sobre ella, enterrando el rostro en su pelo y reteniéndola cerca de él, saboreando su aroma y la blandura de su cuerpo.

No sabes qué eres, Mari. Un regalo. Algo que preservar como un tesoro, algo tan precioso que no me importa correr el riesgo de estar cerca de ti. Si te tengo, aunque sólo sea una única vez, nunca seré capaz de dejarte ir. Le dio un beso en el pelo, sin importarle que su hermano estuviera mirando. Sólo le quedaban unas pocas horas inestimables junto a ella, y luego saldría de su vida para siempre. Iba a aprovechar lo que pudiera. *Nunca te diría estas cosas en voz alta. Sonaría cursi, y me sentiría idiota, pero tienes que oírlas alguna vez.*

Tal vez yo no sea capaz de dejarte ir, se atrevió a decir Mari.

No tengo elección.

Capítulo 8

*Y*a ha tenido dos hemorragias nasales en el avión, pero no podemos detener ésta —anunció Logan apresurándose a abrir la puerta para Lily—. ¿Has encontrado su expediente para verificar el grupo sanguíneo?

Ken llevaba a Mari en brazos, correteando tras la mujer de pelo oscuro que avanzaba deprisa por el pasillo para acceder a la pequeña clínica en el interior del complejo gigante de laboratorios.

—Jack o Ken pueden donar sangre, son del mismo grupo sanguíneo —respondió Lily indicando con la cabeza una de las camas—. Ponedla aquí deprisa.

Todo estaba sucediendo tan rápido que Mari no tenía que pensar en ello. Justo cuando había empezado a sangrar por la nariz, los hombres conectaron por radio con Lily Whitney para obtener instrucciones, hablando entre ellos en código rápido.

Supo que estaban preocupados por la velocidad con que la sacaron del avión para meterla en un coche muy blindado, con cristales tintados, partiendo luego como un rayo hacia unas instalaciones muy protegidas. Ken la depositó con cuidado sobre la cama y ella dejó de rodearle el cuello a su pesar. En el momento en que interrumpieron el contacto físico, se sintió sola y vulnerable.

Lily Whitney cojeaba y estaba embarazada de muchos meses. Tenía el pelo oscuro y una mirada preocupada en el rostro. No obstante, seguía siendo la hija de Peter Whitney, y la única persona por la que el sádico magalómano parecía preocuparse. Dirigió una sonrisa distraída a Mari, era obvio que con intención de animarla.

—¿Cuál de los dos va a dar sangre?

Ken se levantó la manga.

—Yo.

—Ocupa la cama contigua. Voy a administrar el antídoto, pero va a sufrir un colapso, y fuerte. Tengo reunido un equipo, así que no entréis en pánico por lo que estamos haciendo.

—¿Qué quiere decir por un colapso? —preguntó Mari dirigiéndose a Ken por instinto, cogiéndole la mano—. ¿A qué se refiere?

—No hay tiempo para explicaciones —soltó Lily—. La droga lleva en tu sistema demasiado tiempo, tus células se están descomponiendo. Tengo que ponerte la vía intravenosa ahora mismo. Nada de aprensiones ahora.

—Mari. —La voz de Ken sonaba baja y calmada. Le rodeó los hombros con el brazo—. Voy a estar justo aquí. Deja que ponga el sistema intravenoso y te suministre el antídoto.

Mari intentó disipar el pánico que crecía veloz. Todos estaban asustados, sobre todo Ken. Mantenía esa misma máscara inexpresiva que llevaba normalmente, pero su mirada la atravesaba con una advertencia. La obligaría a obedecer si no mantenía la calma y les dejaba hacer.

Se instaló el terror en ella. No les conocía ni confiaba en ellos, y menos en la hija de Peter Whitney. Llevaba casi toda la vida conociendo la traición. ¿No sería todo esto alguna clase de elaborado complot?

Ken tomó su rostro entre ambas manos.

—Aunque no vuelvas a confiar en mí, ahora mismo te pido que pongas tu vida en mis manos. Vas a sufrir un colapso en cuanto Lily te suministre el antídoto, pero te desangrarás del todo si no te lo da. Te reanimaremos, te lo juro, no es ningún truco.

Lily no esperó a que Mari se decidiera. Le estaba colocando la vía intravenosa en el brazo y en cada pierna con eficiencia asombrosa.

—Échate en la cama al lado de Mari, Ken. —Esbozó una leve sonrisa en dirección a Mari—. *Servirá para mantenerla calmada. Y la necesitamos muy calmada.* Soy Lily, seguro que ya no te acuerdas de mí —dijo en voz alta.

—Te conozco. —Mari intentó no dar un respingo cuando entró la aguja—. *Detesto las agujas*, confesó avergonzada. *Sé que es algo de ver-*

dad estúpido. *Puedo romperle los huesos a alguien o pegarle un tiro a cien metros sin pestañear, pero detesto las agujas.*

Debería estar acostumbrada a ellas; Whitney siempre estaba sacándole sangre para algo, si no andaba metiéndole inyecciones o atándola a una mesa para ampliar el desarrollo genético. La usaba como conejillo de indias más a menudo que a las demás mujeres porque la consideraba difícil de controlar. Hacía demasiadas preguntas e incitaba a las otras mujeres a rebelarse.

Notó a Ken acomodándose junto a ella, el peso hizo que su cuerpo rodara hacia él. Sus caderas se tocaron, y Ken desplazó el muslo pegándolo al suyo. El calor de su cuerpo calentó el frío de Mari. Al instante fue hiperconsciente de él, de su fragancia masculina y su absoluta fuerza; del hecho de que era una mujer y él un hombre.

—Relájate, Mari.

Norton entrelazó sus dedos.

Lily y otro hombre estaban ocupados colocando bolsas de algo espeso y amarillo en el intravenoso mientras alguien inyectaba agujas en el brazo de Ken.

Cuéntame qué está sucediendo.

No te dejes llevar por el pánico. Te sacaremos de ésta. Lily es buena de verdad. Ha estudiado este fármaco porque el Zenith puede regenerar nuestras células aunque, evidentemente, cuando lleva cierto tiempo en nuestro sistema empieza a tener un impacto negativo. Las células se deterioran a un ritmo rápido, casi igual al de la curación. Le dio un apretón de mano para tranquilizarla. *Se producen fuertes hemorragias. Te está suministrando el antídoto a toda prisa, por eso ha dispuesto tantas vías. Inyectará parte del antídoto en tus músculos también.*

Y eso es lo que ya me está sucediendo. Por eso la pierna no para de sangrar, y ahora me sangra la nariz. Un escalofrío de miedo recorrió su columna. Podía asumir cualquier cosa mientras supiera qué estaba sucediendo. No iba a entrar en pánico. *¿Por qué Whitney iba a continuar suministrándonos esta droga si sabía que nos mataría?*

Ken pasó la yema del pulgar sobre su muñeca con movimientos ascendentes y descendentes. La sangre empezó a circular por un tubo desde su brazo al de ella.

Si te capturan y no puedes regresar, mueres. Es una protección más para él. Si regresas, te administra un antídoto y nadie hace preguntas. Si alguien regresa tarde, entonces o le salvan sin que nadie se entere o bien esa persona sencillamente desaparece. Él siempre gana, lo mires como lo mires. Todos nosotros somos prescindibles.

Apuesto a que Lily no lo es.

Mari estudió el rostro de la hija del doctor. Su expresión era de decisión total. Nadie podía ser tan buen actor. Lily Whitney estaba totalmente concentrada en salvarle la vida.

¿Ha hablado Whitney de ella en los últimos tiempos?

Nadie se acerca tanto a él; bien, aparte de Sean. Es un supersoldado y Whitney le tiene cerca para que haga de guardaespaldas.

Otra vez aquel nombre. *Sean.* Ken captaba a menudo su aparición en la mente de Mari. Más que eso, apreciaba respeto por él, incluso admiración. Se le retorcieron las entrañas formando duros nudos sólo con la mención de este hombre, y algo oscuro y sombrío empezó a dar vueltas en su cerebro.

¿De verdad puedo morir?

Ken le acarició los labios con los nudillos, deseando darle alivio, sin querer responder o pensar en esa posibilidad. Ella sonaba desamparada y vulnerable. Su corazón de soldado reaccionó con un movimiento extraño. Apareció más sangre en la comisura de sus labios. Ken pasó por alto su propia respiración acelerada, sus pulmones obligándole a buscar aire, y se negó a entrar en pánico si Mari no lo hacía. Lily la salvaría porque no había otra opción.

Si me sucede algo, dile a Briony que he pensado en ella a diario, que su felicidad me importaba más que cualquier otra cosa.

La voz sonaba remota incluso en su mente, la oía fina como el papel, como si respirara a duras penas, luchando por vivir.

Ken permaneció quieto, sosteniendo su mano pegada a los labios. Tenía la piel tan fina, incluso así sujeta a la cicatriz que atravesaba su labio.

—No vas a morir, Mari, no dejaremos que eso suceda.

Pronunció las palabras en voz alta porque quería que Lily las oyera. Se esforzó en mantener la voz uniforme, calmada, sin amenazas, aunque sabía bien que su intención era amenazar; aunque todos los presentes en la habitación sabían que era una amenaza. Su corazón latía aterrorizado. No podía perderla de esta manera, no permitiría que Whitney ganara esta batalla. Mari tenía que vivir.

Lily le puso la mano un instante en el hombro.

—Tranquilo, Ken, lo entiendo.

Tal vez ella entendiera, pero él no. Se sentía partido en dos. Mari era prácticamente una desconocida y aun así tenía la impresión de conocerla íntimamente. Hacía ya un tiempo que conocía a los Soldados Fantasma, a muchos de ellos desde hacía años, pero era Mari a quien quería proteger ahora, necesitaba saber que Mari estaba sana y salva, que se encontraba bien en algún lugar del mundo... aunque no pudiera ser con él.

—¿Cómo ha podido hacer esto?

Ken escupió la pregunta incapaz de contenerse, fulminando con la mirada a Lily, con un repentino acceso de rabia sacudiendo todo su cuerpo.

Ryland, el marido de Lily, frunció el ceño, se incorporó poco a poco desde su posición, inclinado sobre el brazo de Ken, asegurándose de que la sangre fluyera correctamente de un paciente a otro. Había cierta amenaza en su actitud.

Lily sacudió un poco la cabeza para que no interfiriera.

—No sé, Ken. Me he hecho la misma pregunta un millón de veces. Dicen que la línea entre el genio y la demencia es demasiado fina como para delimitarla. Y se deteriora día a día.

—¿Por qué dices que se deteriora?

—Sabemos que ha estado entrando en nuestro ordenador desde el mismo día en que desapareció. Flame descubrió la manera de instalar un programa en el suyo para poder espiarle. Puedo ver por sus anotaciones que su estado mental va empeorando con cada nuevo proyecto. Se ha alejado mucho de la realidad. Ni siquiera soy capaz de adivinar qué será lo siguiente que haga, no tengo ni idea de cómo vamos a detenerle.

Su voz denotaba una inquietud absoluta. Las líneas de preocupación marcaban su rostro joven. Había pena en sus ojos; demasiada pena y responsabilidad para una mujer de su edad. Ken estiró el brazo para tocarle la mano.

—Yo sí —dijo con convicción, deseando que le creyera, deseando aliviar su sufrimiento.

Mari le agarró el brazo para tirar de él, un gesto débil pero insistente. Ken volvió la cabeza y la encontró observándole furiosa.

¿Qué pasa?

La muchacha pestañeó, su expresión pareció confundida.

No sé. No me ha gustado eso, que la toques, pero es algo totalmente absurdo. Sólo la estabas consolando y su marido está justo aquí al lado, o sea, que no tiene sentido que me moleste así.

Sonaba perpleja e indefensa, de pronto muy frágil.

Una gran inquietud dominó el cuerpo de Ken. Quería cogerla en brazos y estrecharla con fuerza, temeroso de perderla. Tenía hilillos de sangre en la boca y en la nariz, la vida abandonaba su cuerpo.

Estoy aquí, Mari, justo a tu lado. Te ayudaré a salir de esto.

Sé que lo harás.

Intentó sonreírle, pero sus ojos se cerraban, ya no tenía fuerzas.

—¡Maldición! Necesito más tiempo. Jack, ven aquí —ordenó Lily—. Aún no le he administrado suficiente antídoto.

—Lily, explícate —soltó Ken—. Dime que está sucediendo.

—Sufre un colapso. —Su voz sonaba severa—. ¡Jack!

Jack se colocó a horcajadas sobre Mari e inició la reanimación cardiopulmonar mientras Lily cogía de la bandeja del instrumental una jeringuilla con una aguja larguísima de aspecto atroz.

—Ábrele la camisa, Jack —ordenó Lily.

Sonaba calmada y controlada. Ocupando el lugar de Jack, se sentó sobre Mari y atravesó con la aguja la barrera del tórax, clavándola directa en el corazón para administrar el estimulante.

A Ken se le revolvió el estómago. Por un momento reinó el silencio. Oyó el tic tac del reloj, la respiración de Lily, alguien moviendo los pies. A su lado, Mari resolló, tomó una bocanada de aire y abrió los ojos de golpe, con rostro aterrorizado, agarrándole la muñeca como si su vida dependiera del contacto; y a continuación se quedó inanimada otra vez.

Lily se inclinó sobre ella para tomarle el pulso y oír el corazón.

—Ha vuelto. Administradle el antídoto y toda la sangre que podáis. Tal vez te necesitemos antes de acabar, Jack.

Mientras se ocupaba de Mari, no dejaba de dirigir miradas a Ken.

—Has dicho que creías saber cómo detenerle. Mientras le permitan seguir con sus experimentos, ninguno de nosotros estará seguro. ¿De verdad tienes un plan?

—Soy capaz de controlar los actos de la gente con mi mente —dijo Ken, desplazando la vista hacia su hermano para captar la mirada escandalizada que sabía encontraría ahí.

No se te ocurra admitir que tú también puedes hacer lo mismo. Tienes que pensar en Briony y los bebés.

—Eso no es posible. —Lily retrocedió un paso negando con la cabeza, mirándole con un repentino miedo en los ojos—. Mi padre no puede haber encontrado la manera de hacer eso.

—¿Sabías que estaba intentándolo? —preguntó Ryland a su esposa con dulzura.

Le tendió la mano y la atrajo hacia sus brazos, abrazándola con ternura evidente en el rostro mientras intentaba reconfortarla. Limpiar lo que dejaba su padre le estaba pasando una factura terrible.

—Por supuesto. Eso constituiría el triunfo definitivo, ¿no? —Se apartó de su esposo para volver a ocuparse de Mari, aunque se había quedado muy pálida—. Hubo muchas discusiones al respecto. Mi padre creía que el control mental era posible y se podía emplear con múltiples propósitos. Intentó vender la idea de que podría emplearse para que ciertos dirigentes extranjeros vieran la luz, también para adolescentes problemáticos cuando sus padres no hacían carrera con ellos.

—¿Discutías tú con él sobre esto o lo hacía alguien más? —preguntó Ken.

—Yo me oponía, pero, de hecho, un par de amigos suyos tenían la firme opinión de que debería intentar desarrollarlo. Jacob Abrams a menudo se oponía, le preocupaba, creo, que mi padre tuviera ese tipo de poder. Las personas serían literalmente títeres bajo su control. Nadie sería capaz de plantarle cara. A Jacob la idea no le gustaba; a menudo mantenían discusiones muy acaloradas cuando salía el tema. A mí me aterrorizaba que encontrara algún día la manera de hacerlo.

—No lo hizo. Es una habilidad natural, desarrollada por mí mismo.

Ella le observó frunciendo el ceño.

—¿Cuándo supiste que podías hacerlo?

Se encogió de hombros y estiró el brazo para cerrar los extremos de la camisa de Mari, intentando que pareciera un acto despreocupado. Detestaba que ella estuviera expuesta a todo el mundo.

—Soy capaz de hacerlo desde que tengo memoria. De niño solía usarlo sobre todo con los maestros y padres adoptivos, pero mi control no era tan fiable. —Hizo una mueca—. Al final fui capaz de lograr cierto control, aunque requiere una concentración completa y si lo uso un rato prolongado, o en una tarea complicada, me quedo incapacitado del todo. Tampoco puedo usarlo en más de una persona a la vez o en cosas importantes de verdad, con grandes repercusiones. Puedo hacer que los vigilantes miren a otro lado, pero todos nosotros tenemos esa habilidad persuasiva. El verdadero control mental me deja inútil unas cuantas horas.

—¿Por qué no consta en tu expediente? No participaste en pruebas para esa habilidad.

—Imaginé que era mejor guardarse algunas cosas. Ponlo en mi expediente ahora como si acabaras de descubrirlo. Estoy seguro de que Whitney está muy interesado en mí y en mi hermano ahora mismo, y no sabrá resistirse si lee en tu ordenador que hemos atraído tu interés. Dijiste que hace seguimiento de tu trabajo, pero no se ha percatado de que estás al corriente —prosiguió Ken. Mientras sostenía la camisa de Mari para cerrarla, los nudillos se demoraron un poco sobre la prominencia del pecho—. Pero incluye que nos has estudiado y que encuentras muy extraño que yo tenga habilidades de control mental y Jack no. Di también que aún debes analizarnos más. Luego podremos pensar en un buen lugar para que me capture, sin poner en peligro a todos los demás.

—No. —Jack dijo esa única palabra en un tono bajo que funcionaba como un sistema de megafonía—. No voy a permitir que te dejes atrapar por ese hijo de perra. Eso no va a pasar, Ken.

—Podemos tenderle esa trampa, Jack. Saldrá a la luz con tal de atraparme.

—Lily, no le hagas caso —previno Jack—. Está un poco ido estos últimos días. Conocer a Mari le ha afectado, y ahora quiere convertirse en un mártir. No lo permito, y cualquiera que intente ayudarle a ponerlo en práctica tendrá problemas.

Lily seguía ocupándose de Mary, limpiándole el rostro con un paño frío. Añadió otra bolsa de líquido amarillo y comprobó la cantidad de sangre que Ken le había donado. Al advertir que éste era incapaz de soltar la camisa de Mari, cubrió a su paciente con una fina sábana para permitirle cierta privacidad mientras Logan retiraba la aguja del brazo de Ken, quien se sentó y dejó caer sus pies al suelo.

—Quédate sentado ahí un minuto y deja que Ryland te traiga un poco de zumo —advirtió Lily. Desplazó la mirada hacia Jack—: No hace falta que me amenaces, Jack. No tengo intención de entregar a nadie a mi padre. Sean cuales sean los motivos de Ken, y estoy segura de que los tiene, nada lo vale.

—Podemos dar con él —insistió Ken—. Ahora mismo está oculto, cuenta con todo tipo de protección, capas de coberturas que no podemos atravesar. Sus medidas de seguridad hacen sonar la alarma cada vez que intentamos ir tras él empleando un ordenador. Si lo hacemos a través del almirante o el general, juega con ellos del mismo modo. Alguien muy arriba le está protegiendo. La única oportunidad que tendremos alguna vez para detenerle será sacándole de las sombras.

—¿Y luego, qué? —preguntó Lily—. ¿Qué crees que sucederá? Si le hacemos prisionero, aparecerá su protector, quienquiera que sea, y se lo llevará.

Se hizo un silencio. Lily desplazó la mirada de Ken a Jack y luego a su esposo. Sacudió la cabeza.

—¿Queréis utilizarme para sacar a mi padre a la luz y así poder matarle? ¿Ése es vuestro gran plan?

—De hecho, no, Lily —replicó Ken—. Mi plan era utilizarme a mí mismo como cebo, por supuesto para sacar a tu padre a la luz y así poder eliminarlo nosotros.

—Con eliminarlo te refieres a matarlo —insistió ella.

—¿Qué crees que deberíamos hacer con él? ¿Entregarlo otra vez a sus amigos para que puedan darle una palmadita en la espalda y más presupuesto para sus experimentos?

Lily le fulminó con la mirada.

—He hecho todo lo posible para ayudaros, a todos vosotros, pero no estoy dispuesta a tenderle una trampa para que puedas matarlo. No lo haré. —Se apartó de la cama y fulminó con la mirada también a su marido—. Eso no, por ninguno de vosotros. Haya hecho lo que haya hecho, aún es mi padre. Quiero conseguirle ayuda.

Mientras lo decía se apretó la redonda barriga con la mano y negó con la cabeza. Estaba claro que sabía lo que había que hacer; la cuestión era que no podía aceptarlo.

Ryland le tendió la mano.

—Todos estamos en el mismo barco, Lily, todos estamos juntos en esto. Somos Soldados Fantasma, somos lo que tu padre nos hizo, y permanecemos unidos. No podemos hacer otra cosa que confiar los unos en los otros, así es. Ni siquiera podemos confiar en los hombres que nos mandan a alguna misión.

Lily abrió la boca para protestar, y volvió a cerrarla. Era sabido que su familia había mantenido una buena amistad con el general Ranier, el hombre al cargo del equipo de operaciones especiales del que era responsable Ryland Miller. Whitney y Ranier habían sido buenos amigos. Lily prácticamente se había criado en casa de Ranier. El general también creía que Peter Whitney había sido asesinado, y parecía estar del lado de los Soldados Fantasma.

—Alguien intentó que asesinaran al general Ranier —comentó Lily—. No forma parte de todo esto.

—Su esposa no estaba en casa, Lily —dijo con benevolencia Ryland—, y tú y yo sabemos bien que casi siempre está ahí. Qué coincidencia tan rara.

—¿No confías en el general, Ryland? Hemos ido a cenar a su casa varias veces. ¿Cómo puedes sentarte a su mesa y al mismo tiempo sospechar que conspira con mi padre para hacer esas cosas horribles?

—¿Qué cosas horribles, Lily? —preguntó Jack—. Peter Whitney ha trabajado para el gobierno durante años en un puesto u otro. Tiene autorización de seguridad de alto nivel, ha proporcionado armas y sistemas de defensa así como fármacos y refuerzo genético mucho antes de que el resto del mundo supiera de su existencia. Su labor ha sido inestimable. Dio con la idea de los supersoldados y el desarrollo de capacidades motrices así como psíquicas, y ha sido él quien ha facilitado ambas cosas. En lo que respecta a las personas ante las que tiene que rendir cuentas, Whitney ha cumplido.

Ryland asintió:

—El coronel Higgens intentó secuestrar su programa y vender la información a otros países, pero se lo impidieron. Cuando Whitney explicó a su gente que necesitaba fingir su muerte y desaparecer, bien, eso fue un sacrificio más para el país. Así es como lo vería Ranier. Y fingiría estar apenado, prometería cuidar de ti, asumiría el mando de nuestro equipo y se sentiría agradecido de que existiera en el mundo un tipo como Peter Whitney.

Lily se apoyó en la cama como si sus piernas no pudieran sostenerla.

—¿Por qué me dices esto ahora? Lo has mencionado como si tal cosa, pero nadie ha venido nunca directamente a explicarme por qué creéis que sea una posibilidad. Así explicado, cualquier posibilidad es válida, y así mi padre puede parecer un héroe en vez de un traidor.

Jack dirigió una mirada a Ken.

Lily es una mujer de talento en todo lo que respecta al mundo académico, pero está ciega en lo referente a la gente. Era un pequeña advertencia para que la rabia no desbordara a Ken. *Se esfuerza por aceptar que Whitney debe morir, pero necesita más tiempo. Probablemente el embarazo la ha vuelto más emotiva en lo que respecta a su padre.*

¿Desde cuándo estás tan puesto en este tema?, quiso saber Ken.

He estado leyendo todos los libros sobre embarazo que caían en mis manos, dijo Jack sonando un poco petulante.

—Whitney no está vendiendo su trabajo a un país extranjero. Pasa sus resultados al gobierno y, mientras nadie sepa cómo logró esos resultados, todos están encantados —dijo Jack en voz alta—. No quieren saber cómo lo consigue, sólo que hace su trabajo. Y su trayectoria dice que ofrece resultados.

—Podemos mandar al carajo todo eso poniéndole en evidencia, y eso significa poner también en evidencia al gobierno o al menos a un grupo muy elitista de hombres que están enterados —dijo Ken esforzándose por suavizar la voz cuando en realidad quería dar un grito a Lily.

—¿El presidente? —preguntó ella.

—Probablemente no. Supongo que está enterado de que tiene supersoldados y unos pocos equipos de operaciones especiales llamados Soldados Fantasma, pero dudo que sepa algo más allá de para qué servimos —añadió Ken—. Hay alguien que se encarga de presentar las propuestas ante el comité y consigue financiación para algunos de estos proyectos, luego tiene que informar de los resultados y endulzarlos para que no salgan a la luz los excesos de Whitney. Apuesto a que el programa de reproducción recibe un nombre por completo diferente. El presidente y el comité de senadores sin duda no van a aprobar algo que incluya la palabra *reproducción*.

—Todo cuanto hacemos está clasificado —dijo Ryland—. Nadie sabe nada al respecto, y nadie va a admitirlo. Si eliminamos a un señor de la droga en Colombia o inclinamos la balanza de poder en el Congo, lo último que este gobierno quiere es que la gente se entere de que hemos estado ahí. Ése es el sentido de tenernos. Los Soldados Fantasma no existen.

—Entonces, ¿por qué nos están enfrentando unos contra otros? —preguntó Jack—. ¿Por qué informaron al equipo de Mari sobre un intento de asesinato cuando nuestro equipo ya estaba ocupándose de ello? Ya sabéis que el almirante está hablando con el general, y quien sea que dé órdenes al equipo de Whitney tiene que saber qué estamos haciendo a todas horas. ¿De qué otra manera el equipo de Mari iba a saber cómo seguir la pista de ella?

—Otra cosa que creo que deberemos aceptar —continuó Ken— es que Whitney tiene su propio equipo de hombres que también han sido dados por muertos, gente que han pasado por la Escuela de Guerra como nosotros, con formación en operaciones encubiertas y con mucha experiencia. Whitney analizó sus habilidades psíquicas y elaboró sus fichas, igual que con todos nosotros. Algo en sus expedientes le llamó la atención, por eso ha ido creando su propio ejército de supersoldados. Jack y yo nos los topamos cuando mandó perseguir a Briony. Jack reconoció a uno de ellos de cuando él mismo hizo las pruebas. Se suponía que había muerto en Colombia justo después de una misión en la que participó con mi hermano.

Lily les miró frunciendo el ceño.

—¿Qué tendrían de diferente estos soldados?

Ryland y Ken intercambiaron una larga mirada. Se hizo un breve silencio, pero Lily se enderezó.

—No me dejéis in albis. Sé que mi padre ha perdido el contacto con la realidad. Sé que hay que hacer algo con él, y necesito conocer todos los hechos.

Ryland le acarició el pelo.

—El hecho es que algunos soldados disfrutan matando. Poco importa si las víctimas son soldados o civiles, les gusta la sensación de tener poder sobre la vida o la muerte. Pensamos que ha reunido a unos cuantos, que ha desarrollado sus poderes físicos y psíquicos y que ahora los emplea para sus propios propósitos. Tiene que haber caído en la paranoia a estas alturas, Lily.

—Por lo tanto creéis que tiene soldados de los que nadie sabe nada para su uso personal y también un equipo considerado de operaciones encubiertas del que puede disponer cuando llegan órdenes.

—Sí, eso es exactamente lo que pensamos —dijo Ryland.

—¿Cómo encajan ahí Mari y las otras mujeres?

—Desde un principio, desde su infancia, las educaron y formaron como soldados. Las necesitaba para continuar con los experimentos así como para estudiar mujeres que no hubieran sido criadas en familias —dijo Ken—. Cuando decidió que era demasiado difícil emparejar a las mujeres con los hombres que él había elegido...

—Sé que escogió a mujeres y hombres por sus capacidades genéticas y por su coeficiente intelectual, así como por la fuerza de sus dones psíquicos, y sé también cuáles eran esos talentos —admitió Lily—. He leído bastante al respecto desde que me quedé embarazada.

—Ha pasado al plan B —dijo Ken en tono uniforme y calmado, sin querer erigirse en juez, cuando en realidad notaba su ira fría y absolutamente mortífera creciendo con una fuerza que le sacudía—. Está forzando a las mujeres a estar con hombres con quienes no están emparejadas... hombres que se obsesionan con ellas, pero por quienes las mujeres no tienen sentimientos reales.

Lily se llevó la mano a la garganta en un gesto defensivo.

—¿A qué te refieres con lo de forzar? ¿Violación? ¿Quieres decir que tolera la violación de mujeres?

—Es ciencia —dijo Ken.

—Creo que voy a vomitar —dijo Lily—. Ha provocado cáncer en niños, ha enviado a hombres a la jungla para ser torturados... no puedo asimilarlo, no sé qué hacer. —Empezó a llorar en silencio—. ¿Cómo puede hacer esas cosas? No dejo de pensar que si trabajo lo bastante duro como para compensar las cosas que hizo, podría de alguna manera enmendarlo, pero no puedo. Él no para. Sigue haciendo actos horribles e imperdonables.

—Siéntate un minuto. —Ryland le cogió la mano y la acompañó hasta una silla—. Esto es demasiado para ti ahora mismo, Lily.

Ella negó con la cabeza.

—No, tengo que saberlo. No podéis ocultarme cosas así. Cuando me hice mayor, supe que él se extralimitaba, pero creía que distinguía entre el bien y el mal. Cuando descubrí que nos había sacado de orfanatos, que nos compró para experimentar con niños, supe que algo terrible le pasaba. —Se apretó con ambas manos el vientre en actitud protectora—. Quiere bebés, y si tiene ocasión se los queda. Tenéis razón. Sé que estáis en lo cierto, lo sé.

Sonaba perdida y desesperanzada.

Se hizo un breve silencio. Lily suspiró, sus labios adoptaron un gesto firme:

—Tenemos que sacar a las mujeres de ahí y debemos proteger a nuestros niños de él.

—Lily —dijo Ken—, yo creo que tiene su propio talento paranormal.

—Siempre ha dicho que no.

—Pero nadie puede leerle el pensamiento. ¿Y cómo es posible que supiera qué niños tenían habilidades parapsicológicas? Tenía que percibirlo de alguna manera. No hay otra respuesta. Es probable que ése sea el motivo por el cual siempre haya estado tan obsesionado por el tema —insistió Ken.

—Nunca lo ha admitido, a nadie —dijo Lily—. No quería que le consideraran otra cosa que un hombre de ciencia. La videncia y otros talentos extrasensoriales se siguen considerando raros, y Peter Whitney nunca, en ningún caso, querría que alguien se riera a sus espaldas.

—Cualquiera que se ría de Whitney corre peligro de desaparecer —dijo Ken—. Entiendo que sea un dilema para ti, Lily, pero la verdad es que, a menos que Whitney muera, ninguno de nosotros podrá estar nunca seguro, y tampoco nuestros hijos.

—Necesita ayuda. Podemos ingresarlo en un hospital.

—Sabe demasiado. Y tú sabes que está considerado uno de los hombres más listos del planeta. Conoce secretos y cuenta con amigos poderosos, podría dar nombres. Nunca permitirán que se quede en un hospital.

Lily negó con la cabeza y permaneció callada. Ryland mantenía la mano en su hombro en un intento de consolarla. Ella sabía que tendrían que matar a su padre. Sus experimentos nunca cesarían hasta que muriera. Al final estaba aceptando que no había manera alguna de salvarle, y Ryland quería ahorrarle el inevitable sufrimiento.

Ken sintió lástima por Ryland. Él no estaba casado con Mari, y Mari no estaba embarazada de un hijo suyo. Ni siquiera había tenido tiempo de conocerla, pero se sentía protector. No sabía que tenía genes protectores en su código, ni siquiera ternura. No sabía que el deseo pudiera ser tan acentuado, imperioso e intenso. Que podía corroer el interior de un hombre y devorarle desde dentro. No sabía que el deseo pudiera ir envuelto de emociones sombrías, celos y obsesiones negras, de la necesidad de controlar y dominar. No sabía que las emociones más delicadas podían atravesar todo lo oscuro y desagradable en su interior y hacerle desear ser mejor hombre: hacerle necesitar ser mejor y así ser merecedor de una mujer, la única mujer.

Ryland había comprendido esas cosas con Lily, y Jack había conseguido descubrirlas con Briony. Tal vez él quisiera ser mejor hombre, pero no estaba seguro de ser lo bastante fuerte como para superar sus tendencias más tenebrosas. Mari no era una mujer sumisa como su hermana. No tenía una naturaleza suave y dulce, deseosa de conciliar y suavizar su lado más peligroso. Mari se enfrentaría a su naturaleza dominante, desearía libertad y control, y él nunca podría ceder. Cuanto más se enfrentara a él, peor sería su reacción, hasta acabar pareciéndose a su padre, un monstruo sin igual, hasta que las peleas fueran reales y se convirtieran en un choque de voluntades para ver quién ganaba.

No si te enamoras de ella, Ken. La voz telépata de Jack interrumpió sus pensamientos. *No has incluido ese supuesto en la ecuación. No es que Briony me cambiara exactamente, sino que sacó lo mejor de mí.*

¿Y si no hay nada mejor?

Ken bajó la vista al rostro pálido que yacía tan quieto a su lado. Parecía demasiado joven para un hombre como él. Era diferente cuando abría los ojos y él veía su mirada experta... distinguía el mismo hambre y necesidad a flor de piel. Entonces podía imaginarse con ella, aunque fuera sólo brevemente, pero no así, no al ver su aspecto tan menudo y frágil.

Entonces el viejo ha vencido al fin y al cabo, respondió Jack con aspereza. *Y tú se lo has permitido.*

Que te jodan, Jack.

Lo mismo digo. Nunca en la vida has evitado una pelea. Ésta es la mayor batalla, la más importante que has tenido. ¿Vas a cedérsela a Brett? ¿O a Sean? Qué cuernos, si lo haces no te la mereces y no eres lo bastante hombre para tenerla. Necesita alguien que dé la cara por ella.

Cierra el pico, coño.

Sólo dices tacos cuando sabes que estás lleno de mierda.

Ken fulminó con la mirada a su hermano.

Tú dejaste tirada a Briony y te largaste.

La primera vez, sí. No fui capaz de renunciar a ella la segunda ocasión, y tuve que aprender más sobre mí mismo de lo que nunca hubiera deseado, y eso fue algo bueno, Ken, porque aprendí que podía controlar las cosas que herían a Briony. No quiero verla decepcionada o herida por algo que yo haya dicho o hecho.

¿Y si no pudieras controlarlo?

¿Cómo lo sabes si no lo intentas?

La mirada de Ken brilló amenazante.

Sé que no quiero correr riesgos con su vida. Ya me has visto actuar como un animal. Las cosas que quiero hacer me dan pavor. Si acabo haciéndole daño, ¿no crees que eso sería una victoria para el viejo?

Nunca vas a hacerle daño. Te conozco mejor de lo que tú te conoces.

De pronto Jack volvió su atención a Lily:

—¿Qué sabes del estrés postraumático? ¿Puede sufrir un niño un trauma que provoque síntomas? ¿Y qué me dices de años de perseguir y matar enemigos? ¿Y la tortura? ¿Produciría eso algún síntoma?

Logan y Ryland dirigieron una ojeada al rostro de Ken, la máscara cuadriculada de cicatrices que desaparecían por el cuello de la camisa. Por primera vez en su vida, Ken notó que se ponía colorado y que era consciente de la labor de retazos de su piel, como si fuera una atracción de feria, cosido para evitar que su cuerpo se desmontara.

—Vete al infierno, Jack.

Su tono se convirtió en una grave caricia, un ronroneo gruñido de advertencia.

—Por supuesto que un niño puede sufrir un trauma —dijo Lily—. El trastorno de estrés postraumático es muy común en hombres que pasan por situaciones de vida o muerte. A menudo alguien que lo experimenta tiene sensaciones de aislamiento y la creencia de que no hay futuro para él.

—No quiero oír esto —dijo Ken.

—Yo sí —insistió Jack, sin perder de vista a su hermano.

Lily respiró hondo y continuó:

—Es fácil que reaccionen con ira fácilmente y tengan estallidos de cólera aparentemente irracional. Se vuelven cada vez más recelosos, hasta acabar paranoicos, por temor a que algún ser querido corra peligro, por lo tanto sus reacciones son intensas en extremo.

—Eso son chorradas, Jack —advirtió Ken. La rabia rozaba la superficie y amenazaba con atravesar la calma gélida que presentaba ante los demás en la habitación—. *Si andas buscando pelea, te complaceré, pero no aquí, no cerca de las mujeres,* añadió.

¿Oyes a Lily o a ti mismo? Casi nunca duermes. Siempre tienes pesadillas. Te pasas media noche dando vueltas.

Igual que tú.

Ya no. Briony ahora está conmigo.

Sí, Jack, gracias por esa visión. No quiero oír más, déjame en paz de una puñetera vez.

A su lado, Mari se agitó, deslizando la mano sobre la cama hasta encontrar su brazo.

¿Estás bien? Porqué en mi caso, estoy un poco dolorida. Me siento como si alguien me hubiera dado un porrazo en el pecho, pero si necesitas apoyo, aquí me tienes.

Su voz era suave, con un matiz de humor e incluso de decisión. El corazón de Ken hizo aquella cosa curiosa de recalentarse-y-derretirse-formando-un-charco que ya empezaba a reconocer como algo que sólo Mari conseguía provocar en él.

Chit, cielo. Vuelve a dormir. Todo está bien.

¿Estaba durmiendo? Pensaba que estaba muerta, pero luego he pensado que tal vez me necesitabas y he regresado contigo. Sus pensamientos carecían por completo de protección, expuestos totalmente a él cada vez que ella establecía conexión. *Creo que me necesitas, Ken. De hecho, nunca he pensado en alguien necesitándome ni en tener un hogar.*

¿Sonaba nostálgica? Ken sólo sabía que ojalá estuvieran a solas.

Duérmete, Mari. Seguiré aquí.

No la tomes con tu hermano. A mi hermana no le gustaría, y luego tendría que dar la cara por ti y se liaría una gorda y todo sería horrible.

Ken notó que la tensión se aliviaba en su vientre y hombros. El martilleo en sus sienes aflojó.

No queremos que eso suceda. Por esta vez lo pasaré por alto, aunque ha estado siendo un poco cabroncete. Jack puede ser así a veces.

Miraba el rostro de Mari y, pese a sus ojos cerrados, ella sonrió con sus labios carnosos y sensuales curvados en una sonrisa que le dio ganas de besarla.

¿Jack puede ser un cabroncete a veces? ¿Quién lo hubiera pensado? No se parece para nada a ti, ¿verdad?

Tal vez un poco, admitió él al final.

Deslizó la mano por su brazo hasta el hombro, le acarició el cuello y metió los dedos entre su cabello.

—Estamos molestando a Mari. Necesita descansar.

Era una buena excusa para hacer callar a su hermano.

Lily se levantó de inmediato y al instante le examinó el pulso y el corazón a la joven.

—Se pondrá bien. Necesita descanso, mejor vamos a la otra habitación y la dejamos tranquila.

—Tendremos que dejarla encerrada —recordó Logan—, casi se escapa antes.

Ken le lanzó una mirada fulminante de advertencia.

—Yo me quedaré con ella. No se irá a ninguna parte.

—De hecho, va a estar muy débil las próximas horas. La capacidad de recuperación de los Soldados Fantasma es tremenda, pero sus cuerpos sólo pueden aguantar ciertos traumas.

Ken intentó no estremecerse al oír otra vez esa palabra. Comprendía lo que Jack intentaba decir, pero no podía arriesgarse. Si se quedaba con Mari, y si él era como su padre, sería ella quien sufriera.

Lily se llevó a los otros fuera de la habitación, dejando a Ken a solas con Mari. Aunque sabía que debería salir también, ella era una tentación y él era débil, pero no se hacía a la idea de renunciar a Mari tan pronto... y en su estado debilitado, estaba segura con él, de eso estaba convencido.

Capítulo 9

O sea, que vas a enfrentarte al mundo por mí —susurró Ken, estirándose al lado de Marigold.

Se volvió hacia ella, atrayéndola con un brazo y atrapando su pierna con el muslo.

—Mmm. —Su voz sonaba somnolienta—. Por supuesto, es lo menos que puedo hacer. Al fin y al cabo, me salvaste la vida cuando tu hermano iba a dispararme con esa pistola suya. Necesita ayuda, ya sabes, no puede ir por ahí cargándose gente que no le cae bien.

Ken esbozó una sonrisa, notando por primera vez en mucho tiempo que era genuina.

—Llevo años diciéndoselo.

Ken encontraba la nota somnolienta de su voz de un sexy irrazonable.

—¿Qué me han hecho?

—Un poco de tortura. Hemos intentado sacarte nombres, pero te resististe.

Observó su cara y, no había duda, volvió a recibir como recompensa la misma sonrisa breve y enigmática.

—Me alegro. Habría cantado como un pájaro si hubierais intentado darme guisantes. —Se estremeció un poco y abrió los ojos, mirándole parpadeante—. Así es como todos los interrogadores me sacan información.

—Dejaré una nota y la próxima vez seguiremos esa vía. —La rodeó con el brazo, estrechándola un poco más para darle calor—. Me has dado un susto de muerte. Ha ido de un pelo, ha faltado bien poco.

Con un leve gesto de dolor, ella cambió de postura para volverse hacia Norton.

—Creo que el Zenith hizo su trabajo, me curó las heridas del disparo y los huesos rotos, pero ahora me siento como si un camión me hubiera pasado por encima.

Ken recorrió su cara con la yema de los dedos a modo de caricia.

—Te sentirás mejor en un par de días. Necesitas dormir mucho.

Mari apretó los labios, sus ojos oscuros reflejaban pena.

—Sabes que vendrán a por mí, Ken. Todo el mundo, incluida Lily, corre peligro conmigo aquí.

—Lo sabemos y estamos tomando precauciones.

—Mejor que sean eficaces, qué caray. No les menospreciéis.

—No, eso no —le aseguró.

A Mari le gustaba tenerlo tumbado a su lado.

—Nunca he vivido fuera del complejo de barracones. Nunca he salido de ahí, salvo cuando me envían a una misión, y siempre nos supervisan de cerca. He participado en mucha misiones, de hecho, era un alivio ir a algún sitio y salir de ahí. Es gracioso lo diferente que esto me parece, aunque debería ser lo mismo. Es una instalación dedicada a la investigación, ¿cierto?

—Sí. Forma parte de la Fundación Whitney. Lily lo heredó todo cuando Peter Whitney fue supuestamente asesinado. Ella ha mantenido todo en marcha; todo lo legal, quiero decir. —De costado, apoyado en el codo, le apartó el pelo de la cara con dedos delicados—. Tienes que descansar, Mari. Llevas tres sistemas intravenosos y Lily te sigue introduciendo fluidos. El Zenith no es ninguna tontería. Debería haberlo sabido al ver que te curabas tan rápido, pero nadie lo usa. No se me ocurrió pensar que Whitney pusiera tu vida en peligro a sabiendas.

Mari disfrutó de la sensación de sus dedos acariciándole la frente. El contacto era ligero y amable, nadie la había acariciado nunca de esa manera.

—¿Por qué eres tan agradable conmigo, Ken?

No quería fiarse de él... ni de los extraños sentimientos que empezaba a desarrollar por él.

—Nunca soy agradable con nadie —respondió él con una sonrisa en la voz, aunque no se detectara en sus ojos grises—. No arruines mi reputación.

Mari cerró los ojos porque no podía seguir mirándole sin notar la amenaza de las lágrimas. Se repitió que se sentía así porque casi había estado a punto de morir, pero sabía que ésa no era la causa. Ken Norton le estaba dando a saborear lo que podía ser la vida; porque ella no tenía una vida, nunca podría tenerla.

—Somos propiedad suya, ya lo sabes, hablamos de escapar, pero no lo hacemos porque no sabríamos sobrevivir lejos de los barracones. Nunca hemos andado por una calle de una ciudad real. Nos han adiestrado en guerrilla urbana con simuladores, y tenemos ciudades falsas en las que entramos para enfrentarnos unos a otros en combate, pero en realidad nunca hemos salido de las instalaciones, más allá de ir a la selva o al pequeño reino de un señor de la droga. Como digo, salir a una misión era una especie de vacaciones, por tonto que suene.

Hablaba bajito y adormilada, en el tono de voz preciso para despertar el cuerpo de Ken. Cuernos. Todo lo que decía y hacía, todo lo que era, provocaba lo peor en él. Norton se esforzó por mantener la mente centrada en la conversación.

—¿Has estado alguna vez en el Congo?

—He estado en todas las selvas, selvas tropicales y desiertos que existen —respondió ella sin abrir los ojos—. Y en cada uno de estos lugares hay sanguijuelas, doy fe. Están ahí esperándome con sus púas y picos. Antes del programa de reproducción de Whitney yo era buena de verdad como soldado, te lo aseguro.

Esbozó una breve sonrisa de agradecimiento y se movió un poco, tan sólo un leve cambio de postura, pero sus senos quedaron pegados al pecho de Ken. Él consiguió contener un gemido, se sentía un pervertido, más que nunca.

—Si te rodeo con el brazo, ¿vas a expulsarme de la cama?

—No, ¿debería hacerlo?

—¿Quieres que sea sincero?

Mari sonrió y se acurrucó un poco más cerca de él.

—No. Me duele todo y quiero dormir. Me siento segura contigo.

—Entonces estás perfectamente a salvo conmigo.

Ken la rodeó con el brazo e intentó pasar por alto esa oleada de reconocimiento sensual que le transmitía el calor y ternura del cuerpo de Mari. Las emociones eran algo que se negaba a analizar en este momento. Ella parecía tan joven, con aquellas pestañas largas y espesas pegadas a su piel pálida. Su pelo relucía con mechones platino y oro. Lily debía de haber añadido algo a los fluidos para ayudarla a dormir, o nunca habría tenido el descuido de afirmar una cosa así. Confiaba en que no lo recordara al despertarse.

—Estoy aquí, cariño, tú duérmete, que yo vigilo —murmuró, pegando los labios a su sien.

Debería oler a muerte, no a vida, y en cambio al inspirar su fragancia, Ken podía saborearla en su boca. Sus latidos se adaptaron al compás de Mari, fuertes y constantes, con ritmo perfecto.

—No me puedo dormir; esto está demasiado tranquilo.

Ken soltó un gruñido en voz baja.

—Quieres volverme loco, ¿verdad? —Dirigió una mirada a la puerta—. Mejor no se lo cuentas nunca a nadie.

Ken le rodeó la cabeza con el brazo para bloquear la luz de la ventana, mientras deseaba tener aquí su guitarra.

Jack se había volcado en los libros durante los largos años de infancia, y él en la música. Podía tocar casi cualquier instrumento, pero prefería la guitarra. El contacto con el artefacto en las manos y contra su cuerpo era similar a lo que sentía al sostener un rifle: una extensión de sí mismo. Era tranquilizador y le alejaba del mundo, igual que el rifle. No podía tocar para ella ahora, así que decidió cantar en voz baja, llenando la habitación con su intensa voz. Cantó sus propias creaciones, piezas que había escrito durante años; canciones de soledad y pena, rabia y muerte, y canciones sobre la belleza de la tierra y el mar. Seguía pendiente de la respiración de Mari hasta que se volvió uniforme y empezó a dormirse. Cada vez que detenía el canturreo, su cuerpo se sacudía y aparecía un leve ceño en la frente, instándole a continuar.

Ken miró el reloj cuando Lily entró en la habitación; le impresionó que hubieran pasado varias horas. Avergonzado de que le pillaran cantando, se entretuvo alisando el cabello de Mari mientras Lily le tomaba el pulso y el ritmo cardiaco.

—¿Cómo va? —preguntó él al final.

—Mucho mejor. Le has salvado la vida, Ken, trayéndola hasta aquí tan rápido. Unos minutos más y no podríamos haber hecho nada. —Lily empezó a retirar los catéteres del cuerpo de Mari—. El Zenith permite una curación asombrosa, pero, igual que la dinamita, es altamente inestable. Nunca he conseguido aislar el componente que ocasiona los colapsos, ni sé con qué plazos funciona. Siempre varía según el paciente. Sería una droga milagrosa si dejara de funcionar tras curar el cuerpo. Mira sus muñecas.

Ken seguía tumbado en la cama, sosteniendo a Mari cerca. Estaba despierta, lo detectaba en la energía acelerada de su mente. Se había despertado justo cuando Lily hizo su entrada, pero no se movía, manteniendo su respiración lenta y uniforme.

Lily retiró con cuidado la escayola y procedió a palparle la muñeca.

—De todos modos, lo más probable es que por sí misma tenga una capacidad de curación impresionante, y el Zenith aceleró su cuerpo sin tregua. —Volvió a dejar el brazo de Mari en el colchón y lo tapó con la sábana—. ¿Ha mencionado algo de mi padre?

Ken no respondió. No quería mentirle, pero Lily era muy frágil en su estado, y no era culpa suya que su padre estuviera loco.

La mujer suspiró.

—Tengo que conocer el programa de reproducción que puso en marcha. —Miró con un leve ceño hacia la puerta, donde descansaban al otro lado los demás—. Pienso que está inoculando ADN animal a los soldados. Creo que algunos de vosotros ya lo lleváis, sobre todo los hombres. ¿Ha mencionado ella alguna agresión? ¿Algún indicio de que algunos soldados de estos programas parezcan tener instintos en vez de conducta intelectual?

Mari le tocó la mano con los dedos. Ken se la estrechó.

—Le preguntaré sobre eso, Lily.

—Mi padre necesita ayuda con urgencia, Ken. —Lily negó con la cabeza—. Debería haberlo sabido, debería haber buscado ayuda antes. Mira esto. —Retiró la sábana de la pierna de Mari y pasó la mano por su piel, palpando el hueso—. En realidad tampoco necesita ya la tablilla. Recibió un disparo, tenía la pierna rota, y no obstante en unas pocas horas su cuerpo se ha curado. Peter Whitney lo logró. Creó un fármaco y fue el artífice de las mejoras bióticas que aceleran la capacidad de curación a una velocidad fenomenal. Imagina cuánto se habría beneficiado el mundo de sus descubrimientos si no se hubiera vuelto loco.

Ken estrechó los dedos de Mari mientras Lily retiraba la tablilla.

—Pero perdió la chaveta, Lily. Por mucho talento que tuviera, o tenga, se ha convertido en un monstruo. No podemos permitirle continuar, y lo sabes. Mantiene cautivas a mujeres y las fuerza a quedarse embarazadas. Son prisioneras, retenidas en una instalación remota en algún sitio, sin poder escapar. Y planea experimentar con sus hijos.

Lily soltó una exhalación con un largo sonido de angustia.

—Estoy haciendo todo lo posible para encontrar a estas mujeres, Ken.

Pregúntale si es reversible lo que Whitney está haciendo a los hombres. Si él les está inoculando ADN animal o les eleva los niveles de testosterona, ¿puede anular ella sus efectos?

Ken se aclaró la garganta e intentó mostrarse más intelectual.

—Lily, si el doctor Whitney está empleando ADN animal o elevando los niveles de testosterona en alguno de los soldados, ¿hay manera de revertir el proceso o anularlo?

Lily desplazó la mirada del rostro de Ken al de Mari, luego la apartó como si hubiera visto demasiado.

—Tal vez los niveles de testosterona pudieran tratarse con fármacos. Dependiendo de lo que hiciera y cómo elevara esos niveles, podría estabilizarlos en los hombres. Pero si de verdad les ha inoculado ADN animal, algo que estoy empezando a sospechar, no hay nada que yo pueda hacer. Con el par adicional de cromosomas que él inserta, tiene mucho código genético en el que trabajar.

Examinó la pierna de Mari por segunda vez, prestando especial atención a la herida.

—Necesita más descanso, Ken; intenta que duerma todo lo posible. Y también necesita beber mucho líquido; oblígale a beber agua, en serio. El baño está ahí —indicó una puerta a la izquierda—. Ayúdale a andar y así pondrá a prueba la pierna, pero sólo hasta el baño y luego de vuelta a la cama, hasta que yo la vea en rayos X. La impresión es buena al palparla, pero la capacidad psíquica no siempre capta las pequeñas molestias.

—Gracias, Lily. Cuidaré de ella.

Ken esperó a que Lily le dejara otra vez a solas con Mari.

—¿Qué estás pensando?

Mari abrió los ojos, y el corazón de Ken reaccionó con un brinco peculiar. Tenía unos ojos marrones extremadamente oscuros, grandes y con espesas pestañas. No lo había advertido antes porque estaba demasiado ocupado fijándose en su boca, pero un hombre podría perderse peligrosamente en esos ojos, y reconoció tener problemas, cada vez se encontraba más absorto en aquel momento.

—Brett actúa más como un animal que como un hombre. No le preocupa lo más mínimo lo que yo quiera o no quiera. En realidad no le importa, sólo le interesa que coopere con él. Si no lo hago, se pone furioso. Él antes no era así, por no mencionar que no tenía ese comportamiento brutal. Creo que siempre le ha gustado hacer gala de su fuerza y buscar pelea, a ninguno de nosotros nos caía demasiado bien, pero su comportamiento ha empeorado mucho.

Ken respiró hondo y exhaló. Jack y él siempre habían tenido una excelente vista, superior a la media de la gente, pero ahora ambos eran capaces de ver en la oscuridad y también a distancias más propias de un águila que de un hombre. Habían asumido que era una consecuencia del desarrollo genético de visión y oído que incrementaba sus propias capacidades, pero ahora ambos podían detectar también las fuentes de calor. Y podían asimismo cambiar el color de su piel y mantener una temperatura exterior distinta a la del interior del cuerpo, lo cual anulaba la posibilidad de que alguien detectara sus imágenes térmicas. ¿Significaba eso que Whitney les había inoculado ADN animal? ¿Explicaba también su determinación de que Briony tuviera un bebé de Jack?

—¿Qué pasa?

Mari volvió la cabeza para mirarle directamente a los ojos. Siguió con la punta del dedo el trazado del frunce en sus labios.

—Jack y yo siempre hemos tenido personalidades dominantes —dijo Ken—. *Whitney podría haber añadido ADN animal a nuestro código genético, ¿verdad, Jack? ¿Es posible que nos hubiera vuelto más agresivos, consciente de nuestro historial?*. Los dos somos agresivos, aunque ninguno ha despertado el interés de Whitney especialmente. Mucho antes de ofrecernos voluntarios para su programa ya presentábamos ciertos rasgos, tanto físicos como mentales.

Ken, es muy posible. No quería considerarlo, pero nuestra visión no se parece en nada a la visión humana. Y ambos somos demasiado semejantes a unos osos peludos del bosque. Había un destello de humor en la voz de su hermano que contribuyó a que los nudos endurecidos del vientre de Ken se relajaron un poco. *Aunque aquel hijo de perra hubiera insertado ADN animal, llevamos unos cuantos años viviendo con ello y aún no nos hemos comido a nadie.*

Pero nos habría dotado de algo difícil de controlar... algo que, mezclado con celos y agresividad, resaltara esos rasgos.

Muy probable.

Jack sonaba complaciente. Podía serlo a veces. Tenía a Briony unida a él, y estaba embarazada de gemelos. Su pareja estaba totalmente comprometida con él. Era un hombre apuesto con un físico que seduciría a cualquier mujer.

Mari, por otro lado, sentía la atracción sexual porque Whitney les había emparejado. Él tenía el rostro de un monstruo, y su cuerpo era una labor de retazos, cosidos como un edredón en vez de unidos al azar. Mari no querría ser vista caminando por la calle con él, por no hablar de bailar con él, sin la intervención de Whitney.

Jack había conseguido dejar atrás el legado de violencia y celos y comportamiento despreciable que les había transferido su padre, pero él no. Sabía que no, y Mari sufriría más tarde o más temprano sus rasgos mezquinos si seguían juntos.

La autocompasión era un pasatiempo miserable e inútil. Se negaba a permitírsela.

Las puntas de los dedos de Mari continuaban ligeras como plumas sobre su rostro mientras seguían el diseño de las cicatrices.

—A veces eres tan tonto, Ken. Parece que no te veas en absoluto cómo eres en realidad.

—¿Cómo me ves tú?

Quería clavar los dientes en su dedo, para atraerlo hacia el calor interno de su boca, pero continuó absolutamente quieto, sin atreverse a respirar en realidad, por si ella dejaba de tocarlo.

—Eres extraordinario. Extraordinario del todo.

Ken esbozó algo parecido a una sonrisa y la cicatriz en su boca se estiró con el gesto. Le asombraba lo tirante que estaba esa piel brillante y la falta de sensibilidad hasta que se estiraba, llegando entonces a doler. No parecía haber zona intermedia.

—Estás muy dopada.

—Lo sé, estoy flotando. Pero eso no quiere decir que diga mentiras. Si tienes ADN animal, pareces mucho más capaz de manejarlo que cualquiera de los otros.

—No dirás eso cuando te hayas dormido y yo te despierte croando como una rana con mi lengua buscando esa pequeña tentación perfecta de tu oreja.

—¿Te tienta? —le dijo colocándose un mechón de pelo tras la oreja.

—Cuernos, sí. Todo en ti me tienta.

Mari notó que se ruborizaba. Ningún hombre le había prestado atención de esa manera. Hacía que se sintiera casi tímida, cuando nunca lo había sido. La espiral de calor se expandía por todo su cuerpo, y cuando tenía cerca a Ken apenas podía respirar. Su útero se comprimía y estaba cada vez más húmeda y caliente entre sus piernas, palpitando con ansia, como si su cuerpo tuviera mente propia y llevara el mando. Sabía qué hacer en situaciones de combate o cómo librarse de las atenciones no deseadas de un hombre, pero no tenía ni idea de cómo atraer a Ken Norton para que la deseara con la misma intensidad febril que ella sentía.

Tragó saliva y cambió de tema, decidiendo que era preferible preservar la seguridad cuando las ideas no estaban claras.

—¿De verdad está Jack con mi hermana?

—Cobarde.

Ken retuvo su mano contra sus labios y, esta vez con gran seducción, introdujo el dedo en el calor aterciopelado de su boca.

El corazón de Mari dio un brinco y empezó a latir deprisa. Con él, el menor gesto parecía de lo más erótico. Había tenido relaciones sexuales, las había detestado, y hecho a la idea no volver a participar jamás por propia voluntad, pero con ese simple tirón notó el escozor en los pechos y la tensión en sus músculos por la necesidad imperiosa.

—Sí, lo soy —admitió ella—. No tengo demasiada disciplina.

—Yo sí.

Esta vez fue el estómago el que dio un salto mortal. Ken hablaba bajito, con un susurro que se deslizaba sobre su piel como una tentación digna del diablo. Por un momento no pudo apartar la vista de la boca y la manera en que tiraba de su dedo. Su pecho reaccionó como si pudiera sentir labios, lengua y dientes deslizándose sobre la piel cremosa, tirando de los pezones hasta doler de ansia por él.

Le encantaba mirar su rostro, la forma de la cara, las cicatrices que sólo contribuían a la perfección de la estructura ósea y la manera en que los labios estaban cincelados con sensualidad. No podía obviar la atracción que sentía por sus amplios hombros y el pecho musculoso. Le gustaban los brazos fornidos y las caderas estrechas. Este hombre tenía la constitución exacta que ella creía que debía tener un hombre.

Tragó saliva e intentó pasar por alto la danza de la lengua de Ken y no imaginar la caricia sobre su piel. Era el hombre más erótico que había conocido jamás. Todo acerca de él, incluido ese matiz de peligro, la atraía.

—Háblame de Briony. Sé que a Jack le preocupa mucho que yo suponga una amenaza para ella, pero necesito saber más de mi hermana. He pensado en ella cada día y casi le he creado una fantasía de vida. Necesito saber que es feliz. ¿Se parece a mí? ¿Qué clase de persona es?

Ken arañó con los dientes la base del dedo, juntando las cejas mientras pensaba:

—Briony es un sol. Es alegre, brilla e ilumina una habitación, cuando se ríe provoca ganas de reír con ella. Se parece a ti, con los mismos bellos ojos oscuros y el cabello igual de bonito. —Frotó los mechones entre sus dedos—. Cuando la alcanza la luz del sol, con todo ese oro, plata y platino, su aspecto es deslumbrante.

Había afecto genuino por su hermana en su voz, y Mari se guardó esa descripción. Necesitaba saber que tanta pérdida y frustración había permitido vivir a su hermana una vida real.

—¿Qué hay de su familia? ¿Se portaron bien con ella?

—Creció con una familia de un circo, con cuatro hermanos mayores. Creo que actuar en público era muy dificultoso, pues ningún miembro de la familia era un anclaje para ella, y tuvo que aprender a apañárselas sola, incluso de niña, pero es fuerte, Mari, y tiene valor.

—¿Y qué hay de sus padres? ¿Fueron buenos con ella?

—Ella les quería mucho y, sí, se portaron bien con ella. Siempre habían querido una hija. Uno de sus hermanos sirvió en nuestra unidad un tiempo. Es un buen hombre.

—¿La quiere Jack?

—¿Tú que crees?

—Creo que me puso una pistola en la cabeza y que habría apretado el gatillo si por un momento pensara que yo suponía una amenaza para ella... o para ti.

—Briony no sabía de tu existencia, Whitney borró su memoria. Cada vez que intentaba recordar, sentía dolor. Cuando por fin fue capaz de superar el bloqueo provocado por el doctor en sus recuerdos, nos hizo prometer que te encontraríamos.

—Pues tú me disparaste.

Una leve mueca se dibujó en los labios de Ken.

—Bien, tal vez no le cuente esa parte.

Un amago de sonrisa curvó la boca de Mari.

—Supongo que no. —Tragó saliva y se apartó de él—. Necesito ir al baño.

Ken bajó de la cama para dejarle sitio, intentando hacerlo con despreocupación y que así no se sintiera incómoda.

—Permíteme ayudarte a incorporarte. Vas a sentirte un poco tambaleante durante uno o dos días. Ese cóctel que te ha dado Lily puede marear bastante.

Mari le miró con un ceño, mostrándose inquieta.

—No podemos quedarnos más de un día o dos, sobre todo con Lily aquí. Seguirán persiguiéndonos hasta encontrarme.

¿Y por qué la ponía eso tan triste? Aunque anhelaba la libertad, a una parte de ella le aterrorizaba salir al mundo sin pistas de a qué podía enfrentarse.

Ken le rodeó la espalda y la incorporó un poco para que se sentara, enderezándola al ver que se balanceó de debilidad.

—¿Por qué no has escapado? No me digas que tú y las otras mujeres, todas con adiestramiento militar, con destrezas físicas y psíquicas desarrolladas, no habéis podido iros en todo este tiempo.

Mari se apretó el corazón que latía acelerado. ¿Era posible admitir cobardía ante un hombre al que habían torturado con tal atrocidad? No pudo mirarle a los ojos.

Ken le cogió la barbilla y la obligó a alzar la cabeza.

—Mari, deja eso. Te ha criado un loco en un entorno de disciplina y deber.

—Al principio, no me importaba en absoluto. Me gustaba la formación y la disciplina. Había mucha actividad física, y yo destacaba en el manejo de las armas y en el cuerpo a cuerpo, por lo tanto sólo era una forma de vida para mí. No sabía que existiera otra manera. Y estaba Briony. Temía por ella. Él me prometió que tendría una buena vida siempre que yo cooperara con él. Cuando leía algo sobre familias, visualizaba a Briony en el papel y todo iba bien.

Mari colgó las piernas a un lado de la cama para poner a prueba la fuerza de la extremidad herida. El Zenith curaba rápido, pero de todos modos era preciso ejercitar los músculos para recuperar la forma, y Ken tenía razón: temblaba de debilidad.

—Whitney nos dio una educación excelente. Quería soldados inteligentes capaces de tomar decisiones rápidas al encontrarse aislados de su unidad, pero eso también nos incitó a pensar por nosotros mismos. No tardamos mucho en percatarnos de que nuestro complejo era una prisión, no un hogar.

Pisó el suelo, sumamente consciente del calor del cuerpo de Ken penetrando en sus poros mientras rodeaba su cintura para estabilizarla. Su fragancia la envolvió, nublando su mente por un momento, incapaz de pensar en otra cosa que en el contacto de su piel. Quería apartar el tejido de la camisa para poder examinar las cicatrices del pecho que descendían luego por su vientre.

—Para, no soy un santo, Mari.

Ella continuó sonriéndole. Le gustaba el tono brusco de su voz y la manera en que sus ojos, de aquel plata tan asombroso, se oscurecían de ansia intensa cada vez que ella pensaba en tocar su cuerpo.

—No te cuesta demasiado reaccionar, ¿eh?

Ken se tragó su respuesta. Con anterioridad a la captura en el Congo no le costaba, cierto, pero pensaba que esa parte de su vida hacía tiempo que se había acabado. Mari lo había cambiado todo. Su cuerpo se endurecía y cargaba, un ansia dolorosa lo dominaba sólo con el ligero roce de su piel tierna contra él. Desde su regreso de África nada le había excitado, nada ni nadie hasta que Mari le había acelerado así. ¿Era posible que las feromonas fueran tan poderosas? ¿Hasta el punto de sentirse atraído tanto sexual como emocionalmente?

La ayudó a andar por la habitación evitando responderle. Sólo pensar en sexo era suficiente para ponerle a cien.

Tras unos minutos, Mari salió del baño pálida y tambaleante. Ken no esperó a que intentara regresar caminando a la cama. La cogió en brazos y la acunó contra su pecho. Por un momento ella entró en tensión y se apartó de él con una resistencia que dominaba su cuerpo.

—No me lleves la contraria. Ahora mismo estás débil como una gatita. Mañana ya harás flexiones, pero en este momento voy a meterte en la cama.

La muchacha alzó sus ojos grandes y oscuros, con esos labios de carnosidad pecaminosa y una mirada entre la inocencia y la tentación, y Ken supo que estaba perdido.

—Maldita sea —balbució mientras cruzaba a grandes pasos la habitación para dejarla sobre la cama—. No puedes mirarme así, Mari.

Se inclinó y tomó el rostro entre sus manos, pasando los pulgares sobre la suave piel una vez más antes de tomar posesión de la boca. Había querido pensar que el primer beso sólo fue una casualidad, pero en el momento en que tocó sus labios, juguetcando y tirando con los dientes hasta que ella abrió la boca para él, se derritió al instante. La besó sin descanso, dejándola sin aliento y dándole el suyo, ahogándose de necesidad.

Le estaba friendo el cerebro. Ni siquiera podía pensar con claridad, la cabeza le retumbaba, sus oídos zumbaban y el corazón le machacaba. Su erección era tan dura y rígida que tuvo que frotarse el grueso bulto que clamaba alivio con urgencia. Ella había provocado eso, le había devuelto el vigor y que se sintiera un hombre otra vez. Le había devuelto la vida, pero si ahora tomaba lo que esa mirada oscura le ofrecía, podría destruir del todo la de Mari.

Ken se obligó a apartarse del borde del precipicio demente, soltó la mano y retrocedió pasándose los dedos por el pelo con agitación y el aliento entrecortado e irregular. La deseaba tanto que por un momento fue incapaz de pensar con coherencia, de pensar en otra cosa que su suave piel y el cuerpo exuberante. Dio otro paso atrás.

—Esto es una locura. Vuelve a dormirte.

—Tengo sed.

La mirada de Ken volvió a su rostro.

—Estoy haciendo lo posible por cuidarte, Mari, y no me lo pones fácil.

—Voy a ser buena, pero de verdad tengo sed.

Probó a sentarse y él se inclinó para arreglar sus almohadas. Cuando rozó su pecho con el brazo, soltó una maldición entre dientes. Ken sirvió agua en un vaso y se lo puso en la mano con cuidado de que sus dedos no se tocaran.

Mari se llevó el vaso a los labios, atrayendo la atención de Ken de nuevo hacia su boca. Él casi gime al ver cómo operaba la garganta al tragar el agua. Acercó una silla al lado de la cama y se sentó a horcajadas, apoyando los brazos en lo alto del respaldo y la barbilla en las manos.

—Nunca haces un gesto ni apartas los ojos cuando me miras.

Mari se pegó el vaso a la sien.

—¿De verdad que la gente hace eso?

—Por supuesto que lo hacen, mírame.

—Te he estado mirando. —Desplazó la mirada por su cara y descendió para seguir las cicatrices que desaparecían bajo la camisa. Había un interés descarado en sus ojos—. La gente es idiota.

—Dios, mujer, eres un peligro. —Respiró hondo, exhaló y obligó a su mente a que dejara de mirar su boca pecaminosa—. Háblame de las instalaciones de Whitney. ¿Cómo es posible que el personal militar y, supongo, los técnicos del laboratorio, estuviesen ahí sin percatarse de lo que estaba pasando?

Mari era una tentación demasiado irresistible, con su aspecto vulnerable y somnoliento, mirándole como si él fuera una golosina.

La joven se encogió de hombros y ocultó la sonrisa al ver la reacción de Ken.

—El complejo funciona estructurado en diversos niveles, los soldados hacen rotaciones y se renuevan con mucha frecuencia. Desde fuera, el lugar tiene un aspecto bastante inocuo. La planta baja se compone de unos pocos edificios, barracones, una pista de aterrizaje, otra para helicópteros, ese tipo de cosas, con vallas altas y sistemas de seguridad. Los guardias del ejército permanecen en la superficie, alojados en barracones visibles. La mayoría de técnicos que trabajan en el laboratorio también tienen viviendas en la superficie.

—¿Tú vives bajo tierra?

—Siempre hemos vivido así. Cuatro pisos más abajo. Hay dos plantas de laboratorios por encima. La primera es para despistar. Es la que enseñan a hombres como el senador Freeman, y los técnicos de ese planta firman contratos para periodos de seis meses. Nunca bajan de ese nivel. Seguimos la instrucción en el cuarto nivel y nos transportan por avión a diversos centros al aire libre, siempre bajo estrecha vigilancia de los guardias de Whitney. El cuarto nivel tiene todo tipo de salas de ejercicios y módulos de entrenamiento y simuladores.

Ken oía lo que ella no decía, la información entre líneas: la existencia fría y severa al ser criada por un hombre que pensaba en el uso de una niña sólo para experimentos. No era de extrañar que se sintiera tan próxima a las otras mujeres. Sólo se tenían las unas a las otras mientras se hacían mayores.

—¿Y Sean? ¿Dónde encaja él?

Porque notaba el afecto en su mente cuando pensaba en ese hombre, y a él le volvía un poco loco.

—En el último par de años hacíamos la instrucción con varios hombres. Sean es uno de ellos. Todos estaban mejorados física y psíquicamente. Era la primera vez que Whitney nos permitía estar con alguien durante periodos prolongados de tiempo. Incluso hacía rotaciones con los instructores para que no tomáramos apego a nadie. Al menos, al principio, eso fue lo que pensamos.

—Pero ¿ahora?

Se metió bajo la sábana, incapaz de permanecer erguida más rato.

—Creo que le asustaba que alguien nos cogiera apego y que nos dijeran lo que estaba sucediendo o intentaran ayudarnos a escapar. Cuando trajo a los hombres para que nos entrenáramos con ellos, también trajo a sus propios guardias. Son bastante agresivos y van pasados de revoluciones todo el rato.

Agarró con los dedos la sábana, el único signo de nerviosismo que mostró.

Ken estiró el brazo para cubrirle la mano.

—¿Y Sean es uno de sus guardias?

Mari frunció el ceño.

—No lo era. Formaba parte de nuestro equipo. Trabajábamos bien juntos y nos asignaron a varias misiones. Él y un hombre llamado Rob Tate eran los más agradables, y también los mejores en lo que hacían. Brett trabajó con nosotros durante un tiempo.

La mención de Brett le provocó un estremecimiento interno, aunque Mari lo disimuló bien, el rostro nunca cambiaba de expresión, pero él la estaba tocando y ella mantenía la mente abierta a la conexión con él. Despreciaba a Brett.

—Él es el responsable de esas marcas en tu espalda.

Ken mantuvo el rostro inexpresivo del todo, su tono neutro, pero bajo la máscara calmada, la adrenalina crecía y la rabia gélida se asentaba en la boca del estómago.

—Todo cambió cuando Whitney anunció su plan de reproducción. Nos retiraron de las misiones y nos metieron en habitaciones, encerradas bajo llave. Tras eso, la vida se hizo insoportable.

Esa simple afirmación quedó suspendida en el aire entre ellos. Las paredes se abombaron y el suelo se movió bajo sus pies. Mari soltó un jadeo y estiró la mano. Ken bajó la vista. Le estaba aplastando la mano y los delicados huesos mientras formaba un puño con los dedos. Al instante aflojó el asimiento y se inclinó para examinar los daños.

—Lo lamento, Mari. —Dio unos besitos en el dorso de la mano—. No sé qué cuernos me pasa. Normalmente no doy exhibiciones de mis destrezas psíquicas ni físicas.

Mari apoyó la mano en la nuca de Ken, notando las cicatrices ahí, los comienzos de las estrías tan precisas como los pequeños cortes entrecruzados sobre el cuerpo. Él apoyó la cabeza en su regazo y ella pasó una mano tranquilizadora por su nuca, hasta alcanzar el pelo negro como azabache.

—Aparte de casi aplastarme la mano, da gusto que alguien se enfade por mi causa —dijo y le dedicó una breve sonrisa bromista.

Nadie se había preocupado lo suficiente como para enfadarse, ni siquiera las mujeres, hasta que Whitney inició el programa de reproducción. Sólo conocían aquella vida, con alguna parte buena y alguna mala, pero no cuestionaban su modo de vida ni cómo habían crecido. ¿De qué serviría? Mari no sabía qué era que alguien se preocupara por ella, pero le produjo una oleada cálida interior que era incapaz de describir.

—Ken, ¿qué te pasó en la espalda?

Se hizo un breve silencio. Él empezó a moverse para soltar la mano de Mari, pero ella ejerció presión para retenerle.

—Cuéntame, venga —le instó con cariño.

No quería contárselo. La verdad era que no podía pensar en ello, en el tormento desgarrador que no iba a acabar nunca. No quería sentirse como esos ciervos balanceándose despellejados ante la cabaña de caza del senador. No quería oír el zumbido de las moscas, el goteo continuo de sangre o la sensación de los cientos de picaduras de insectos que no tendrían que ser más que una molestia en medio de tal tortura extrema; pero por la noche, cuando estaba solo, recordaba cada vívido detalle.

Mari metió sus dedos en el pelo y lo agarró como si intentara encontrar coraje ahí:

—No cooperé con Brett y él me odia por eso. Whitney no le permitía dejar marcas en mi cara, por lo tanto me golpeaba en la espalda y en las piernas con el cinturón y a veces con un bastón. Sigo sin cooperar, por lo tanto me fuerza cuando ya estoy demasiado débil.

Había humillación en su voz.

No entendía por qué le había contado esto... simplemente debía hacerlo.

Ken entró en tensión. Podía oírse el pulso atronador en el pecho. También el rugido de protesta en la cabeza. Mari había sacrificado su orgullo para contárselo. Quiso aplastar algo y salir a matar, llevándose por delante a Whitney y a Brett y a cualquiera que colaborara en perpetuar este crimen inhumano.

Ella se quedó muy quieta. Le había entregado algo importante de sí misma, y esperaba su respuesta. Ahora Ken no podía tirar abajo las paredes o aullar como un animal herido, tenía que devolverle algo igual de importante.

—Ekabela ordenó que me despellejaran la espalda. Supongo que estaban ya cansados de hacer todos esos cortes limpios en la parte delantera y querían acabar de una vez.

Mari permaneció silenciosa durante un momento, friccionando la nuca y el cuero cabelludo con los dedos. No había dicho una sola palabra sobre el dolor o el hecho de que fuera imposible librarse de una grave infección al encontrarse en la selva. Costaba creer que siguiera con vida. Y ella sintió aún más curiosidad, quería saber hasta dónde habían llegado con el puñal.

—Ven aquí conmigo —dijo al final—. Cántame. Eso ha sido lo más bonito que he oído en la vida. He dormido y no he tenido ni una pesadilla.

Ken se acomodó en la cama y envolvió a Mari con su cuerpo protector, estrechándola entre sus brazos. Cantó en voz baja mientras ella se quedaba dormida, y luego se quedó quieto, con lágrimas contenidas escociendo en sus ojos, y el corazón golpeando ruidoso y desesperado en su pecho.

Capítulo 10

*M*ari continuó durmiendo y despertándose durante los dos días siguientes, recuperando poco a poco las fuerzas. Ken permaneció a su lado la mayor parte del tiempo, pero ella tenía libertad para moverse por la habitación, ejercitando la musculatura de su pierna otra vez. Ken hizo algunas tandas de ejercicios con ella, flexiones y abdominales, encargándose luego de frotar el músculo de la pantorrilla por ella. Cada vez que se iba a dormir, él estaba ahí, estrechándola y cantándole bajito. Si alguien más entraba en la habitación, paraba de repente como si se avergonzara, pero cuando estaban a solas y ella se lo pedía, solía cantar. Hacía que sintiera que existía una conexión, cierta intimidad, entre ellos dos.

Cuando se despertaba de noche, miraba el techo y saboreaba la sensación del cuerpo de Norton tan próximo a ella. Sabía que estaba despierto, incapaz de dormir. Deseaba encontrar una manera de librarle de sus pesadillas igual que él hacía. Por la respiración irregular y el calor intenso de su cuerpo, distinguía que los recuerdos continuaban demasiado próximos. Permanecía sentado junto a ella, con la sábana, y poco más, separándoles. Mari siempre era plenamente consciente de él como hombre.

—¿Mala noche?

Ken volvió la cabeza para mirarla, y ella captó un vislumbre del infierno en sus ojos antes de sonreírle y ocultar sus pensamientos, bajando los dedos para arreglarle la seda oro y plata del cabello.

—No es para tanto. —Le tiró del pelo, frotando los mechones entre el pulgar y el anular como si saboreara su tacto—. Me encanta verte dormir.

Debería haberle molestado encontrarse en un estado tan vulnerable como para dormir con un hombre observándola, pero de algún modo él hacía que se sintiera a salvo. Quería lo mismo para Ken, su centinela silencioso, de guardia a su lado, con sus pesadillas presentes y vívidas mientras se aseguraba de que ella pudiera dormir como una criatura. No parecía justo.

—Ojalá pudieras dormir tú también. Necesitamos encontrar algo que te ayude —dijo con una invitación inconsciente en su voz.

Ken se sentó a su lado, notó el calor de su cuerpo, el roce eléctrico provocando chispas sobre su piel. Sus intenciones eran muy buenas, se había reconvenido un millón de veces, pero estar con ella noche y día, observar las sombras cincelando su rostro, saber cómo había sido su vida, y lo que sería si Whitney se salía con la suya, le hacía sentirse menos monstruo de lo que era. Y eso era peligroso.

—Ken.

Había un ansia anhelante en su voz. Levantó la mano y le tocó los labios, siguiendo el perfil con una suave caricia.

Él sacudió la cabeza.

—Estás tentando al diablo, Mari.

—No te veo como el diablo.

Ken enmarcó su rostro con las manos, explorando con los dedos, siguiendo la estructura ósea de su rostro y deslizándolos por la barbilla hasta el cuello.

—Eres tan delicada. ¿Cómo puedes contener tanta fuerza?

—Nadie me ha descrito así antes. —Volvió la cara hacia la mano y se restregó como un gato—. Qué manos tan grandes.

La manera en que movía la cara sobre su mano era demasiado sensual para el gusto de Ken. Luego ella sacó la lengua para saborear su piel, describiendo un bucle acariciador en torno a su pulgar que casi le corta la respiración, provocando imágenes eróticas en su cabeza antes de poder censurarlas. Necesitaba que Mari se sintiera segura con él, pero su sensualidad era tan natural que respondía a la potente química entre ambos, con escasa inhibición a causa de los fármacos que circulaban por su sistema. Sus blandos senos se comprimían contra el pecho de Ken, disparando una corriente eléctrica por todo su cuerpo.

—Tal vez debieras volver a dormirte.

—¿Por qué?

—Es más seguro para ti.

—Querrás decir más seguro para ti —dijo burlándose—. Qué crío eres.

Se restregó contra su mano otra vez y ahora la lengua y los dientes se deslizaron sobre la muñeca. Sus labios parecían plumas contra las cicatrices, dejando besitos concebidos para enloquecerle.

Ken se aclaró la garganta, con el corazón acelerado.

—No tengo ni idea de qué fármacos te está suministrando Lily, pero estoy seguro de que el combinado es potente.

—¿Son las drogas? ¿Te deseo porque Lily me ha medicado?

Envolvió de nuevo el pulgar con la boca y chupó con fuerza, agitando la lengua con provocación. En todo momento mantenía esos ojos de chocolate fijos en los suyos.

El corazón de Ken casi se detiene. Su cuerpo reaccionó precipitando la sangre y llenando su entrepierna hasta el punto de reventar, y su atención se concentró en aquel ansia pulsante y palpitante.

—Cielo, hay cosas que sencillamente no puedes hacer, como ésta. Estás jugando con fuego.

Mari arañó con los dientes la base del pulgar. El falo de Ken dio una sacudida como respuesta, anticipándose al placer de los dientes rozando sus cicatrices, la lengua y la boca apretando ardiente, oh, tan húmeda.

Deslizó la mano bajo la camisa de Mari, sobre el estómago desnudo y luego por las costillas hasta cubrir un pecho. Se tomó su tiempo, dándole margen para retroceder y obligarle a detenerse. Ella se arqueó sobre él, empujando el pezón contra la palma. Ya estaba duro y erecto, y suplicaba atención.

—Cuéntame cómo es tu casa. Nunca he estado en una.

Ken apoyó la cabeza en la almohada al lado de la cabeza de Mari sin dejar de acariciar con ternura.

—Jack y yo nos construimos una casa en Montana. Tenemos muchas hectáreas y el parque nacional rodea nuestra propiedad por tres lados, por lo que estamos bastante aislados. Somos autosuficientes por completo. Jack hizo la mayor parte de los muebles. Tenemos una mina de oro; aunque nunca la hemos explotado hay una veta ahí, con toda certeza.

—¿Es bonita?

Ken empezó a levantarle la camisa, frunciendo el material poco a poco hasta revelar la lisa piel del estómago, su reducida cintura y estrecha caja torácica, para dejar expuesta la parte inferior de los pechos.

—Nunca pienso demasiado en eso, pero sí, el campo es hermoso y la casa muy amplia, toda exterior, con espacio suficiente para dos familias. La vista es asombrosa desde casi todas las habitaciones.

Frotó con los nudillos bajo el pecho, saboreando la piel suave y satinada. Nadie tenía una piel tan maravillosa.

Mari se relajó aún más, su cuerpo blando cada vez más flexible gracias al movimiento cautivador de su mano. El calor del cuerpo de Ken la calentaba.

—¿Tenéis chimenea? Siempre he encontrado las fotos de chimeneas románticas y hogareñas al mismo tiempo.

—Tenemos una chimenea en el salón, una habitación común que compartimos Jack y yo. Cada uno cuenta con su propia ala de la casa. Él tiene dos habitaciones, un par de baños y un despacho. Los dos tenemos chimeneas en los dormitorios. La casa es grande y muy espaciosa, y la calentamos principalmente con madera. Allí suele nevar y las noches pueden ser muy frías.

Le fascinaba su piel. Nunca había tocado nada tan suave. Tenía que admitir que en lo referente al sexo le gustaba rápido y fuerte, y en cantidad, pero había algo mágico en estar echado a su lado saboreando sencillamente la sensación de su piel. Disfrutó de la subida de temperatura y la sangre palpitando en su polla hinchada. Se sentía vivo y... feliz. Casi no reconocía esa emoción.

—Yo me crié en los barracones. Tengo mi propia habitación, pero no hay nada en ella, sólo el baúl y mi taquilla. En realidad no nos permiten objetos personales. Hay una televisión en la sala de recreo, pero nos observan todo el rato, todo lo que hacemos se graba. La mayor parte del tiempo estamos entrenando, trabajando nuestra educación y fortalecimiento de talentos psíquicos para ser mejores soldados. Bien, al menos era lo que hacíamos, hasta que Whitney llegó con su último y genial programa.

—¿Qué haces cuando te queda tiempo libre?

—¿Por las noches? Me gusta leer y escuchar música. Me encanta la música.

—¿Y qué me dices de las vacaciones? ¿Viajas?

—No tenemos vacaciones. Los únicos viajes que nos permiten son cuando salimos de misión. —Mari presionó contra la mano. Las sensaciones fluían por ella como un humo perezoso, un efecto sexual que bulló por todo su cuerpo. Los dedos de Ken suprimían dolores y aflicciones y los transformaban en algo por completo diferente—. Por supuesto, ahora, desde que iniciamos el programa de reproducción, todas las mujeres somos prácticamente prisioneras.

—¿Creciste con esas mujeres? ¿Whitney os crió a todas en los barracones desde niñas?

—Sí. Son mi familia. Las considero mis hermanas. Cami es fuerte, ella logrará escapar, y las otras nos seguirán, pero tengo una hermana que sospecha estar embarazada. Tenemos que sacarla de ahí antes de que pase las pruebas mensuales y Whitney tenga los resultados. La aterroriza que él se entere.

—La sacaremos de ahí.

Ken no preguntó cuál de las mujeres estaba embarazada. Mari ya lamentaba bastante haberle dado tanta información, lo notaba en su cara y no la culpaba. Bajó su cuerpo un poco más hacia la cama, lo justo para que ella pudiera apoyar la barbilla sobre su cabeza y así su rostro quedara frente a sus preciosos senos. La respiración de Mari se volvió entrecortada.

Los rayos de luz de luna se derramaban sobre su cuerpo desde el cielo encima de ellos, iluminando su piel como si fuera crema. Ken levantó un poco más la camisa, exponiendo despacio sus senos al fresco aire de la noche... y a su mirada ardiente. También su respiración surgía acelerada de sus pulmones. Esta mujer le daba lo que nadie había conseguido nunca. No era la combinación de deseo y necesidad, ni siquiera que su cuerpo cobrara vida otra vez con dureza y empuje; era la simple felicidad. Se sentía diferente cuando estaba con ella. Más alegre, y así los recuerdos del olor y la visión de la sangre, el sudor oscuro, el sonido de sus propios gritos, la rabia que nunca le abandonaba consumiéndole hasta pensar que su mundo era sólo una oscuridad completa, desprovisto de algo bueno... todo eso era expulsado con la sola presencia de Mari. Whitney, el muy hijo de perra, no podía conseguir algo así con su intromisión; era demasiado real.

Mari levantó las manos para introducir los dedos en su espeso pelo ondulado. Su cuerpo casi vibraba de necesidad, deseaba la boca y las manos de Ken sobre ella. El cuerpo parecía a punto de fundirse, tan blando y elástico que permitía a Ken darle cualquier forma. Sus senos se estremecían con el aire frío tocando los pezones igual que una lengua, jugueteando con ellos hasta levantar aquellas puntas idénticas y erectas.

Mari agarró su pelo con los puños cerrados cuando él volvió a cambiar de postura y notó la incipiente barba de las cinco de la madrugada contra sus pezones, provocando relámpagos serrados en todo su riego sanguíneo.

—Ken.

Pronunció su nombre con una voz entrecortada que amenazó descomponer su rígido control. Norton pensaba que mantenía controlado su deseo, pero no había contado con la manera en que el cuerpo de Mari respondía al suyo. Tenía sus senos desnudos expuestos ante él como un festín, y absorbió la visión de la carne exuberante, hinchada y ruborizada por el deseo, ascendiendo y descendiendo con cada respiración, atrayéndole más y más hacia los botones prietos y rosados que sobresalían y le llamaban. Ella le deseaba, no, le necesitaba, y eso era el mayor afrodisíaco de todos.

No parecía ver las cicatrices en su cara y cuerpo. Le tocaba y rozaba con la boca la piel cicatrizada, como si estuviera entero. Y mostraba un hambre tan voraz como la suya.

—Eres de una belleza increíble, Mari —susurró Ken—. Esto no lo dicen las feromonas de Whitney. Soy yo, y te deseo tanto que casi me da miedo tocarte.

«Casi» no era verdad, porque el miedo era total. Si ahora descubría el paraíso, ¿podría volver al mundo estéril del desierto? Pasó la mano sobre sus pechos, descendiendo por su cuerpo hasta el vientre plano. Los músculos firmes jugaban bajo la piel suave. Apoyó la mano posesivamente en el estómago, extendiendo mucho los dedos para cubrir cada centímetro que podía. Bajo la palma, los músculos del estómago se contrajeron.

Y ella no sabía lo que era un hogar o una familia. Él había tenido familias adoptivas, igual que Jack. Qué puñetas, les habían echado de una docena de casas, se habían escapado aún de más, y no obstante estaba bastante seguro de que su caso era mejor que el de Mari. Habían separado a Briony de ella cuando eran muy pequeñas, y la habían criado en un mundo disciplinado y brutal. El de Ken también había sido disciplinado y brutal, pero tenía a Jack. Siempre había contado con su hermano.

Desplazó las yemas de los dedos sobre su piel, dibujando el contorno del ombligo pequeño y sexy. No le hacían falta *piercings*, ni joyas ni ropas modernas. No tenía trajes de noche ni perfumes caros. Llevaba botas reglamentarias de soldado y ropa rutinaria de camuflaje.

Con cada pasada de su dedo, notaba la oleada de respuesta en su estómago, contrayendo los músculos bajo las pequeñas caricias. Ken apenas era capaz de respirar por la intensidad del deseo. El rugido en sus oídos sonaba cada vez más fuerte. Se estremeció a causa del esfuerzo por mantener la mente alejada del pensamiento de Mari desnuda debajo suyo. Tal vez él necesitara sexo ardiente, y estaba clarísimo que podía hacer que ella lo necesitara también, pero no era lo más indicado para ella en este preciso momento.

Una parte de él detestaba la manera en que interfería el deseo, tan penetrante y terrible que podía saborear a Mari con su propia lengua. Empezaba a ansiarla como una droga que le tuviera enganchado. Quería consolarla y calmarla, hablar de las cosas que le importaban, pero su polla palpitaba ardiente de necesidad y se expandía a punto de estallar, como recordatorio urgente de que estaba vivo y que era algo más que un hombre infinitamente normal.

Tal vez fuera por la necesidad de mostrarle que bajo la máscara no había monstruo alguno; que por ella podía dejar a un lado sus instintos carnales más bajos y ser mejor hombre. Había estado a punto de morir, técnicamente era una prisionera aunque no pensara en ella de ese modo, y eso la hacía vulnerable. Quería tener presente todo eso... debía tenerlo en cuenta para no subirse encima de ella y follar hasta volverse los dos locos. Una vez que empezara, no estaba del todo seguro de que pudiera detenerse.

—¿Ken?

Mari movía los dedos entre su cabello, friccionando el cuero cabelludo y propagando un estremecimiento en su columna.

—¿Por qué cada vez que un hombre se esfuerza en ser noble, su cuerpo pone la directa y no le deja pensar con el cerebro? —murmuró él.

—¿Se te ha ocurrido pensar que tal vez yo no quiera que sea noble? He estado a punto de morir. Tengo que volver a una existencia en la que ni siquiera deseo pensar. Quizás ésta sea mi ocasión, mi única oportunidad de estar con un hombre al que yo he elegido.

—¿Aquí? ¿En este laboratorio cerrado que es un recordatorio constante de todo lo que nunca has tenido? ¿En esta cama estrecha y dura? Quiero para ti un lugar mejor donde pueda pasar horas, días, explorando cada centímetro de tu cuerpo. Algún sitio bonito con el fuego crepitante de la chimenea y cascadas al otro lado de la ventana.

La respiración de Mari se volvió irregular de nuevo, fue una reacción mínima, pero él la captó. Ella dudaba que alguna vez llegase a tener esas cosas, y en ese momento Ken decidió asegurarse de que las tuviera, de que tuviera todo lo que él pudiera darle.

Mari volvió a moverse rozando con sus senos el mentón ensombrecido de Ken, y él casi se queda tieso, con cada músculo de su cuerpo tenso y ardiente, contraído en nudos. Su aliento rozaba la tentación de los pezones. La necesitaba más que el aire en sus pulmones, pero una vez que la tocara, una vez que la reclamara como suya, sería imposible separarse.

—Mari...

Lo intentó otra vez, pero su rostro, por iniciativa propia, recorrió ese escaso par de centímetros, permitiendo a su lengua descender y dar esa deliciosa lamida al pezón.

Mari dio un brinco debajo de él, moviendo sin descanso las caderas y elevando los pechos de súbito tomando aliento, arqueándose contra él, contra la caverna oscura y caliente de su boca. Ken tomó el otro pecho y lo masajeó mientras seguía lamiendo incitante para darle placer.

Mari profirió un solo sonido, un jadeo de conmoción, mientras sacudía las caderas y pegaba su ardiente monte de Venús al muslo de Ken en un esfuerzo por encontrar cierto alivio. Al instante, él bajó más los dedos, y encontró aquel horno de calor. Rodeó el pezón con los dientes dando un pequeño mordisco de dolor mientras tanteaba con los dedos la resbaladiza entrada, sondeando la respuesta a su propia necesidad de un juego un poco más salvaje. Le alcanzó una nueva oleada de su intenso aroma y los dedos quedaron húmedos con la recepción de bienvenida.

El gemido de Mari sonó bajito, él apenas lo oyó, pero notó la vibración en todo su cuerpo. Su polla sufrió una sacudida, restregándose contra el tejido de los vaqueros, hinchado al máximo. Necesitaba cierto alivio si no quería explotar. Pasó al otro pecho, lamiendo con fuerza mientras llevaba la mano a sus pantalones para desabrocharlos y bajarlos sobre las caderas para que la enorme erección saliera a presión. No pudo contenerse, tuvo que llevar la mano a la gruesa y dura verga y palpar las estrías, apretándolas bien en un esfuerzo por tener sensibilidad. Puñetas, ni siquiera sabía si su equipo funcionaba todavía.

Jugueteando con los dientes sobre el pezón, manteniendo la intensidad del placer de Mari a flor de piel, se bajó los pantalones. Echándose hacia atrás, levantó la cabeza de los pechos blandos y perfectos, para mirarla. Mari yacía sobre el catre, con ojos vidriosos a causa del deseo, labios separados, y el pecho ascendiendo y descendiendo a toda prisa. Con los pechos saliéndose de la camisa abierta, las piernas desnudas y despatarradas, este cuerpo estaba abierto a él. Era la visión más hermosa que había tenido jamás. La mirada de Mari descendió hasta al puño cerrado en torno a la enorme erección. Había un gota reluciente como una perla sobre el gran capullo hinchado. Sin despegar la mirada de Ken, Mari se inclinó hacia delante y la lamió.

Con todo su cuerpo en tensión, dominado por una violenta tormenta ardiente y salvaje, la fiebre creció tan rápida e intensa que Ken se estremeció con los ruidosos latidos del corazón en sus oídos. Rompió a sudar, su frente se cubrió de gotas. Le estaba matando. Matando.

Ken tomó su rostro entre las manos y obligó a aquellos ojos oscuros a encontrar su mirada tórrida.

—Mari, cielo, tienes que estar segura. —Su voz sonaba áspera—. No voy a ser capaz de detenerme dentro de un minuto. No tengo nada que pueda usar como protección, y esto es una chorrada, me refiero a hacerlo aquí. No voy a ser cariñoso ni delicado como te mereces. Y no quiero hacerte daño, me acojona mucho hacerte daño, pero juro que voy a darte más placer del que hayas conocido en la vida. Si no puedes hacerlo así conmigo, ir hasta el final y tomar todo lo que necesito darte, tienes que decirme ahora que pare y, te lo juro, encontraré la fuerza para dejarte en paz.

—Ken, por favor —susurró, con ojos suplicantes—. Te deseo tanto que no pienso con claridad. Éste es nuestro momento. Tenemos que aprovecharlo o tal vez nunca volvamos a tener otra oportunidad. Dame esto, dame este recuerdo, algo real, que pueda conservar conmigo.

Ken tomó sus labios. Intentó ser amable, pero en el momento en que introdujo la lengua por la oscuridad del terciopelo de su boca se perdió en una bruma demente. El deseo se impuso tan violento y terrible que le consumió, devorándolo vivo. Tomó la boca de Mari y se rindió a los demonios que le dominaban con tal potencia.

La mantuvo quieta con las manos, Mari estaba impresionada por su enorme fuerza, por su propia excitación ante la agresión de Ken, tan ardiente y rápida y dura, sacudiendo su cuerpo antes de estar lista, llevándola casi al orgasmo sin tan siquiera tocarla de verdad. La respiración entrecortada de Ken sonaba áspera mientras le mordía el labio, haciendo cosas salvajes con los dientes y la lengua en su boca, hasta que no fue capaz de ver, y qué decir pensar.

Ken movía los labios por su cuello, dándole pequeños besos provocadores que dejaban un reguero de fuego sobre las terminaciones nerviosas. Cogió un pezón entre el pulgar y el índice, tirando y dando vueltas hasta que ella cabeceó sobre la almohada, repitiendo su nombre entre sollozos. No sabía que pudiera sentirse así, no sabía que un pequeño estallido de dolor pudiera prender fuego y que la lengua de Ken pareciera terciopelo sobre la piel que ardía hipersensible.

Él continuó descendiendo con sus besos hasta los senos, deteniéndose ahí para darse un festín, deseando verla frenética de deseo. Necesitaba su docilidad, temeroso de que si se resistía, si se oponía a él, se volvería loco. Bajó más la mano, saboreando la forma y textura de Mari, tomando su monte de Venus, caliente y húmedo, con la satisfacción de oír otro sollozo escapándose mientras las caderas brincaban con vida propia. Introdujo un dedo en los recovecos secretos, en busca de miel y especias, y una manera de hacerla suya para toda la eternidad.

—Separa las piernas para mí, Mari.

Su voz sonaba ronca, sus manos sobaban con rudeza sus muslos, obligándola a obedecer antes de poder entregarse a él, colocándola bien para poder seguir besándola hasta el ombligo, haciendo antes una parada para mordisquear la parte inferior de sus pechos y seguir cada costilla, sin escatimar atención al abdomen con las ardientes lamidas, como si de un cucurucho de helado se tratara.

—Ken —susurró desesperada, y agarró puñados de cabello, intentando tirar de él para que se le pusiera encima y la cubriera.

Él le agarró las muñecas y se las apartó.

—Compórtate —ordenó—. Vamos a hacer esto a mi manera. Te lo he advertido, tienes que hacerlo a mi manera.

Porque observar a Mari perdiendo el control, observar el deseo transformándose en necesidad ciega, alimentaba su instinto violento e incrementaba el placer. Cuanto más se deshiciera ella por él, mejor.

—No puedo soportarlo, vas demasiado lento.

—Quédate quieta —repitió con voz brusca.

La lengua siguió el recorrido del dedo con un barrido largo y lento en busca del néctar que tanto ansiaba.

Mari casi se cae del camastro, los sollozos eran reales y las sacudidas de las caderas se habían vuelto salvajes. Ken le dio un cachete en el trasero como advertencia y observó el ardor de respuesta y la excitación en sus ojos. Le sujetó un brazo, pegado a la cadera, para inmovilizarla. La necesidad ahora bramaba candente, recorriendo todo su cuerpo con la fuerza de una ola, coronada por una tormenta de fuego descontrolada. No necesitaba sólo su cuerpo; quería su alma. La quería tan unida a él que hiciera cualquier cosa que le pidiera, cualquier cosa que le exigiera.

Mari alzó la cabeza para mirarle, para ver la sensualidad oscura de su rostro, la intensidad del deseo que estremecía el cuerpo. Los ojos de Ken eran plata pura, cortes idénticos de luz concentrados sólo en ella. Sus manos eran terriblemente fuertes y duras. Las cicatrices descendían por su vientre justo hasta la enorme polla. Habían efectuado los cortes del puñal con precisión quirúrgica, cada corte concebido para provocar la máxima cantidad de dolor sin matarle. También los testículos tenían cortes, igual que el vientre y las caderas, y los muslos más abajo, hasta desaparecer las cicatrices por las perneras de los pantalones.

Mari habría pensado que nadie podía recuperarse de tal experiencia terrible, pero tenía una erección dura y gruesa, y lo bastante larga como para resultar intimidante... y ella quería tocarla, saborearla, darle alivio, darle lo mejor. Pero sobre todo quería hacerle perder la cordura, tal como él la enloquecía. Se lamió los labios para humedecerlos, separándolos mientras miraba la longitud sobrecogedora del miembro. Se sintió desarmada, su cuerpo se comprimía cada vez más hasta el punto de temer echarse a gritar y arrojarse sobre él, suplicando alivio.

Ken susurró algo gutural y ligeramente obsceno, con una voz brusca que ella encontró sexy. Los ojos plateados dejaban su marca en la carne y huesos de Mari mientras la tenía sujeta por los muslos y bajaba la cabeza para llevar la boca hasta sus labios más íntimos y meter la lengua hasta lo más profundo. Todo pareció explotar alrededor de ella. Entonces se hizo pedazos, estalló por completo en un millón de trozos, su mente se fragmentó hasta no dejar pensamientos conscientes, sólo una oleada tras otra de sensación, maremotos cubriéndola, llevándosela hasta alta mar donde no tenía anclaje ni medio de retroceder.

Luchó por escapar con todas sus fuerzas, por su terror a perderse para siempre, temerosa de morir si él no se detenía, a causa de aquel placer estrepitoso. El campo de visión se estrechó y aparecieron rayos oscuros cubiertos de estrellas de un azul candente mientras sus pechos se endurecían y su útero sufría espasmos, con cada músculo apretando y enroscándose, enrollándose con más fuerza. Él la mantenía quieta, como nadie más podría, con aquella fuerza incrementada imposible de contrarrestar mientras impulsaba su lengua sin cesar por su canal femenino, arponeando bien dentro, una y otra vez. Mari no podía soportarlo; tenía que parar, tenía que detenerse.

La lengua dejó de dar punzadas para pasar a un aleteo; los dientes encontraron el punto más sensible e iniciaron un asalto lento y torturador. Entonces sumó un dedo a la locura, introduciéndolo y sacándolo para untar de líquido ardiente sus partes más íntimas. La boca fue a por la yema más sensible, jugueteando con la lengua adelante y atrás sin piedad, propulsándola hasta un orgasmo salvaje e interminable. Cuanto más sensible se volvía, más insistía él, manteniéndola sujeta sin dejar de lamerla, antes de tomar una vez más la yema entre los dientes, acariciándola con la lengua. Mari perdió la capacidad de respirar, sacudiéndose descontrolada en un esfuerzo por apartarse de su boca.

Su aliento surgía entre sollozos entrecortados.

—Ya no puedo más. Más no.

Las sensaciones crecían continuadamente. Había perdido la cuenta de las veces que se había desintegrado, cada orgasmo superior al anterior, hasta sentirlos a través del estómago, atravesando su pecho, con cada parte de ella estimulada más allá de lo imaginable.

—Sí, más. Te correrás por mí, Mari, una y otra vez.

Su voz sonaba gutural mientras la lamía voraz, arrojándola a otro clímax.

Era demasiado. Nunca nadie le había dado tanto ni había exigido tanto, ni había tomado tanto. Le clavó los dedos en los hombros, desesperada por sujetarse cuando el mundo desaparecía. Sus olores combinados eran potentes y embriagadores, tan sensuales que le impedían pensar. Encontraba las manos de Ken por todas partes, apropiándose de su cuerpo, tomando posesión de cada parte de ella.

Cuando Mari se puso tensa como protesta, por miedo, la boca de Ken la devoró, comiéndosela como una golosina, igual que antes la había descrito. Se lo devoró todo, y la dejó convencida de que no quedaba nada de ella. Y al azar Ken la cabeza para mirarla, vio que su rostro era pura sensualidad carnal.

—Me perteneces —susurró con voz ronca. En cuerpo y alma. Lo que quisiera o necesitara él, iba a proporcionárselo ella. Aquella violencia sombría podía aprovecharse, emplearse con propósitos mucho más deleitables, una vez enjaulados los demonios por una mujer... Mari. Ella conseguía que le doliera la polla y ardieran sus testículos, que perdiera poco a poco el control hasta el punto de sólo pensar en tenerla. Era un hombre que podía pasar toda la noche tirándose a una mujer, sin sentirse saciado por completo, No obstante, sólo mirarla despatarrada bajo de él, a merced de su cuerpo, sólo oír sus ruegos y sollozos por él, sabía que todo era diferente con ella. Su vida siempre sería diferente.

Mari se agarraba a Ken con fuerza y retorcía el cuerpo bajo la lengua y dientes, respirando entre sollozos y suplicando que la poseyera. Los gritos entrecortados incrementaban la intensidad del placer. Todo se sumaba al fuego creciente: las uñas que clavaba a fondo en su piel y los arañazos que le dejaba en la espalda sin siquiera darse cuenta.

Reteniendo en todo momento sus caderas, Ken se separó un poco de la cama y tiró del trasero de Mari hasta el borde del colchón para colocarse sus piernas sobre los hombros. Ahondando con los dedos también en su trasero, continuó irrumpiendo en el calor húmedo. Aunque estaba mojada y resbaladiza, hambrienta de él, parecía tarea imposible dilatar aquel estrecho canal lo suficiente como para acomodar el tamaño de su órgano.

Y entonces se movió y embistió en profundidad y con fuerza, penetrando los músculos estrechos y enterrándose hasta los testículos. Un suave grito se escapó de la garganta de Mari, apresuradamente apagado con el dorso de su mano, mientras alzaba la vista para mirarle con ojos abiertos y conmocionados, vidriosos por el deseo febril. Las estrías duras de la polla restregaban los músculos interiores, suaves como el terciopelo, e incrementaban el placer-dolor de la profunda penetración. Necesitaba esto, la necesita a ella y también la aceptación de su dominio. A Mari no le espantaba su apariencia, y cada embestida dura y agresiva aumentaba el placer: Ken se encargaba de eso.

Controlaba el ritmo, rápido y duro, luego lento y profundo, atrayendo las caderas de Mari hacia sí para duplicar el impacto o manteniéndola quieta para que sólo tuviera que aceptar su profunda invasión. La sentía tirante, más estrecha de lo que esperaba, y abrasaba, reteniéndole en un infierno de terciopelo. La penetró con fuerza, arremetiendo con agresividad para estimular su polla: el glorioso bocado erótico del placer y el dolor, mientras el órgano se estiraba y anchaba, obligándola a acoger cada centímetro, dilatándola también a ella hasta lo imposible.

Enloqueciendo debajo de él, Mari le desgarraba con las uñas, acuchillaba su pecho con largos y profundos arañazos mientras él la elevaba y elevaba, imponiéndole un nivel de sexualidad inimaginable. Ken le separó los muslos y levantó aún más sus piernas, más apartadas, negándose a ceder un centímetro, negándose a permitir que cogiera aliento. El placer crecía sin control, un tornado vertiginoso que giraba entre ambos y los sacaba de la realidad.

Ken le agarró las manos y las pegó al catre a ambos lados de su cabeza, estrellándose a continuación contra su cuerpo en un frenesí de necesidad furiosa, penetrándola tan a fondo que pensó que podrían quedarse pegados para siempre. Las cicatrices sobresalían crudamente en la piel, las líneas se marcaban cada vez más en su rostro, mientras los músculos de Mari apretaban más y más, añadiendo cada vez más fricción y calor. El sudor cubría el cuerpo de Norton y oscurecía su cabello, pero continuó embistiendo, una y otra vez, mientras sus testículos se endurecían y la polla aullaba pidiendo misericordia.

Notó la explosión al desgarrar el cuerpo de Mari, un oscuro maremoto que subió y subió, negándose a detenerse. Ella sollozaba mientras él la penetraba, y la caliente afluencia de su crema le hizo enloquecer. Su propia eyaculación le convulsionó entonces, con tal fuerza que sacudió todo su cuerpo. Estaba eufórico, en éxtasis, más vivo que nunca. Tal vez fuera porque pensaba que había perdido la hombría tras la tortura en el Congo, pero sospechaba que el placer era tan intenso porque por fin estaba con la mujer adecuada. Entre resuellos y con la respiración irregular, se derrumbó sobre la cama.

—Puñetas, Mari, casi me matas.

Ella le rodeó el cuello con la mano y metió los dedos en su denso pelo.

—No puedo pensar. Y nunca volveré a caminar.

Se tocó con la lengua los labios. Le dolían los pechos y los muslos, notaba la palpitación entre las piernas. La sensación era similar a una quemadura, como si él hubiera forzado la máquina y perduraran las huellas de un derrape.

—Es como si tuviera rozaduras del asfalto.

Su corazón jamás volvería a latir con normalidad, y nadie, nadie, iba a satisfacerla otra vez.

Ken levantó la cabeza para mirarla. Pese a su delicada estructura ósea, había acero en ella. Se había asustado y no obstante se puso en sus manos. Mari recorrió con las puntas de los dedos el rostro, las cicatrices, siguió su trazado sobre el cuello hasta su pecho. Se inclinó hacia delante para dejar besos donde su piel estaba expuesta. A Ken le dio un vuelco el corazón. Ella había visto al monstruo y no se había asustado. Ken era incapaz de contener el sentimiento posesivo que lo dominaba y le asfixiaba. Mari no iba a regresar, y él no estaba haciendo lo correcto; ya no podía entregarla, tal como no podía disparar a su hermano.

—Nos limpiaré a los dos en un minuto, cielo. Dame sólo un minuto.

Nunca se había sentido así, ni había tenido un orgasmo tan explosivo, tan completo e inesperado, pese a lo malogrado que estaba su cuerpo. Sabía la presión que precisaba su piel para tener sensibilidad, y no obstante el estrecho canal le había dado más de lo que creía posible. Le estremeció pensar cuánto necesitaba a esta mujer.

No es que él se sintiera saciado; por el contrario, quería tomarse unos minutos de descanso y empezar de nuevo, una maratón esta vez; pero ella parecía agotada y un poco alucinada tras haberse entregado tanto. La había obligado a cooperar, sin darle demasiada opción en el asunto, pero ella sólo se había resistido cuando el placer se transformaba en dolor, al sentir el miedo.

No quería mentirle, aparentar ser algo que no era, algo que no podía ser. Su cuerpo estaba incapacitado para ciertas cosas si no recibía cierto tipo de estímulo, eso ella tenía que aceptarlo. Qué puñetas, había tardado meses en superar la idea de que no podría cumplir, y luego unas semanas más en reconocer cuánto costaba que se le levantara.

—¿Te he hecho daño?

Tomó su rostro, deslizando los pulgares sobre su piel lisa y suave. Estaba tan guapa que le dolía mirarla.

—No sé. —Se inclinó hacia adelante y acercó a él los labios ligeros como plumas—. Ha sido salvaje y asombroso, y en cierta forma daba miedo. No sabía que el sexo pudiera ser eso. —Apartó la mirada—. No soy virgen ni nada por el estilo, pero nunca había tenido un orgasmo. —Tocó un largo arañazo en su pecho—. Me asusté, pero lo deseaba mucho. Quería que no pararas nunca, ni siquiera cuando te decía que lo hicieras.

Ken le alzó la barbilla.

—¿Me dijiste que parara? Porque no te he oído.

—No en voz alta. Nadie me ha hecho algo así antes.

Él frunció el ceño.

—¿Hacer qué?

El rubor avanzó por su piel, sonrojando su rostro y pechos, atrayendo la atención de Ken hasta las marcas sobre la piel cremosa. Sus marcas. Sus huellas. Las débiles señales de dientes, las numerosas fresas resaltadas sobre la pálida piel. También aparecían en la parte interior de los muslos. Tocó una... complacido.

El rubor se intensificó, adquiriendo un interesante matiz carmín.

—Sexo oral.

Él alzó una ceja. Mari parecía inocente y casi tímida, tanto que Ken no pudo evitar inclinarse para besarla.

—¿Sexo oral? ¿Eso es lo que piensas que era? —Se frotó con la yema del pulgar la cicatriz que partía su labio—. Me parece que no, cielo. Más bien te estaba zampando, comiéndote viva. Y sólo hablar de ello me la pone dura otra vez.

El rubor se propagó por todo el cuerpo de la joven.

—Bien, de cualquier modo, nadie me había hecho eso.

La sonrisa se desvaneció del rostro de Ken.

—¿Nunca?

—Ella negó con la cabeza.

Él la miró con un ceño.

—Entonces ¿qué cuernos hacía ese idiota para ponerte a punto?

—A Brett no le importaba si mi cuerpo aceptaba el suyo o no. Usaba lubrificante sólo por su comodidad, no la mía.

Ken maldijo en voz alta.

—Alguien tendría que arrancarle el corazón.

Una sonrisita curvó la boca de Mari.

—A Jack le gusta pegar tiros a la gente. Tal vez deberíamos presentarles.

Ken salió de la cama y se subió los vaqueros para ir a buscar un paño. Tras humedecerlo, lo pasó con cuidado por todo el cuerpo de Mari, acariciándola con especial atención entre sus piernas.

—¿Qué otras cosas te has perdido entonces?

—Vaya, nunca debería haberte dicho eso.

—Si no sé qué te has perdido, no sabré todas las cosas en las que tengo que introducirte.

Le secó el cuerpo con pasadas igual de cuidadosas.

—Nunca he celebrado mi cumpleaños ni he tenido vacaciones.

—¿Cuándo recibes regalos entonces?

Ella se rió:

—¿Qué clase de regalos? Sean me dio un puñal una vez, pero lo recuperó cuando me metieron en el programa de reproducción. Creo que temían que eliminara ciertas partes de la anatomía de Brett.

Aquello le irritó. De acuerdo, en realidad le irritó un montón que ella no tuviera vacaciones ni chimeneas ni regalos. En la peor casa en que él había estado, celebraban al menos los cumpleaños.

—¿Cuándo es tu cumpleaños?

Una vez más, ella apartó la mirada y encogió los hombros con gesto exagerado de despreocupación.

—No tengo ni idea. Whitney me encontró en un orfanato, y no creo que pensara precisamente que esa fecha fuera importante, o sea, que ¿por qué piensas que querría celebrar nuestros cumpleaños?

Volvió a formarse un nudo en el vientre de Ken, pero mantuvo la voz y el rostro inexpresivos. Tomó su rostro de nuevo y se inclinó para darle otro beso conmovedor. La mujer sabía a miel y especias exóticas, creando tal adicción que quiso seguir besándola hasta que ninguno de los dos recordara su propio nombre.

—Es un científico. ¿No es importante la edad de sus conejillos de Indias? Entraremos en sus archivos y obtendremos esa información. Apuesto a que la tiene.

Ella se rió. Se rió de verdad. El sonido fue suave, pero a él le entraron ganas de sonreír también. Se retiró una cadena del cuello. Era de oro y de ella colgaba una pequeña cruz, también de oro. Se la pasó por la cabeza a Mari, apartando el pelo para que descansara en la nuca y la medalla se alojara entre sus pechos.

—Tu primer regalo, el primero de muchos más. No soy muy religioso, pero siempre me gusta estar abierto a cualquier opción. Te mantendrá a salvo cuando yo no esté ahí a tu lado.

Mari tomó aliento con dificultad y pestañeó con fuerza varias veces.

Ken tocó sus largas pestañas y las encontró húmedas. De repente ella parecía triste, las sombras reemplazaron la risa en sus ojos.

—Se supone que los regalos tienen que ponerte contenta. No creo que estés captando la idea.

Mari le rodeó el cuello con los brazos.

—Sorprendentemente, éste ha sido el mejor día de mi vida. Gracias.

Alzó la boca para recibir sus besos mientras deslizaba los dedos por su cuello. Entonces le asestó un golpe duro y rápido, encontró el punto de presión sin problemas y, aplicando su fuerza incrementada, apretó a fondo. Nunca lo habría conseguido de no haberle pillado tan por sorpresa, pero él sucumbió y se perdió en un vacío negro, desplomándose sobre la cama y luego deslizándose hasta el suelo.

Capítulo 11

Mari se levantó de la cama y se agachó para comprobar el pulso de Ken. Una alerta susurrante zumbaba en su cabeza como el sonido distante de las abejas. Estaban aquí. La habían encontrado, y si no actuaba deprisa, matarían a Ken, a Jack, a Logan y a Ryland. Y a Lily seguramente se la llevarían prisionera.

Respiró hondo y abrió su mente al líder del equipo.

Retiraos. Hay civiles e inocentes aquí. Este equipo protegía al senador, no habían venido a asesinarle. Hasta que no sepamos el origen de este cruce de informaciones, no podemos arriesgarnos a matar inocentes.

Rogó para que Sean la escuchara. No quería ser responsable de un derramamiento de sangre, y nadie iba a hacer daño a Ken Norton, no si ella podía impedirlo. Si estuviera consciente, él pelearía a muerte por retenerla, eso lo sabía.

Tenía que mantener alejados de esa habitación a Sean y al resto del equipo, alejados de los demás también. Pero ¿cómo? Contaba sólo con segundos antes de que alguien accionara una alarma o activara cualquiera de los sentidos altamente afinados de los Soldados Fantasma. Mientras se ponía a toda prisa unos vaqueros, apoyó una mano en la pared y se inclinó contra la puerta para escuchar, confiando en oír que Jack Norton ya había sido alertado sobre el peligro que les amenazaba.

Silencio. Silencio completo y absoluto. Eso no tenía sentido. Captó un olor peculiar, débil pero asqueroso, similar a huevos podridos. Con cautela, Mari empujó la puerta. Había cuerpos tendidos por todo el suelo, y casi se le detiene el corazón. No podía estar pasando esto.

¿Estaban todos muertos? ¿Jack, el hermano de Ken? Ken enloquecería, daría caza y ejecutaría a cada miembro de su equipo.

¿Qué habéis hecho, Sean? Dios mío, la mujer esta embarazada. ¿Los habéis matado a todos?

Notó el sabor del miedo y la ira. Las lágrimas ardían en sus ojos y le obstruían la garganta. Una rápida inhalación sirvió para saber que aquel olor era una mezcla de gases.

¿De qué hablas?

Podía oír el silbido del gas penetrando en la habitación por una tubería de la pared. Su corazón casi deja de latir. Se fue corriendo hacia las ventanas y abrió varias precipitadamente antes de coger a Lily por el brazo y tirar de ella para meterla en la habitación en la que estaba Ken, antes de regresar corriendo a por Jack.

Detén ese gas, maldita sea. Hablo en serio, Sean, deja el puñetero gas.

¿Gas? Yo no... La voz dejó de oírse y luego continuó con brusquedad. *Sal de ahí ahora mismo. Es una orden, Mari.*

Desoyendo las coordenadas del punto de encuentro que le enviaban, Mari arrastró el cuerpo inerte de Jack hasta la habitación contigua con Ken y Lily. Ryland fue el siguiente y luego Logan. En cuanto los tuvo a todos dentro de la enfermería, cerró la habitación y taponó la rendija empleando toallas y ropa, cualquier cosa que pudiera encontrar.

Las lágrimas surcaban su rostro, a causa del gas o tal vez por lo asustada que se sentía por todos ellos; no estaba segura, pero empañaban su visión. Le puso un trapo húmedo a Ken en la nuca con la esperanza de que recuperara el conocimiento más deprisa.

Maldición, Mari, no podemos adentrarnos más en el edificio sin que salten las alarmas. Se supone que tú tienes que venir hacia nosotros. Muévete y rápido.

Le puso a Lily una la máscara de oxígeno.

Si vosotros no habéis hecho esto, ¿quién ha sido?

Sean respondió con una maldición, un largo estallido de palabrotas elocuentes y sucias.

Mueve el culo y sal de ahí, soldado.

No voy a dejarles morir.

No tenemos nada que ver con la muerte de nadie. La voz de Sean cambió y descendió una octava, era una súplica grave. *Whitney tiene a alguien ahí dentro. Hemos venido a sacarte, pero él quería que los matáramos a todos y sacáramos a Lily, su hija. Las órdenes han llegado justo cuando entrábamos en la instalación. He fingido no estar en el radio de alcance, pero supuestamente tiene alguien ahí dentro para ayudarnos.*

Mari se agachó de nuevo junto a Ken y le sacudió, humedeciéndole la cara con un paño frío para que recuperara el conocimiento. Se encontraba inmóvil y totalmente sin sentido, pero pasó a la acción en un instante, propinándole un brutal codazo en un lado del rostro mientras ella intentaba apartarse a gatas. Se cayó hacia atrás, estirando una mano para aplacar su cólera.

—¡Para! Para, Ken. Tenemos problemas.

Ken tenía la cabeza a punto de estallar y su visión fluctuaba. Sacudió la cabeza y vio a Mari sujetándose la barbilla. Al comprender lo que había hecho se puso de rodillas a duras penas y se acercó, cogiendo su cara entre las manos y pasando el pulgar sobre el punto rojo intenso.

—Dios mío, Mari, podía haberte matado.

—No he tenido tiempo de retroceder. Alguien intenta matarles. La habitación contigua está llena de gas y temo que alguien vaya a prender una cerilla en cualquier momento. Tienes que ayudarme a sacar a todo el mundo de aquí ahora mismo. Deprisa... no tenemos mucho tiempo.

El dolor de cabeza iba a durar mucho rato, pero su visión se estaba aclarando. No le recriminó haberle noqueado ni hizo preguntas. Se sacó la camisa y se la tendió, apresurándose a acudir junto a Jack.

A Mari le consternó un poco el hecho de que hubiera escogido a su hermano en vez de a Lily, y la forma delicada en que se echó a Jack sobre la espalda y le llevó hasta la ventana. Ella descendió con cuidado al exterior y estiró los brazos. Ken le pasó el cuerpo de Jack. Con el aire limpio, su hermano empezó a agitarse, y ella se apresuró a alejarlo del edificio antes de regresar corriendo. No quería que Jack se despertara y la atacara.

¡Mari! La voz de Sean sonaba insistente y preocupada. Vengo a por ti. Los otros van a cubrirme.

¡No! Dame dos minutos, Sean. No puedo permitir que mueran. No sé por qué querría alguien ordenar su muerte, pero no es lo que hacemos y lo sabes. Si Whitney quiere cometer un asesinato, que mande a sus matones.

Corrió con el cuerpo inerte de Lily en brazos y la dejó al lado de Jack. Él ya estaba incorporándose, presionándose la nuca, tosiendo y mirando a su alrededor. Mari le puso una mano en el hombro.

—Recupera las fuerzas, vas a tener que salir corriendo de aquí en un minuto.

Tenía que alejarse antes de que alguien sospechara que su equipo andaba cerca. Si Ken o Jack presentían que los hombres estaban ahí, culparían a su equipo del ataque. Y si uno de sus amigos moría, cada miembro de su equipo viviría bajo una amenaza de muerte. Sabía de qué eran capaces hombres como Ken y Jack. Sabía que insistirían hasta saldar sus exigencias de justicia. Regresó junto a la ventana y sacó a Logan, tirando de él hasta donde pudo.

Te lo he dicho, cuentan con alguien ahí dentro. Van a hacer volar el edificio. No te queda tiempo. Les estamos entreteniendo para despejarte el camino, pero oponen resistencia.

El corazón de Mari latía estruendoso. Jack iba hacia el edificio dando traspiés para ayudar con Ryland, pero Ken no salía.

¡Ken! ¿Qué estás haciendo? Van a volar el edificio.

Jack se echó a Ryland sobre el hombro con expresión adusta. Ken le estaba hablando, eso ella lo tenía claro. Ken sabía que el edificio iba a saltar por los aires y le ordenaba que corriera. Jack sacudió a Logan para que el hombre se pusiera en pie, le aulló algo y luego fue hacia Lily.

—¡Vamos, Mari! Tenemos que irnos ahora.

—¿Qué está haciendo Ken?

—Hay más gente trabajando en el edificio. Ha ido a dar la alarma.

Jack ya se alejaba corriendo mientras le pasaba la información, con Ryland sobre sus hombros. Logan daba traspiés tras él, con Lily en sus brazos.

Mari vaciló, debatiéndose entre correr para reunirse con su equipo y largarse todos a lugar seguro, o ir a por Ken. Ganó Ken. Se arrojó de nuevo dentro del edificio y aterrizó rodando por el suelo, levantándose al instante para cruzar a toda velocidad la habitación y salir al pasillo. Oyó gritos y ruido de gente corriendo. Los técnicos e investigadores del edificio se apresuraba hacia la salida. Pero al no ver a Ken por ningún lado, se lanzó por el pasillo, sin prestar atención a un hombre que la cogió por la camisa e intentó tirar de ella hacia la puerta.

El sonido estridente de la sirena perforó el aire, una sonora alarma que elevó la tensión de forma significativa. Las puertas se abrieron y más gente salió en tropel al pasillo, apresurándose hacia la salida más próxima.

¡Ken! ¿Dónde estás?

¿Y si aún seguía grogui y se había desmayado? ¿Y si el hombre que tenía Whitney ahí dentro ya le había encontrado y clavado un puñal por la espalda? Por un momento fue incapaz de respirar, un terror absoluto la consumía, una sensación hasta entonces desconocida.

Mari, ¿no estás fuera? Sal de una puñetera vez del edificio. ¿Dónde estás?

La voz de Ken penetró en su mente.

El alivio fue instantáneo, la dominó de tal manera que por un momento notó las piernas de goma. Se apoyó en la pared para no caerse pues se sentía mareada, rodeando con la mano la cruz que le había regalado Ken, sujetándola con fuerza, como si de este modo pudiera mantenerlo cerca.

—¡Mari! —La voz de Sean la sobresaltó. Se volvió y le vio corriendo hacia ella y gesticulando para indicarle la salida situada unos metros más adelante—. Corre.

Ella se giró en redondo, echó a correr y chocó con alguien, rebotando y resbalándose por el suelo. Sean la alcanzó. Sin detenerse en ningún momento, la agarró por la camisa y tiró de ella.

—¡Corre! Vamos, Mari, corre.

Corrieron a toda pastilla hacia la salida empleando la velocidad incrementada que les volvía borrosos, se lanzaron a través de la puerta y continuaron por el terreno. Ella sabía que se encontraba en el lado opuesto al laboratorio por el que había salido el otro equipo de Soldados Fantasma. Aún desconocía dónde estaba Ken, pero su gente les cubría y cualquiera que intentara detenerles sería tiroteado. Tenía que regresar con ellos a las instalaciones, debía regresar pese a todo. Era la única manera de proteger a sus hermanas... y a Ken. No, a él no podía sucederle nada.

Mantuvo el ritmo de Sean, pegándose a los setos en la medida de lo posible. Sean le tendió un arma mientras corrían, indicándole que continuara y saltara la valla de seguridad. Mari se metió el arma en la cintura de los vaqueros y dio un brinco para alcanzar lo alto de la valla, pasó al otro lado y se dejó caer.

Ken intentaría seguirles. En el momento en que supiera que se habían largado, iría tras ella. Y recordaría que ella le había dejado sin conocimiento. Ken Norton no era un hombre que se olvidara de esas cosas. Se le escapó un pequeño sollozo, y Sean le dirigió una rápida mirada, luego retrocedió para protegerla.

El estallido fue estruendoso, los escombros salieron disparados hacia arriba y hacia fuera mientras explotaba el edificio. La valla voló hacia delante, en dirección a donde se encontraban ellos. La sacudida les lanzó por los aires y les llevó volando por una pequeña extensión de hierba donde aterrizaron con fuerza sobre el suelo. Mari se quedó sin aire en los pulmones, el tremendo impacto la dejó jadeante, con dificultades para respirar.

Sean se arrastró a su lado.

—¿Puedes moverte? Tenemos que seguir.

Ella hizo un gesto de asentimiento. Le dolía todo. No oía muy bien, pero no importaba. Tenían que salir de ahí y tenían que hacerlo rápido. Se puso en pie inestable, usando a Sean de apoyo. Le sangraba el brazo.

En vez de correr, Sean la sostuvo para inspeccionar los daños. Se detuvo en las señales de las muñecas y el rostro, las marcas del cuello y los vaqueros demasiado grandes. Se acercó un poco más e inhaló.

—Algún hijo de perra te ha follado. Puedo oler su peste en todo tu cuerpo —ladró.

Era lo último que Mari esperaba que le dijera.

—¿Qué? ¿No te inspiro compasión? ¿Nada de preguntar «y cómo te han tratado»? ¡Ni «vaya, te han pegado un tiro, qué milagro que estés viva»? —respondió ella con el ceño fruncido—. Qué bien que te indignes tanto por mí. Ojalá sintieras lo mismo cuando Brett se mete en mi habitación y tú se lo permites. Eres un hipócrita.

—Vaya chorrada, no es lo mismo.

—¿Por qué? ¿Por qué no has podido tener tu habitual experiencia indirecta? ¿Y qué sueles hacer? ¿Quedarte ahí escuchando mientras él me pega una paliza y consigue lo que quiere? No finjas estar indignado porque algún hombre me ha tocado. Tú le das la llave a Brett cada vez que está un poco caliente.

—Hago mi trabajo. Estás en un programa especial. Quédate embarazada y se acabarán las visitas. Sé que estás haciendo algo para evitarlo. Whitney conoce las fechas de tu ciclo. A estas alturas deberías haberte quedado preñada, así el doctor no permitiría que Brett volviera a acercarse.

Sean le dio un bofetón en la cara. Sin dudar, Mari le propinó un potente puñetazo, concentrándose e impulsándose con la pierna derecha para aprovechar cuanta fuerza poseía. Sean cayó como una piedra cuando el puño le alcanzó en el pómulo. De forma simultánea, una bala silbó sobre él, justo donde estaba su cabeza un instante antes.

No te atrevas a dispararle, Ken. Debería haber sabido que él nunca permitiría que alguien se largara con ella. *Tengo que regresar.*

Chorradas.

Mari detestaba la resolución implacable de su voz resonando en su mente.

¿Sabes lo que tú sientes por Jack? Pues eso siento yo por mis hermanas. No voy a poner en peligro sus vidas. Así que no dispares.

Sean se puso en pie a duras penas. Mari no dio marcha atrás, ni se inmutó, mirándole fijamente a los ojos.

—Ya veo lo afectado que estás por mi estado. La herida de bala, la pierna y la mano rota, y por cierto, el Zenith mata si permanece demasiado tiempo en tu sistema..., pero tal vez ya lo sabías. Me morí y tuvieron que reanimarme.

—El Zenith te ha salvado la vida.

Sean se frotó la cara, fulminándola con la mirada. Inspiró su olor de nuevo y frunció el ceño, era evidente que le enfurecía aún la idea de que hubiera estado con un hombre.

—Algún hombre te ha tratado como una puta de cuartel y piensas que vas a parir un hijo suyo. Nada de eso, Mari. Cuando regreses vas a tener que demostrar que no estás embarazada.

—¿Qué sabes tú de cómo me ha tratado, Sean? Igual he sido yo la que se ha arrojado a sus brazos. Nunca se sabe conmigo. Después de Brett, hasta un mono estaría mejor.

—Hace años que te conozco, Mari. ¿Por qué crees que me quedé en ese lugar horrible y aguanté las chaladuras de Whitney?

—¿Porque te preocupo? ¿Eso vas a decir? Ahórratelo. Me haces de chulo con ese subnormal y luego tienes la desfachatez de fingir que somos amigos. No, gracias, Sean. Hace años que acabaste con eso. Te han lavado el cerebro con esa palabrería de Whitney «aguanta un poco por la humanidad», pero, ya ves, por lo visto siempre soy yo la que tiene que tragar, no tú. —Se acercó más a él cerrando los puños con firmeza—. Y si alguna vez vuelves a pegarme, mejor te aseguras de que no pueda volver a levantarme, porque te mataré.

Se apartó de él y empezó a correr hacia la línea de árboles, con la cabeza alta y temblando de furia. Sean había sido su amigo, alguien por quien ella se preocupaba. Pero no sabía qué le había cogido, y aquella transformación la asqueaba. Tenía la visión empañada y se tropezó, y al percatarse de que estaba llorando se limpió las lágrimas con el dorso de la mano.

Ken. ¿Puedes oírme?

Intentó comunicarse con él, pues necesitaba a alguien. Nunca había necesitado a nadie, pero temblaba de furia y le aterrorizaba que algo pudiera haberle pasado.

Sean ajustó el paso y se situó a su altura, lanzándole ojeadas duras, pero ella se negó a reconocer su presencia.

Te oigo y estoy apuntando con un rifle a tu amigo, Mari.

Su corazón resonó como un martillo en sus oídos, y una vez más Mari se llevó la mano a la cruz acogida entre sus senos.

—Sean, ¿alguna vez has oído hablar de un par de francotiradores llamados Norton?

—Cuernos, sí. Como todo el mundo.

—Uno de ellos te está apuntando ahora con su mira. Casi te mata antes. ¿No has oído la bala rebotando en el suelo?

No puedes dispararle, Ken. Si lo haces ¿cómo vas a seguirme hasta la base?

Todo esto me está poniendo de mal humor, Mari.

La exhalación de Sean sonó como un largo silbido. Miró a su alrededor descontroladamente.

—¿Estás segura, Mari?

Supongo que con motivo, admitió Mari a Ken. *Tuve que idear algo para que no acabara todo el mundo muerto, y al fin y al cabo, tú mismo lo habías hecho antes. Te estaba salvando la vida, igual que tú a mí.*

¿Así lo llamas?

—Sí, desde luego que estoy segura —le dijo a Sean—. *Así lo llamas tú,* le recordó a Ken. *Y para que lo sepas, no sabía en ese momento lo del gas ni lo de la explosión del edificio. No ha sido mi equipo. Hay alguien dentro trabajando para Whitney que se ha encargado de eso.*

Tengo un dolor de cabeza de mil pares de puñetas, gracias a ti. Vuélvete a la izquierda. Me gusta verle sudar. Si te desplazas a la izquierda será más sencillo dejarle sólo herido.

Mari miró a los lados. Sean estaba sudando, las gotas de sudor descendían por su rostro y la camisa tenía manchas húmedas. *No te hagas el malo ahora. No hay necesidad de herirle. Y sentiría más compasión por tu dolor de cabeza si tú no me hubieras provocado uno antes, o sea, que creo que te lo mereces.*

Voy a pegarle un tiro a ese hijoputa, Mari.

Bien. Me compadezco de ti. Mucho.

Ese hijoputa no tenía que darte un bofetón.

El corazón dio otro brinco en el pecho de Mari. Ken sonaba letal, no había rastro de juego.

Necesito que me ayude a sacar a las otras.

¿De verdad piensas que voy a dejarte ir?

Tienes que hacerlo, Ken. Hablo en serio. El corazón retumbaba en sus oídos. Faltaban sólo unos pocos pasos, una vez que se metieran entre los árboles, Sean estaría a salvo de sus balas y ella podría averiguar qué le estaba pasando. *No podría seguir viviendo si le sucediera algo a una de las mujeres.*

Se hizo un pequeño silencio. Mari contaba los pasos, para calcular cuántos les faltaban para alcanzar la seguridad de los árboles.

Si él te toca, es hombre muerto. Mejor que lo sepas. Y voy a estar contigo a cada paso que des. No intentes despistarnos, porque eso me sacará de quicio, y no creo que quieras ver ese lado mío.

No, no quería. Conocía a otros hombres como Ken, y que no tuvieran aquel ardor glacial en la mirada no quería decir que fueran agradables.

Ya cuento con que nos seguirás. No quiero quedarme atrapada allí nunca más.

Entonces los dos podéis marcharos.

El alivio inundó a Mari. Sean echó a correr disparado al ver cerca los árboles, y ella se demoró un par de pasos por si tenía que cubrirle en caso de que Ken cambiara de idea. A cada paso, el alivio se transformó en terror. Pese a que su decisión era regresar y sabía que Ken la rescataría, la idea de estar atrapada de nuevo en el mundo de pesadilla de Whitney la asqueaba. Las otras mujeres estaban tan desesperadas como ella, hasta el punto de haber planeado escaparse, pero sus aliados en el complejo también temían a Whitney y sus guardaespaldas. Los hombres eran crueles y brutales. Brett había trabajado con ellos. Todos tenían experiencia en combate y todos estaban reforzados.

¿Crees que te dejaría ir ahí sola, encanto? Jack y yo te seguimos muy de cerca. Somos capaces de seguir hasta a un fantasma.

La voz rozó las paredes de su mente como una caricia física que le proporcionó cierta calma. Podía regresar y sacar a las otras mujeres. Whitney parecía invencible, pero sólo porque había sido una figura de autoridad durante su infancia. Les observaba a todos con esa mirada desapasionada en el rostro, sin emocionarse pasara lo que pasase, y su media sonrisa terrible en la cara mientras les hacía obedecer.

Ken, la mayoría de la gente en el complejo son buenas personas, siguen órdenes y se esfuerzan por encontrarle sentido a todo.

No soy el diablo.

Pero tal vez sí lo fuera. Ken observó a Mari desaparecer entre los árboles con Sean y bajó el rifle del hombro a su pesar. Quería apretar el gatillo. En el momento en que vio a Sean, y supo que aquel hombretón era el Sean de Mari, quiso verle muerto. Su disparo era mortal, y Mari tenía que saberlo. Si ella no hubiera dado un puñetazo a aquel hijo de perra y no le hubiera derribado, el muy cabrón estaría muerto.

¿Y por qué cuernos iba a seguir con vida? Mari necesitaba regresar a las instalaciones secretas de Whitney, algo que iba en contra de su instinto, pero, demonios, él estaba en su cabeza y sabía que nada la detendría. Había considerado encerrarla, pero, a menos que lo hiciera, tenía que dejarla marchar.

Rodó sobre el suelo y se limpió la frente con la manga. Jack apareció tras él.

—¿Cómo diablos se apañan los hombres? Porque, permíteme que te diga, hermanito, vaya embrollo. Me está pidiendo algo que no creo que pueda darle.

—Vámonos —dijo Jack con expresión adusta—. Has tomado la decisión de dejarla ir y nos toca seguirla. No podemos perderla.

—¿Lily se aseguró de ponerle el dispositivo de seguimiento en la sangre?

—Sí, no le hizo gracia, pero lo hizo.

—¿Cómo está?

—Ryland se la ha llevado al hospital para comprobar que el bebé esté bien. Todo el mundo ha ocupado su puesto. Hagamos esto y saquemos a Mari de ahí lo más rápido posible —insistió Jack.

Ken se puso en pie y siguió a su hermano mientras dejaban su posición estratégica.

—Pase lo que pase, teníamos que ponerle ese dispositivo. Briony también lleva uno, igual que Lily. Si Whitney las atrapa, nos permitirá recuperarlas —explicó a Jack.

—No les gustaría enterarse, y menos aún a Mari.

—¿Y a quién le importa? —preguntó Ken—. Mari puede vivir de coña con él. Ha sido una chorrada pedirme que le permita hacer esto y lo sabe.

—Las mujeres ya no usan la palabra «permiso», hermanito. No es políticamente correcto.

Jack le seguía dando la espalda mientras escuchaba a su hermano escupir sus maldiciones. Tal vez Mari se pareciera a Briony, pero nunca iba a actuar como su hermana. Buena le esperaba a Ken.

—Me sorprende que no la hayas encadenado dentro de una cueva en algún sitio —dijo Jack.

—¿Igual que has hecho tú con Briony? Bri es lo bastante inteligente como para escucharte. Mari se abrirá paso a la fuerza y se enfrentará a cada centímetro.

La tensión en la voz de Ken hizo que Jack le mirara con atención.

—Ken, sé que te está costando...

Él lo negó con la cabeza.

—No lo entiendes. Quería matar a ese hombre sólo porque estaba cerca de ella, no porque le pegara. Era hombre muerto desde el momento en que le levantó la mano, los dos lo sabemos, pero ya quería cargármelo antes de que cometiera esa estupidez.

Jack esbozó una breve y tensa sonrisa en dirección a su hermano.

—Yo también he querido matarle, Ken, pero eso no quiere decir que ninguno de los dos sea como nuestro padre. Tal vez signifique que necesitemos ayuda de un psiquiatra, pero no quiere decir lo que tú piensas.

—Me vuelve loco.

—Se supone que tiene que volverte loco.

Ken sacudió la cabeza asqueado.

—No sabes, Jack. Tengo esta necesidad imperiosa de mantenerla en una crisálida, rodeada de una burbuja, y obligarla a hacer todo lo que yo diga. ¿Qué clase de hombre piensa así?

Jack dio un resoplido.

—Casi todos. No hace tanto que hemos bajado del árbol, Ken. —Alzó una ceja inquisitiva—. Pero si quieres obligarla a hacer todo lo que digas, ¿por qué no lo haces?

Ken se encogió de hombros, balbuciendo en voz baja mientras llegaban al vehículo.

—Mari es lista, ya sabes. Es rápida y eficiente, y no se anda con chorradas. Ya lo has visto, me dejó fuera de combate tan rápido que no supe lo que me estaba haciendo hasta que fue demasiado tarde. —Se frotó la nuca, pero había cierta admiración en su voz—. Intentar controlar a alguien así es como intentar retener agua en la mano. Sólo sirve para volverte loco.

—Por lo tanto, el problema básicamente es que si la encierras, es capaz de darte una patada brutal en los huevos y sonreírte mientras tú te revuelcas en el suelo.

—Básicamente.

Jack le dedicó una amplia sonrisa:

—Es fantástica.

—Sí, ya puedes decirlo. No es como tu mujer. Iba a regresar a la base de todas todas, pero Jack, no me conoce. Sólo cree que sabe quién soy. Si le hacen daño, si la tocan son todos hombres muertos. No voy a ser capaz de controlarme y no importará que crea que las otras mujeres corren peligro. Nada va a importar.

—No me sorprende tanto, Ken —dijo Jack—. Ambos vemos las cosas desde nuestra propia perspectiva a la hora de resolver los problemas. Freud haría su agosto con nosotros.

Ken suspiró. Mari era lista y sexy, demasiado independiente y casi tan dura como ellos. Tenía muchas habilidades, estaba bien instruida y no se amedrentaba en combate. Ni siquiera había dudado en dar un puñetazo a Sean, le hizo caer como una piedra. Y detectó la llegada de su equipo antes incluso que él, pese a haberla vuelto loca un rato antes y a que él yacía ahí mismo tirado como un trapo de cocina, incapaz de oír nada aparte de sus propios latidos.

Una risa alcanzó su mente.

Ahora estás siendo un tonto.

Había conectado con ella sin darse cuenta y compartían pensamientos.

Bueno, lo cierto es que te recuperaste primero cuando deberías haber estado desmayada o algo parecido. Es un reto, Mari. Y me has desafiado. No puedo permitir que puedas pensar y actuar después de mantener relaciones sexuales si yo estoy incapacitado. Me tomaré mi tiempo la próxima vez. Una tortura lenta. Haré que me desees de tal manera que grites para tenerme de nuevo.

Vaya ego tienes.

Con razón. Sonaba presumido a posta. *¿Qué plan tienes? Porque tendrás un plan, ¿verdad?*

Hemos estado trabajado en uno, dijo y cortó de súbito.

Cundió la alarma en Ken.

¿Mari?

Maldijo.

—Creo que alguien nos ha oído. Mantengo al mínimo la energía vertida, pero Mari no tiene tanta experiencia en esto. Sean está cerca. Tal vez haya captado el flujo de energía. Maldición. Pide a Logan que nos mande un informe.

—Ken —advirtió Jack—. No conviene que nos arriesguemos a que Sean vea a Logan. Tenemos hombres por todas partes. El grupo de Ryland nos está ayudando. Mari lleva un dispositivo de seguimiento que no saben que existe y que no podrán encontrar, ni siquiera con un buen equipo electrónico. Whitney no tiene esa tecnología, ni tiene acceso. Relájate un poco, no se nos va a escapar.

—No me importa si toda la Armada está vigilando. Quiero que uno de nosotros me diga que la ha visto y que está viva y en buen estado, y que seguiremos apoyándola.

El matiz en su voz hizo que Jack le dedicara otra rápida ojeada, como si analizara su estado. Iba a protestar, pero al encontrar la mirada fulminante de Ken, se encogió de hombros.

—Se lo haré saber. Pero si la pifian, entonces sí tendremos problemas.

—Ya tenemos problemas.

Al menos Ken los tenía. Los nudos en sus entrañas no se relajaban. Nunca había encontrado problemas a la hora de participar en una misión, pero jamás había sentido nada antes. Siempre, siempre, se distanciaba emocionalmente. Ahora en cambio le asustaba que alguien dijera o hiciera algo erróneo cerca de él, porque no sería capaz de controlar la violencia que amenazaba con estallar.

Sabía lo que era despertarse con pesadillas, el corazón palpitando con fuerza en su pecho y el cuerpo empapado en sudor. Sabía lo que era despertarse con una pistola en la mano. Incluso había acuchillado el colchón alguna vez, y en una ocasión, cuando las escenas retrospectivas eran especialmente terribles, había hecho trizas la parte inferior del edredón, obligándole a recoger plumas del suelo durante semanas posteriormente. Pero en ninguna de estas ocasiones se había sentido así.

Tenía la boca seca, los pulmones le quemaban y sus manos estaban sudorosas. Estaba ardiendo en el infierno por sus pecados y tenía demasiados en su recuento. Ninguno de los otros lo sabría, pero Jack sí. Jack siempre sabía. Su hermano le cubría, siempre se cubrían, pero era angustioso tener que enfrentarse a la idea aterradora de que alguien que no controlabas podía cambiar tu vida para siempre.

—Logan ha conseguido detectar a Mari visualmente —informó Jack—. Sean debe de haberla dejado inconsciente, porque va tumbada en el asiento, sujeta con correas, aunque por lo visto le está dando unos cachetes para reanimarla.

Ken maldijo en voz baja y soltó un ristra virulenta de obscenidades que escandalizarían a un marinero.

—Sabía que debía haberle rematado. ¿En qué cuernos pensaba Mari al confiar en él?

—No sé si ha confiado en él, Ken. Lo único que yo capté fue la necesidad de regresar con las mujeres a las que quiere... su familia.

—Debería haberla detenido. Podría haberlo hecho, pero le he permitido meterse de cabeza otra vez en campo enemigo. —Su mirada centelleaba vehemente y tenía una mueca en la boca, una línea implacable—. Ella es la principal misión ahora, Jack. Asegúrate de que los otros entienden eso. No les gustaría enfrentarse conmigo, y eso va a suceder si la pifian. Ella es lo primordial ahora, las otras mujeres y Whitney son secundarios.

—Está entendido, Ken —le aseguró Jack—. Estás dejando que esto te afecte. Es una soldado y actuará como tal. Confía en ella. Cuernos, Ken, nos ha salvado la vida y te ha derrotado, incluso te dejó noqueado. Actúa rápido, golpea rápido y hace cosas inesperadas. Nos dio la información justa como para convencernos de una falsa seguridad, pero no soltó nada que perjudicara a su equipo o nos llevara de regreso a su base. —Había respeto en la voz de Jack—. Le puse una pistola en la cabeza, Ken, y ni siquiera pestañeó. ¿Te diste cuenta? Su mente funciona en todo momento. No entra en pánico y decide deprisa lo más conveniente entre todas las posibilidades. No se bloquea.

—Ha tenido que volver loco a Whitney. No le gusta la oposición de ningún tipo, pero quiere esos mismo rasgos de Mari en sus supersoldados. Le gustaría controlarla, pero sin doblegar su espíritu —dijo Ken—. Y yo planeo recurrir al sexo. Mucho, mucho sexo.

—¡Sí!, buena suerte en eso. —Jack le miró alzando una ceja mientras salían a la carretera que daba a la pequeña pista de aterrizaje donde Lily tenía esperando el transporte privado—. A lo mejor se me escapa algo, pero ¿no habrás tenido ya relaciones con ella, sexo grandioso de verdad, y como respuesta te has llevado un buen guantazo? ¿Me equivoco? ¿Es eso lo que ha sucedido?

—Cierra la boca, puñetas.

Ken se echó la mochila al hombro y avanzó por la pista en dirección al avión que esperaba. Jack le seguía a un ritmo más pausado, silbando desafinado.

Kadan, el segundo al mando del equipo de Ryland, se unió a ellos, desplazando la mirada del uno al otro.

—No habréis intercambiado los papeles para despistarnos, ¿eh? —preguntó—. Porque, con franqueza, veo a Ken un poco hostil.

—Sí. Ahora yo soy el Norton de trato fácil —dijo Jack, dándole a su hermano con la bandolera—. ¿A que sí, Ken? Le ha zurrado una chica y está enfurruñado.

—Cierra el pico, Jack —dijo Ken— o no celebrarás tu próximo cumpleaños.

—Pero entonces Briony se enfadará un montón y no parará de llorar. Lo más seguro es que ni se levante de la cama, y entonces tú tendrás que cuidar de los niños.

Kadan alzó una ceja.

—Alguien ha tenido que darte una píldora de la felicidad, Jack.

Éste se encogió de hombros.

—No hay nada comparable a ver a una mujer haciendo con mi hermano lo que le viene en gana. Lo tiene machacado. —Hizo una mueca—. Literalmente.

Ken sugirió entre dientes algo que era anatómicamente imposible.

—Si tú estás aquí, Kadan, ¿quién vigila a Briony? Yo no descartaría que Whitney intentara capturarla otra vez.

Jack le lanzó una mirada de advertencia.

—Mejor que lo dejes ya, Ken. La he metido en un sitio bien seguro, un lugar donde a Whitney no se le ocurriría mirar.

—Sabe donde viven todos los Soldados Fantasma, Jack. Lo más probable es que conozca también los pisos francos. Deberías estar en casa con Briony ahora mismo, protegiéndola.

—Whitney no sabe nada de esta casa.

Ken se calló un momento.

—No está con ningún Soldado Fantasma.

Jack negó con la cabeza.

—Primero la mandé a casa de Lily, y luego se suponía que iría a visitar a Nico y a Dahlia. Lily la sacó a escondidas, y ahora está segura con la señorita Judith. Quería que se conocieran e hice que Jeff acompañara a Briony hasta su casa. Prometió no salir ni dejarse ver. Tengo dos vigilantes con ellos pero Whitney nunca la buscará ahí.

La señorita Judith era la mujer que había transformado sus vidas de arriba abajo, y quien había mantenido a los hermanos fuera de las cárceles. Trabajaba como voluntaria en el centro de acogida de niños donde les habían dejado, y había detectado la rabia escondida bajo la actitud gélida y aterradora de los dos muchachos, que no paraban de cambiar de una casa de adopción a otra. No se dejó desmoralizar por su mala reputación ni por haber tomado represalias contra una pareja de padres adoptivos maltratadores, ni por el hecho de que se negaran a separarse escapándose cada vez que el sistema insistía en hacerlo. Vio más allá de su horrible pasado, del hecho de que hubieran matado a su padre y se negaran a ser separados, dijera lo que dijera el sistema.

Fue la señorita Judith quien les salvó, dándoles una educación y el amor por la música y los libros. También les enseñó a controlar su rabia interminable de forma positiva. Cuando entraron en el ejército y posteriormente en la fuerza de Operaciones Especiales, para acabar en los comandos clandestinos, mantuvieron una gran polémica, acalorada y pública, para garantizar la protección de la señorita Judith contra sus enemigos. Ella había desaparecido de sus vidas. Se retiró durante un año más o menos antes de regresar a Montana. Nadie volvería a descubrir otra vez un contacto entre ellos.

Ken miró por la ventana, intentando detectar mentalmente una vez más a Mari. ¿Cómo había sucedido? Estaba convencido de que podía alejarse de ella, no obstante, ahora que se había ido, sabía que no podía estar sin ella. Tenía que encontrar la manera de controlar sus instintos más bajos. No iba a tener celos ni a ser dominante, sería uno de esos hombres de los que siempre hablaban las mujeres, sensible y socialmente correcto.

Observó su reflejo en la ventana. ¡Qué estupidez! ¿A quién intentaba engañar? Parecía un monstruo, y lo era. Con sinceridad, tenía la clara intención de controlarla. Quería tenerla bajo control. No era un santo, ni de lejos, y no iba a fingir serlo. Tendría que aprender a amarlo tal y como era. Le había dado una oportunidad, le había preguntado si estaba segura, le había advertido. Una y otra vez.

Se dio con el puño en el muslo como protesta frustrada.

Mari, maldita seas. ¿Dónde cuernos estás? Pasándose los dedos por el pelo, dejó entrever su agitación. *Vamos, nena. Tienes que responderme. Vamos, al menos toca mi mente una vez más.*

Capítulo 12

M ari, vamos, guapa, tienes que despertar.

La voz sonaba insistente. Mari movió la cabeza, y de inmediato un martillo neumático empezó a atravesarla a toda máquina. Contuvo un gemido y se obligó a activar su percepción paranormal para informarse de dónde se encontraba y en qué clase de lío se había metido.

Rose. Nunca podía equivocarse con la fragancia femenina y delicada de Rose. Sean también estaba allí. Hijo de perra. Le había inyectado una gran dosis de algo que la había dejado totalmente noqueada. Iba a pagar por eso. Oyó el tintineo sólido de una puerta de metal al cerrarse. El sonido de pisadas acercándose. Volvía a encontrarse en las instalaciones militares.

Le dolía todo el cuerpo, sobre todo los brazos. Intentó aliviar el dolor acercándolos a su cuerpo y descubrió que estaba esposada a la barra de la cama.

—Mari —repitió Rose—. Despierta.

Acercaron un paño húmedo a su rostro. Rose se inclinó un poco más.

—Whitney va a venir en cualquier momento. Vamos, cariño, te necesitamos alerta.

Mari abrió de golpe los párpados y se encontró mirando el rostro preocupado de Rose. Parecía un pequeño duende con sus ojos demasiado grandes, la boca sensual y pequeña y el rostro en forma de corazón. Rose era delicada y un poco más joven que el resto, no tan dura en apariencia, pero era de acero bajo la suave piel y delicada estructura ósea. Le sonrió.

—Por fin. Nos estábamos preocupando.

—Sean me puso las esposas. —Sacudió las manos y volvió la cabeza hacia el hombre que hacía guardia—. ¿Por qué?

—Estabas comunicándote con el enemigo —dijo él.

—Te estaba salvando el culo, y en este preciso momento no se me ocurre por qué.

Mari se las apañó para sentarse, y apretó los dientes intentando contener el terrible dolor de cabeza.

—¿Cómo has hecho eso?

Lanzó a Sean su mejor mirada fulminante, sombría y llena de desprecio, hiriente incluso. Quería ser hiriente. Desplazando la atención hacia Rose, se obligó a dedicarle una sonrisa serena.

—Estoy despierta, encanto. Tengo un dolor de cabeza atroz, estoy hecha un desastre, y encima no tuve ocasión de hablar con el senador.

La sonrisa se desvaneció del rostro de Rose.

—Contábamos con eso. —Bajó la voz—. Whitney ha traído más soldados. Aunque recibiéramos ayuda de algunos de los hombres, esos guardias son unos asesinos. —Se estremeció, pasándose las manos por los brazos—. Detesto sus miradas lascivas cuando estamos en el patio.

No podemos confiar en Sean. Algo ha cambiado en él.

Mari quería perfeccionar la técnica telepática. Era extremadamente difícil manipular la energía y dirigirla únicamente a un individuo, sin que otros médiums percibieran ni un débil zumbido. El hecho de que Ken y Jack Norton pudiesen hacerlo, significaba que era un grado de habilidad. Mari siempre era la primera de la clase en todo. Competir significaba lograr un triunfo.

Se puso a cien cuando dijeron que te habían disparado. Y Brett enloqueció. Destrozó el complejo como un demente. Por eso se ha enterado Whitney. Todos intentábamos mantener la calma con la esperanza de que el equipo te encontrara y te trajera de vuelta, pero a Brett no le importábamos las demás y se aseguró de que Whitney se enterara.

—Para ya, Mari —soltó Sean—. Si quieres decir algo, habla en voz alta.

Mari se encogió de hombros.

—Le estaba contando a Rose lo tonto del culo que eres. Y me ha dado la razón. Sobre todo le ha gustado que te preocuparas tanto por cómo me trataban mis captores y que te ocuparas personalmente de ordenar la cura de la herida de bala que casi me mata. Bueno, el Zenith casi me mata. ¿Qué tal eso, Sean? ¿Sabías lo del límite de tiempo del Zenith? ¿Lo saben todos los hombres o sólo los escogidos de Whitney?

La puerta se abrió y Mari entró en tensión. Aunque estaba de espaldas a la puerta supo el momento en que Peter Whitney entró en la habitación. Tenía un olor distinguible que no identificaba del todo, algo un poco «rancio».

—Bien, bien —dijo el doctor como saludo—. Nuestra pequeña Mari nos está dando problemas como es habitual. Ha salido de aventura.

Mari desconocía qué le habían contado a Whitney, pero no iba a ofrecerle información gratis. Se volvió y se estiró perezosamente, esforzándose por parecer aburrida.

—Soy soldado. Perder el tiempo sentada esperando a ese idiota de Brett es aburrido. Aproveché la ocasión para salir a por un poco de acción. Para eso me han adiestrado.

—Te han adiestrado para seguir órdenes —corrigió Whitney—. Rose, sal de aquí.

Rose dio un apretón en el brazo a Mari, ocultando el gesto con su cuerpo. Sin mediar palabra salió de la habitación, dejándola a solas con Whitney y Sean.

—Sean me ha contado que necesitas la píldora del día después para asegurarnos de que no te quedas preñada. ¿Has estado confraternizando con el enemigo?

Alzó la cabeza y le miró a los ojos.

—Ken Norton. Fue él quien me disparó. Parece que también le incluyó en su programa.

Vio el cambio de expresión en Whitney. Júbilo. Esperanza. Emociones que danzaron tras su expresión de superioridad. Él la quería embarazada de Ken Norton.

—¿O sea, que Sean tenía razón y podrías estar embarazada?

Whitney controlaba su ciclo mejor que ella.

Mari se encogió de hombros.

—Tuvimos relaciones. Supongo que podría suceder.

Whitney la estudió con la misma distancia que adoptaba cuando estudiaba animales de laboratorio.

—Te daremos unos días más y te haremos los análisis.

Sean se adelantó con agresividad.

—No, nada de eso. Si espera a verificarlo, será demasiado tarde y tendrá que abortar.

—Norton tiene un código genético destacable —dijo Whitney—. Emparejado con el de Mari, la criatura podría ser todo lo que hemos ansiado siempre. No, esperaremos a ver. Entretanto, Mari, precisarás un examen médico para determinar tus heridas y si pueden perjudicarte de alguna manera y, por supuesto, estarás encerrada unos cuantos días para asegurarnos de que este incidente no se repite.

Si Mari pudiera dejar claro que se había ausentado sin permiso a causa de la inactividad, que la rebelión de las mujeres se debía sobre todo al aburrimiento, tal vez se lo creyera. Whitney las había criado en un entorno militar, y tenía sentido que tras hacer ejercicios físicos y aprender el uso de armas durante horas a diario, fueran incapaces de permanecer sentadas inactivas.

—Necesito acción, doctor Whitney. Permanecer sentada esperando a que un hombre me deje embarazada me vuelve loca. Soy un soldado. Al menos permítame algunos ejercicios físicos. Las otras mujeres piensan lo mismo que yo.

Whitney le sonrió, con una mueca fría y vacía.

—¿Quieres que crea que la inactividad es lo que te ha llevado a provocar tantos problemas en los últimos tiempos?

—He intentado hablarle un par de veces. —Fulminó con la mirada a Sean como si éste no hubiera transmitido los mensajes al doctor—. Nadie me permitía acercarme.

—¿Y tu rechazo a Brett? ¿También es consecuencia del aburrimiento?

Mari se frotó la cabeza que tanto le dolía.

—Brett es un burro. No quiero tener un hijo suyo. Lo he dejado bien claro. Ni tan siquiera es lo inteligente que parece creer usted. Y no le cuesta nada perder los nervios. Mi hijo va a mantenerse imperturbable cuando entre en línea de combate, siempre. Nunca pierdo el control durante una misión, jamás. He leído el expediente de Brett e incluye elementos que no voy a transmitir a la siguiente generación.

—Bien pensado, como siempre, Mari —dijo Peter Whitney—. ¿Y qué objeciones pones a tener un hijo de Ken Norton?

—No pongo ninguna, aunque me gustaría leer su expediente si es que tiene algún informe sobre él. Por lo que he podido ver, cuenta con talentos psíquicos excepcionales, y se ha ganado una buena reputación como uno de los mejores francotiradores en el negocio. Eso me ha dicho Sean.

—Yo no te he dicho eso.

—Estaba en tu mente cuando te pregunté sobre los Norton.

—¿Quieres que me crea que abandonaste las instalaciones para poder participar en una misión porque estabas aburrida?

Encontró la mirada del doctor sin amedrentarse.

—Sí. Y lo haré otra vez a la primera oportunidad si me obliga a continuar con esta vida. Nadie puede vivir así. Necesitamos salir a correr y continuar ejercitando nuestras habilidades, locomotrices y psíquicas. Vamos a volvernos locas si no hacemos otra cosa que estar tumbadas todo el día.

Whitney alzó una ceja.

—Supongo que podríamos fingir los dos que no me has amenazado con cortarme el cuello a la primera de cambio y que el único motivo por el cual aún no lo hayas hecho es que te he obligado a colaborar poniendo una pistola en la cabeza de las otras mujeres, tus aburridas hermanas soldado.

Mari maldijo en silencio ser tan bocazas. Le había amenazado en muchas ocasiones, y en cada una de ellas en serio. Whitney no iba a tragarse ningún acto suyo de cooperación. Probó otra vía. Entonces miró sus manos esposadas, intentando parecer escarmentada. Sean resopló con incredulidad y ella le lanzó una mirada de ira.

—Hay una cosa más que debería saber. He visto a Lily. He visto a su hija. Me ha salvado la vida.

Se apresuró a alzar la vista para captar la expresión en su rostro.

Se hizo un largo silencio. Whitney permaneció en pie sin moverse ni hablar, pestañeando como si estuviera confundido.

—¿Doctor Whitney? —Sean rompió el silencio—. ¿Necesita un poco de agua?

Whitney negó con la cabeza.

—Lily tiene gran talento. Me he sentido muy orgulloso de su trabajo en los últimos tiempos. Aprende muy rápido y es muy sagaz. ¿Su aspecto era saludable?

Mari asintió.

—Su aspecto era muy saludable, es evidente que es feliz.

—Y está embarazada. ¿Por qué no querías mencionar su embarazo?

Whitney se inclinó, pegando el rostro al de ella con ojos furiosos. Podía enfadarse muchísimo cuando alguien frustraba sus planes. Y ahora mismo estaba enfadado.

—No he tenido ocasión. No estaba segura de que lo supiera, y quería comunicárselo sin sobresaltos...

Dejó que su voz se apagara e intentó parecer indefensa y angustiada. En verdad, no se le daba bien esta mierda de hacer de actriz. Preferiría que le arrojaran aceite hirviendo que fingir preocupación y aparentar estar nerviosa como una delicada niñita.

No obstante, Rose aseguraba que el papel de niña funcionaba, y Mari estaba al borde de la desesperación. Le decían que los soldados siempre picaban, y que a Witney le asqueaba tanto que se largaba. Las otras mujeres de hecho le habían obligado a practicar su reacción lacrimógena. Todas se reían de ella, y justo en ese momento deseó haber prestado más atención a sus lecciones. Quería de verdad que Whitney se largara, lo antes posible.

—¿Has visto a su marido?

Mari volvió a asentir. Si había aprendido algo sobre Whitney a lo largo de los años era que sus habilidades sociales eran deficientes. Rara vez se tomaba la molestia de interpretar a la gente; desde luego no lo bastante como para saber si decían la verdad o no. Si consiguiera decir lo que él quería oír... Escogió sus palabras con cuidado:

—Sí, no cabe duda de que es un gran soldado, físicamente capacitado.

Su tono seguía transmitiendo cierta reserva.

—Pero... —presionó Whitney.

—Dudo que esté a su altura intelectualmente.

—¿Crees que eso importa?

Whitney en realidad nunca le había pedido opinión con anteriori-dad. Era una pregunta engañosa, lo distinguía en el tono y en su mi-rada severa.

—No tengo ni idea.

—El talento de Lily es incuestionable.

—Como he dicho, me salvó la vida. Ha descubierto que el Zenith mata si permanece demasiado tiempo en nuestro sistema, pero eso ya debe saberlo, doctor.

—Por supuesto.

—Y los riesgos son aceptables porque...

—No tengo por qué responderte.

—No, por supuesto. Pero imagino que son aceptables porque las ventajas superan a los riesgos. Aquellos de nosotros que precisamos anclajes, con el Zenith podemos operar sin necesidad de tenerlos lo bastante cerca. Si resultamos heridos, nos curamos antes, y si nos cap-turan, no nos da tiempo a desvelar nada si nos torturan.

Permanecía seria, se limitaba a informar, sin pensar en romperle su esquelético cuello. Quería recitar las razones delante de Sean. Sean, quien a menudo participaba en misiones, a quien inyectaban droga hasta las cejas. Sean... que se había vuelto contra la gente que consti-tuía su familia.

Sean encontró su mirada y apartó la vista. Bien. Lo estaba enten-diendo... por fin.

—Van a llevarte a los servicios médicos y te examinarán allí, Mari. Dentro de pocos días te haremos una prueba de embarazo. Te enviaré el expediente de Norton para que puedas leer los datos que he recogi-do sobre él. Pienso que encontrarás que es una buena pareja.

Mari asintió, manteniendo la cabeza baja, temerosa de no ser capaz de ocultar el alivio que sentía. La historia era convincente, y Whitney estaba contento con la posibilidad de que hubiera concebido un hijo de Ken, por lo tanto no iba a hurgar mucho más. Esperó a que se lar-gara para mirar a Sean.

—Quítame las esposas.

—Esto no va a quedar así, Mari. No vas a tener un hijo de ese hombre.

—Mejor que tenerlo de Brett.

—Yo ya me ocupo de Brett.

Le cogió las manos para soltar las esposas.

Mari se frotó las muñecas y volvió a fulminarlo con la mirada.

—No tenías por qué apretarlas tanto.

Sean cogió sus manos y pasó un pulgar por las magulladuras.

—¿Norton te forzó?

Ella soltó la mano con brusquedad.

—Deberías haberme preguntado eso hace horas. Es demasiado tarde, qué carajo, para mostrar preocupación ahora. Vete al infierno, Sean. —Se levantó, pero tuvo que agarrarse a la barra de la cama para no caerse. Permaneció en pie tambaleante, apretando los dientes a causa del violento dolor de cabeza—. ¿Has vuelto a pegarme?

—Nada de eso. No estaba dispuesto a darte una excusa para matarme. Y sabía que te despertarías cabreada. —Estiró el brazo y le cogió la mano otra vez—. Es cierto que he apretado algo más las esposas, tienes señales.

Ella volvió a soltar la mano y se pasó la palma sobre la pernera del pantalón.

—Estoy enfadada de veras contigo, Sean.

—Lo sé. Vaya susto le has dado a todo el mundo. Maldición, Mari, te pegaron un tiro.

—Todo es muy confuso. No había nadie allí para asesinar al senador Freeman. Los dos equipos habían ido a protegerle. ¿Podría ser la amenaza un ardid publicitario? ¿Y por qué iban a mandar dos equipos de Soldados Fantasma de operaciones especiales para hacer el mismo trabajo? No somos tantos. No puede haber sido un error sin más.

Probó a dar un paso, pero la habitación se balanceó.

—¿Qué cuernos me has hecho? Dime, Sean...

La cogió del brazo para estabilizarla.

—Te he dado fármacos. Seguramente han reaccionado con lo que ya tenías en el sistema.

—Vaya, qué bien —respondió dedicándole su mejor tono sarcástico, deseando tener un puñal para rajarle de la garganta al vientre—. Sigo muy enfadada contigo, has actuado como un memo. Debería haber dejado que Norton te pegara un tiro.

—¿De verdad le convenciste de que no me matara?

—Sí. No le caes bien, pero le dije que tenías tu lado bueno. Cuando me preguntó cuál era, no conseguí acordarme. Necesito ir a mi habitación antes de visitar al médico.

—Se supone que debo llevarte directamente al ala médica.

—Sean, no me obligues a patearte. Tengo que pasar por mi habitación, serán dos minutos. No soporto llevar estos zapatos ni un minuto más. Por si no te has dado cuenta, no son míos.

—Te pasamos detectores de dispositivos de seguimiento.

—¿Me pasasteis detectores de zapatos que me matan los pies y me hacen ampollas?

—De acuerdo. —Sean se miró el reloj—. Pero tenemos que darnos prisa. Ya sabes cómo es Whitney; pide explicaciones por cada minuto que pasa.

—Puedes contarle que los zapatos me hacen ampollas. Lo primero que enseñan a un buen soldado es a cuidarse los pies. —Se apartó de él—. Ya estoy bien ahora... bueno, excepto por el dolor de cabeza. No voy a perdonarte en mucho tiempo, por si estás interesado.

—No sé qué me ha cogido, Mari. Cuando empezaste a hablar de tener relaciones con Norton, perdí la cabeza. Lamento haberte pegado.

Mari mantuvo la mirada al frente. La ira continuaba viva e implacable bajo la superficie de su expresión estudiadamente calmada.

—Lo sentirías mucho más si yo no hubiera intervenido. Por lo visto a los Norton no les caen bien los hombres que pegan a las mujeres. Te habría pegado un tiro en la cabeza.

—Ya veo que estás cabreada de verdad conmigo, ¿cierto?

Sean abrió la puerta para que pasara.

—¿Tú qué crees? Me hicieron prisionera y me trataron mejor que tú. Hace años que te conozco, Sean. Pensaba que éramos amigos, pero te has vuelto un mamón.

Se sentó sobre el extremo del camastro y se inclinó para soltarse los zapatos.

—Sí, y te trataron tan bien que te acostaste con uno de ellos.

Volvió a aparecer ese tono en su voz.

Mari tiró el zapato con puntería mortífera y le alcanzó de lleno en el pecho.

—No tienes ni idea de lo que me ha pasado, o sea, que calla.

Se dio media vuelta, tirándose del pelo con frustración, y soltó un silbido de rabia. Llevó la mano hasta la cadena de oro que rodeaba su cuello para retirarla a toda prisa. El movimiento fue muy rápido, y la cadena quedó recogida entre sus dedos, fuera de la vista.

—¿Ves mis deportivas por algún lado? Pensaba que estaban aquí.

Se echó al suelo para mirar debajo de la cama, metiendo la mano bajo el colchón con el peso apoyado contra el catre.

—¿Las ves?

Sean abrió las puertas de la taquilla. La habitación de Mari era austera, no había nada fuera de su sitio; no se imaginaba las deportivas bajo la cama.

—No veo las deportivas por ningún lado. ¿Por qué no coges unos calcetines si no quieres llevar zapatos? —dijo y le arrojó un par.

Mari los cogió y se sentó sobre el camastro otra vez.

—¿Cómo ha sucedido todo esto, Sean? ¿Cuándo se fue todo a freír espárragos?

—Tú ponte los calcetines.

—Si Brett regresa aquí, juro que no saldremos los dos vivos de esta habitación. —Hizo una pausa, con el calcetín suspendido junto a la punta del pie. Encontró la mirada de Sean—. Hablo en serio. No puedo permitir que vuelva a tocarme. No sabes cuánto le detesto.

—Me ocuparé de eso; encontraré la manera.

—Ya llevas semanas diciéndolo. No soy la única a la que obligan a hacer algo asqueroso, Sean. Lo hemos hablado antes y dijiste que conseguirías que Whitney te escuchara, pero no ha sido así. ¿De verdad quieres vivir de esta manera?

Se puso los calcetines y se levantó siguiéndole por la puerta.

—¿Es Brett el motivo de que lo hicieras? ¿Confías en que Whitney le aleje de ti si de verdad estás embarazada de Norton?

La guiaba por el pasillo hacia el ascensor.

Mari se metió los dedos entre el pelo, delatando su agitación.

—No voy a aceptar a Brett. De un modo u otro no voy a aceptarle.

—Whitney me dijo que no quiere que las mujeres tomen apego a los hombres, porque si el emparejamiento no funciona... si por algún motivo la mujer no se queda embarazada o el bebé no es lo que él esperaba... enviaría otra pareja.

Mari se puso tensa.

—¿Si el bebé no es lo que él esperaba? ¿Qué planea exactamente hacer con un bebé que no es lo que él esperaba?

Sean frunció el ceño.

—No he pensado en eso. ¿Tal vez darlo en adopción?

—¿Darlo en adopción?

Arrastró los pies, aminorando la marcha según avanzaban por el pasillo en dirección al laboratorio.

—Vamos, Mari, no me digas que quieres quedarte sentada con un niño berreando sin despegarse de ti.

—Si fuera hijo mío, sí. ¿Y tú que querrías? ¿Que se llevaran a tu niño?

—No sé qué quiero. Cuando Whitney habla de la cantidad de vidas que puede salvar con la mejora genética, y la cantidad de jóvenes que no perderían sus vidas ni sufrirían heridas catastróficas si desarrolláramos un grupo de soldados con destrezas superiores, entonces tiene sentido. Puedo salir y hacer aquello para lo que me han adiestrado, consciente de que si yo no hiciera mi trabajo alguien podría morir, alguien mucho menos capacitado... morirá con toda probabilidad. ¿No tiene sentido intentar encontrar una solución a la guerra?

—Los bebés siguen siendo hijos nuestros, Sean —comentó—, no son robots, merecen tener las mismas opciones que tú de adulto. Se merecen los mismos derechos que otros niños.

Sean sujetó la puerta del laboratorio abierta y esperó a que ella entrara.

—Si al menos escucharas al doctor, Mari.

—Ya le he oído. Me he criado con él. Me encontró en un orfelinato, y desde ese día mi casa han sido laboratorios e instalaciones como ésta. No jugaba con niños normales; ni siquiera sabía lo que era normal. Las artes marciales y las armas de tiro eran lo normal para mí. Nunca he jugado en un columpio ni he bajado por un tobogán, Sean. Jugaba a guerras en el campo de entrenamiento cuando tenía seis años. Nunca he ido de vacaciones. Nadie me tapaba por la noche. ¿Es ése el tipo de vida que quieres para tu hijo o tu hija?

Sean negó con la cabeza.

—Hablaré con él otra vez.

—No servirá de nada. Sabes que no. Saldrá con su monserga de que «es por el bien de la humanidad», nadie puede sacarle de eso. No piensa con sentimiento, Sean. Descarta la emoción de todo. Cuando empareja a dos de nosotros, lo reduce a una atracción física. O al menos eso parece. No quiere arriesgarse a que surjan sentimientos, porque entonces los padres podrían tomarse cariño entre sí, igual que a la criatura. ¿Qué pasaría cuando decidiera experimentar con el niño... o si piensa que el emparejamiento no es lo esperado al fin y al cabo y decide romper la pareja?

—Él no haría eso.

—¿No? Creo que te estás engañando, y no entiendo por qué. Hemos mantenido cientos de discusiones sobre esto y siempre opinabas como el resto. Lo que hace Whitney está mal, Sean.

Mari miró a su alrededor, a los mostradores, fregaderos y camillas de frío acero inoxidable. Detestaba esa sala. Era sumamente fría, no obstante, cuando conectaban los focos, el calor se hacía insoportable. El instrumental quirúrgico estaba colocado en pulcras bandejas pequeñas, como útiles de tortura. Apartó la mirada de los cuchillos y se obligó a sonreír al hombre pequeño y delgado que la esperaba.

—Doctor Prauder, me presento para un chequeo.

—Eso me han dicho. Whitney quiere un informe completo sobre ti.

—Aquí estoy a su disposición —dijo, forzando un tono alegre.

No miró a Sean. Él la conocía lo bastante como para saber que detestaba todo aquel manoseo y fisgoneo. Whitney intentaba extraer incluso recuerdos. Y todo, por muy humillante o privado que fuera, quedaba grabado.

Cogió la bata que le dio el doctor y se cambió en un pequeño espacio, contando mentalmente para no echarse a temblar. *Ken, ¿dónde estás?* Si alguna vez había necesitado que otro ser humano la ayudara a superar algo, ésta era la ocasión. No quería que le dieran la píldora del día después. No quería que le tocaran el cuerpo o decidieran que necesitaba más inyecciones o algún que otro dispositivo de seguimiento.

Detestaba la falta de control, lo vulnerable que se sentía al verse totalmente indefensa, sujeta con correas para que los doctores pudieran hacer cualquier cosa que Whitney decidiese que era su destino. Sobre todo detestaba el modo solapado y personal en que Prauder la tocaba aunque fingía ser impersonal. Whitney a menudo aparecía durante los exámenes. Permanecía al otro lado del cristal con esa terrible medio sonrisa suya, mirándola como si fuera un sapo que diseccionaban.

¿Cuán lejos estaban los Norton y su equipo? ¿Le habían perdido la pista? ¿Habría logrado sacárselo Sean de encima y ahora estaba atrapada aquí a solas? ¿Y si estaba embarazada? Whitney se llevaría el bebé y nunca lo vería... Sí, el doctor sabía que era de Ken Norton. Le había complacido demasiado enterarse de eso, y era raro ver a Whitney complacido.

—¿Estás lista, Mari? —preguntó Sean.

—En un minuto. —Dobló la camisa con cuidado, pasando la mano sobre el tejido con una pequeña caricia. Era estúpido y aniñado, casi se atraganta, pero no pudo evitarlo.

Van a hacerme un examen. ¿Sabes lo que significa eso? Y mientras me examinan, hay un guardia ahí de pie, mirando todo lo que pasa. Y la cámara lo graba, y Whitney se queda al otro lado del cristal observándome.

No tenía motivos para contarle aquello, era estoica al respecto... bueno, normalmente lo era. A veces se resistía, y los guardias acababan con los huesos rotos y los ojos morados, y entonces la sedaban. Contuvo otro estremecimiento y se llevó la camisa a la cara, inhalando la fragancia de Ken, confiando en retenerla con ella durante la experiencia que le tocaba soportar.

—¿Por qué diablos tardas tanto? —preguntó Sean.

—Me han pegado un tiro, so mamón. Tengo la pierna rota. Aunque está casi curada, aún duele, o sea, que no tengo tantas fuerzas para quitarme los vaqueros. ¿Tienes una cita o qué? ¿Te hago llegar tarde a un compromiso importante? Porque, la verdad, Sean, no me importa nada que quieras posponer esto.

Sean balbució una obscenidad que ella fingió no oír. Mari respiró hondo y dejó ir el aire antes de sacarse los vaqueros. Por una vez, una sola vez en su vida, quería apoyo. Era estúpido. Toda su educación implicaba disciplina e independencia, tenía que ver con enfrentarse al dolor y a tareas imposibles, y concluir la misión fuera cual fuese el coste personal.

Le había cogido gusto a la libertad, irónicamente como prisionera; ahora era mucho más difícil hacer frente a la crudeza de su vida. A su pesar, dejó la camisa de Ken en la silla y se cubrió con la bata.

Dedicó una mueca a Sean mientras se subía a la mesa. Odiaba esto. *Lo odiaba*. Whitney lo sabía también. A lo largo de los años había intentado distraerse de varias formas, escuchando música, probando de mantener un diálogo... sin que nada funcionara. Ella era el insecto, estaba sujeta a la mesa, atada con correas, y desnuda para ser examinada y diseccionada igual que las ranas y otros animales y reptiles en las clases de biología.

Conectaron la luz, brillante y ardiente, alumbrando su cuerpo. Iban a ver cada marca que Ken hubiera dejado. Las fotografiarían y grabarían, y convertirían un recuerdo hermoso en algo feo y depravado.

Permaneció sentada antes de que el doctor pudiera sujetarla.

—No puedo hacer esto ahora mismo. Lo siento, Sean, no puedo.

—No montes un número ahora —dijo Sean levantando la mano.

El doctor retrocedió, mirando en dirección al vidrio. Mari siguió su mirada para encontrar a Whitney observando con sus ojos muertos.

Entonces se bajó de la mesa y se fue hasta la ventana.

—No puedo, no puedo hacer esto ahora mismo. No sé por qué, no puedo explicarlo, pero me siento incapaz de someterme a esto.

—Estoy extremadamente defraudado contigo, Mari —dijo Whitney por el interfono—. Te has escapado de estas instalaciones sin permiso y no te he castigado. Este examen es necesario, te lo han realizado cientos de veces y no tiene por qué molestarte ahora. Vuelve a la cama.

—Mi cuerpo me pertenece. No quiero compartirlo con la ciencia.

—Eres sujeto de experimentos en este laboratorio, por lo tanto, seguirás órdenes.

—¿Eso es lo que soy?

Se apartó del vidrio, percibiendo que Sean se acercaba a ella.

—¿Y tú qué eres, Sean? ¿También eres sujeto de experimentos?

—No existes fuera de estas instalaciones, Mari —dijo Whitney—. Colócate encima de la mesa o haré que te castiguen.

—¿Va a enviar a Brett? ¿Me va a drogar? ¿Me va a pegar? ¿Qué le pasará a su precioso bebé si lo hace, doctor? ¿Daño cerebral? Tal vez pierda la criatura, eso también podría suceder, ¿o no? Nunca he temido sus castigos.

Sean estaba cerca, demasiado cerca. A diferencia de otros guardias, tenía muchas habilidades y de hecho se había adiestrado con ella, conocía sus puntos flacos. Cambió de posición un poco, lo bastante para poder moverse rápido y bloquear lo que arrojara contra ella.

—No tenemos por qué hacer esto, Mari. No puedes ganar. Aunque sucediera algún milagro y consiguieras reducirme, se presentarían otros diez guardias para ayudarme. ¿Qué sentido tiene?

—Ya te he reducido antes. Me la jugaré.

—Vale, adelante. Me lo he ganado y ambos lo sabemos.

—¿Cómo vas a reducirme, Sean? ¿Con un puñetazo en el estómago? ¿Con la jeringa que siempre llevas contigo? —Le hizo una indicación con el dedo—. Vamos.

—¡Espera! —soltó Whitney—. Mari, no seas ridícula. Nadie va a tocarte. —Habló por su radio y luego le dedicó su media sonrisa, la que tanto detestaba—. Por supuesto que no vamos a forzarte. Quiero plena cooperación.

Por un breve momento, se sintió eufórica. Ella tenía razón. Whitney no querría arriesgarse a hacer daño a un bebé de los gemelos Norton que aún no había nacido. Estudió su rostro mientras hacía un ademán a Sean para que se apartara. Pero entonces le dio un vuelco el corazón. Whitney tramaba algo.

—Mari. —Sean pronunció su nombre entre dientes, apenas un susurro—. Súbete a la mesa.

Negó con la cabeza, pero su actitud desafiante ya decaía. Whitney era la única persona que podía aterrorizarla. Cuanto más sonreía o más amigable se mostraba, más terrorífico se volvía.

Se apartó de Sean. Si dispusiera de unos días más, tal vez se borraran las marcas que había dejado Ken, y no las fotografiarían ni grabarían, ni tampoco las incluirían en un expediente para que Whitney pudiera enseñárselo a quien él pasara sus informes, fuera quien fuese. Era demasiado íntimo, como si presenciara la locura de la pasión de ambos juntos.

—Mari, ha mandado llamar a una de las mujeres.

La muchacha cerró los ojos para contener el ardor repentino.

—¿Estás seguro?

Pero no hacía falta preguntar. Apareció Cami, con su pelo oscuro suelto sobre la espalda, su única concesión a ser mujer. Era una luchadora total, y Whitney la detestaba casi tanto como a ella. Cami andaba con sus hombros y espalda rectos: como un soldado hecho prisionero que se niega a doblegarse.

—Mari, has conseguido regresar —dijo como saludo—. Estábamos preocupadas por ti, oímos que te habían disparado.

—En la pierna. El Zenith hizo que me recuperara enseguida, pero luego casi me mata. Por lo visto, cuando permanece demasiado tiempo en nuestro sistema las células empiezan a deteriorarse y nos desangramos. —Mari sonrió a Whitney—. Un pequeño dato que no tuvieron en cuenta al informarnos.

—¿Y por qué estoy aquí? —preguntó Cami a Whitney.

—Dejaré que Mari te lo explique —dijo el doctor.

Cami volvió sus ojos azul intenso hacia Mari.

—No pasa nada, Mari —dijo con voz cariñosa y calmada—. Sea lo que sea lo que pretende obligarte a hacer, que se vaya al infierno.

—No esperaba otra cosa de ti, Camellia.

Whitney continuaba sonriéndoles con su fría manera habitual, observándolas con interés y con aquellos ojos muertos.

—No merece la pena, Mari —repitió Sean—. Al final...

—Siempre se sale con la suya —concluyó Mari—. Tiene razón, Cami. Te torturará, yo cederé, y mi pequeña rebelión no habrá servido para nada.

Cami la miró fijamente:

—Sí que sirve para algo, Mari. Somos un equipo y nos cuidamos unos a otras. Es lo que nos enseñaron y así operamos.

Mari se volvió para ocultar su repentino deseo de sonreír. Cami era sagaz: alimentar el ego de Whitney era una buena táctica. Por supuesto a él le encantaba oír que funcionaba la instrucción que les daba a todos. Eran un equipo, y como equipo, se preocupaban por los compañeros. El doctor era tan vanidoso, tenía un ego tan grande, que constituía la única arma a emplear contra él. Procuraban no abusar de ese recurso, pero lo sacaban cuando querían calmar la situación.

Whitney siempre se aprovechaba del profundo afecto que se tenían las mujeres. Intentaba dejar claro que era una debilidad, que deberían formar una unidad sin vínculo emocional. Les decía que así serían más fuertes, y probablemente tenía razón en muchos aspectos. Si siguieran su filosofía, en realidad no podría utilizarlas en su contra...

—Cami está preparada para recibir tu castigo, Mari —dijo Whitney.

No había inflexión en su voz, pero cuando la miró, sus ojos brillaban con un centelleo fanático. Disfrutaba de estos momentos, de las decisiones que ellas debían tomar. Le resultaba muy interesante ver hasta dónde podían llegar por las demás.

A Mari se le revolvió el estómago. Tendría que encontrar la manera de soportar la humillación. Todo era parte del proceso de deshumanización: al tratarlas como animales de laboratorio, los doctores y vigilantes empezaban a verlas como objetos, e incluso las mismas mujeres acaban considerándose así.

Tragó la bilis que ascendía por su garganta. Podía encarar un combate cuerpo a cuerpo, que le pegaran un tiro; podía correr kilómetros o que la dejaran en territorio enemigo, y no estremecerse... pero esto, esto era su infierno personal. Retrocedió hasta darse contra la mesa con las piernas.

—Todo va a ir bien —dijo Sean en voz baja mientras le cogía el brazo para acercarlo a la correa—. Sabes que no voy a dejar que te pase nada.

No le miró.

—¿Cuántas veces te han desnudado para ser examinado delante del mundo, Sean? —preguntó ella.

—Sé que estáis murmurando —reprendió Whitney—. No está permitido.

—Me estaba llamando idiota, dijo Mari.

Se tumbó e intentó no parecer tan desesperada como estaba. *¿Dónde estás? ¿te importa lo más mínimo?* Y esto era lo más estúpido de todo, seguramente a él no le importaba. Habían tenido relaciones, sexo fantástico, pero sólo era sexo, no amor. Él no la conocía lo suficiente como para quererla. Ella ni siquiera sabía qué era el amor, tal vez no existiera tal cosa. Seguramente se encontraría ya a kilómetros de distancia. Intentó contactar de todos modos, porque tenía que encontrar la manera de superar esto.

Por supuesto, no te importa. ¿Y por qué iba a incumbirte? No es que seamos como esa gente que sale en las películas. Fue sexo, sólo sexo y nada más.

Cerró los ojos con fuerza mientras sujetaban sus tobillos y muñecas con correas. Sean le apartó la bata y la dejó expuesta a las brillantes luces, a las miradas lascivas de Prauder y a los ojos muertos de Whitney.

Capítulo 13

Mari no iba a llorar. Nunca daría esa satisfacción a Peter Whitney. Al oír a Sean soltar un resuello, supo que estaba mirando las marcas en la parte interior de los muslos, en los pechos y prácticamente en todo el cuerpo. ¿Podía ser más humillante? Cami seguía en la habitación. Todos la estaban observando. Oyó el zumbido de la cámara y el clic distinguible mientras el doctor recogía pruebas fotográficas. Era como una repugnante película pornográfica con ella de estrella.

—¿Eso son marcas de dientes? —estalló Sean—. El muy hijoputa la ha atacado.

—Sean, si no puedes limitarte a observar en silencio, llama a otro guardia —soltó Whitney—. Los hombres dan muestras de su pasión sexual de muchas maneras. Tenemos aquí un rompecabezas de lo más interesante. Bien, quédate callado y deja que me concentre.

Cami le tocó la mano en un intento de consolarla. Una oleada de lágrimas ardían tras sus párpados, y se esforzaba por contenerlas y mantener el rostro sereno, pero necesitaba deshacerse en llanto.

—Creo que podemos prescindir de la presencia de Camellia. Llevadla de nuevo a su habitación.

Un matiz en el tono de voz de Whitney advertía que le quedaba poca paciencia.

El doctor empezó a hablar a su grabadora, dando una descripción meticulosa de cada centímetro de su cuerpo. La narrativa era desapasionada y clínica, sólo sirvió para empeorar la situación.

Mari notó un aliento a lo largo de su cuello, apenas el rumor de un contacto contra su garganta.

Pasa de ellos, Mari. Piensa en mí. Piensa en nosotros. Puedo llevar-te lejos de esta habitación y esos viejos verdes. Seguro que no tienen otra manera de ponerse calientes, necesitan ver a una mujer mania-tada y expuesta a ellos de ese modo. Eres tan hermosa que les asusta tocarte, lo cual nos va de coña ahora mismo: tendría que matarles a to-dos, y eso nos dejaría con el culo al aire, destaparía nuestro plan princi-pal. Lo que está claro es que si yo te maniatara no estaría ahí hablan-do como un reptil muerto, estaría tan rematadamente excitado que te aseguro que no lograría controlarme y acabaría haciendo de las mías. Y no debería haber mencionado la palabra culo... demonios, mujer, no puedo pensar en ti sin tener una erección descomunal.

La voz de Ken se introducía en su mente como un susurro jugue-tón que le provocó ganas de reír.

Se esforzó por mantener la energía telepática en una única vía, sin alcanzar a los otros, pero aunque la detectaran sospecharían que se es-taba comunicando con las demás mujeres.

¿Puedes sacarme de esta habitación mientras me hacen esto?

Ken, apostado cerca de su hermano, apoyó la cabeza en el brazo. ¿Qué podía ofrecerle para que lograra aguantar mientras Whitney y su patético doctor la torturaban? Iban a ajustar cuentas, pero hoy no sería posible. Su equipo tenía que ocupar posiciones. Ahora que habían dado con la guarida del diablo, era necesario un plan para sacar vivas a las mujeres. Whitney no vacilaría en matarlas y destruir toda prueba de su investigación. Él no ponía en duda que todo el complejo estaba cableado, listo para saltar por los aires si era descubierto.

¿Ken? Su voz sonaba inestable. Su rabia violenta también la sacu-día a ella, vapuleaba también su cabeza.

Lo siento, cariño, me concentré demasiado en tu situación.

No podían entrar ahí pegando tiros, pero pese a todo lo dicho por Lily, Peter Whitney tenía que morir. No se le podía permitir seguir con sus repugnantes experimentos. No quería ni imaginarse como se sentiría Mari. Este lugar había sido su hogar, ese hombre había sido su guía constante, y no obstante la trataba tal y como Ekabela le había tratado a él: desnudándole, deshumanizándole, despojándole de su or-gullo y decencia y reduciéndolo a menos que un animal.

Mari olió de pronto la selva, percibió el calor y la humedad, las gotas de lluvia en su piel. La sensación era vívida, tanto que oyó los gritos de un mono y la llamada persistente de los pájaros. Mantuvo los ojos cerrados, pues sabía que estaba percibiendo un recuerdo de Ken, activado inadvertidamente por lo que ella sentía. El olor a sangre invadió sus orificios nasales, saboreó el deje cobrizo en su boca. Había un rostro ahí, un hombre con los mismos ojos muertos que Peter Whitney, y un cuchillo en su mano, cubierto de sangre. Ken yacía estirado, atado con tal fuerza que los cables cortaban su piel.

Mari no había advertido antes cicatrices en sus muñecas y tobillos, pero tras esta fugaz visión de su pasado, estaba convencida de que las tenía. ¿Por qué no había advertido algo tan importante?

Nena, Ken susurró la expresión cariñosa con la ternura de una caricia física, *no era fácil que te fijaras con todas las otras cicatrices. Lamento haberte llevado allí. Ha sido un accidente.*

Lo sé. Ojalá pudiera tocarte... consolarte.

Porque al lado de las cosas que había soportado él, los castigos humillantes de Peter Whitney eran un juego de niños. Y esto de ahora mismo era para Whitney una forma de castigo contra ella, más que documentación para sus experimentos. Mari se había largado sin permiso de las instalaciones y el doctor sabía que esto de ahora era lo que más detestaba. Pero no se inclinaba sobre ella sin apasionamiento para clavar una hoja de afeitar en su piel mientras otros se congregaban riéndose y animándole a seguir.

Mujer, se supone que tengo que estar consolándote, no compartiendo recuerdos.

El recuerdo me ha calmado. Ahora puedo soportar esto. Detestaba la idea de que él viera las marcas que dejaste en mi cuerpo y que supiera cómo las provocaste. Pensaba que iba a transformar algo que es especial para mí en otra cosa por completo diferente, pero estoy orgullosa de esas marcas. Que se joda Whitney. No va a apartarte de mí.

Una vez más notó el roce de sus dedos por el cuello, acariciándola igual que a un gatito.

Ese hombre no puede arrebatarnos nada que hayamos hecho o compartido. No es nadie, Mari, nadie en absoluto. Estoy contigo. Justo aquí.

No puede separarnos por más que quiera. Te llevé a la selva y puedo llevarte a otro lugar mucho mejor. Pero, cielo, tengo que lograr visualizarte con ropa, me estás matando ahora mismo.

Una vez más Mari sintió ganas de reír y tuvo que mantener la expresión inmutable. Precisaba disciplina, pero lo consiguió. No podía creerse que Ken le provocara ganas de reír cuando estaba expuesta y vulnerable, con Whitney y su doctor diseccionándola como un bicho... bien, tal vez no la diseccionaban. A Ken sí le habían diseccionado, cortado en pedacitos, despojado de su dignidad, y luego su espalda despellejada. Eso era lo peor para ella... la desesperación de sentirse totalmente desamparada.

Whitney era un loco. Ella había tardado años en admitirlo, igual que los demás, porque dependían por completo de él para todo. No tenían contacto verdadero con el mundo exterior, ni tenían sitio alguno al que escapar de los interminables experimentos y exigencias. Sólo con entrever el pasado de Ken, sentía una conexión más potente, más íntima. Se aferró a su mente y quiso que él la mantuviera centrada.

El sexo es algo importante para ti.

Estaba contenta de que lo fuera, al fin y al cabo su experiencia sexual había sido grandiosa, y confiaba en que continuara; por otro lado, quería importarle a él en otros aspectos diferentes.

Sí, el sexo es un gran asunto siempre que tú seas mi pareja. No es que haya tenido muchas en los últimos tiempos. No creía que pudiera.

Había tal honestidad en su voz, que notó de nuevo la amenaza de las lágrimas; tuvo que esforzarse para dominarse. Él no tenía por qué contarle esto, pero lo entendía. Le habían maltratado tanto, los cortes estaban tan repartidos por el cuerpo que una erección completa tenía que doler.

¿Es doloroso?

Se hizo un breve silencio y ella se percató de que estaba conteniendo la respiración. Sabía que él no quería responder, que estaba midiendo sus palabras.

Ken suspiró y miró al cielo. Era consciente de que llegaría un momento en que tendría que explicárselo todo... admitir que no sólo tenía rostro de monstruo, que Ekabela había llevado al monstruo a todos los aspectos de su vida. Y desde luego no iba a mentirle... no estando ahí estirada sobre una mesa, con un hijo de perra fotografiando las marcas que él mismo le había dejado en la parte interior de los muslos.

No tienes que contarme nada.

No es eso. No quiero que te alejes de mí.

Hubo una impresión de risa.

Estoy atada en este momento.

Él le contestó con la impresión de un gemido.

No digas eso. Ya sabes lo que me pasa en cuanto pienso en ti atada. La cosas que podría hacerte... la manera en que te haría sentir.

La risa en la mente de Ken parecía una caricia, y recorrió su cuerpo hasta sentirla por todas partes, hasta notarla en su alma. Nada, nadie, provocaba en él tal emoción, pero se encontró con un nudo en la garganta.

Sí, hay dolor, pero en el buen sentido. Por lo general hay poca sensibilidad, y cuando estoy a tope, la piel estirada resulta tan tirante que me cuesta mucho estimularme. Actúo con brusquedad, y tengo que hacerlo. La cuestión es que, Mari...

Se sentía un pervertido enfermo. La última persona que ella necesitaba cerca era alguien como él.

Dímelo, por favor, no es que sea virgen precisamente, Ken.

Cerró el puño con dureza y dio un golpe en el terreno a su lado.

Sí, lo eres. No sabes nada de hacer el amor. Alguien debería hacerte el amor con delicadeza, ternura, con suavidad y despacio. Un hombre debería apreciar y saborear cada momento pasado contigo, y asegurarse de que chillaras de placer.

Quiso esas cosas para ella, se las deseaba desesperadamente, y no obstante él nunca sería ese hombre.

La impresión de risa volvió.

Como hiciste tú.

Ken frunció el ceño. No lo estaba entendiendo.

No exactamente así. Fue demasiado brusco, Mari. Si estás conmigo, siempre seré agresivo, siempre querré cosas de ti; querré que aprendas a practicar el sexo que yo necesito, y eso no es lo mejor para ti.

Se sentía un idiota ensayando mentalmente cada palabra antes de enviársela. ¿Qué cuernos podía decir? ¿Que quería convertirla en su esclava sexual? Pues sí. Desde que tocó su piel, había querido hacer de todo con ella, y unirla a él para que nadie más se lo hiciera. No le importaría atarla y tenerla a su merced. Podría amarla durante horas y horas.

Hundió la cabeza entre las palmas de sus manos. Ella estaba maniatada sobre una mesa y él pensaba en cómo matarla de placer. Tal vez estaba tan enfermo como Whitney... o Ekabela.

No seas ridículo, nadie está tan enfermo como esos dos. Y tendría fantasías sobre lo que me harías si me tuvieras atada, o mejor aún dejaría que me lo explicaras tú mismo, pero me pondría demasiado caliente y Whitney sabría que estás aquí conmigo. Por lo tanto, nada de sexo en la mesa y nada de pensar en atarme. Puedes hacer eso en otro momento.

Una vez más la suave risa recorrió el cuerpo de Ken. Notó de nuevo el escozor de las lágrimas en los ojos y en la parte posterior de la garganta. Maldita. Le estaba matando con esa aceptación suya. Él no podía aceptarse a sí mismo, ¿cómo podía ella? Iba a enamorarse. Era una caída prolongada y dura, le ponía los pelos de punta sólo pensarlo. No tenía sentido y no quería que sucediera. ¿Qué diablos iba a sacar ella de este trato?

¿Mari? No fue sólo sexo.

El corazón se le aceleró a ella. Sabía que Whitney estaría perplejo ante su reacción, pero Ken la hacía sentirse viva otra vez de un modo que no recordaba. Le daba esperanza... y esperanza era justo lo que necesitaba en ese instante.

Si no fue sólo sexo, ¿qué era? Porque no sé qué pensar. Ninguno de los hombres emparejados a las mujeres de la base parece sentir emoción alguna por ellas, aparte de sus sentimientos posesivos. No puede importarles menos que nos dé placer que nos toquen. Lo que sucedió entre nosotros parecía algo más que un ensayo de Whitney, ¿o he interpretado algo más de lo que había?

Esperó su respuesta, con la boca de pronto seca. Apenas notaba los dedos exploradores del médico hurgando en su interior. Parecía pasar más tiempo examinando las magulladuras y marcas rojas sobre su piel que la herida de bala o la muñeca rota, pero la respuesta de Ken era más importante que su pudor. Contuvo la respiración... esperando.

Sabes demasiado bien que fue mucho más. No te oculto nada, por más que quiera. Al cuerno Whitney. No tiene nada que hacer con nosotros. Ken se pasó la mano por el rostro y volvió a suspirar. *Tal vez al principio sí, quizá su manipulación te permitió aceptarme sexualmente en vez de tenerme miedo.*

Mari dio vueltas a aquello. ¿Era verdad? Le había deseado, sí, pero había muchos más sentimientos que eso. La decisión había sido suya, sin duda, y no tuvo que ver sólo con sexo. ¿Qué era lo que la atraía emocionalmente de él? ¿Cómo habían conectado tan deprisa y con tal fuerza?

Creo que no, Ken. La verdad, pienso que tienes razón. Lo que haya entre nosotros no tiene que ver con Whitney.

Él se moría por tenerla en sus brazos.

No soy un hombre bueno, nunca lo seré. Tienes que saber lo que implica seguir con esto. No renunciaría a ti una vez me pertenecieras.

¿Qué significa eso, Ken? No sabes si serás feliz conmigo, ninguno de los dos tiene ni idea de cómo será el futuro. No puedo concebir estar fuera de este lugar. La idea me asusta. No sé una sola cosa sobre vivir en el mundo real. ¿Cómo puedes saber lo que harías o no si estuviéramos juntos?

Porque representas la esperanza, Mari. Yo renuncié a mi vida y a todo lo que conllevaba, incluido el sexo. Tú me lo has devuelto todo, y yo no soy lo bastante hombre como para resistirme a la tentación.

Esperanza. A Mari le gustaba esa palabra. Y le gustaba la idea de ser la esperanza de alguien. Tal vez en eso consistía su extraña relación. Mari nunca había tenido esperanza, ni siquiera cuando ella y su equipo salieron con la misión de hablar con el senador. Peter Whitney parecía demasiado invencible, nadie podía derrotarle, y menos el senador Freeman; él nunca había vencido a Whitney en una discusión. Pero Ken había hecho que se sintiera diferente de algún modo. Le había dado a probar la libertad.

Ken maldijo en voz baja.

Nunca te daría libertad, Mari, piensa en eso, piensa en lo que soy. Me pondría celoso y posesivo y querría estar viéndote cada minuto del día. Me aterrorizaría la idea de perderte. Y querría tocarte, comerte viva, besarte sin parar y tomarte cuando me viniera en gana, que por cierto, sería todo el rato.

Te he dicho que no hables así, voy a ponerme caliente.

Intentó no estremecerse mientras el doctor le tocaba el pecho, supuestamente para lograr un ángulo mejor con la cámara, pero los dedos del médico se demoraban más de la cuenta.

Ken se quedó paralizado, la rabia estalló como un volcán arrojando lava por todo su organismo. Sería capaz de superar todos los controles de seguridad y entrar ahí. Cortarle el cuello al médico y luego ir a por Whitney. Era un Soldado Fantasma y casi nadie les podía detectar, qué decir sobre detenerles.

No. Calma. En serio, Ken, no es para tanto. Mari estaba mintiendo. Detestaba esa humillación, pero intentaba respirar y soportar, pensar tan sólo en él. Mientras continuara hablando con Ken, no pensaría en lo que le estaban haciendo. Y si ella no pensaba en todo aquello, tampoco lo haría él. *Sigue hablándome. No quiero que le cortes el cuello a nadie, es demasiado violento.*

Era un hombre violento, ¿no lo entendía? Casi gimió de frustración. No podía cambiar ni quién ni cómo era... ni siquiera por ella. En ocasiones apenas conseguía mantener la cordura. Su desagradable infancia le había moldeado, y su padre le había transmitido ese oscuro legado de celos, unido a un fuerte apetito sexual. Ekabela había añadido capas de oscuridad y rabia, que crecieron hasta amenazar con consumirle. Lo había ocultado bien, incluso a Jack, pero todo eso estaba ahí, agazapado como una bestia, esperando para destruirle a él y a cualquiera que se atreviera a quererle.

¿Y cómo podía ella amarle de verdad? Aunque la uniera a él sexualmente, y sabía que podía, ¿cómo podría Mari mirarle a la cara cada día de su vida y quererle? Si le conocía, ¿cómo podría sentir algo aparte de miedo y desprecio?

Incluso mis hijos huirían de mí, Mari, y no podría culparlos.

Pero, ¿de verdad se compadecía de sí mismo? ¿De verdad era tan patético mientras ella permanecía estirada sobre una mesa de laboratorio? Maldito egoísmo suyo. La quería con su risa y su aceptación. Quería que le amara pese a las cicatrices del alma exteriorizadas con tal claridad en su cuerpo.

Ahora estás siendo un tonto. Cualquier niño te adoraría, Ken. Crees que no muestras ternura, pero yo la noto cada vez que toco tu mente. Me has mostrado más respeto y me has dado mucho más que nadie, y no sabes lo que eso significa. Aunque no salga de aquí, nunca lamentaré haber estado contigo. Whitney puede arrebatarme muchas cosas, pero no puede quitarme lo que me has dado.

De acuerdo. Iba a arder en el infierno, era la única posibilidad, porque no iba a ser noble y renunciar a ella. Nada de eso. ¿Cómo podía el universo entregarle a alguien tan perfecto y esperar luego que lo devolviera? Mari tenía tolerancia y compasión suficientes por ambos, y también coraje.

Ella sabía amar. ¿Cómo habría aprendido si nadie le había dado amor jamás? Él había tenido a su madre, aunque por poco tiempo, y siempre había contado con Jack, pero a Mari la habían separado de su hermana gemela y fue criada en condiciones severas. Le daba una lección de humildad con su capacidad de aceptación incondicional.

Notó que la mente de Mari se apartaba de súbito; de repente fue consciente de que el médico estaba hurgando en sus partes más íntimas. Percibió el asco y la humillación, el absoluto disgusto provocado mientras el hombre ahondaba más y movía la mano en su interior. De repente, ella intentó interrumpir la comunicación con él, hizo lo posible para bloquear su acceso y alejarle de lo que le sucedía. Ken notó la bilis en su garganta. La única persona que debería ser capaz de proteger... y tenía que permanecer quieto, camuflado con hojas y ramitas, y encima dejar que la torturaran. Le entregó lo único que podía, pese al alto coste que suponía para lo que le quedaba de orgullo.

Ya estoy medio enamorado de ti, Mari. Tal vez más que eso, y me cuesta un montón admitirlo. Quisiera hacerlo bien contigo, no alejarte del sol y hacerte descender a un nivel del todo nuevo. Sin embargo, no soy bastante hombre como para sacarte de ahí y luego marcharme. Tengo claro que voy a llevarte conmigo.

Ella sollozaba para sus adentros. Ken lo oyó como un puñal atravesándole el corazón. Apoyó la cabeza en el brazo. Se encontraba a escasa distancia de un guardia, y el hombre no se había movido en la última media hora. El vigilante estaba sentado en una roca leyendo un libro, no había levantado la vista ni mirado a su alrededor, ignoraba que Ken se hallara a distancia tan corta, capaz de asestarle un golpe, y tampoco tenía ni idea de que en aquel mismo momento se estaba preparando para salir tras su presa, vaciándose de toda emoción para no tener que sentir nada en absoluto cuando llegara el momento.

Quiero ir contigo. Estoy comportándome como una criatura, Ken, por tanto no te molestes. Noto que te alejas de mí. Las mujeres a veces somos sentimentales, eso es todo.

Eso no es todo, Mari, coño. Ese hijo de perra tiene la mano dentro de ti, y te aseguro que no va a acabar el día vivo. ¿Quién se cree Whitney que es, sometiéndote a esta clase de inmundicia? ¿Y qué tipo de hombre es tu amigo Sean que se lo permite?

Sean solía apoyarnos siempre. Me ayudó a salir para ir a hablar con el senador, pero ahora parece cambiado. No sé cómo ha sucedido o por qué, pero dice y hace cosas que no son propias de él.

Whitney le ha dominado de algún modo. No confíes en él, Mari.

No. ¿Estás bien ahora?

No me preguntes si estoy bien cuando ese hijoputa te está tocando. Debería ser yo quien te preguntara, pero no hace falta que lo haga... para saber que no estás bien.

Me está tocando como médico, es totalmente impersonal.

Mari intentaba serenarle mintiendo, mordiéndose el labio, confiando en que el doctor acelerara el examen. Prauder era un pervertido. Siempre se deleitaba tocando a las mujeres del modo más íntimo posible, fotografiándolas en las peores posiciones, consciente de que ellas no podían hacer nada al respecto. Todas intentaban fingir que era impersonal, porque era la única manera de superarlo.

Ken, tienes que permanecer cerca del laboratorio para que podamos comunicarnos como ahora, y eso significa que te encuentras cerca de los vigilantes. No puedes enfadarte y pifiarla. Cuento contigo.

Ken tomó aliento y deseó que un poder superior le diera fuerza y control para aguantar. Si ella podía soportarlo, él también. Dejó que el sudor de su frente goteara por su cara en vez de secárselo y moverse. Las hormigas se movían por su cuerpo. Continuó quieto y se limitó a dejar que el aire entrara y saliera de sus pulmones. Caía la noche y la noche siempre, siempre, había pertenecido a los Soldados Fantasma.

¿Ken?

Estoy aquí contigo, nena. Ha sido un lapsus momentáneo, pero he vuelto a recuperarte. ¿Vive el doctor en el complejo?

Todo el mundo vive aquí, la mayoría de soldados en los barracones exteriores. Los hombres de Whitney tienen su propia sección, es la más próxima a las casitas. El personal de Whitney vive en esas casas, apartado del resto de nosotros.

¿Y tú donde estás, Mari?

Solíamos tener nuestros propios barracones, pero con el nuevo programa nos han trasladado al centro del laboratorio subterráneo, donde las puertas tienen barrotes. Siempre estamos encerradas e intentan mantenernos separadas.

¿Todas las mujeres tienen telepatía?

En mi caso es fuerte, igual que en el de Cami. Podemos crear un puente entre todas las mujeres y mantenerlo, así planeamos cosas cuando estamos encerradas en las habitaciones.

¿Cuántas tenéis que salir?

Somos cinco, pero ya tenemos un plan. Podemos librarnos de los barrotes de las puertas, creo. No nos hemos atrevido aún a hacer la prueba, pero si podemos, saldremos por las puertas que dan al sur. Es más fácil cruzar por el laboratorio; hay menos seguridad debido a que las cámaras están colocadas en mal ángulo... Una vez que subamos a la superficie podemos huir en dirección a la valla eléctrica, que queda a unos tres kilómetros de nosotras. El bosque es denso y hay agua. Tienen perros, pero un par de nosotras podrán controlarlos. No hagas nada hasta que estemos listas. No voy a dejar a nadie atrás.

Bien, pues asegúrate de que están listas para marcharse, porque cuando venga a buscaros, saldréis conmigo de un modo u otro.

Mari abrió entonces los ojos y se quedó mirando la intensa luz, intentando no volver a sonreír. Ken había adoptado ese tono tenso e imperioso de voz, que no admitía argumentos, el que establecía que él era el jefe y que era mejor no salirse de la fila. Le aceleraba el corazón y la sangre se precipitaba por las venas. Cada vez que él volvía a esa cantinela cavernícola, la temperatura de Mari subía un par de grados. Le gustaba verle preocupado, tenso y dispuesto a destrozar el laboratorio para rescatarla... y eso sólo confirmaba lo perdida que estaba.

—Muy bien, Mari —dijo el doctor Prauder—. Hemos terminado.

—Hizo una indicación a Sean, y el guardia se adelantó y retiró las correas de sus brazos y piernas antes de pasarle la bata.

Se negó a mirarle.

Van a llevarme de vuelta a la habitación. Gracias, Ken. No sé qué habría hecho sin ti distrayéndome.

Ken se secó el sudor del rostro. Mari habría aguantado, ella lo sabía y él también... porque cuando te encuentras en manos de un loco, te resistes lo menos posible y esperas el momento de atacar y salir corriendo. Aguantar era lo único que quedaba.

¿Cómo se llama el doctor y qué aspecto tiene?

Aunque permanecía oculto entre los arbustos y la hierba, había visto a media docena de hombres con batas de laboratorio entrando y saliendo de la instalación.

Prauder. Es el jefe de médicos de Whitney. Es un gusano. No estoy del todo segura de que sea humano. Actúa más bien como un robot.

Mari se envolvió con la bata y se fue al rincón para cambiarse.

—¿Qué estás haciendo? —preguntó Sean.

—Vestirme. No tengo ganas de desfilar por los pasillos con esta bata de hospital. Necesito mi ropa.

Sean dirigió un vistazo a Whitney y entonces negó con la cabeza.

—Necesitamos pasarla por el control de dispositivos de seguimiento.

Quería la camisa de Ken. Era estúpido, pero la quería. Ni siquiera miró en dirección a Sean ni al lugar para cambiarse.

—No voy a ir por el pasillo con este atuendo estúpido.

Quiero una descripción de Prauder.

La voz de Ken sonaba insistente.

Mari estaba orgullosa de ser capaz de emplear la comunicación telepática sin que Whitney ni Sean se enteraran; los dos ahí a distancia suficiente como para detectarla. Pero ahora que se había incorporado y les tenía enfrente, le asustaba cometer un error. Respiró hondo y soltó el aliento.

Es bajo y delgaducho, medio calvo y con perilla.

Intentó ser sucinta.

Ken detectó su nerviosismo, percibió que ponía reparos a seguir con la conversación.

De acuerdo, encanto, haz lo que tengas que hacer y vuelve a contactar conmigo cuando estés sola otra vez.

Mari no respondió, pero se sintió agradecida de saber que iba a tenerlo en el radio de alcance de su mente. Chasqueó los dedos.

—Al menos dame otra bata, Sean. No voy a ir andando delante de ti medio desnuda.

Sean masculló algo en voz baja, pero agarró otra bata de un estante, debajo de la mesa, y se la tiró.

Mari la cogió y se la puso, cubriéndose la espalda. Ni siquiera dirigió una ojeada en dirección a Whitney, pero notaba su presencia ahí, observando cada movimiento. Se obligó a salir andando con los hombros altos y la barbilla levantada. Whitney no la había doblegado, gracias a Ken, ni siquiera en su momento más vulnerable. Se resistió a lanzarle una sonrisita triunfal, porque él tomaría represalias con alguna otra cosa y no tenía tiempo para entregarse a sus batallas habituales. Que atribuyera su falta de resistencia al disparo recibido.

Habría dado cualquier cosa por ser capaz de leer sus pensamientos. ¿Pensaba que estar prisionera había sido una experiencia terrible? ¿Pensaba que Ken la había forzado? Las señales en su cuerpo podían corroborar esa teoría. Whitney sabía que estaban emparejados, por lo tanto sabía que ella se sentiría atraída por él, pero eso no significaba que se hubiera rendido a la tentación.

Conocía a Whitney. La pregunta le consumiría, si tenía alguna duda no podría olvidarla hasta obtener la respuesta. Era uno de sus puntos flacos, y Mari lo aprovechaba a menudo contra él. Necesitaba respuestas. Si ella conseguía plantear alguna pregunta sencilla, se volvía loco hasta discurrir la contestación. Y querría saber, no, tendría que saber, si Ken la había forzado.

Sean marchaba a su lado, y Mari notaba el mal genio exasperándole. Había visto todas las marcas en su cuerpo. Ella continuó andando, con la espalda bien recta, hasta llegar a su habitación. Era pequeña, una celda en realidad, con una pesada puerta de acero.

—¿Te hizo daño?

Sean miró hacia la cámara del pasillo y se volvió para que al hablar resultara imposible ver su boca en movimiento.

—No voy a discutir eso contigo, Sean. No te has preocupado antes; no hay necesidad ahora —dijo mostrándose tensa a posta, de pie en el umbral.

Confiaba en que Whitney estuviera escuchando. Si había dado órdenes a Sean de sacarle información, no iba a soltar nada.

—Sé que estás enfadada conmigo...

—¿Eso crees? Has sido un burro. ¿Qué te ha pasado?

Sonó un portero automático y Sean hizo una mueca.

—Tendremos que hablar más tarde de esto. Tienes que entrar en la habitación, es hora de cierre.

Mari siguió de pie sin moverse. Detestaba que él la hubiera emprendido contra todos ellos; había sido uno más, un buen amigo, se había adiestrado con ellos.

—¿Qué te ha hecho Whitney? ¿Qué está haciendo a los demás hombres? Es él, ¿verdad? Sigue experimentando y usándoos a todos como cobayas.

—Muévete, Mari —insistió Sean, levantando un poco el arma, una leve advertencia, pero ahí estaba.

Se mantenía a una distancia mínima de ella, observándola con ojos cautelosos que no pasaban por alto ni un temblor.

Marigold retrocedió un paso, mostrando sus reparos a posta, sin apartar la mirada de Sean. Siempre había sido uno de los mejores en todo. No cometía errores ni pequeños deslices que permitieran aprovechar sus puntos flacos. Sean nunca bajaba la guardia, era muy fuerte y estaba tan bien entrenado como ella. Y aún más importante, sus capacidades locomotrices habían sido mejoradas. Mari había puesto a prueba su mente repetidas veces y las protecciones eran fuertes, imposibles de penetrar. Enfrentarse a Sean era una invitación a la derrota, pero a ella no le importaba provocarle. Volvió a detenerse, justo fuera del umbral, retándole a pasar a la acción.

Mari estaba muy enfadada con él por haberse vendido, por permitir que Whitney le utilizara pese a ver lo que hacía con los demás. Estaba segura de tener razón: Whitney tenía que estar subiendo los niveles de testosterona en los hombres, algo tenía que estar haciendo para volverlos más agresivos.

Sean meneó la cabeza.

—Siempre tienes que liarla, ¿verdad?

—¿Te gustaría vivir como un preso el resto de tu vida? —Hizo un gesto con la mano para indicar todo el complejo, observando la manera en que la vista de Sean saltaba a su grácil movimiento—. Apuesto a que nadie te dice cuándo tienes que acostarte por la noche o qué libros puedes leer. No hay cámara en tu habitación, ¿o sí, Sean?

Él dio un paso para acercarse.

—Entra en la habitación. Cerramos en tres minutos.

Mientras se movía, inspiró profundamente.

A Mari el corazón le dio un brinco cuando vio la llamarada de excitación en sus ojos. La adrenalina entró en acción y por un momento a Sean le costó respirar.

—Has permitido que nos emparejen.

Era una acusación pronunciada en voz entrecortada, mientras una fisión reluciente de miedo descendía por su columna. ¿Por qué no lo había sospechado antes? No se le había ocurrido pensar que Sean fuera a ofrecerse voluntario para el programa de reproducción, no a sabiendas de que todas las mujeres se oponían enérgicamente y eran forzadas a cooperar.

—Eres la mejor opción, Mari —dijo en tono práctico aunque sus ojos recorrían su cuerpo con expresión posesiva—. Tienes capacidades extrasensoriales potentes igual que yo. Nuestros hijos serían extraordinarios. —Bajó la voz y se apartó de la cámara para que no le leyeran los labios—. Siempre me he sentido atraído por ti, desde la primera vez que te vi, y no eres un anclaje, pero yo sí lo soy. Dudo que otros hombres sean capaces de manejar tus habilidades. No creo que Whitney tenga ni idea de lo que puedas o no puedas hacer.

A Mari se le secó la boca. Se obligó a no mover la palma de la mano, de repente húmeda, pese a querer frotársela en el muslo para calmar su agitación. Sean veía demasiado. Siempre había sido el vigilante más temible. Habían entrenado cuerpo a cuerpo, y él siempre podía superarla, siempre. Pocos guardias eran capaces, a pesar del tamaño menudo de Mari.

—¿Y no te importa que Whitney experimente con tu hijo? —le desafió ella.

Sean estudió su rostro largo rato antes de responder, con la mirada desplazándose una vez más hacia la cámara.

—Nuestro hijo nacerá de la grandeza. —Hizo un movimiento con el mentón para indicar la habitación—. Entra ahora.

—No voy a aceptarte —advirtió—, no voy a darle a él otro hijo al que torturar.

—Lo sé. Lo sabía cuando tomé la decisión. Pero no voy a retroceder y observar cómo otro hombre engendra tu hijo. Me aceptarás de una forma u otra.

Mari retrocedió para entrar en la pequeña celda que había sido su hogar durante estos últimos meses.

—Te tenía mucho respeto, Sean. Eras uno de los pocos que respetaba, pero estás dispuesto a convertirte en un monstruo con tal de complacer al titiritero mayor. —Negó con la cabeza, con el pesar dominando su cuerpo—. ¿Y qué pasa con Brett?

Un destello de desazón cruzó el rostro del soldado. Se adelantó un paso y deslizó la mano por el rostro de Mari, tocando las magulladuras que había ahí.

—¿El que no consiguió hacer su trabajo?

A ella se le revolvió el estómago con una protesta violenta, pero no cedió.

—¿De modo que ocupas su puesto? ¿Crees que puedes dejarme embarazada a la fuerza para que Whitney pueda tener otro juguete? —Se inclinó hacia delante bajando la voz—. ¿Qué ha sucedido, Sean? Pensaba que estabas en nuestro bando.

Supo el momento preciso en que calentó la piel de Sean con su respiración, y el error terrible que había cometido. Whitney y sus experimentos con feromonas, junto con la subida del nivel de testosterona en los varones, había creado una situación peligrosa y explosiva. Quería soldados agresivos y, si tenía éxito, querría los hijos de esos soldados.

Al instante, Sean reaccionó a su aroma, a la proximidad de su cuerpo. Le rodeó la nuca con los dedos y la acercó los escasos centímetros que les separaban, bajando la boca con fuerza sobre sus labios. El frío metal del rifle se clavó en su carne al tiempo que él clavaba los dedos en su piel.

Mari consiguió torcer la cabeza y apartarla, agarrando el rifle con las manos y sacudiéndolo mientras subía la rodilla contra la ingle de Sean con fuerza. Él la empujó hacia atrás e hizo que perdiera el equilibrio mientras se volvía a un lado evitando la rodilla, a la vez que la hacía girar también a ella y deslizaba el brazo bajo su barbilla con fuerza suficiente para estrangularla.

Ella no cedió. Aprovechó su peso y se impulsó para presionar contra el brazo de Sean, apartándolo de su cuello y buscando una palanca para arremeter contra él. Sean había recibido entrenamiento en la misma escuela que ella, era más grande y más fuerte. Conocía sus reacciones y estaba preparado para las suyas. Apretó el brazo, ejerció presión y consiguió someterla con una llave de cabeza. Mari se volvió y le mordió con fuerza en las costillas, al tiempo que clavaba el pulgar en el punto de presión situado en la parte posterior de la rodilla. A Sean le falló la pierna y maldijo mientras se doblaba por la mitad en un rápido intento de no ser derribado, arrastrándola con él, pues se negaba a soltarla.

Acabaron los dos despatarrados sobre el suelo, Mari respirando con brusquedad, en un intento de pasar por alto el dolor que se propagaba por su cuerpo y la posición incómoda.

—Déjalo ya, Mari —dijo él entre dientes—. No quiero convertirme en otro Brett.

Apoyó su peso en ella para inmovilizarla.

Mari cogió fuerzas, estaba preparándose para sacárselo de encima cuando el pasillo se llenó de una malevolencia oscura que resultaba asfixiante. El suelo bajo ellos se bamboleó y las paredes se ondularon.

Mari conocía esa presencia y se quedó muy quieta debajo de Sean, mientras su corazón latía con tal fuerza que temió que se hiciera pedazos. Conocía ese aroma, ese aura. El olor de su malevolencia astuta. Sólo había un hombre que pudiera revolverle el estómago con tal bilis. Venía Brett.

—Sean.

Susurró su nombre con desesperación. Había sido un buen amigo y ahora la había traicionado. Brett se acercaba y, si la tocaba, no dejaría de gritar en silencio, de derramar ondas de energía por la repugnancia que le provocaba su contacto. Y Ken vendría, y la fuga planeada con las otras mujeres con tal cuidado resultaría imposible.

Sean se movió deprisa, más rápido de lo que ella creía posible, se puso en pie de un brinco, la levantó y la empujó al interior de la celda con una mano, mientras con la otra daba un palmetazo en la cerradura. La pesada puerta de acero se deslizó hasta cerrarse con un terrible estrépito metálico, dejando a Mari conmocionada e impotente, incapaz de hacer otra cosa que observar a los dos hombres dando vueltas uno alrededor del otro.

Capítulo 14

Ken retrocedió para ocultarse en una sombra más profunda, sin despegar su mirada del guardia en ningún momento. Con certeza el hombre estaba enfrascado en su libro, y eso decía mucho sobre la situación de la base. Trabajar en un laboratorio secreto era una faena lenta y tediosa. Nadie consideraba en serio la posibilidad de sufrir un ataque o de que alguien intentara colarse. La mayor parte de las instalaciones eran subterráneas, por lo tanto cualquier cazador perdido o descarriado encontraría sólo la valla, una pequeña pista de aterrizaje y unos pocos edificios. Nadie se había acercado en años a este lugar, y Whitney contaba con algunos sistemas de alarma bastante sofisticados. Al parecer, los vigilantes llevaban demasiado tiempo sin incidentes. Se habían vuelto perezosos y estaban aburridos. Observó al soldado que dejaba el libro, pero ni una sola vez se movió para dar una rápida mirada a su alrededor antes de ponerse a andar a lo largo de la línea de la valla.

Ken esperó a que se fuera para consultar a su hermano.

—No voy a poder esperar mucho más para ir a por Mari, Jack. Tenemos que hacerlo rápido.

—Sabes que tenemos que recibir información de inteligencia—respondió Jack—. He pedido imágenes satélite de toda la instalación así como tomas con cámara infrarroja para cronometrar el movimiento de los hombres. Necesitamos el esquema exacto de todo el complejo, distribución, altura de la valla, y Lily tendrá que encontrar alguien que conozca la disposición subterránea de los edificios, para saber a qué nos enfrentamos antes de exponer al equipo. Esta base es muy engañosa.

—Son muchos niveles. El superior es lo que ve el mundo exterior.

—Sí, una instalación vigilada con unos pocos edificios y una pista de aterrizaje. Debes conseguir que Mari te explique qué hay bajo tierra.

—Ya te he transmitido lo que me ha dicho. Cuatro niveles, Jack. Es de hormigón, por lo tanto sabemos que aparecerán unos cuantos huecos como sucede en las bases militares. No es tan inexpugnable como a Whitney le gustaría.

—Mira, Ken, no podemos entrar a tiros ahí. Está claro que hay civiles trabajando, y Whitney tiene soldados profesionales mezclados con su ejército personal. Me gustaría coger a las mujeres y sacarlas sin que nadie nos viera. Lo último que nos hace falta es liquidar a amigos o que nos den a nosotros.

—Por lo que a mí respecta todo el mundo que trabaja en este lugar está al tanto de lo que sucede.

—Son soldados obedeciendo órdenes. No tienen indicios de que Whitney sea un chiflado. Deduzco que la mayoría de ellos ni siquiera le han visto ni han hablado con él o puede que ni siquiera sepan si está en la base. Su misión aquí es algo secreto, igual que la ubicación, y después de un periodo de rotación se largan en cuanto se presenta la oportunidad.

—Mira, Jack, en realidad me importa un bledo. Sabes igual que yo que cuando pasas un tiempo en algún sitio, te enteras de lo que sucede; y si no, oyes rumores y empiezas a sacar conclusiones. A ese vigilante le importa un carajo que estén empleando a mujeres inocentes en experimentos. ¿Dónde demonios está la lealtad del equipo con el que se adiestraron Mari y las demás?

La voz de Ken se estaba volviendo gélida. Sus ojos grises eran puro hielo. Jack escogió sus palabras con cuidado.

—Admito que todas esas preguntas precisan respuestas, Ken, pero no ahora. Nuestra primera misión es un rescate, por eso estamos aquí.

—Alguien tiene que eliminar a Whitney. Sabes que también hay que hacer eso, Jack.

—Claro, lo sé. No obstante, no quiero ser yo quien se lo explique luego a Lily. —Jack dio un trago rápido al agua y dejó que goteara por su garganta, dando así un poco más de tiempo a su hermano. Jack siempre había sido el que necesitaba respuestas rápidas, y el cambio de rol le incomodaba—. Tenemos mucho trabajo que hacer antes de meter al equipo ahí adentro. Están a la espera, Ken. Si queremos sacarla, tenemos que ponernos manos a la obra. Dentro de una media hora más o menos ya habrá oscurecido.

—La puedo sentir, y está muy alterada. He intentado alcanzar su mente, pero no responde. Está sucediendo algo de lo que prefiere que no me entere, sea lo que sea. —La voz de Ken sonaba forzada—. Y si no quiere que me entere es que algo malo está pasando.

Jack conectó con la mente de su hermano automáticamente, como llevaban haciendo desde que eran críos, tal y como Ken sabía que haría. Estaba preparado y tenía los escudos de protección levantados. No era fácil mantener a raya a Jack; habían sido sombras uno en la mente del otro desde que recordaban, pero ambos habían trabajado duro para levantar protecciones una vez que cobraron conciencia de que también otras personas tenían poderes extrasensoriales; y la práctica daba resultados.

A Jack no le hacía falta saber que su hermano estaba a punto de perder los nervios. En ese momento, a Ken no le preocupaban las otras mujeres ni si había inocentes trabajando de técnicos, investigadores o vigilantes. Si Mari no le dejaba saber muy pronto que estaba bien, iba a ir a por ella, y que Dios ayudara a cualquiera que se interpusiera en su camino. Su hermano sentía su instinto asesino, ya no era cuestión de ser frío e insensible. A la porra la disciplina.

—Ken, ¿crees que no sé cómo te sientes con Mari encerrada por ese chiflado?

Jack se arrastró un poco para ocupar una posición mejor desde la cual recorrer con la vista la ruta que había seguido el guardia.

—Whitney fue a por Briony porque estaba embarazada; no la dejó desnuda y tumbada sobre una mesa de laboratorio para que un médico pervertido la fotografiara. Maldita sea, Jack, antes he sentido a ese depravado tocando a Mari. No actuaba como cualquier médico que conozcamos. Y Whitney tiene hombres ahí dispuestos a violar a una mujer si ésta no coopera.

Los nudos en su vientre se contrajeron formando bultos duros que amenazaban con ascender más alto y asfixiarle.

—Tienes que distanciarte, hermanito —dijo Jack con voz firme—. Obtendremos la información de inteligencia y sacaremos a las mujeres lo antes posible. —Ken no contestó, Jack suspiró y le echó un vistazo—. Ya sabes que iré contigo y la sacaremos antes de que algo vaya mal. Dile eso, dale algo a lo que agarrarse.

—Si le digo eso alucinará conmigo. Está dispuesta a sacrificarse por las otras mujeres. Las considera su familia y no va a venir sin ellas de forma voluntaria.

—Entonces haremos que el plan salga bien —dijo Jack—. Yo no te dejaría atrás, no podemos pedirle a ella que haga algo que nosotros mismos no haríamos, no sería capaz de vivir consigo misma.

Ken se ahorró replicar. Lo detestaba, pero sabía que Jack tenía razón. Quería entrar, echarse a Mari encima del hombro y encerrarla en algún lugar seguro, pero no podía hacerle eso... al menos no en este instante. Si algo les sucediera a las demás mujeres no sería capaz de vivir consigo misma, por tanto eso significaba rescatarlas a todas antes de que él actuara a su estilo y la sacara sin su consentimiento... entonces sería casi tan malo como todos los demás que le habían arrebatado la vida. Tenía que darle tiempo y la oportunidad de poner a salvo a quienes consideraba familia suya.

Mari era una mujer que quería controlar su vida... se merecía controlar su vida. Y él era un hombre cuya naturaleza exigía mantener por completo el control absoluto de quienes le rodeaban. Sabía que ante la gente Jack aparecía como el hermano dominante, siempre tomando la iniciativa, pero él se había percatado mucho tiempo atrás de que Jack necesitaba sentirse al mando, en gran medida como le sucedía a Mari, y él había retrocedido para vigilar con atención a su hermano, siempre protegiéndole, facilitándole el entorno necesario.

Intentó recordar cuándo había decidido por primera vez ser el testaferro de Jack en situaciones sociales; calculó que fue justo después de la muerte de su padre. Había cultivado una sonrisa agradable y rápidas intervenciones. Jack, como él, tenía una puntería mortífera. Ambos habían nacido con ese don. Trabajaban bien juntos. Formaban un equipo muy bueno, y uno cuidaba del otro, aunque él siempre le dejaba hacer a Jack lo que necesitara para sobrevivir. Pero hacer lo mismo con Mari era imposible pues precisaba que ella estuviera a salvo, lo necesitaba.

—Hemos venido por el río para evitar ser detectados, pero nuestro equipo deberá recurrir al salto a gran altitud, los paracaidistas realizarán una caída libre hasta abrir el paracaídas a baja altitud —dijo Ken—. Sabes que no van a mirar al cielo a menos que oigan algo, y no van a oír nada si nuestros chicos emplean la técnica HALO. Nuestro equipo está entrenado, preferiría utilizarles a ellos que a personas con las que no estamos acostumbrados a trabajar. Podemos mover unos cuantos hilos y cancelar un vuelo comercial en el último momento. Hay suficiente tráfico aéreo sobre esta zona como para que nadie vaya a percibir una amenaza si aprovechamos la ruta del vuelo comercial y su altitud. Quien esté encargado de la monitorización no sospechará nada.

Jack asintió.

—Sin duda es el mejor plan. Los vigilantes no están alerta. Nada les ha perturbado en el último par de años.

—Los hombres de Ryland puede respaldarnos, pero llama a Logan y dile que queremos a nuestra unidad para esto.

Jack asintió.

—Contaba con eso, Ken, ya está hecho. Los hombres saben que es algo personal para ti y ya están reunidos, esperando noticias de inteligencia. No van a defraudarte.

Ken sabía que Jack tenía razón, pero los nudos en su vientre no se deshacían.

—Estoy observando la casa del doctor. Acaba de entrar. —Indicó el pequeño risco que daba a las casitas—. Descenderé hasta ese punto y entraré desde ahí. Tú cúbreme.

—¿Observando la casa del doctor? —preguntó Jack—. No puedes entrar sin más ahí y echar por tierra todo esto.

—Sacó fotos de ella.

—Es su trabajo. Las habrá dejado en el laboratorio.

—Voy a comprobarlo. Y voy a enterarme dónde las ha dejado en el laboratorio.

—Maldición, Ken. No puedes arriesgarte a delatar nuestra presencia aquí. Céntrate un poco.

—Tiene fotos y sabe dónde están las demás imágenes. La ha tocado, Jack... cuando se encontraba indefensa, y se suponía que debía examinarla de un modo impersonal... la ha tocado.

Mari había moderado sus propias emociones para no delatarlas, incluso se había desconectado de él, pero Ken había tenido tiempo de captar el disgusto, la sensación de indefensión absoluta, la mezcla de sufrimiento, desesperación y rabia impotente que tan bien conocía. No podía sacar a Mari de ahí y llevársela a un sitio seguro en este preciso momento, pero desde luego iba a hacer una visita al médico. Tal vez nunca pudiera dar a Mari las cosas que se merecía, como una pareja equilibrada y agradable, pero podía devolverle las fotos y la dignidad.

Jack se frotó la boca para no protestar. Nada iba a detener a Ken, y no podía culparle. Si fuera Briony, el hombre ya estaría muerto. Por primera vez en su vida temió por la cordura de su hermano. Mari era un desconocida, pero era la hermana gemela de su esposa y la mujer que había elegido su hermano. Eso la volvía importante y una amenaza para el bienestar de su familia, todo al mismo tiempo.

Ken era, y siempre había sido, un hombre peligroso. Podía mostrarse controlado y reflexivo, frío y eficiente, y luego ser capaz de pasar a la violencia brutal si la situación lo requería. Mientras su propia actitud belicosa siempre era fácil de adivinar, Ken parecía afable y de trato fácil. Los hombres de su unidad lo encontraban mucho más accesible. Él siempre había sabido en cierto modo que Ken se obligaba a sí mismo a ser quien daba la cara, en un esfuerzo por protegerle. No se había percatado, hasta ahora, de lo ajeno que era ese comportamiento a la naturaleza de su hermano.

Ken vivía con los mismos demonios ocultos, las mismas pesadillas y temores, e incluso una dosis más fuerte del legado paterno, los celos siniestros y la necesidad de vengarse y desquitarse con violencia. Ken había llevado una máscara durante todos estos años, ocultándole incluso a él la rabia que bullía justo bajo la superficie. Entre el trauma de su captura, las torturas y conocer a Mari, el tipo de vida tranquila que llevaba se había vuelto del revés. La fachada fácil y poco conflictiva se había esfumado.

Jack suspiró y echó un vistazo al reloj.

—Que no te pillen. Detestaría tener que matar a alguien antes siquiera de empezar.

Ken extendió el brazo para dar un toque a su hermano en los nudillos, su propio ritual habitual y silencioso. Retrocedió a toda prisa entre el follaje, con cuidado de no menear las ramas a su paso. Avanzando como una tortuga, y recorrió la ladera hasta situarse a pocos metros de la casita que tenía que ser la del doctor. Estaba un poco apartada de las otras edificaciones y la seguridad era más alta. Los guardias recorrían el perímetro cada diez minutos, de dos en dos, cambiando la rutina continuamente. El doctor tenía algo que ocultar.

Ken se deslizó entre los setos un poco secos que rodeaban la pequeña comunidad de casas justo cuando un vigilante llegaba a ese lado y se detenía, con los tacones de las botas a escasos centímetros de su codo. Conteniendo la respiración, permaneció totalmente inmóvil, permitiendo que las hormigas y escarabajos se movieran sobre él. Un lagarto le hizo cosquillas en el brazo mientras corría con pequeñas paradas y respingos hasta acomodarse en su hombro, hinchándose y deshinchándose, aspirando aire.

El vigilante dio tres pasos hacia delante y se detuvo otra vez, volviéndose deprisa como si intentara detectar algo... o a alguien. Ken juntó las cejas. ¿Había hecho algún ruido? ¿El roce de sus ropas sobre el suelo? Puso cuidado en que su piel reflejara el follaje que le rodeaba. Sus ropas especialmente diseñadas reflejaban los colores a su alrededor.

¿Qué era lo que había puesto en alerta al vigilante? Ken deslizó la mano centímetro a centímetro por su cazadora hasta alcanzar el puñal que llevaba sujeto delante. Rodeó la empuñadura con los dedos, pero lo dejó en la funda. Era capaz de sacar y lanzar un puñal casi antes de que los demás apretaran el gatillo. Había practicado este movimiento cientos de horas en los últimos años, hasta lograr tanta precisión con el puñal como con el rifle.

Le tengo.

La voz de Jack carecía de emoción, sólo afirmaba un hecho. Si el vigilante daba un mal paso, era hombre muerto, y luego se armaría una gorda en cuestión de instantes.

Le eliminaré y ocultaré el cadáver. Ken empezaba a sudar, podía oír la respiración del hombre y oler su miedo, veía su estado nervioso mientras rebuscaba con cuidado en las laderas. *Tiene que estar mejorado genéticamente, Jack. Está empleando la visión o el oído, pero no te ha captado.*

No podían permitirse que el vigilante diera la alarma. Algo le tenía nervioso, pero Ken no imaginaba el qué. No había nada fuera de lugar en el árbol y no se detectaba parte del arma de Jack ni objetos brillantes. Jack tenía la misma habilidad de camuflar la piel, hasta la ropa reflectante. Desparecía en su entorno hasta hacerle invisible. Ken sabía con exactitud dónde se encontraba su hermano, no obstante, no lograba verle. Si él no podía con su visión de águila, mucho menos podría el vigilante.

Es un vidente. No capta nuestra energía cuando hablamos pero percibe otra cosa, le advirtió su hermano. *No muevas ni un músculo.*

Los dos observaron al vigilante dividiendo el área con su lenta y precisa observación. No buscó sus gemelos, y eso comunicó a ambos hermanos que tenía la visión mejorada. Ken intentó guarecerse más, con cuidado de mantener la respiración fluida, regular y silenciosa, con la atención centrada en el guardia, sin atreverse a mirar hacia su hermano. Si el guardia detectaba a Jack, él tendría que matarle a toda prisa y en silencio absoluto antes de que el hombre tuviera ocasión de dar la alarma o apuntar a Jack con su arma.

Sin aviso previo, el miedo de Mari llenó su mente. Se introdujo en él como si estuviera desprotegido, sin los escudos cuidadosamente levantados para salvaguardarlo. Sufrió una sacudida con la sobrecarga, el aire se le escapó de los pulmones y se le secó la boca. El corazón primero casi se le detiene y luego empezó a latir con tal fuerza que temió que el sonido llegara al vigilante. El sudor le cubrió la frente... nada de aquello era conveniente a escasa distancia de un soldado reforzado.

Tomó aliento, empujó el miedo de Mari y permaneció concentrado en el enemigo. Estaba tan cerca del hombre que sabía que podría levantarse, rodearle con el brazo y clavarle el puñal en un punto letal, todo en pocos segundos; pero el hombre aún tendría tiempo de reaccionar. La mejora locomotriz les volvía anormalmente fuertes, y los Soldados Fantasma sin ir más lejos estaban adiestrados para luchar hasta el último aliento. El vigilante podía ser lo bastante resistente como para tener tiempo de dar la alarma. La desesperación empezaba a hacer mella. Ken se obligó a controlar su cuerpo y a mantenerse a la espera, pero al mismo tiempo el terror por la seguridad de Mari se propagaba por él.

Va a estar bien, tienes que confiar en ella.

La voz de Jack le ayudó a no levantarse y arriesgarse a eliminar al guardia, sólo para poder acudir en ayuda de Mari lo más rápido posible. Esperó, deseando que el hombre se moviera. Si empleaba su capacidad de control mental para librarse de él, el exceso de energía derramada supondría un aviso para cualquier otro vidente en las inmediaciones. Respiró hondo y percibió a Mari: su temor e inquietud eran por otra persona. Bien, eso resultaba soportable.

El vigilante se relajó tras otra mirada lenta y prolongada a su alrededor, y se fue sin prisas por el recodo de la casita. Ken esperó otros tres minutos para estar seguro de que no volvía sobre sus pasos.

Está despejado, dijo Jack.

Ken se arrastró hacia adelante, deslizándose entre el pulcro jardín de flores, un conjunto de color bastante raro y remilgado en medio de la nada. Las ventanas de la casa estaban pintadas de negro, y a través de algún punto rayado sólo consiguió ver unos gruesos cortinajes que bloqueaban cualquier mirada al interior.

El doctor no quiere que nadie se entrometa en sus asuntos. ¿Por qué iba a tener todas las ventanas tintadas?

Lo más probable es que sea un paranoico. ¿No lo serías tú viviendo aquí con Whitney de jefe?

Ken no respondió. La ventana no parecía disponer de alarma, pero no podía confiarse. El doctor ocultaba algo, e iba a descubrir el qué. Escuchó para detectar el zumbido grave de una alarma electrónica. Pasó los dedos por el alféizar en busca de cables trampa ocultos. Oh, sí, el lugar estaba bien conectado.

Ken pegó la mano al vidrio. Le resultaba más difícil detectar corrientes de energía ahora con su cuerpo tan cicatrizado, sobre todo con las manos. A veces no lograba percibir cosas como debería. Esperó, contando los segundos, concentrándose, con ganas de percibir la corriente en caso de que estuviera ahí. Si no la detectaba, lo atribuiría a la pérdida de capacidad en las puntas de sus dedos y continuaría con la hipótesis de que había un campo ahí, pero si pudiera detectar justo la corriente pasando por el alambre de la soldadura del vidrio, las cosas irían mucho más deprisa.

Ken maldijo las cicatrices que le habían dejado tan poca sensibilidad. No podía percibir la débil corriente, pero cuando escuchaba atento estaba bastante seguro de que el doctor tenía una alarma en el perímetro exterior. Pero el galeno no confiaría sólo en eso. Tendría algo más sofisticado dentro: un sistema sensor que detectara la energía infrarroja. Tal sistema era sensible a la temperatura del cuerpo humano. Delante de cada puerta había un pequeño felpudo de aspecto inofensivo, y Ken tenía la certeza de que llevaba un activador de presión.

El doctor protege algo. Voy a buscar la caja de control, tiene que tener alguna oculta en algún lado.

Tal vez no sea buena idea, dijo Jack inquieto. *Si entras ahí, casi con toda probabilidad vas a matar al hijoputa, ¿y cómo ocultamos eso?*

Por supuesto que iba a matar al doctor. El hombre había tocado a Mari. La había humillado y avergonzado, disfrutando con ello. Tal vez Ken no debiera de haber captado los pensamientos de ella, pero ahora era demasiado tarde, la información ya se había intercambiado, había dejado que sucediera. Se detestaba por eso. Mari se merecía algo mucho mejor. Debería haber entrado pegando tiros y haberla rescatado, pero no lo había hecho. Se había quedado esperando, permitiendo que la torturaran. ¿Qué clase despreciable de hombre era?

Ken. ¿Me escuchas? Tenemos un equipo acercándose. Vamos a sacar a las mujeres de aquí.

¿Qué puñetas harías tú si se tratara de Briony?, le preguntó él.

Se hizo un breve silencio.

Ya sabes lo que haría.

Entonces cállate la bocaza y cúbreme la espalda.

Encontró la caja de control bien oculta bajo el alero del ático. Había detectado un pequeño cable oculto a lo largo de la tubería, siguiéndolo hasta encontrar la caja. Los controles tenía que manejarlos alguien apoyado en la ventana del ático o desde el propio tejado. El doctor pensaba que era ingenioso, pero a menos que el tejado también estuviera cableado, aquello facilitaba las cosas, así de sencillo.

Voy arriba.

No hay peligro ahora, pero tenemos a dos vigilantes dando vueltas en dirección a tu posición.

Ken subió por el lado de la casa tan silenciosamente como pudo, deslizándose sobre el tejado justo cuando uno de los guardias hacía aparición. El segundo se unió a él y hablaron durante un breve instante antes de continuar cada uno por su camino. Ken permaneció quieto mientras se desvanecían los pasos.

Está despejado.

La caja de control conectaba con varios circuitos de alarma, pero tenía su propia fuente de alimentación. No costó demasiado desactivarla dejando así de funcionar las numerosas alarmas que tenía dispuestas el doctor.

Ken se abrió paso por la chimenea del desván. Al instante oyó música clásica a todo volumen. El olor a velas, sudor y semen le asaltó nada más entrar. Aunque el doctor tenía la música bien alta, Ken mantuvo el peso distribuido con uniformidad mientras se arrastraba por el suelo hasta las escaleras para evitar que cualquier crujido alertara al hombre del peligro que le amenazaba. Alcanzó una puertecita que llevaba al piso inferior y se asomó. La casa estaba a oscuras, sólo parpadeaban unas pocas velas, proyectando sombras misteriosas sobre las paredes. Entonces apretó la mandíbula y la adrenalina volvió a dispararse. Las luces de las velas iluminaban el papel pintado, resaltando con claridad rostros y partes de cuerpos femeninos.

Se dejó caer boca abajo hacia el suelo y luego se enderezó para aterrizar de pie tan silencioso como un gato. En todas las paredes, del suelo al techo, había montajes fotográficos de mujeres desnudas estiradas sobre mesas en una representación repugnante de arte médico. Reconoció a Mari a todas las edades, desde niña y adolescente, hasta mujer. La luz se vertía sobre su rostro, permitiéndole ver cada emoción en las diversas fotos, desde el miedo hasta el desafío y la ira.

Toda esta habitación estaba dedicada a Mari. Había fotos de su espalda desnuda con marcas de bastonazos, también de piernas y nalgas desvestidas, siempre desnuda. Había primeros planos de su boca, ojos, pechos y zona vaginal. Se detuvo junto a la pared donde el doctor había estado ocupado colocando las últimas fotos. Primeros planos del interior de los muslos de Mari que revelaban marcas rosas y marcas menos visibles de sus dientes, señales que había dejado él ahí al hacerle el amor. Las fotos eran descarnadas, casi de naturaleza sexual, un retrato obsceno de los momentos más importantes en la vida de Ken.

Sostener a Mari en sus brazos, tomarla con desenfreno salvaje, deseosa y receptiva pese a su brutalidad o a las cicatrices y su aspecto..., le había devuelto la vida. Ella le había devuelto la esperanza, y el doctor reducía lo que había entre ellos a algo repulsivo producto de una mente enferma. Notó un acceso de bilis en la garganta e intentó controlar su estómago revuelto mientras miraba los ojos de Mari. Esta vez vio humillación y degradación. Ella detestaba tanto como él lo que Whitney y el doctor creaban a partir de sus relaciones amorosas.

La rabia había pasado del estremecimiento a un gélido hielo, algo que era siempre mala señal. Continuó hasta la siguiente habitación y encontró las paredes cubiertas de modo similar, esta vez con una mujer con abundante cabello oscuro y ojos claros. Del suelo al techo, cada habitación de la vivienda estaba forrada con fotografías de las mismas siete mujeres desnudas. Reconoció a una como Violet, la esposa del senador. Ken nunca se había sentido tan sucio o indispuesto.

Encontró al médico en su dormitorio, tumbado en la cama desnudo, mirando el techo y el fotomontaje de las siete mujeres allí arriba. La música sonaba fuerte y el hombre canturreaba retorciéndose en la cama. No lo vio en ningún momento, sólo notó la punta del puñal clavándose en su carne.

—Yo que tú me quedaría muy quieto —dijo Norton entre dientes.

El doctor se quedó paralizado, en tensión sobre la cama con la hoja afilada del puñal apretando su garganta.

—¿Qué quieres?

—Eres un enfermo, hijo de perra —dijo Ken—. ¿Sabe Whitney la escoria pervertida que eres en realidad?

—Me dio permiso, dijo que podía tener a mis chicas conmigo todo el rato. —La voz del hombre sonaba aguda y quejumbrosa—. Lo sabe. Pregúntale, te lo dirá. A veces viene y ve lo que he hecho con ellas.

—¿Dónde están los originales?

—Los guarda todos Whitney. Hay sitios donde nosotros no entramos; él se guarda las fotos y la documentación. —La voz se volvió un poco maliciosa—. Sólo las comparte conmigo.

—¿Dónde se aloja Whitney?

—Si te lo digo, me matará.

—Yo voy a matarte ahora mismo si no me lo dices.

—Tiene habitaciones inaccesibles en el cuarto nivel inferior, cerca de los túneles. —Alzó la vista hacia los rostros observadores de las mujeres—. ¿No son hermosas? Les gusta que las toque y les haga fotos.

A Ken se le revolvió el estómago, que amenazaba con vomitar todo su contenido. Retiró el puñal y cogió al hombre por la cabeza con ambas manos, torció con fuerza y oyó el crujido gratificante. Fuera cual fuese la legitimidad que Whitney hubiera tenido en algún momento, esta casa y este hombre eran un testamento de su creciente demencia.

Voy a pegar fuego a la casa.

Maldición, Ken, no hagas ninguna locura.

Hay que destruirla, me aseguraré de que parezca que el matasanos tuvo un pequeño accidente con el gas, pero esta casa tiene que arder.

Porque nadie más iba a volver a ver lo que aquel pervertido que no merecía llamarse hombre había hecho con esas mujeres. El muy hijoputa iba a volar por los aires, y cuando investigaran encontrarían al médico con sus velas y cerillas y una tubería de gas suelta.

No podía mirar las paredes mientras trabajaba, se sentía indecente rodeado de imágenes de las mujeres con las que Whitney había experimentado y de las que abusaba aquel enfermo. ¿Quién había defendido a Mari de niña? ¿De adolescente? Jack y él no paraban de entrar y salir de un montón de hogares adoptivos y su padre había sido un borracho podrido y celoso que disfrutaba pegándoles, pero tenían a su madre, se tenían el uno al otro y, al final, una mujer bondadosa les había protegido cuando los demás les volvieron la espalda. El corazón le dolía por Mari. Iba a vomitar si no se esfumaba rápido de ahí, su estómago se revelaba de asco mientras preparaba la escena, con cuidado de no dejar ni una señal que indicara algo más que un accidente.

Un lento escape imperceptible, la casa llena de gas y el doctor retozando con música y velas, desnudo debajo de su altar obsceno, volando en pedazos junto con la casa, un accidente bastante trágico.

Ponte a cubierto, Jack. Van a rastrear la zona cuando esto estalle. Yo te cubro.

Voy a entrar. Necesito estar junto a ella.

Maldición, no, ladró Jack. *Hablo en serio, Ken. Mueve ese culo y vuelve aquí. No eres tan tonto.*

Soy así de tonto.

La idea de Mari maniatada sobre esa mesa de laboratorio, sujeta como un insecto mientras el pervertido enfermo la fotografiaba y tocaba era más de lo que podía soportar. Debía acudir a su lado y abrazarla. Tal vez fuera el mayor error de su vida, pero iba a estar junto a ella. No iba a pasar esa noche sola.

Jack maldijo, soltó una tanda virulenta de juramentos que Ken pasó por alto. Salió de la casa y volvió a programar las alarmas dejando todo justo como lo había encontrado. En vez de regresar a lo alto del risco para reunirse con su hermano, empezó a arrastrarse por la hierba para llegar al edificio principal. Habría una entrada, un conducto, un tubo, un túnel... cualquier grieta en el pavimento que él podría aprovechar. Siempre había una manera.

Empleó el sonido, un talento menor suyo que no dominaba como otros, aunque sabía hacerlo rebotar sobre las paredes de cemento en busca de un punto hueco. El cemento era más delgado por encima de un punto cercano al muro orientado al sur. Había cajones, soportes de madera y grúas de todo tamaño amontonados a su alrededor. Era obvio que descargaban provisiones en algún punto próximo. Reordenó los cajones y cajas de mayor tamaño para crear un espacio que le brindara un pequeño cobijo mientras operaba.

Necesitó media hora para perforar la capa más fina y otros cuantos minutos para verter el cemento en el espacio hueco que encontró dentro. Sabía que en las instalaciones más grandes, sobre todo las militares, a menudo quedaban amplias zonas abiertas entre los muros de cemento, reforzadas con armazón de varas de acero. Una vez dentro, nadie le oiría ni detectaría mientras se movía, y con suerte podría abrirse camino hasta niveles inferiores.

Estoy dentro.

Encontró un cajón y lo deslizó por encima de la abertura para ocultar el agujero. Tendría que servir, probablemente no se notaría con tantas cajas apiladas en la zona. Justo cuando se introducía y desplazaba el cajón sobre él, estalló la casa del doctor, con una lluvia de desechos y llamas rojas y naranjas explotando por lo alto del cielo con una gran humareda negra.

Los hombres salieron en tropel de la garita y empezaron a correr en todas direcciones, perfilados contra el fuego furioso. Una alarma empezó a sonar, rompiendo el silencio de la noche junto con el rugido del infierno. Ken se detuvo un instante para observar la casa ardiendo. Bajo la lluvia de vidrios, aparecían puntos negros en sus paredes, consumidas en un santiamén por las llamas hambrientas. Le produjo una intensa satisfacción saber que nadie podría acercarse al lugar, ni siquiera mientras intentaban dominar el incendio con agua. Era demasiado tarde. Había dejado abiertas todas las puertas asegurándose de que el gas llenara la casa y diese la impresión de que el doctor Pervertido intentaba encender una de sus muchas velas, detonando una bomba por accidente y volando él mismo por la habitación, dándose el terrible golpe que le rompió el cuello.

Unos cuantos perros salieron disparados de unas jaulas desde algún lugar en un túnel oculto a su derecha. Sabía que tenían perros, pero no que los guardaban dentro. Desde su posición estratégica, pudo ver la puerta que se abría de golpe para permitir salir a los animales por el espacio entre el doble vallado. Whitney no iba a arriesgarse a que las mujeres pudieran aprovecharse del caos e intentaran escapar.

Si tienen un túnel, habrá más, comentó Jack.

¿Estás fuera de peligro? Más tarde o más temprano mandarán los

perros a inspeccionar la zona para estar seguros. No creo que Whitney deje muchos cabos sueltos.

Estoy bien, aseguró Jack. *Tiene que tener un par de rutas de escape, no es su intención quedarse aquí atrapado cuando este lugar se venga abajo. Sabes que está preparado, y seguro que cuenta con una docena más de laboratorios como éste.*

Sí, me lo imaginaba.

Se hizo un pequeño silencio mientras escuchaban el feroz rugido de las llamas amenazando el follaje y los árboles próximos.

Un fuego bien bonito, sí señor, comentó Jack.

Quiero las paredes quemadas por dentro y por fuera. Las tenía forradas con fotos de todas ellas, del suelo al techo, Jack. Incluso de cuando eran niñas. Whitney lo sabía y encima le animaba. Ha sido una de las cosas más repugnantes que he visto en mi vida.

Qué puntazo que el hijo de perra esté muerto entonces.

Ken dirigió una última mirada a las llamas furibundas, deseando que calmaran la náusea en su estómago, pero su vientre seguía rebelde, y tenía que dominarse para no vomitar cada vez que recordaba la pared forrada del suelo al techo con fotos de Mari. Su vida registrada por un anormal pervertido. Quiso romper algo.

No era propio de él ceder a sus emociones violentas. Cuando salía a cumplir una misión, siempre se concentraba en la tarea. Carecía por completo de sentimientos, sin importarle otra cosa que realizar el trabajo. Cuando alguien intentaba matarle, rara vez se lo tomaba como algo personal; formaba parte de lo que él era. Pero esto...

Te estás enamorando de esa chica.

Vete al infierno, Jack. No es eso. Necesita protección.

Igual que las otras mujeres. ¿Sientes lo mismo por las demás?

¿Cómo puedo enamorarme de alguien que acabo de conocer?

Qué frívolo eres. No me canso de repetirlo, pero no me haces caso. No es amor. Sólo es...

Interrumpió de súbito la comunicación. No era amor, no se atrevía a amar. El amor sólo acababa convirtiéndose en algo feo de verdad con un hombre como él. La quería... quería cuidar de ella y ocuparse de que tuviera una vida mejor.

¿A quién iba a engañar? Quería despertarse con ella en sus brazos, con sus piernas rodeándole la cintura, y él embistiendo contra su cuerpo, pegando la boca a sus senos y besándola con pasión, largos besos interminables.

Es sexo, así de claro. Se me pone dura sólo de pensar en ella. Es sexo puro y duro.

Hijo de perra mentiroso, al sexo siempre puedes darle la espalda. Jack soltó un resoplido de burla. *Ella no es sólo sexo para ti, hermanito; Marigold es como el puñetero Cuatro de julio y las Navidades, todo junto y envuelto en un bonito paquete. Kenny se ha enamorado.*

Cierra la boca, Jack, o le diré a Briony que le pusiste una pistola en la cabeza a su hermana.

No te atreverás.

Maldición. Se negaba a amar a una mujer, no iba a hacerlo. No correría el riesgo de ser desagradable con ella. Simplemente la retendría atándola a él. Ken tenía mucha experiencia en sexo y ella no. La mantendría excitada, haría que le deseara. Ahí estaba la clave. Olvidarse del amor. Jack estaba lleno de esas bobadas, pero esa vía sólo conducía al desastre. De esta manera podría retenerla eternamente sin sentir ni una punzada de celos. Si dejaba las emociones fuera, estaría a salvo.

Ken se secó el sudor del rostro y empezó a andar por el estrecho pasillo de cemento, encontrando el camino a través del laberinto, sin nada más que la conexión con Mari como guía, porque de un modo u otro... tenía que llegar a ella.

Capítulo 15

Mari agarraba los barrotes de su puerta y los sacudía, con la mirada puesta en los dos hombres que daban vueltas uno alrededor del otro.

—No nos hacen falta armas —dijo Sean.

—No, puedo matarte de una paliza con mis propias manos —respondió Brett.

—Parad —rogó Mari—. Brett, para.

—Cállate, Mari. —Brett dio un porrazo en su puerta con aquel puño enorme como un jamón. El corazón de la joven se aceleró—. Ya me ocuparé de ti más tarde.

La cámara del rincón soltó un leve zumbido al cambiar de ángulo para capturar mejor la pelea entre los dos hombres. Mari retuvo la respiración en sus pulmones.

En aquel momento entendió lo que estaba sucediendo. Todo el complejo era un experimento de laboratorio y todo el mundo participaba. Whitney quería que se descontrolaran las emociones. Quería ver si podía manipular a los hombres hasta una exaltación homicida, si era posible inculcarles el asesinato de sus propios hijos cuando los pequeños no demostraran el nivel estricto de un supersoldado. Y quería ver si las madres conseguían dominar a los hombres lo suficiente como para impedir que lo hicieran. Estaba poniendo a prueba la naturaleza humana. Tal vez su patrocinador no conociera los extremos a los que podía llegar el doctor, pero ya había matado a una de las siete mujeres a las que había entrenado, y si seguía por ahí, las otras podrían morir igual.

Mari y sus hermanas no eran soldados, éste nunca había sido su hogar. Eran experimentos de laboratorio, nada más, y debían escapar si querían sobrevivir, mantener cuerpo y alma intactos. Tenían que dejar de hablar de ello y pasar a la acción... y pronto, de inmediato.

—Sean, no lo hagas. Es lo que quieren... es lo que él quiere. —Sentía la necesidad de salvarle, era un compañero soldado, un hombre que había jurado cumplir con su deber, cumplir órdenes. Ella siempre le había respetado tanto como soldado como por su destreza, pese a que él había dejado claro que ya no la consideraba parte de la unidad, ni a ella ni a las demás mujeres. Whitney le había hecho algo terrible para cambiar su personalidad, para convertirle en otro Brett, brutal e incapaz de distinguir el bien del mal.

—Atrás, Mari —dijo Sean entre dientes, con los ojos en su enemigo.

—Si haces esto, no habrá marcha atrás. Te retendrá por asesinato. ¿No lo ves?, serás otro prisionero, como yo.

Era demasiado tarde, Mari lo había sabido casi en el momento en que fue a buscarla, su reacción no había sido la esperada. El hombre de risa fácil había desaparecido y un desconocido ocupaba su lugar.

Sean había elegido. Pese a ver cómo afectaban los experimentos de Whitney a los hombres, había decidido participar.

—Ya lo soy —dijo Sean apretando los dientes—. No va a torturarte más.

Mari notó las lágrimas escociendo en sus ojos. Los puñales habían reemplazado a las pistolas y no había manera de detener lo que iba a suceder. Y en algún lugar, todo esto se grababa como si fuera un videojuego en vez de la vida real. Un hombre con ojos muertos les observaba sin más compasión de la que le inspirarían los insectos. Jugaba con sus vidas y lo grababa con dedicación, todo en nombre de la ciencia y el patriotismo. Sean estaba muy equivocado. Whitney seguía torturándola. Se había llevado a otra persona por la que tenía aprecio.

Mari no conocía otra vida, como las otras mujeres. Habían hablado de escapar, lo habían planeado durante meses, pero hasta ahora siempre encontraban una razón para esperar, para resistir un día más. Pese a toda la instrucción y sus habilidades locomotrices y psíquicas mejoradas, la sencilla verdad era que todas temían lo que pudieran encontrar fuera de las instalaciones.

No había hablado ni una vez en la vida con alguien que no estuviera asociado a la base. Los vigilantes y las vallas no eran lo único que las mantenía prisioneras, el miedo las retenía con la misma eficiencia que los guardias. El temor a lo que Whitney pudiera hacer a Briony. Temor por las otras mujeres. Temor a no ser un buen soldado. Miedo al mundo exterior.

Con sinceridad, no sabía si podría sobrevivir lejos de este sitio. Los años brutales de entrenamiento, disciplina, armas y control, habían sido su forma de vida, lo único que recordaba. Cada momento de la educación recibida estaba concebido para hacerla mejor soldado: mejor arma. Era igual para el resto de las mujeres. No tenían familia ni amigos, nadie que las defendiera.

Se disparó una alarma con un estruendo demente, y su corazón casi se detiene. ¿Y si habían detectado a Ken? Agarró las barras, sus piernas parecían de goma a causa del miedo. Le matarían.

Ken. Intentó establecer la conexión, con cuidado de mantener un nivel de energía bajo, como si hablara con las otras mujeres, tal y como hacían a menudo por la noche. *Necesito saber que estás vivo.*

Estoy aquí, nena, me dirijo hacia ti.

Oigo las sirenas. He contactado con todas las chicas y están a salvo en sus cuartos.

La casita de ese médico pervertido y enfermo ha saltado por los aires. Qué tragedia, ¿verdad?

Mari se obligó a respirar.

¿No te habrás expuesto a peligros, verdad? Yo puedo ocuparme de Prauder. Es todo parte del trabajo.

Chorradas. Ken sintió una opresión en el pecho. No quería verla cerca de Prauder, ni de Whitney, ni de Sean o del matón de Brett. *Dime cuál es el problema. Y no me digas que ninguno. Lo percibo.*

Ella vaciló.

Maldición, Mari. Voy a perder la razón ahora mismo. Puedo imaginar todo tipo de cosas desagradables de veras, o sea, que explícate bien.

Estoy a salvo. Encerrada. Sean y Brett intentan matarse el uno al otro al otro lado de la puerta.

En ese momento Mari respiró hondo y soltó una exhalación, concentrándose en la cámara del pasillo. Brett era un bruto que disfrutaba haciendo daño a los demás. Había intentado doblegarla, incluso sobre-pasando las restricciones impuestas por Whitney, pero ni así lo había conseguido. Brett estaba bien entrenado, sus habilidades locomotrices mejoradas le dotaban de una fuerza fenomenal. Nadie lo sabía mejor que Mari, pues había recurrido a la fuerza con ella en repetidas ocasio-nes. Sean era el soldado total, rápido y duro, experimentado en la ba-talla, capaz de aislar la emoción e introducirse en la zona de combate. Con el puñal era mortífero, mataría a Brett. Su intención era matarlo, y hacerlo ante la cámara tal y como quería Whitney. No habría salida para él nunca más. Whitney poseería su cuerpo y su alma.

Mari volvió a intentarlo.

—¡Sean, detente!

Ni siquiera le dedicó una mirada, ni se estremeció cuando Brett si-muló atacar. Desplazó el peso sobre la parte anterior de la planta del pie, con la mirada en su diana. Marigold volvió su atención de nuevo a la cá-mara. Aunque contaba con varios dones paranormales, destruir el fun-cionamiento interno de la máquina no era uno de sus puntos fuertes.

Ken podía saborear el miedo en su boca. Aquel que continuase vivo de los dos iba a hacer una visita a Mari; sabía que debía llegar ahí antes de eso.

Cariño. Su voz sonaba suave y tranquilizadora; necesitaba estar cal-mado por ambos pese a temer en serio por ella. *¿Estás haciendo acopio de energía para protegerte?*

Percibía la acumulación de energía en su mente mientras Mari to-maba energía psíquica de su alrededor.

¿Estaba preparándose y concentrándose para un ataque? Como Ken encontrara a Sean o a Brett tocándola, no sería capaz de contro-larse. Cada músculo, cada célula de su cuerpo entró en tensión y se comprimió esperando una respuesta.

Estoy intentando fundir esa estúpida cámara. No puedo concen-trarme.

Se oyó un leve sollozo en su mente, disimulado apresuradamente, pero él lo percibió, un sonido desgarrador, y todo su cuerpo reaccionó.

Abre tu mente a la mía.

La mayoría de videntes desarrollaban escudos naturales, pues no querían que nadie se entrometiera en sus cabezas. Ken estaba acostumbrado a compartir sus pensamientos con Jack, así como a enviar y recibir energía. Habían experimentado y practicado mucho durante años para perfeccionar sus habilidades de comunicación.

Mari tardó un momento o dos en superar las reticencias naturales, pero dejó que las barreras descendieran. Él no sólo vertía energía, sino que enviaba indicaciones a su mente para comunicar con exactitud dónde concentrar la oleada de poder dirigida a la cámara y difundir la interrupción de líneas, haciendo estallar otras cámaras también. Por si acaso, incluyó todo el equipo de audio. A Ken le conmocionó que confiara en él como para dejarle entrar en ella. Igual que le había entregado su cuerpo, ahora le entregaba su mente. La sensación fue mucho más íntima de lo imaginable, como si su alma y la de Mari se frotaran.

Sean va a matar a Brett, Ken. Aquí mismo, ante mis ojos. Whitney le ha hecho algo y está loco, igual que Brett antes.

¿Estás a salvo?

Había encontrado la ruta hasta el segundo nivel y estaba descendiendo, pero el espacio por el que se arrastraba entre las paredes de cemento era un laberinto. Los refuerzos de varas de acero sobresalían en algunos puntos como estacas mortales. Había vías sin salida y lugares donde debía abrirse paso a través de una delgada obstrucción de cemento. Eso le llevaba un tiempo valiosísimo, un tiempo del que temía no disponer.

Ella no respondió de inmediato y por un momento Ken pensó que iba a perder los nervios.

Maldición, Mari, dime la verdad. ¿Estás a salvo?

No lo sé.

Estaba preocupada y eso aumentó la inquietud de Ken. Respiró hondo, dejó ir el aire y buscó la manera de distanciarse. Tenía que dejar de actuar como un idiota y pensar con el cerebro.

Voy de camino, Mari. Pase lo que pase con Sean y Brett, debes saber que ya voy para ahí.

No. Este lugar es una fortaleza.

Ya estoy dentro, cielo. Soy un Soldado Fantasma. ¿No sabes que atravesamos paredes?

Intentó bromear con cariño, para tranquilizarla y que tuviera claro que él se encontraba bien.

Mari se asomó entre los barrotes y vio los regueros de sangre en el muro de enfrente. La sangre salpicaba la garita del guardia y formaba un charco en el suelo. Brett se arrastraba hacia la puerta, con la camisa de un rojo intenso, teñida por varios puntos grandes que iban juntándose. Apretaba los dientes y gruñía, con un hilillo de sangre saliendo de su boca en todo momento. Sean le seguía implacable, agarrando un puñal ensangrentado, con un rostro crispado y contraído que le era desconocido.

La joven retrocedió de los barrotes y se pasó la mano por los labios temblorosos. Había sabido que Sean liquidaría a Brett, pero la mirada sanguinaria en su rostro, la satisfacción absoluta y esa expresión de triunfo eran más de lo que podía asimilar. Había algo salvaje en su expresión colérica mientras acosaba a Brett.

Se dio contra el catre con las piernas y se hundió sobre el colchón, retrocediendo hasta acurrucarse en un rincón contra la pared, empequeñeciéndose cuanto fue posible. Deslizó la mano bajo el colchón para coger la cruz de Ken y buscó confort ahí.

Ken percibió de pronto el rechazo repentino de Mari, su desconexión total como si no pudiera soportar que su mente la rozara. La violencia siempre había formado parte de la vida de Mari, pero no esta agresión fría, cruel, propia de animales, que los dos hombres estaban exhibiendo. No quería formar parte de eso. El corazón de Ken se encogió, una extraña sensación le dominó esta vez como otra clase de miedo: por lo que ella pudiera pensar de él. Si había un hombre violento en este mundo, capaz de aislarse de toda emoción, ése era él. Peor que eso, cuando permitía que prevalecieran las emociones, podía dar muestras de la eficiencia brutal de un depredador.

No me expulses.

Fue un ruego interior, pero surgió como una orden, y notó que ella daba un respingo por la aspereza en su voz. Estaba fastidiándolo todo incluso antes de empezar. La capacidad de aguante de una persona tenía un límite, y Mari estaba rozando el suyo. Necesitaba salir de este lugar. Necesitaba la libertad de elegir por sí misma.

Alguien viene.

Mari contuvo la respiración al oír las pisadas al otro lado de la puerta. Se apresuró a comprobar que la cadena y la cruz estaban bien escondidas. Oyó un murmullo de voces. Sean no estaba solo. Mari quiso permanecer acurrucada contra la pared, pero no podía permitir que la vieran tan frágil. Alzando la barbilla, se levantó y se volvió hacia la puerta. El corazón vapuleaba su pecho.

Estoy contigo, cielo. Voy avanzando por el segundo nivel. Hay algunos obstáculos en el camino, pero llegaré hasta ti pase lo que pase.

La instalación tiene cámaras de seguridad por todas partes, así como detectores infrarrojos y de movimiento.

Gracias por el aviso. Y, ¿Mari? Mantén la conexión abierta. Tengo que enterarme si corres peligro.

Aunque tampoco podía hacer gran cosa desde donde estaba. Los altos muros de cemento formaban estrechos pasillos y el laberinto parecía interminable. No tenía claustrofobia, eso ya era algo, porque cuanto más tiempo permanecía dentro de los gruesos muros, más interminable parecía el laberinto.

La puerta corredera se abrió y Sean apareció en el umbral. Tenía sangre en las manos y una mueca en el rostro. Tras él se hallaba Whitney con su traje inmaculado, sus ojos muertos y una media sonrisa aterradora.

—Sean ha sido elegido tu nueva pareja, Mari —dijo Whitney—. Estoy seguro de que la noticia te complace ya que siempre has puesto reparos a Brett.

Mari se obligó a mantener la mirada fija en los dos hombres, apartada del cuerpo tirado en el suelo. Encontró los ojos de Whitney y permaneció callada, sin darle la satisfacción de una respuesta.

—No sabrás por casualidad algo de una explosión en casa del doctor Prauder, ¿verdad?

No había inflexión en su voz, ni siquiera un leve interés.

—No he oído ninguna explosión. —Se encogió de hombros—. Estamos cuatro niveles por debajo del suelo y no nos enteramos de lo que pasa arriba hasta que alguien nos lo cuenta.

—Ni tampoco sabrás por casualidad nada de una visita inminente, ¿verdad? —insistió Whitney.

Su corazón dio un brinco y se aceleró de angustia. ¿Habían descubierto a los Norton?

—Me temo que tengo muy pocas visitas, doctor Whitney, como bien sabe. ¿Por qué me lo pregunta?

—Te marchaste de estas instalaciones sin permiso. ¿Por qué ibas a regresar con tu antiguo equipo a menos que tuvieras un plan? O bien planeabas escapar, en cuyo caso sabrías que una de tus amigas fallecería con toda probabilidad, o bien deseabas hablar con el senador Freeman, lo cual parece más probable.

Mari mantuvo el rostro todo lo inexpresivo que le fue posible.

—¿Por qué iba a querer hacer eso?

—Basándome en tu historial, diría que buscabas problemas otra vez. Parece ser tu talento más destacable hasta la fecha. —Entrecerró los ojos y dio un paso hacia ella—. Sean va a quedarse contigo un rato. Confiemos en que, si Norton no hizo su trabajo, él lo consiga, porque después de esto no voy a considerarte muy importante para mí.

Se le revolvió el estómago:

—No entiendo.

—Oh, eres una mujer muy lista, Mari. Estoy seguro que lo entiendes. El senador Freeman viene hacia aquí y quiere hablar con todas las mujeres, pero te mencionó a ti en concreto. Freeman no tiene autoridad aquí.

—Pensaba que Freeman era amigo suyo.

La mirada fría la recorrió de arriba abajo. De niña, esa mirada en concreto mermaba toda su confianza al instante. Ahora le dejaba las palmas húmedas y la boca seca.

—La gente que hace demasiadas preguntas sobre cosas que no le conciernen sabe desaparecer a tiempo.

Mari sabía que Whitney había captado la repentina exhalación cuando el entendimiento dejó sus pulmones sin aire.

—Usted ordenó liquidar al senador Freeman. Si por usted fuera no habría permitido que nuestro equipo le protegiese.

—Coopera esta vez, Mari, dame lo que quiero. Estoy ya muy cansado de tus berrinches.

—¿Por qué? ¿Por qué iba a hacerlo? Es el marido de Violet.

—Violet ha olvidado cuál es su primer deber, igual que el senador. Nosotros le hemos colocado en esa posición, pero cada día se muestra más arrogante y desagradecido.

—Yo no le he pedido que venga aquí. En ningún momento llegué a acercarme a él. Me dispararon.

Los ojos muertos continuaban acusadores, clavados en su rostro.

—Encontraste una manera de mandarle el mensaje. Violet, por supuesto, estaba dispuesta a escucharte y convencer a su marido. Ahora va a descubrir que es preferible tenerme como aliado que como enemigo.

Mari quería quedarse callada, temerosa de que cualquier cosa que dijera sacara a Whitney de sus casillas. Alguien podía salir malparado. No se atrevía a mirar a Sean, que mantenía la misma mueca brutal a lo largo de la conversación. Se puso firme, convirtiéndose en una perfecta soldado presentándose ante Whitney.

—No debería haberme marchado sin permiso, pero me estaba volviendo loca encerrada. Pensé que si participaba en una misión o dos me sentiría mejor. Nos adiestró como soldados; quedarnos en estas pequeñas celdas nos está volviendo locas. No he hablado con el senador, y cuando me capturaron intenté contactar con mi unidad. Mi primera prioridad era escapar, y en cuanto se presentó la oportunidad, lo hice. Sean puede refrendar eso.

Whitney estudió su rostro con ojos muertos, sin desvelar nada de lo que estaba pensando.

—Eso es correcto —dijo Sean.

Whitney no le hizo caso.

—Te fuiste sin permiso.

—Sí, es cierto. Y he pagado de sobras mi error.

—¿A dónde quieres llegar, Mari?

De repente el científico estaba impaciente.

Ella se obligó a mirar al suelo y adoptar un papel más sumiso.

—Estoy cansada y exhausta esta noche, le pediría que esperara antes de mandarme a Sean. Al menos hasta que sepamos si Norton me dejó embarazada.

—¡No! —Sean fue categórico—. Me dio su palabra, señor.

El doctor Whitney alzó la mano y Sean se quedó callado.

—Desde luego aumenté tus posibilidades con todas las inyecciones de fertilidad que te di —dijo Whitney a Mari mientras estudiaba su rostro—. No me lo creo. Pienso que te han encomendado una misión y, como ha indicado Sean, le di mi palabra.

Mari permaneció recta como un palo, sin expresión alguna en el rostro, pero incapaz de controlar el golpeteo en su corazón. Quería desmoronarse y caer formando un bulto sollozante en el suelo. No podía pasar por esto otra vez; no con Sean. ¿Qué le había poseído para permitir que Whitney le incluyera en su programa demente? A menudo habían comentado lo brutos que se volvían los hombres después del cóctel químico de Whitney.

El doctor alzó la vista hacia la cámara.

—Una vez que hayas acabado aquí, te presentarás en el laboratorio médico para unas cuantas pruebas más. No me había percatado de que tus poderes psíquicos habían evolucionado tanto como para dañar no sólo una sino varias cámaras y el equipo de audio.

Esperó, pero ella no mordió el anzuelo y permaneció en silencio.

—Ah, bien, te deseo una noche agradable —dijo Whitney. Mantuvo la sonrisa en su sitio mientras apartaba el pie de Brett a un lado con la punta de su zapato inmaculado—. Mandaré a alguien para recoger el cadáver —les espetó y se volvió sobre sus talones.

La puerta se cerró tras él con el sonido metálico familiar. Mari se estremeció sólo de pensar en el cadáver de Brett tendido a escasos centímetros de la puerta mientras su asesino la miraba, con sangre manchando su ropa y sus manos.

Ella sacudió la cabeza.

—¿Por qué haces esto, Sean?

—Sabes por qué. Siempre has sabido lo que siento por ti.

Pasó junto a ella con brusquedad para entrar en el pequeño baño, rozándola con el hombro y casi derribándola de espaldas.

Mari apoyó la espalda en la pared, con lágrimas ardientes tras los párpados y en la garganta.

—No, Sean. Te lo juro que no.

Él salió secándose las manos.

—¿Cómo pensabas que me sentía dejando a Brett entrar aquí y

oyéndote pelear, oyendo cómo te golpeaba? No podía hacer nada. Él no te merecía; jamás te ha merecido. Lo sabías, y así mismo se lo dije a Whitney. Y me dio la razón.

—¿Y decidiste ocupar su lugar? Eso no tiene sentido.

—Mejor yo que otro. Siempre te he querido. No lo he ocultado. Tú eras la que querías seguir sólo como amigos.

—Y eso debería decirte algo. Dejaste que Whitney nos emparejara a sabiendas de que yo no quería que fuéramos nada más que amigos. Eso no es salvarme, Sean. —Por primera vez sintió una desesperación absoluta. Él la miraba sin entenderla, sin preocuparle lo que pensaba o sentía—. Esto sólo te concierne a ti, me querías y ésta es tu manera de conseguirme, sin importarte en absoluto cómo me sentía, ¿cierto?

El soldado se encogió de hombros.

—Mejor yo que Brett o cualquier otro. Deberías haberme aceptado alguna vez, entre el centenar de ocasiones en que te lo ofrecí.

—No siento nada por ti aparte de amistad.

—Whitney tiene razón, eres testaruda. Te negaste incluso a intentarlo. No me has dejado otra salida. Tú te lo has ganado.

Se acercó más a ella, enorme y amenazador.

—Quiero que te metas en la ducha y te saques el olor de ese hombre.

—Vete al infierno.

Él negó con la cabeza.

—No lo entiendes, Mari, no tienes opción. Me perteneces, y voy a asegurarme de que si tienes un bebé, sea mío. Entra en la ducha y haz lo que te digo.

Mari le miró frunciendo el ceño.

—¿De verdad pensabas que iba a ser tan fácil? Que llegarías aquí, me usurparías las pocas opciones personales que tengo y me prestaría a ello? Brett era un bruto sanguinario y me despreciaba. Tú siempre has sido especial para mí. No podía respetarte más. Pero esto... —Extendió las manos y negó con la cabeza—. Esto es un acto despreciable, y cualquier cosa que consigas de mí tendrás que tomarla a la fuerza. Y vivirás sabiendo que eres un cabrón violador enfermo igual que Brett.

—He dado mi vida por ti, Mari. Harás lo que diga. He vendido mi alma a Whitney por ti.

—No tienes alma.

—Entra ahí y dúchate antes de que te meta yo mismo y te pase el estropajo.

—Qué burro eres, Sean.

La cogió por el pelo y la arrastró hacia el baño, montando en cólera al ver que ella no hacía lo que le ordenaba. La empujó con fuerza.

—Entra ahí.

Mari, cariño. ¿Qué esta pasando? Me estás asustando, cielo. Deja de intentar desconectar de mí.

Ella creía que había desconectado su mente de la de Ken; en realidad sólo lo había intentado. Seguramente el miedo y el estrés habían abierto la conexión. No quería que él se enterara, que presenciara su humillación absoluta. Tras un momento apoyada en la puerta del baño, empezó a desnudarse. Una vez que Sean oyera la ducha, se tranquilizaría y ella podría hablar razonablemente con Ken.

Mari se metió bajo la cascada de agua y cerró los ojos, volviendo el rostro hacia arriba.

No puedes ayudarme ahora, Ken. Este lugar está cerrado y no puedo escapar sin las otras. No me iré sin ellas. Nunca me lo perdonaría. Por favor, márchate.

¿Qué demonios me estás diciendo?

Ella se apoyó en el soporte de la ducha y dejó que las lágrimas fluyeran bajo el chorro de agua caliente, fingiendo que no se entregaba a la desesperación, pero ya se ahogaba ahí. Notaba la opresión en el pecho. Apenas podía respirar, notaba su garganta irritada y atragantada. Por lo que recordaba, era la primera vez que sentía pánico.

Ángel. La voz de Ken se movió por la mente de Mari. Tan suave y tierna que provocó otra oleada de lágrimas. *Estoy aquí, Mari. Háblame. Compártelo conmigo. Apóyate un poco en mí, por el amor de Dios.*

No puedo.

Quería aproximarse a él, quería sentir el consuelo de sus brazos, y tal vez ése era el problema. Ken la había vuelto débil, le había hecho sentir que le necesitaba. Siempre había tenido capacidad de aguante... de estar sola, pero ahora quería la roca sólida de su cuerpo, la fuerza de sus brazos. Quería que él la estrechara y protegiera, y detuviera la locura antes de perder la razón. Whitney la estaba destrozando en pequeños pedazos, igual que Ekabela había cortado el cuerpo de Ken en diminutas secciones.

Me puedes contar cualquier cosa.

Te enfadarás.

Ya tenía a suficientes hombres enfadados. Se cogió los brazos y se acurrucó, deseando poder desaparecer por el desagüe.

No me enfadaré contigo. Llevo una furia dentro que nunca he descargado, y tal vez salga bullendo a la superficie, pero nunca contra ti, Mari. Sólo quiero que las cosas vayan lo mejor posible para ti. Cuéntame.

Iba a contárselo, pero sabía que era un error, de todos modos no podía detenerse. Necesitaba desesperadamente alguien.

Whitney me ha entregado a Sean. Sean ha matado a Brett. El cuerpo está al otro lado de la puerta y Sean me está esperando. No va a aceptar un no por respuesta y es mucho más fuerte que yo. No puedes llegar aquí a tiempo. No si te encuentras en el segundo nivel.

Por un momento Ken desapareció; su mente salió con brusquedad de la suya, dejándola sola, privada de él, mareada. Un fuerte golpe en la puerta le hizo dar un brinco. Sean venía y no había salida.

Nena, escúchame. Había dolor en la voz de Ken, en su mente, dolor y culpa mezclado con la ira más fría que ella había percibido jamás. *No puedo llegar a ti. Estoy perforando una obstrucción para intentar encontrar la entrada al muro inferior. Aquí todo son vías sin salida.*

No pasa nada. De verdad.

No era así y ambos lo sabían.

Quédate conmigo. Mantén tu mente pegada a la mía.

No. No quiero tenerte aquí conmigo cuando suceda esto. Me siento sucia. No podría soportar que presenciaras esto.

Mari notó la sensación de unos labios rozando la comisura de su boca, y se la tocó maravillada.

¿Cómo has hecho eso?

La puerta se abrió de golpe y Sean descorrió la cortina de la ducha casi arrancándola. Mari alzó la vista con el rostro surcado de lágrimas, desesperada del todo.

Intenta conectar con él mentalmente. ¿Es telépata?

Sí. Por un momento Mari no entendió, pero luego una diminuta esperanza titiló y floreció. No se atrevía a creer que pudiera funcionar, porque sería terrible si luego no era así. *¿Puedes usar el control mental con él?*

Desde luego voy a intentarlo, puñetas. No puedes cometer ningún error, Mari, ni delatar por accidente que estoy aquí y que nos comunicamos.

—Levántate, Mari.

Sean le tendió la mano.

Poco a poco ella estiró las piernas, negándose a que el hecho de no llevar ropa la intimidara.

¿Por qué haces esto, Sean? Por favor, habla conmigo para que pueda dejar de temblar. Siento miedo por ti. No me gusta temer por ti.

Con muestras de cierto reparo, puso su mano en la de él y dejó que la ayudara a ponerse en pie. Él tiró de su cuerpo hasta levantarlo rozándole. Mari no pudo disimular la tensión, pero consiguió no forcejear.

¿Por qué usas la telepatía?

Sean la empujó para que continuara hasta el dormitorio por delante de él. Estudió las paredes en busca de una cámara oculta.

Estoy bastante segura de que Whitney tiene audio de vigilancia aquí. Me ha repetido cosas que sólo podría haberlas oído en mi habitación. Siéntate en la cama conmigo sólo un minuto, Sean, y deja que me haga a la idea de todo esto.

¿No dijo que habías reventado todo el audio cuando destruiste las cámaras?

No quiero arriesgarme. Ya sabes que miente todo el rato.

Notó a Ken moviéndose en su mente cuando se apartó un paso de Sean; estaba estudiando el campo de energía, el rastro que dejaba el soldado. Percibió una repentina oleada de energía entrando en su mente, aprovechando todo su poder para crear una unidad poderosa con el de ambos. Le asustó tanto que casi retrocede. Ya no era ella, de pie ahí en la celda, sino que formaba parte de Ken, y estaba abierta a él: todos sus temores y esperanzas, y cada uno de sus recuerdos. Era demoledor estar tan cerca de otro ser humano, tan vulnerable.

Se permitió bajar el cuerpo sobre la cama, buscando la manta para protegerse del hambre en la mirada de Sean. ¿Por qué le repugnaba tanto? Cuando Ken la había mirado con ese deseo multiplicado por cien, se había fundido por él, se había fundido en él. La autoconservación exigía retirarse de su mente antes de revelar todas sus fantasías secretas, deseos secretos, reales e imaginarios, y que la mente de Ken respondiera del mismo modo.

Un temblor la recorrió. Ken ya estaba llenando su mente con demasiada información, y con los recuerdos llegaba también su poder. La energía de ambos se fusionaba en un torrente constante, un flujo poderoso, una corriente tan fuerte que ella temió desmayarse antes de que Ken pudiera tomar el control.

Sean tiró de la manta. Mari se resistió, pero al escurrirse reveló la prominencia de sus senos. Luego tiró con más fuerza y la empujó hacia atrás con el codo, dejándola medio tumbada en la cama.

No quiero esperar. Hace años que me conoces, Mari. Me perteneces, siempre ha sido así. Sólo estoy tomando lo que es mío.

Pegó la boca con fuerza a su pecho, rodeándole el cuello con una mano y clavando los dedos como recordatorio para que no se resistiera.

—Sean, me haces daño.

Le golpeó el pecho con ambas manos, en un intento de apartarle.

Pensó que Ken estallaría, pues era consciente de la ira en él, una entidad viva, negra, sanguinaria y brutal.

Emplea la telepatía, haz que te conteste.

Sean, por favor, me haces daño.

No te resistas entonces.

Mari notó la reacción instintiva de Ken, las emociones dominándole, formando torbellinos que aún volvían más poderosa la rabia. Pero a continuación se quedó frío como el hielo; incluso más, totalmente quieto y concentrado, aislando la ira como si nunca hubiera estado ahí, hasta que su mente fue el ojo calmado de un huracán violento.

Oyó la suave cadencia de su voz cautivadora, imperiosa, grave y suave, pero tan insistente que resultaba imposible negarse a ella. Las palabras fluían por ella, sin poder retenerlas, incorporadas a la corriente de energía que surgía de su mente para entrar en la de Sean.

El soldado se sentó, con rostro conmocionado. Sacudió la cabeza varias veces como si quisiera despejarse. La voz no cesaba, sin alzarse en ningún momento ni cambiar de tono. Era implacable en su asalto, empujando la mente de Sean y exigiendo obediencia. Su rostro se quedó muy pálido, sus ojos vidriosos. Mari reconoció la pesadez también en su mente, pero la experimentó en un grado mucho menor. Ken había atrapado la mente de Sean con fuerza y se negaba a soltarla.

Sean se levantó, dando traspiés hacia atrás, mirándola con un temor salvaje e indefenso. Ella no se atrevía a moverse, temía romper el hechizo que Ken urdía con su voz. No sabía cómo funcionaba, pero utilizaba tanta energía que resultaba agotador. Sean se resistió, oponiéndose a la orden implacable. Cada paso que daba para alejarse era un esfuerzo atroz, arrastraba el pie como si se resistiera a levantarlo.

Mari contuvo el aliento cuando Sean pasó la tarjeta para accionar la puerta. Sin poder creerlo, vió que la arrojaba al suelo antes de salir arrastrando los pies. La puerta se cerró tras él, pero continuó alejándose de ella. Luego oyó los pasos desvaneciéndose.

Sin embargo, el enorme flujo de energía no cesaba. Agotada, se reclinó y se echó la manta sobre el cuerpo que temblaba descontrolado. Oyó el tictac del reloj y sus propios latidos. La energía crepitaba en su mente, y se abalanzaba con tal poder que le asustaba pensar lo que Ken y ella podrían hacer juntos si cedieran a la destrucción.

La voz seguía hablando, y ella intentó captar las órdenes, decidida a descubrir qué exigía Ken a Sean. No podía interrumpirla, por temor a que Sean regresara y supiera que no había estado sola en su expulsión. Vio la tarjeta en el suelo pero no encontró fuerzas siquiera para arrastrarse a recogerla. Todo lo que era se volcaba en el río de energía.

Permaneció tumbada con los ojos cerrados, consciente de la fuerza del oleaje, y entonces se percató de que ya no estaba sola con Ken. Jack se había unido a ellos y sumaba su energía psíquica para hacer obedecer a Sean, cuya mente había sido dominada por completo por los gemelos Norton. Intentó apartar su propia energía, temerosa de exponerse de ese modo al hermano de Ken, pero la fusión era demasiado fuerte. Se sentía arrastrada cada vez más lejos de su propia mente, por un laberinto de pasillos, buscando con un propósito mortífero y oscuro.

Capítulo 16

Mucho después de desvanecerse la sensación de energía fluyendo a través de sus mentes fundidas, Mari estaba echada en la cama mirando el techo. Aún se le caían las lágrimas, pero no podía hacer el esfuerzo de secárselas. Oyó que alguien se llevaba el cuerpo de Brett, al otro lado de la puerta, pero nadie habló con ella. Mejor así. No creía tener capacidad de responder.

En un momento dado percibió una agitación en su mente y reconoció el contacto de Cami, pero no encontró fuerzas para responder, pese a saber que provocaría inquietud entre las mujeres. Ellas habrían percibido sus miedos. Y desde luego habrían notado la oleada de energía psíquica, cualquier telépata sentiría eso, no había manera de contener esa clase de poder.

Su mente estaba agotada y su cuerpo parecía de plomo. No podía imaginar cómo se sentiría Ken, pero debía de ser peor. Tenía uno de los dolores de cabeza más intensos que recordaba, no creía haber experimentado uno tan desorientador, y eso que emplear la telepatía y los talentos psíquicos los provocaba a menudo. Su corazón latía con demasiada fuerza, tan rápido que estaba mareada, sentía náuseas.

Visualizó a Ken tumbado en el suelo en algún lugar del gran complejo, rodeado de enemigos, vulnerable a un ataque, y entonces el sudor empapó su cuerpo. Apenas podía respirar por la necesidad de saber que estaba vivo, sano y salvo. No podía conectar con su mente, y estaba segura de que si él hubiera podido tocar la suya para tranquilizarla, lo habría hecho. Sólo era capaz de estar ahí tumbada y aterrorizada por él, imaginando lo peor sin posibilidad de ayudarle.

Nadie podía gastar tanta cantidad de energía sin repercusiones físicas terribles. Se había entregado del todo por salvarla. Se oyó a sí misma sollozar con el pecho palpitante. Se quedó consternada al verse echada en el catre llorando, no unas lagrimitas sino gimoteando con tal fuerza que cualquiera podía oírla. Nunca hacía eso. Nunca. Era una soldado, entrenada para la supervivencia. Nunca entregas al enemigo munición que pueda usar en tu contra, y desde luego nunca le das la satisfacción de ponerte emotiva.

Tanta disciplina pareció esfumarse en ese instante, dejándola sin control. Necesitaba saber que él estaba a salvo. ¿Cómo diablos había crecido su conexión con tal fuerza como para no limitarse a sexo únicamente? Pensaba que podría tener momentos en la vida que harían el resto soportable, pero estar con Ken Norton lo había cambiado todo. Estaba cambiada. Él le había enseñado que su vida podía ser diferente, que había esperanza para ella, que podía tener sueños.

Permaneció tumbada a oscuras durante dos largas horas, preguntándose si estaba vivo. Por primera vez en su vida, rezó. Whitney les había enseñado a creer sólo en la ciencia, les repetía que aquellos que creían en poderes superiores eran gente que necesitaba un apoyo. No existía tal cosa como Dios o un salvador, ni siquiera una forma de vida relacionada con cosas más allá de la disciplina y el deber. La habían adoctrinado desde cría para considerar la misericordia y la compasión algo para blandos: un rebaño, gente que esperaba que alguien con inteligencia y poder la guiara.

Durante la mayor parte de su vida se había considerado un fracaso por no cumplir con las enseñanzas de Whitney. Quería a sus hermanas, casi todo lo que hacía respondía al deseo de protegerlas y permanecer a su lado; no a un tremendo sentido del deber. Nunca había creído en nada excepto en sus hermanas, pero ahora, por si acaso, rezó. Y entonces, como si alguien hubiera oído realmente su ruego, sin sonido previo ni otro aviso, casi se muere del susto cuando la puerta corredera se abrió y un hombre se introdujo en el cuarto.

—¿Ken?

Pronunció su nombre con voz ronca, incapaz aún de levantar de la almohada su cabeza a punto de estallar. Era él, con sus amplios hombros y sus brazos de acero que deslizó en torno a ella para estrecharla. Volvió el rostro cubierto de lágrimas contra su pecho y él se derrumbó sobre la cama. Mari se percató de que temblaba de debilidad.

—¿Cómo has conseguido llegar hasta aquí? Yo ni siquiera me puedo mover.

—No tienes que moverte; sólo voy a quedarme contigo. Tengo la cabeza a punto de explotar. —Se estiró sobre la cama a su lado, pasando las manos por el cuerpo de Mari sólo para asegurarse de que estaba entera—. Tu coraje me aterra.

En verdad era una lección de humildad. Soportar las cosas que ella había soportado toda su vida, aguantar ahí y mirar a la cara a Sean y lo que pretendía hacer, entregarse tan plenamente a Ken, un hombre igual de peligroso o incluso más... todo ello superaba lo que podía comprender él.

De pronto se puso tenso.

—Oh Dios, cielo, estás llorando. Vas a romperme el corazón. Ya se ha ido, estás a salvo, estás a salvo conmigo.

Le rodeó el cuerpo con actitud protectora, sintiendo sus temores y el rostro surcado de lágrimas contra su pecho. Metió los dedos en su espeso pelo mientras la atraía cuanto podía, intentando hacer de escudo contra cualquier otro daño.

—Lo lamento, ángel. Intenté llegar aquí lo antes posible. Te han hecho pasar un infierno y yo no estaba aquí.

Ken no podía respirar con su llanto y la opresión en el pecho que le provocaba. Se le irritó la garganta y sintió pánico.

—Para ya. —Le acarició el cabello y le dio besos en la cara, lamiendo las lágrimas en un esfuerzo de detenerlas—. Lo intenté, te juro que lo intenté.

—Estabas aquí, Ken, estabas; me salvaste la vida cuando pensaba que no era posible. —Ahora que Ken estaba con ella, vivo y a salvo, podría haber dejado de llorar, pero por algún motivo las compuertas se habían abierto y la cosa fue a peor, alternando los sollozos con hipos, aferrándose a él como una niña. Mari sabía que estaría avergonzada por la mañana, pero oculta en la oscuridad sintió el coraje para ser sincera—: Estaba asustada por ti.

—¿Asustada por mí? —Ken le dio más besos en la cabeza y después descendió por su rostro. Le rozó la barbilla con los dientes y luego besó la comisura de sus labios—. Yo estaba a salvo, eras tú la que corría peligro. Creí que perdería la cabeza.

Le frotó las lágrimas con los pulgares.

Mari se esforzó por recuperar el control. Ken no estaba de broma; le afectaban sus lágrimas. Respiró hondo un par de veces para calmarse.

—¿Se dará cuenta Sean de que usaste tu control mental con él? Porque si es así, Whitney sabrá que yo no pude hacerlo, se pondrá hecho una furia y querrá matarnos a todos.

—No, no tiene ni idea. Tú te enteraste porque no te di la orden de olvidar lo que te había sucedido. Puedo implantar recuerdos.

—¿Eso hiciste con Sean?

—Para protegerte, sí. Cree que los dos habéis tenido relaciones sexuales, que cooperaste con él. Yo no quería que volviera por la mañana.

—¿Cómo pudiste hacerle creer eso?

—Fue bastante fácil. Sus deseos eran muy poderosos, y las imágenes de ti desnuda en su mente eran vívidas. No fue difícil manipularlas una vez que estuve conectado a él. No quería, Mari, pero me pareció que no tenía opción. Era la única solución que se me ocurrió, aparte de matarle, para protegerte. Y si yo le mataba, Whitney descubriría que habíamos penetrado en su bastión. Le he preparado una trampa y, si tenemos suerte, Sean recibirá su merecido cuando intente algo contra Whitney.

—¿Te estás disculpando conmigo?

Inclinó la cabeza lo suficiente para mirarle, consternada al ver que él se preocupaba después del esfuerzo que había supuesto.

—Lo lamento, nena. Es un enemigo poderoso, y yo debería haber encontrado una mejor manera de eliminarlo para siempre, pero contábamos con escasos segundos para tomar una decisión y eso fue lo que me vino a la cabeza si queríamos mantener a salvo a tu familia.

Y luego se había arrepentido, maldiciendo aquella decisión a cada momento. Quería a Sean muerto. Necesitaba a Sean muerto, pero tenía que vivir con el hecho de haber dejado a ese hijoputa vivo y que Mari no estuviera a salvo.

—No tengo ni idea de qué habría hecho si no me hubieras ayudado —dijo ella. Acarició el pelo de Ken con dedos nerviosos, una caricia inconsciente, y enterró el rostro en el calor de su cuello—. Whitney dijo que el senador viene hacia aquí, y que había pedido en concreto hablar conmigo, pero estaba enfadado de verdad. Estoy convencida de que es el motivo por el cual Sean ha venido esta noche.

Requirió mucho esfuerzo mantener a raya la oleada de furia para derramarla y que ella pudiera sentirla. Depositó un ligero beso en los suaves mechones de pelo en lo alto de su cabeza. Nunca antes había sentido aquel nudo en la garganta. Era aterrador lo que le hacía sentir esta mujer. Había tenido cuidado toda su vida de no implicarse emocionalmente, pero ella le había atrapado de tal forma que casi no podía respirar, y no tenía ni idea de cómo había sucedido, ni siquiera cuándo.

—¿El senador Freeman va a venir aquí?

—Eso es lo que dijo Whitney. No creo que sea una buena idea, Whitney parece enfadado de verdad con él. Freeman no cuenta con ninguna mejora genética.

—Pero su esposa sí.

—Sí. La relación entre Whitney y el padre del senador, el armador Andrew Freeman, se remonta muy atrás. Violet nos dijo que la prepararon para ser la esposa de un senador y que Whitney quería que Ed Freeman optara a la vicepresidencia para así tener un hombre en el poder a quien controlar.

—¿Así que Violet es una de los Soldados Fantasma de Whitney? Tiene un pequeño ejército.

—¡No! —Mari apartó la cabeza para mirarle—. Violet nunca nos traicionaría, por mucho que le ofreciera Whitney. Creo que quiere de veras a su esposo, pero de ningún modo nos vendería. Whitney tiene acceso a un equipo de Soldados Fantasma originales. Violet formaba parte de ese grupo, igual que yo. Whitney tiene otra unidad compuesta por supersoldados. No es lo mismo. Están mejorados, pero sus habilidades psíquicas no son tan potentes y la mayoría de ellos son muy violentos. Sé que Violet no forma parte de eso; no nos traicionaría.

—Sean lo hizo.

Se hizo un silencio y Ken se maldijo otra vez por hacerle daño. La estrechó aún más entre sus brazos, como si apretujándola y rozándole la cabeza pudiera compensar la metedura de pata.

—Sí, lo hizo —respondió Mari—. Me echó la culpa a mí.

—Eso es una chorrada y lo sabes. Tomó una decisión, como hacemos todos. Debe asumir su propia responsabilidad. Si yo la fastidio contigo, tengo que asumirlo.

Mari estiró la mano y siguió el contorno de sus labios con la yema de los dedos al percibir el ansia en su voz.

—¿Por qué insistes en pensar que eres una especie de monstruo?

—No quiero que te hagas una idea errónea de mí.

Su voz sonó destemplada incluso para él.

Mari sonrió en la oscuridad.

—He estado en tu mente. Sé que eres un mandón y te gusta que las cosas se hagan a tu manera. Pareces celoso...

—Soy celoso. La idea de otro hombre tocándote me vuele loco. —Cerró los ojos con fuerza—. Mi padre era tan celoso, Mari, que no soportaba que mi madre hablara y se riera con sus propios hijos. Le pegaba cada vez que un hombre le dirigía un vistazo, algo frecuente. Era una mujer hermosa. Me siento muy posesivo contigo ahora, la idea de un hombre abrazándote, besándote, compartiendo tu cuerpo... sólo el pensamiento me pone violento. No sé que haría, con franqueza.

Avergonzado, le rodeó la cabeza con el brazo y atrajo el rostro contra su pecho para que no pudiera mirarle. Ken no se sentía capaz de mirarle a los ojos.

—Pude percibir tus emociones cuando Sean se enfrentaba a Brett. Te ponía enferma ser el motivo. Mi comportamiento podría ser mucho peor, Mari, sé de lo que soy capaz. Confiaba en guardar las distancias y no ponerme así, pero sucede y no puedo detenerlo.

—No eres tu padre, Ken. Llevas una vida diferente por completo. Te han modelado tus propias experiencias.

Él soltó una risita sin humor.

—Exactamente, Mari. Experiencias maravillosas como presenciar a mi padre matando a mi madre, intentar cargarme a mi padre yo mismo... cuernos, ni siquiera era un adolescente aún. Tramé un millar de maneras de asesinarle. Pegué una buena paliza a dos de mis padres adoptivos y no tengo ni idea de a cuántos chicos y hombres agredí durante mis años mozos. Escogí las operaciones especiales, Mari, di permiso para que mejoraran mis habilidades motrices y psíquicas; al fin y al cabo así seria un asesino mucho más eficiente. Ésas son las cosas que modelaron mi vida.

Mantuvo un tono por completo impasible, distanciándose de la realidad de su infancia como hacía siempre... la manera en que debía hacerlo para sobrevivir.

Las lágrimas de Mari amenazaban de nuevo. ¿No había llorado suficiente esta noche? Ahora las lágrimas no eran por ella sino por él, ese muchacho, el adolescente abandonado por los adultos. La vida de ella podía haber sido severa y fría, pero no conocía otra cosa. No tenía nada con qué compararla. En cierta manera había sido divertido, toda la instrucción física y psíquica. Se había sentido especial y respetada en última instancia. Pero Ken había conocido el amor. Su madre le había querido; Mari percibía el eco de ese amor pasado en su mente.

Sufría tanto por dentro y ni siquiera lo sabía. No era consciente de ello, sólo del fuego de la rabia o del frío gélido de su falta de emociones. Con Ken era o todo o nada. Furia o hielo.

—Ken...

—¡No! —dijo con brusquedad, porque si ella lloraba por él, sería el fin. Nadie había llorado jamás por él. Su madre había muerto, y el resto del mundo lo miraba a él y a Jack como si fueran los monstruos creados por su padre. Y la gente hacía bien en asustarse.

Le secó las lágrimas con los pulgares.

—Me vas a partir lo que queda de mi corazón, Mari, déjalo. No puedo cambiar mi manera de ser. Aunque quisiera, cariño, no podría.

—Si de verdad fueras la misma clase de hombre que tu padre —dijo ella bajito, conteniendo el pequeño sollozo que amenazaba con escapar— habrías matado a Sean en aquel mismo instante, cuando tuviste ocasión, y habrías mandado al cuerno a mis hermanas. Tu padre no habría pasado por el infierno de saber que otro hombre me estaba tocando y negarse el placer de matarlo. Mis sentimientos no habrían contado en absoluto, pero contigo sí. Tal vez quisieras matar a Sean... qué puñetas, hasta yo misma querría matarle, pero no lo hiciste.

Se escabulló de debajo de su brazo y le dio unos cuantos besitos en la parte inferior del mentón.

Ken gimió suavemente.

—Cariño, te estás engañando. No soy un buen hombre. Desde luego quiero serlo, lo deseo cada vez que estoy cerca de ti, pero la verdad es que he hecho cosas en mi vida, y las volveré a hacer, que no me permiten estar en esa categoría. Quería matar a ese hijo de perra y lo haré algún día.

—Porque es una amenaza para mí, Ken, no porque me tocara.

—No te engañes, Mari, son las dos cosas —respondió con seriedad.

Sabía que reconocer eso condenaba toda posibilidad de felicidad con ella. No era el tipo de mujer que camina tras un hombre. Él era la clase de hombre que necesitaría protegerla en todo momento, tomar las decisiones, era imposible cambiar eso. A diferencia de Briony, que aceptaba la dominación de Jack, a Mari le irritaban las restricciones. La habían mantenido a raya demasiado tiempo: intercambiar una correa por otra no sería de su agrado. Una vez que saboreara la libertad real, le dejaría y nunca volvería la mirada atrás.

La idea era demoledora. Desgarró sus paredes interiores hasta el punto de que apenas pudo pensar con claridad. Ken necesitaba concentrarse en otra cosa, en cualquier tema. Se aclaró la garganta.

—En cuanto mi cerebro se recupere, puedo dar aviso a Jack. Tal vez consiga advertir al senador si de verdad piensas que Whitney va a hacerle daño.

—Desde luego que lo pienso —respondió Mari—. Creo que para empezar fue Whitney quien ordenó su asesinato. Cuando el comando acudió a protegerle, pienso que en realidad era una estratagema para que nosotros fuéramos ahí, ya que alguien de nuestra unidad iba a asesinarle.

—¿Sean?

—Tal vez. Lo mas probable. Dijo algo que me inquietó, algo sobre ser ya prisionero de Whitney. Sean siempre ha sido capaz de ir y venir, nunca ha tenido tantas restricciones como el resto de nosotros.

—Podría haber pagado un alto precio por eso. Tienes que considerar la posibilidad de que vendiera su alma al diablo hace mucho.

Hubo otro pequeño silencio. Mari se mordisqueó el labio inferior mientras consideraba la idea una y otra vez en su mente.

—Si lo hizo, y ha estado informando todo este tiempo a Whitney, le habría dicho que yo iba a salir con el equipo para intentar hablar con el senador Freeman y Violet.

—Motivo por el cual Whitney se aseguró de que Sean te atiborraba de Zenith. Fue él, ¿verdad?

—Whitney nos lo da habitualmente antes de salir a cumplir alguna misión. Estaba ausente. Sean quería protegerme.

—Whitney le habría proporcionado una dosis especialmente alta. Por eso te curabas tan rápido y luego sufriste el colapso.

—¿Piensas que Sean sabía lo que me estaba dando?

Ken quería decirle que Sean era lo bastante hijo de perra como para asegurarse de que ningún otro hombre la tuviera si no regresaba con él, pero ya le habían hecho demasiado daño.

—Lo dudo, cielo. Whitney suministraba el Zenith de manera rutinaria. Era más para su protección que otra cosa.

—Porque los hombres muertos, o las mujeres, no pueden hablar.

—Exacto.

—Después de que usaras conmigo el control mental —dijo Mari— me preguntaba por qué no lo habías hecho con Ekabela. Pero ahora sé que no es fácil y que el coste es tremendo.

Ken asintió.

—No es fácil aclarar tu mente y mantenerla centrada cuando alguien te corta en pedacitos.

—Supongo que no. Y las secuelas son mortales. Es preciso estar en algún lugar totalmente protegido para aplicarlo. Por lo tanto, te habrían tenido a su merced por completo.

—Como cualquier utilidad psíquica, el control mental tiene inconvenientes terribles, aún más que la mayoría de talentos extrasensoriales, por la cantidad de energía poderosa que empleas. No pienso que Whitney pueda aceptarlo. Quiere los Soldados Fantasma sin defectos. Por ello tiene la mirada puesta en la siguiente generación. Piensa que nuestros hijos no sufrirán las repercusiones de emplear la capacidad psíquica porque nacerán con ella.

—No había considerado eso. Pensaba sólo que Whitney estaba loco. Ha empeorado y empeorado con los años. No parece tener que responder ante nadie y, debido a eso, sus experimentos son cada vez más estrambóticos.

—¿Piensas que el senador Freeman sabe lo que sucede aquí?

Negó con la cabeza.

—Violet se casó con él antes de que Whitney iniciara el programa de reproducción. Ella no podía saberlo. Por eso es tan importante que uno de nosotros hable con ella. ¿Por qué Sean iba a permitirme ir si planeaba matar a Freeman?

—Porque si Violet y el senador morían, no importaría que tú estuvieras ahí. Y eres una francotiradora. Te podrían haber hecho cómplice en el asesinato de un candidato a la vicepresidencia. No serías capaz de ir a ninguna parte ni hacer nada con esa amenaza sobre tu cabeza.

Mari sacó la cruz y la cadena de debajo del colchón y se la pasó por la cabeza para que su regalo se acomodara en el valle que formaban sus senos. Le encantaba su contacto y peso. Llevó los dedos luego hasta el extremo de la camisa de Ken:

—El vigilante no vendrá hasta las cinco y media de la mañana más o menos. Tenemos algo de tiempo antes de que tengas que salir de aquí. —Separó la camisa para dejar al descubierto las cicatrices entrecruzadas—. He querido hacer esto desde la primera vez que te vi. —Inclinó la cabeza y le besó, pasando aquellos tiernos labios de satén sobre las estrías formadas ahí—. ¿Puedes sentir esto?

Podía, pero poco. Sólo era el suave resplandor de una promesa deslizándose sobre su piel. Debería detenerla. Cuanto más la tocara él, cuanto más la poseyera, más difícil sería renunciar luego a ella.

—Como un susurro —dijo con voz ronca.

No era lo bastante hombre como para detenerle. Su boquita errante se encontraba justo debajo de su ombligo, los dientes jugueteaban con las cicatrices, raspando la piel rígida, y la lengua ejecutaba un pequeño baile para aliviar el escozor.

—¿Y esto qué tal?

Cerró los ojos y se echó de espaldas, dejando que ella desabrochara los pantalones y los bajara por sus caderas. La habitación estaba a oscuras, pero podía ver el diseño de las cicatrices bajando y cubriendo la gruesa y larga erección provocada por esos dientecitos afilados, esos labios suaves y la lengua húmeda y aterciopelada.

—Mas abajo —gruñó él—. Más abajo y un poco más fuerte.

—No tienes paciencia. —La suave risa jugueteó sobre su abdomen como una pluma—. Llegaré ahí, pero quiero hacer una pequeña exploración primero, para ver qué funciona mejor.

Podría matarle antes de que acabara la noche. Sus labios eran seda ardiente, deslizándose sobre él como mantequilla, una sensación que casi iba más allá de su insensibilidad... casi. Pero era bastante para que su polla se levantara de una sacudida, firme a causa de la anticipación. Sus dientes le dejaron sin aliento, sin aire en los pulmones, mientras un fuego descendía rodando por su vientre. Mordiscos diminutos que escocían y luego calmaba con las caricias de su lengua.

Como por iniciativa propia, su cuerpo se arqueó hacia ella. Ken le agarró el pelo con los puños cerrados dejando ir un gruñido gutural. De hecho, sus testículos se alzaron abultados también, tanto que temió explotar mientras su polla se llenaba estirando las cicatrices con dolor, dilatando y alargando su erección a causa de la necesidad apremiante. Pensó en decir algo, tal vez una protesta, ojalá que no fuera un ruego, pero su mente y lengua no podían encontrar las palabras cuando ella rodeó con los dedos la base de la verga y cerró el puño con fuerza.

Bajó la mirada hacia sus grandes ojos chocolate tan oscuros de ansia, con expresión anhelante y hambrienta. Tenía una belleza salvaje, las sombras oscuras danzaban sobre su cuerpo desnudo. La cruz dorada se balanceaba junto con los pechos, jugueteando sobre su piel, acariciándola mientras se movía sobre él. Podía ver las marcas de posesión de su encuentro amoroso previo, y eso provocó otra oleada de excitación disparada por sus venas.

Mari no retrocedía ante las marcadas cicatrices, las líneas rígidas que se entrecruzaban sobre la ingle y el escroto. Le estudió, fascinada, como si fuera un cucurucho de helado y no pudiera esperar a empezar, pero no estaba segura de por dónde hacerlo. Ken contuvo el aliento mientras ella hundía la cabeza hacia delante y lamía la gota reluciente en lo alto del capullo amplio y marcado. La débil sensación fue como unas alas de mariposa rozándole, y a continuación sus labios arañando la piel dañada, provocando un grito de placer en él.

Ken soltó un jadeo violento. Apretó el mentón y cada músculo de él se contrajo. Se esforzó por recuperar el control. Un solo toque y le estaba destruyendo. Tiró del pelo a Mari, intentó levantarla, pero pese a hacerlo, impulsó las caderas hacia delante, empujando su polla contra los blandos labios de satén. Él gimió otra vez cuando el cálido aliento le alcanzó, mientras la boca se abría y se deslizaba sobre el amplio capullo, doblando la lengua y encontrando con los dientes el punto más sensible justo debajo de la corona del glande, aquel que sus enemigos habían intentado destruir con tal ahínco. Ella siguió descendiendo y experimentando con los mordiscos, y un fuego se disparó por el cuerpo de Ken en oleadas palpitantes, hasta que tuvo dificultades para respirar, para mantener la cordura.

El placer era tan intenso que no estaba seguro de poder sobrevivir. Ella estaba destruyendo realmente su creencia en su autocontrol. No podía permitir que le arrebatara eso, era demasiado peligroso. Le rozó otra vez con los dientes, justo encima de ese punto dulce, y él se meneó debajo de ella, olvidando por completo el peligro. Entonces ella intervino con las uñas, raspando las líneas resaltadas sobre la apretada bolsa de los testículos, y ya no estuvo seguro ni de saber su propio nombre. Le estaba matando, veía estrellas explotando tras sus párpados y los azotes de un rayo candente se propagaron crepitantes por su riego sanguíneo.

—Más, Mari. Duro y fuerte —ladró la orden entre dientes.

La boca de Mari, ardiente y ceñida, y tan exquisita, rodeó el capullo de su verga, añadiendo una succión a la combinación de dientes y lengua, y él casi se cae de la cama. No estaba preparado para lo que le estaba haciendo. Dulce infierno, le estaba quemando vivo con su boca. Los dientes encontraban cada terminación nerviosa que él tenía la certeza de que le habían cercenado, e iban haciendo una rápida reparación.

Marigold gimió desde lo profundo de la garganta y la vibración viajó directa por su polla hasta los testículos y se propagó hasta los muslos, para ascender luego por el vientre. No podía parar el fuerte impulso de sus caderas. Lo intentó, esforzándose por controlarse, pero era imposible con el rugido estruendoso en su cabeza y el corazón golpeando como un trueno en sus oídos.

Se le escapó una suave maldición mientras se adentraba un poco más, mientras la garganta de Mari se estrechaba aún más en torno a él, estrujándole hasta que el semen bulló ardiente y fiero. Le agarró la cabeza sosteniéndola y aproximándola mientras el intenso calor dominaba a Ken, con llamaradas crepitantes en la base de la columna propagándose por su cuerpo. Mari encontró con sus dientes ese punto justo debajo del borde del amplio capullo, raspándolo al tiempo que tragaba bien adentro otra vez, estrechando una vez más la garganta.

Ken se desmoronó, una violenta explosión tomó su cuerpo y sus sentidos. Su vida ya no le pertenecía, el placer le consumía y le devoraba vivo. Se estremeció con aquella liberación, las caderas parecían casi salvajes impulsándose indefensas contra la profundidad, y cada vez que los dientes y lengua se sumaban a la succión ardiente y constreñida, él la agarraba con más fuerza, sujeto a la seda de su cabello.

Ella era su dueña, en cuerpo y alma. Aunque antes hubiera pensado que podría hacerla depender de él sexualmente, atarla a él con el control que tenía de su propio cuerpo, ella nunca le necesitaría como él la anhelaba. Lo sabía con certeza tal como sabía que su corazón y alma estaban para siempre en sus manos.

Tras una última lamida serpenteante con la lengua, Mari le soltó. Ken la echó de espaldas, la cogió de las muñecas y le estiró los brazos por encima de su cabeza, pegándolos al colchón, con la erección aún firme y agresiva vibrando de necesidad. Le separó los muslos con las piernas y la penetró con una embestida que atravesó los ceñidos pliegues aterciopelados, forzando la entrada en toda su profundidad, necesitando que ella acogiera cada centímetro de polla gruesa y cicatrizada.

Hubo resistencia. El cuerpo de Mari estaba húmedo y receptivo, pero demasiado prieto, y a pesar de los jadeos entrecortados y ruegos gimientes, sus músculos intentaban bloquear la invasión. La reacción sólo sirvió para incrementar la excitación y su necesidad de poseerla, realzando el placer mientras forzaba su verga aún más adentro. Los músculos se separaron mínimamente a su pesar, estrujando las cicatrices, tirando de las dañadas terminaciones nerviosas hasta que un fuego crepitante recorrió su columna arriba y abajo.

—Rodéame la cintura con las piernas. —Le encantaba mirarla, se deleitaba en la visión de su cuerpo despatarrado ante él como un bufé inacabable. Tenía los ojos vidriosos de necesidad, el pelo alborotado derramándose como mechones de seda sobre la almohada. Sus pechos parecían relucir con el lustre, la carne cremosa y los pezones duros reclamaban su atención y la cruz centelleaba sobre la piel. Le encantaba la cintura estrecha y las curvas de su cadera, pero sobre todo adoraba los suaves sonidos de desesperación que surgían de su garganta mientras el cuerpo se volvía un fuego líquido en torno a él—. Qué guapa eres, joder, Mari.

Se inclinó para besarle el cuello y la acción produjo a propósito una fricción electrificante sobre el punto más sensible. Succionó el pequeño pulso que latía en su garganta y bajó un poco más la cabeza para encontrar el pecho y hacer lo mismo, sintiendo la oleada de respuesta de cálida crema que iba a facilitar su siguiente embestida. Dedicó un tiempo a adorarla con su lengua y dientes ahí, mientras esperaba que el ceñido cuerpo aceptara su invasión.

—Por favor —susurró Mari con urgencia, levantando el cuerpo hacia él mientras Ken se hundía una vez más en ella y se quedaba quieto, saboreando la sensación de su cuerpo en torno a su miembro.

—Chit, voy a hacer que te guste, cielo. Necesitas un poco de tiempo para ponerte a tono.

—Ya me he puesto a tono —protestó con voz entrecortada.

Su cuerpo estaba tenso de necesidad. No quería esperar. Necesitaba sentirle llenándola, aplastándola, penetrándola y elevándola tan alto que nunca volviera a bajar.

Cada meneo del cuerpo de Mari provocaba oleadas de conmoción en él. Estaba demasiado estrecha, demasiado pequeña para su tamaño, pero eso sólo servía para aumentar el placer. Anhelaba la sensación de un puño cerrado agarrando y estrujando, atizando su verga cicatrizada con calor fiero, para poder conseguir alivio.

—Me la pones tan dura, Mari.

Y así era. Un toque. Una mirada. Ella era todo lo que podía desea en una mujer. A ella no le asustaban sus necesidades inusuales; le respondía con fuego. Incluso cuando la sujetaba, el cuerpo de Mari respondía al suyo con una necesidad salvaje, casi desesperada.

Notó un calambre en los músculos del muslo debido al esfuerzo de contenerse. Cada célula de su cuerpo aullaba para que la tomara deprisa, con dureza y toda la agresividad posible, buscando así el máximo placer. Respiraba con aspereza, entre jadeos. Quería que esto fuera diferente. Quería ser tierno. La ternura no funcionaba con su cuerpo, pero ella se merecía mucho más: un amante lento y tierno, que sometiera su cuerpo mediante persuasión, sin penetrarla y tomar a la fuerza lo que ya estaba dispuesta a dar.

Se movió despacio, poniéndose a prueba, con una prolongada penetración a través de los pliegues calientes y húmedos. La sensación era agradable, pero no había fuego real, ni llamas de pasión más allá de lo imaginable. Se le escapó un gemido, un suave silbido de necesidad que no pudo contener.

Ella lo rodeó con las piernas y empujó con necesidad frenética.

—Ken, por favor.

Ese ruego entrecortado fue su perdición, desbarató su control y le arrebató el corazón. Bajó las manos con brusquedad sobre su trasero y notó la llamarada de calor que ascendía por ella, la oleada de rica crema que bañaba su verga como respuesta.

—Cómo te pones, Mari. Tendremos que trabajar en esto.

—Vas demasiado lento.

—Y he dicho que iba a darte gusto. Compórtate.

No estaba seguro de poder seguir así de lento, jugando con su cuerpo para que obedeciera. Pero sólo para demostrarle que las cosas se harían a su manera, lo consiguió una vez más.

Ella gritó debajo de él, agarrándose con los dedos a sus hombros, clavándole las uñas con tal fuerza que sufrió una descarga eléctrica en sus terminaciones nerviosas. Sujetó sus caderas y tiró de ella hacia delante y sobre él, inclinando su cuerpo para poder penetrarla más, en toda su longitud. Quería enterrar cada centímetro en ella, fundirse de tal modo que nadie fuera capaz de desenredarles.

Justo cuando embistió, hundiéndose hasta el fondo, olvidó sus buenas intenciones. Sus caderas arremetieron como una apisonadora y clavó los dedos en sus firmes nalgas para subir su cuerpo hacia él. Era el paraíso estar en su estrecha funda, que parecía hecha para frotar sus cicatrices y dar vida viril a su miembro. Podría vivir ahí durante horas, franqueando con ella cualquier límite sexual que hubiera concebido alguna vez, llevándola una y otra vez hasta la cúspide de la liberación, retrocediendo sólo para oír sus suaves ruegos de compasión y ver el deseo creciendo en sus oscuros ojos.

Mari gimió su nombre, le tiró del pelo y se retorció debajo de él, las piernas aferradas con fuerza como si nunca fuera a soltarlo. Se levantaba para encontrar cada penetración, chillando, volviéndole loco con la manera en que sus pequeños músculos ardientes le retenían y su cuerpo se derretía por él. Había invadido cada célula de su ser, cada hueso y órgano, para hacerle saber algo: que por mucho que viviera, ella sería la única mujer que le haría suspirar.

Aquella noción era inquietante, aterradora, desde luego muy peligrosa, pero no podía cambiar lo que sentía. Las emociones de Mary mostraban tanta fuerza y presión como su deseo por ella. La excitación no paraba de crecer, habría jurado que su semen hervía en sus testículos, que había destellos tras sus párpados mientras su mente rugía con la furia del deseo. Su polla se hinchó casi hasta reventar, presionando las paredes prietas del canal que le ceñía y confinaba, abriéndose paso por el ardor de terciopelo que envolvía sus cicatrices, hasta anegar las corrientes de placer sus terminaciones nerviosas, desgarrando su cuerpo.

Mari chilló y enterró la cara en el pecho de Ken para acallar los gritos mientras su cuerpo se tensaba palpitante y se estremecía con el orgasmo, cerrando los músculos con convulsiones en torno al órgano, exprimiendo chorro tras chorro de su caliente liberación. El orgasmo parecía interminable, el cuerpo no dejaba de tensarse, al principio duro y fuerte y luego con réplicas más suaves.

Permanecieron tumbados juntos, atrapados en sus abrazos, intentando encontrar una manera de respirar con los pulmones ansiosos de aire y los cuerpos cubiertos por un fino lustre de sudor. Ken mantenía la mano en su pelo, friccionando con dedos perezosos el cuero cabelludo mientras su corazón se aquietaba y notaba una extraña paz.

—Podría quedarme tumbado contigo eternamente, Mari, así como estamos.

Ella sonrió deslizando las manos posesivamente por su espalda.

—Estaba pensando lo mismo.

Ken se movió para aligerar el peso de encima de ella, dejando a su pesar el refugio de su cuerpo, pero rodeándola con un brazo para que se volviera de costado de cara a él. Le encantaba ver sus pezones erectos y duros, una invitación de su carne dulce e inflamada.

—Te mereces ternura, Mari —dijo en voz baja, besándola con toda la dulzura que podía—. No tengo sensibilidad si lo hago con suavidad. Que Dios me ayude, pero quiero sentirte cuando estoy en tus profundidades. Intento retirarme, en mi mente lo intento, pero la necesidad de sentirte rodeándome, de estar cerca de ti, me vence, y no puedo ser tierno.

—No te he pedido que lo seas.

—Tienes marcas por todas partes. No puedo tocarte sin dejar magulladuras y señales de pequeños mordiscos.

Le hizo una caricia en el pecho, tiró del pezón y recibió la recompensa de un resuello.

—También yo te he dejado algunos rasguños y mordiscos —le recordó, entrelazando los dedos tras su nuca, ofreciéndole sus pechos para que los admirara—. Ya te lo diré cuando te pongas demasiado rudo.

No pudo resistirse a la invitación y lamió un pezón respingón, acariciándolo con la lengua y tirando luego suavemente con los dientes.

—He venido aquí a reconfortarte, a abrazarte, no a tomarte así, en este lugar horrible. Quiero llevarte a casa, encanto, a algún lugar seguro lejos de esto. Ven conmigo a casa. Te juro que no tengo intención de hacer otra cosa que abrazarte.

Se le escapó un gemido cuando él tomó su pecho y lo succionó, tirando con fuerza mientras los dientes jugueteaban y la lengua lamía.

—Quiero ir a casa contigo.

Las palabras sonaron atragantadas. Ken había deslizado las manos sobre su vientre para apoyarlas en la unión entre sus piernas.

—Podría sacarte de aquí sin que se enteraran —la tentó, agitando la lengua con malicia. Dos dedos acariciaban la entrada palpitante.

—Tienen que salir todas las chicas. —Su cuerpo dio un brinco con el contacto, los dedos entraron en ella y encontraron el clítoris con movimientos perezosos. Cada contacto disparaba una vibración por su pecho hasta los pezones, donde dientes y lengua seguían jugueteando—. Y asegurarnos de que Violet y su esposo estén a salvo.

Ken besó su pecho izquierdo y luego pasó al derecho, esta vez ahondando más con la mano hasta que ella empezó a cabalgar sobre sus dedos. No les quedaba mucho tiempo juntos, él tendría que desaparecer y dejarla ahí encerrada a merced de Whitney. Era un pensamiento aterrador que contrajo de repente su vientre con nudos fuertes y duros.

—¿Y después, vendrás a Montana conmigo a ver nuestra casa?

Ken detuvo la mano, la boca y la respiración, esperando.

Pasó un instante. Ella presionó contra sus dedos intentando buscar alivio, pero él no se movió.

—¿Está allí mi hermana?

—Cuando sepamos que no hay peligro, Jack la llevará. También es su hogar, pero no quiero que vengas por Briony sino por mí. Ella, de un modo otro, querrá verte. Nos hizo prometer a los dos que te buscaríamos y te llevaríamos junto a ella.

Ken volvió a succionar, notando la oleada de líquido como respuesta en su mano, y sus dedos iniciaron otro lento asalto.

—Me aterroriza conocerla, Ken.

Le costaba respirar, pero no quería, no quería que él parara. Tumbada en la oscuridad con las manos y la boca de Ken deambulando por su cuerpo sentía que pertenecía a algún lugar. Esto era por ella, esta oleada lenta y delicada de placer era por ella, y lo sabía.

—No deberías estar inquieta. Desea quererte, Mari; quiere recuperar a su hermana. Y aceptará al resto de tu familia. Briony es lo bastante generosa, compasiva y valerosa como para aceptar a mi hermano.

Movió el pulgar y los demás dedos con fervor, acariciando cada punto sensible hasta que ella notó la tensión creciendo de nuevo.

—Mientras Whitney viva, ella correrá peligro.

—Pero no por ti. Él mandó matar a sus padres adoptivos e intentó secuestrarla justo cuando se enteró de que estaba embarazada.

—No puedo creer que vaya a tener un bebé.

Su respiración sonaba entrecortada.

—Ella tampoco podía creerlo. El equipo de supersoldados de Whitney hizo algunos daños en la casa, pero lo hemos reparado.

Ahora estaba siendo travieso de verdad con sus dedos, explorando y jugando sin darle en ningún momento lo que necesitaba.

Mari intentó apretujarse más contra la mano, para atraparla y conseguir que le diera alivio.

—Me prometió que si cooperaba con él, dejaría en paz a Briony.

Ken tiró con los dientes de su pezón como castigo cariñoso.

—Nunca la dejará en paz. La ha tenido vigilada todos estos años. Perfiló su educación e insistió en que su propio médico la tratara cada vez que enfermaba. Whitney mintió sobre Briony tal como le mintió durante tantos años a Lily.

—Lo siento tanto por Lily... Es terrible descubrir que toda tu infancia se erige sobre un castillo de naipes.

Él metió aún más los dedos, los retiró y luego volvió a presionar el clítoris hasta que ella quiso sollozar de placer. Cerró los ojos.

Ken se inclinó y le dio un beso en el ombligo. Era típico de Mari preocuparse por Lily. Mari, que no había tenido infancia, a quien habían tratado como una soldado adulta antes incluso de aprender a andar.

—Mírame, cielo. Abre los ojos y mira los míos.

Su voz sonaba grave y autoritaria, y las pestañas de Mari se alzaron. Encontró sus ojos, vio la posesión absoluta en ellos, la cruda necesidad y la impronta del control implacable mezclado con algo que podía ser amor. Nunca había conocido esa emoción, por lo tanto no estaba segura de que fuera eso lo que estaba viendo, pero no apartó la mirada de la de Ken cuando la llevó a la cúspide haciéndole gritar su nombre en voz alta.

Capítulo 17

Fue una lluvia de paracaídas la de anoche, anunció Jack. *Aparecieron nuestros chicos, y daba gusto verlos flotando desde el cielo.*

¿A quién tenemos?, preguntó Ken.

Logan, por supuesto, y Neil Campbell. Jesse Calhourn está coordinando y organizando el equipo de refuerzo por si algo va mal.

Eso sorprendió a Ken. Jesse Calhoun era un miembro muy valorado del equipo, pero había sufrido heridas muy serias e iba en silla de ruedas. Se ocupaba principalmente de trabajos de investigación.

También están aquí Trace Aikens y Martin Howard. Jack mencionó a los dos últimos miembros de operaciones especiales. *Nadie quería quedarse fuera. Eres un hombre muy popular, Ken.*

Tardó un momento en percatarse de que Jack no estaba de broma, y eso le impresionó. Se había preparado con estos hombres, peleaban juntos, trabajaban e incluso vivían a veces juntos, pero nunca había sido consciente de que su lealtad les incluía a él y a su hermano. Ellos siempre habían permanecido un poco al margen, a menudo suscitaban recelos.

Ken se aclaró la garganta, por suerte nadie podía verle. La emoción imperaba demasiado estos días.

¿Están todos en sus puestos?

Todo el mundo en su sitio.

¿Alguna noticia del senador?, preguntó Ken.

El senador Freeman ha pedido el equipo de Ryland para protegerle en una visita a «una instalación de alta seguridad hoy», informó Jack. *Fue el general quien dio la orden inicialmente, pero una hora después la revocó y encargó el cometido a otro equipo.*

Hijo de perra. Whitney tiene más influencia de la que sospechamos. ¿Quién puede estar por encima del general?

Ken se sentó en el estrecho pasillo dentro del muro de cemento. El cuarto nivel era enorme, mucho más grande de lo que había considerado. En un principio había sido una base militar secreta antes de que la cerraran. Whitney la descubrió, evidentemente, y o bien la compró o bien persuadió a sus patrocinadores de que le permitieran emplearla para sus experimentos. Poca gente estaba enterada de la existencia de los Soldados Fantasma. Los testaferros de Whitney eran capaces de buscar la manera de ocultar su trabajo a los comités diversos que pondrían objeciones enérgicas a sus experimentos ilegales e inhumanos.

No sé quién podría dar una contraorden al general. El Presidente desde luego, contestó Jack. *El Secretario de Defensa. Pero no me imagino a ninguno de los dos enredándose con un chiflado como Whitney. Es demasiado inestable y hace un tipo de cosas que si salieran a la luz convulsionarían la nación, el mundo entero. Ningún presidente se arriesgaría a verse asociado con él si supiera lo que ha hecho a niños y mujeres.*

Eso era cierto. Ken no se imaginaba a nadie dispuesto a jugarse así su carrera política. Puñetas, se enfrentarían a penas de prisión, cuando no a la pena de muerte, al igual que Whitney. Mari por sí sola podía atestiguar la violación y asesinato de varias mujeres.

No tenía sentido especular. Ryland tendría que abordar al general, y si eso no llevaba a ninguna parte, correspondería a los miembros de su equipo averiguar en quién podían confiar.

El contraalmirante Henderson, responsable del equipo de Soldados Fantasma, perteneciente a las unidades especiales SEAL, ya estaba siendo investigado, por supuesto sin que él se diera cuenta, y si no encontraban evidencias contra él, nunca se lo dirían. Jesse Calhoun trabajaba duro para descubrir quién había traicionado a su equipo y les había mandado al Congo.

Ken inspeccionó con cuidado las paredes de esta tumba de cemento. Desde el momento en que dejó a Mari, había estado ocupado marcando el camino para que Cami pudiera guiar a las otras mujeres hasta la salida, una vez que Mari diera la señal de escapar. Había intentado encontrar las habitaciones y túneles privados de Whitney para poder recuperar las imágenes de las mujeres, pero parecía imposible cuando las vías de cemento carecían de salida en muchos casos y era peligroso pasar por la mayoría de sitios.

¿Ya ha conseguido Logan los planos de este complejo? Ken quería destruir las fotos de las mujeres que Whitney había tomado durante años. Además quería meterle una bala al pervertido en la cabeza. *Puesto que se trata de una base militar, Logan debería lograr acceso con la autorización del almirante. Si no, pondremos a Lily a trabajar en ello. Ella parece capaz de conseguir cualquier cosa que se proponga. El nombre Whitney hace maravillas,* dijo Ken.

Logan ha dado con los planos y los están estudiando en este momento. Están preparados para poner en práctica el rescate cuando el senador se encuentre aquí. Tendremos que adelantar nuestro horario. No hay duda de que Whitney va a preparar algún tipo de accidente para el senador Freeman y su esposa.

Tal vez, reflexionó Ken. *Pero por otro lado no le interesa que se lleve a cabo investigación alguna en las proximidades de este lugar. No pienso que ataque al senador aquí; lo intentará antes o bien después de su marcha. Sería estúpido provocar una batalla campal justo encima de su laboratorio secreto, y desde luego Whitney no tiene nada de estúpido.*

Esta vez debe hacer que parezca un accidente, dijo Jack. *Comunícaselo a Marigold y dile que, si puede, advierta a Violet.*

No, de eso nada, Jack.

Ken sonó categórico. Se arrastraba boca abajo con cuidado de esquivar los afilados refuerzos de acero que sobresalían de las paredes, levantando y apartando las piernas. Era fácil perderse por el laberinto. Por su parte, Mari había estado trabajando en un nuevo plan de escapada con las otras mujeres por temor a que Sean supiera demasiado.

No tenemos opción. Violet debe saber a qué se enfrenta. No podemos protegerles. Si de verdad Freeman es enemigo de Whitney...

Ken envió a Jack una impresión de desagrado.

No, no voy a poner en peligro a Mari. Ya ha corrido demasiados riesgos en este lugar horrible. Si Violet colabora en secreto con Whitney, Mari morirá.

Y si no es así, entonces el senador es hombre muerto, le recordó Jack desde su posición aventajada en el risco.

El aire era frío. Deseó poder enviar una ráfaga a su hermano, atrapado como una rata en las paredes de la prisión de Whitney.

No es mi problema. Con franqueza, no voy a arriesgar su vida por nadie relacionado con el senador Freeman. No confío en él ni en su esposa. No voy a poner a Mari en peligro. Nos hemos expuesto por salvar a su familia, pero las sacamos esta misma noche, porque si Sean no muere hoy, volverá esta noche a su celda. Entonces tendría que matarle y todo habría acabado; Mari sabría lo hijoputa que soy. Y eso sería una faena porque entonces decidirá que no me quiere y tendré que secuestrarla e intentar hacerle cambiar de idea.

Jack suspiró.

Te estás poniendo troglodita conmigo, hermanito.

Mari tiene ese efecto sobre mí. Y, por cierto, Briony estará muy molesta si le sucede algo a su hermana, y eso tendrá un impacto en tu vida, así que olvídate de que Mari avise a Violet.

Tío, cómo te pones. Para el carro.

Ken frunció el ceño. Tenía los nervios de punta. No quería dejar a Mari a solas en la celda, encerrada y atrapada como un conejo en una jaula, contando que Sean podía regresar en cualquier momento. Obligó a su mente a concentrarse en lo que tenía entre manos.

Hablando del perturbado enfermo y retorcido, ¿alguien ha visto hoy a ese hijoputa?

Jack soltó un resoplido breve y expresivo.

Mmm, mi respuesta tendría que ser negativa, pero en realidad nunca he visto a Sean.

Te envié una imagen.

Con cuernos y rabo, y eso no sirve de mucho, Ken. Me has mandado un retrato del diablo.

Ken profirió un ruido grosero, acompañado de un gesto aún más obsceno que su hermano no podía ver, pero de todos modos sabría que lo habría hecho.

He manipulado a Sean para empujarle a intentar algo contra Whitney. Con un poco de suerte, matará al doctor, y los hombres de Whitney le matarán a él, y ya podremos borrar dos de la lista. Gracias por tu ayuda anoche.

Lamento no haber intervenido antes. Entré por una planta superior y me atrincheré, por si usar demasiada energía me pasaba factura. Tienes que haberte quedado totalmente agotado.

Ken intentó sentarse, y se golpeó la cabeza con el refuerzo de acero. Maldijo en voz baja y observó sus manos. No había notado los arañazos mientras avanzaba por el cemento irregular, inacabado, dejando un rastro de manchas de sangre. No importaba. Nada importaba aparte de sacar a Mari de ahí.

Durante un par de horas no pude contactar con Mari, creí que iba a volverme loco. No sabía que tuviera una imaginación tan vívida. Permanecí ahí, acojonado de miedo. Sólo había estado tan asustado cuando el hombre de Ekabela me cortó la polla en pedacitos.

Nunca antes lo había admitido, nunca se lo había comentado a Jack... pero Jack tenía que saber que no podía seguir sin Mari. Tenía que rescatarla.

Se hizo un breve silencio.

¿Está ella bien?

Sean iba a forzarla. Antes era su amigo; se prepararon en el mismo equipo de Soldados Fantasma. Es obvio que ella sentía un afecto sincero por ese cabrón, y sentirse traicionada de ese modo... Ken dio un manotazo en el cemento, necesitaba soltar la rabia contenida de alguna manera física. Estaba bastante afectada, Jack. Ken respiró hondo y se obligó a recuperar el control de mente y cuerpo. Voy a sacar a las mujeres por este pasillo en el momento en que reciba tu señal. He marcado el camino para que salgan rápido, pero si tienes a Sean a tiro, cárgatelo.

¿Estás seguro?

Nunca se detendrá. Aunque no liquide a Whitney y reciba una orden directa de él, Sean va a seguir yendo tras ella. Al final tendré que matar al hijoputa y a ella le costará perdonarme.

No es estúpida, Ken. Estas menospreciándola. Y no es que me importe matarle de un modo u otro.

Cárgatelo, Jack, si tienes ocasión.

Jack apoyó un momento la cabeza en el brazo. Las emociones de su hermano le abrumaban a veces. Luego se recuperaba, retrocedía y volvía a la carga. Pero ahora Ken estaba casi desbordado.

Comprendido. ¿Está organizando Mari a las mujeres?

Ken intentó conectar con Mari.

Eh, encanto, ¿cómo lo llevas? Es un gran día para la libertad.

Hubo un breve silencio durante el cual Ken contó sus pulsaciones.

Sí, claro que lo es. Había una sonrisa en su voz. *Todas están ilusionadas. Les he advertido que no cuenten a nadie la nueva ruta de escapada, y están esperando órdenes.* Su voz descendió una octava, el sonido rozó como terciopelo sus paredes mentales y agitó su cuerpo pese al espacio incómodo y apretujado. *Me muero de ganas de estar contigo en tu casa.*

Ken cerró los ojos y permitió que ese sonido entrecortado y sexy le inundara. Ahí en medio de la oscuridad, con las paredes acorralándole, podía admitir que se había enamorado como un crío de Marigold. No tenía nada que ver con sexo, más bien con emociones que amenazaban con asfixiarle. Aunque luego lo negara, en este preciso momento, en este lugar, al sentir el roce de su alma en su mente y las paredes de cemento separándoles, lo admitió:

—Te amo más que a la vida, mujer.

Tragó saliva y apoyó la cabeza en los bloques de cemento.

Yo también me muero de ganas de estar juntos los dos.

La ternura de Mari se desvaneció entonces, volvió a ponerse manos a la obra.

Whitney tiene a Rose. Ella era quien temía estar embarazada. Nos obliga a hacer pipí cada mañana, por lo tanto él sabrá si hay embarazo. Va a retenerla para poder amenazarnos mientras el senador esté aquí, para mantenernos a raya.

Ken se frotó las sienes palpitantes. Había demasiadas prolongaciones, pero él tenía que lograr una fuga precisa y rescatar a todas las mujeres.

No te preocupes por ella. Si sabe que está embarazada, la quiere retener por si todas las demás conseguís escapar. Me da que Sean le ha pasado información sobre lo que estáis planeando, y no quiere arriesgarse a perderla. ¿Sabes dónde la retiene?

El hombre al que la emparejaron se llama Kane. Está con ella. Rose piensa que él la puede ayudar, pero temo por ella y no tengo ni idea de dónde se halla.

Maldición, esto se está complicando. Tengo que volver a contactar con Jack, cielo. Manténte ahí.

Ken volvió a maldecir, frotándose la cara con la mano.

¿Has oído eso, Jack?

Sí, me he enterado. Yo pasaría de esperar al senador. Las aguas están cada vez más turbias. Coge a tu mujer y larguémonos de esta trampa —dijo en tono decidido.

Ken llevaba toda la mañana considerando eso precisamente. Había dejado a su pesar a Mari justo antes de que el vigilante le trajera el desayuno. Ella ni siquiera se había echado en sus brazos, no hubo un último beso ni protestas ni lágrimas. Sólo le observó mientras se escabullía como un ladrón en la noche. A él le avergonzaba dejarla ahí. Habían hecho el amor, había dejado sus marcas en ella. Fue sexo salvaje y brutal. Mari se había entregado por completo, y él se limitaba a dejarla ahí en esa jaula.

Se despreciaba. ¿Qué clase de hombre haría eso? Ninguno. Sólo los monstruos hacían eso, hombres enfermos, depravados, que no respetaban a una mujer. Se dio con la cabeza contra la pared de cemento y notó el estallido de dolor.

Calma, hermanito, tenemos compañía. Jack observaba la avioneta describiendo círculos sobre sus cabeza e iniciando el descenso. *Llega el senador. Jesse ha indagado un poco y cree que Whitney podría tener hasta veinte supersoldados a sus órdenes. Hizo más pruebas psíquicas hace seis meses.*

Ken maldijo en voz baja. No había manera de parar a Whitney.

Ya lo sabes, Jack, Whitney no es sólo un científico loco que realiza experimentos ilegales. Recibe demasiada ayuda y está demasiado protegido. Anda detrás de algo mayor de lo que imaginamos. Y no puede estar solo en esto como todos pensamos.

El avión ya ha aterrizado. Veo dos hombres saliendo. Ninguno conocido. Jack se arrastró a través del denso follaje para lograr mejor visión. Ajustó el visor. *No, no reconozco a ninguno, pero Violet sí les co-*

noce. Se desenvuelve con familiaridad. Se trata de Soldados Fantasma, sean quienes sean, cubriendo al senador sin dejar resquicios.

Ken detestaba estar atrapado dentro de los muros, incapaz de ver por sí mismo lo que pasaba. No se fiaba en absoluto de Violet. Quería sacar a Mari lo antes posible. Su objetivo se había reducido ahora a una sola persona.

Tenemos problemas, Ken. Hay un francotirador encaramado a un árbol a unos ciento cincuenta metros de mí. Oh, sí. Reconozco a ese hijo de perra. ¿Recuerdas a Mitch? Un grandullón, un listillo con labia. Se creía que podía hacer de instructor y acabó una semana en cama. Tiene que ser uno de los supersoldados de Whitney.

Jack observó a la mujer que caminaba al lado del senador. Parecía segura y dura. Su mirada observaba inquieta, estudiando los árboles y riscos, y en dos ocasiones dijo algo a uno de los vigilantes del senador, dando de inmediato un paso o dos para cubrir mejor a su marido. El senador Freeman salió y cogió a Violet de la mano mientras saludaba con la cabeza y sonreía, resultaba claro que sintiéndose seguro.

Es imposible que el senador y Violet crean que Whitney va a ordenar un ataque contra ellos, informó Jack. *Caminan como si este lugar fuera suyo. Van con cautela, pero no con la cautela de «van a jodernos».*

Y Violet piensa que está segura porque ha conseguido traer aquí a su propio equipo. Tiene que haber sido el senador quien ha recurrido a alguien en lo alto para cambiar de equipo, concluyó Ken.

Mari tiene que advertirles, Ken.

Ken apoyó la cabeza en las manos. No quería que Mari se metiera en medio de una batalla entre Whitney y el senador. Y eso es lo que haría ella.

Percibía un profundo afecto en su voz cuando hablaba de Violet. Era obvio que pensaba en aquella mujer como familia suya. Y si Mari se metía en medio de la pelea entre Whitney y el senador, sus opciones de supervivencia disminuirían drásticamente. Whitney ya le tenía bastante antipatía. Era una rebelde e incitaba a las demás a amotinarse. Si decidía eliminar a alguna mujer para mantener a las demás a raya, la opción más probable sería Mari.

Si llegan aquí como si este lugar fuera suyo, quizá lo sea. Tal vez lo hayamos entendido todo mal, Jack. Sabemos que Freeman ayudó a Whitney a tendernos la trampa para que fuéramos al Congo. Tal vez se muestran tan ufanos porque tienen motivos. Mari confía en Violet, pero eso no significa que ésta no forme parte de todo el montaje. Podría haberse vendido por dinero y poder, la historia de siempre. Que se joda el senador y su mujer, no voy a dejar que Mari arriesgue su vida por ellos.

Ken notó a Mari agitándose en su mente.

Violet dice que se están acercando.

No les digas nada de los planes de escapada, Mari, advirtió Ken. *Piensa en las otras mujeres. Voy a seguir la conversación, por lo tanto no te molestes en volver a transmitir la información.*

El senador Ed Freeman y su esposa, Violet, entraron en las instalaciones flanqueados por su equipo de seguridad.

Mari, ahora venimos a hablar contigo de algunas cosas y luego Ed lo aclarará todo con el doctor Whitney.

La voz de Violet sonaba calmada, controlada y muy segura.

Queremos salir de estas instalaciones, Violet.

Notó cierta vacilación en Violet, pero cuando contestó, su voz sonaba más suave.

Ed va a intentar ayudaros. Le hablé del programa de reproducción y lo considera una atrocidad. Le avergüenza haber ayudado a Whitney alguna vez.

Mari se retiró de improviso. Aunque de algún modo lo había sabido siempre, la confirmación de la complicidad del senador le produjo consternación de todas maneras.

¿Qué hizo por Whitney?

Hubo un breve silencio.

Ed no sabía nada de nosotras, Mari.

No pongas excusas; dime sencillamente qué hizo.

Violet suspiró, claramente reacia a responder.

Estaba en el comité de gastos y adjudicó una buena financiación a Whitney.

Y... contestó instándola a continuar.

Violet se quedó callada un largo momento. En el estómago de Ken se formaron duros nudos. Se resistía a mandar otra advertencia a Mari.

Mari, estamos aquí para ayudar. Esto no es necesario.

Tal vez para ti. Creo que no estás del todo segura, Violet. Tal vez tú y tu marido seáis quienes necesitáis ayuda. Llevas alejada de Whitney bastante tiempo.

¿Qué significa eso? ¿Qué sabes?

Mari captó la impresión de Violet avanzando por un estrecho pasillo, mirando de pronto a su alrededor con inquietud.

Contéstame, Violet, o vamos a dejarte ahí sola.

Maldición, Mari. Hemos venido aquí a ayudarte. Violet vaciló otra vez y luego capituló. *Ayudó a Whitney a tender una trampa a dos Soldados Fantasma para que vinieran al Congo a participar en cierto experimento que llevaba a cabo. Ed no se molestó en preguntar de qué se trataba. Fue sólo el cebo que atrajo allí a los hombres. A cambio, Whitney y los otros le favorecieron para optar a la vicepresidencia.*

A Mari se le revolvió el estómago. Sabía que Ken estaba escuchando y notó que se quedaba muy quieto. Necesitó desesperadamente rodearle con sus brazos.

¿Estaba al corriente de que el hombre enviado a rescatarle fue capturado y torturado? ¿Que Ekabela le estaba esperando? Violet, tenía que haberlo sabido, y le dejó allí de todos modos a cambio de acceder a una mejor posición política.

Lo sé. Fue algo terrible hacer eso, y lo lamenta. He hablado con él, le hecho ver el monstruo que es Whitney.

Mari cerró los ojos. Ed Freeman era directamente responsable de la captura y tortura de Ken a manos de Ekabela. Ken había ido al Congo a rescatar al senador, había puesto literalmente su vida en peligro para salvarle, y Freeman le había traicionado a cambio de optar a la vicepresidencia. Ni Violet ni su esposo concebían el daño ocasionado a Ken; un daño que duraría toda una vida. Le provocó náuseas que Violet pudiera querer a un hombre así.

Ken se consideraba un monstruo. Temía la violencia que percibía en su interior, pero Mari sabía que un Ken valía un millón de Ed Freemans. Ken nunca, bajo ninguna circunstancia, entregaría al enemigo a otro hombre, sobre todo a sabiendas de lo brutal y sanguinario que era Ekabela. Todo el mundo conocía su reputación de genocida, torturador, responsable de asesinatos en masa entre las fuerzas opositoras. No obstante, Whitney había hecho un trato con él, y el senador Ed Freeman había aceptado ese acuerdo también para impulsar su carrera política. De repente aumentó su desconfianza; si Freeman era capaz de traicionar a un soldado a cambio de ventajas políticas... tendría sus propios intereses en su visita a este lugar.

Mari interrumpió la comunicación con Violet.

Ken, lamento que hayas tenido que oír eso.

Estoy bien, cariño.

Pero no lo estaba, ella sabía que no. Sus ojos se llenaron de lágrimas por él.

Ed Freeman es un burro, Ken, y Violet es una idiota si de verdad ama a un hombre así. No estoy segura de qué decirles.

Es una trampa, Mari. No sé qué esperan de esta visita, pero quieren algo, y no es sacar a las mujeres de aquí. Advierte a las otras que no hablen con ella en absoluto, que no le den información alguna.

No lo harán.

Mari podía sentir a Violet oprimiendo su mente, intentando abrir una vía entre ellas. La mantuvo bloqueada, pero no era fácil. Le dolía la cabeza, incluso apareció un leve hilillo de sangre en su oído.

Dime qué quieres hacer, cariño.

Tomó una decisión: tenían que largarse ya. Sucediera lo que sucediese, no podían esperar, tenían que intentar llevar a cabo la fuga.

Ken, ve con las otras mujeres y retira los cerrojos de sus celdas.

Entendido. Pasaré aviso a Jack de que ya salen.

Violet siguió presionando con fuerza y Mari le dejó entrar en su mente.

Mari, ángel. Temo por ti. Whitney parece enfadado contigo. No quería que hablaras con Ed, sólo le ofreció hablar con todas las demás mujeres, pero le he convencido de que insista en hablar contigo.

Mari se hundió en su camastro, cerrando la mente otra vez a Violet.

Ken, Violet es muy consciente de que cualquiera de las mujeres podría contar a su marido lo que sucede aquí. Esto no tiene que ver con el programa superbebé, está claro.

Nos fiaremos de tu intuición, cielo. Yo te cubro.

Mari soltó una larga exhalación. Por supuesto que la protegía, podía contar con Ken.

Abre las celdas deprisa antes de que Whitney saque el as que guarda en la manga. Violet está jugando con una cobra y está a punto de recibir una picadura.

El grupito apareció tras el recodo, con Whitney abriendo la marcha y el senador Freeman y Violet rodeados por su equipo de seguridad. Para desagrado de Mari, Sean caminaba junto al doctor.

Whitney se detuvo delante de su celda, con esa misma media sonrisa en el rostro.

—Al senador le gustaría charlar contigo, Mari.

Ella retrocedió un paso, dirigiendo una mirada a Sean. El soldado tenía la vista fija en las señales contrastadas y las marcas rosas en su garganta, luego continuó por debajo del escote de la blusa. Había satisfacción en su expresión, Mari se percató de que Sean creía que había colaborado con él, que las marcas de posesión en su cuerpo las había dejado él. Por algún motivo, sintió vergüenza, le costó mucho más mirar a la cara a Violet y a su marido.

El senador Freeman salió del círculo de los vigilantes de seguridad.

—Me han llegado rumores sobre el programa de reproducción. Según he oído, y me cuesta dar crédito, el doctor Whitney está forzando a mujeres mejoradas psíquicamente a emparejarse contra su voluntad con soldados mejorados con objeto de engendrar vástagos y criarlos como armas humanas.

Ken, suena como si lo tuviera ensayado.

Mari se humedeció los labios y miró a Whitney.

—Puedes estar tranquila, Mari —aseguró Freeman—. Soy senador de Estados Unidos. El doctor Whitney no va a hacerte daño por decir la verdad. Ya conoces a mi esposa, Violet. Te doy mi palabra, me ocuparé de que no sufras daño alguno.

La muchacha se apartó de la puerta y retrocedió hacia la parte posterior de la celda negando con la cabeza.

—Teme que el doctor Whitney pueda hacer daño a otras mujeres —dijo Violet sin que nadie le preguntara—. Intentamos ayudarte —añadió—. Tú dile la verdad.

Con la mirada fija en Violet, Mari dijo con claridad:

—Sí, senador, todo es cierto. Hay varias mujeres aquí. El doctor Whitney las retiene bajo amenazas para garantizar nuestra cooperación.

Ya lo sabe, Ken. Puedo verlo en sus ojos. Se muestra triunfal igual que Violet. No pueden ser tan estúpidos como para pensar que Whitney permitirá dejarles salir de aquí si por un momento cree que van a desenmascararle. ¿Qué pretenden?

—¿Me estás diciendo que esas mujeres están retenidas en contra de su voluntad? ¿Que el doctor envía soldados que las fuerzan a cooperar?

—No hace falta que te hagas el indignado, Ed. Sabes bien lo que hay en juego aquí. Sabes qué intentamos lograr. Aparte, tú has hecho cosas peores. Ayudaste a entregar a un soldado de las Fuerzas Especiales de Estados Unidos a Ekabela para que lo despellejara vivo. Y en cuanto a ti, Violet, querida mía, deberías haberte ocupado mejor de tu marido y no dejar que se descentrara tanto.

—Nos llevamos a Mari con nosotros —dijo Freeman con voz innecesariamente alta y exigente.

Sin duda todo había sido ensayado. Whitney nunca permitiría que el senador se marchara con esta actitud engreída.

—No, no van a llevarme a ninguna parte. Por supuesto que no voy a ir con vosotros. *Violet, sea cual sea el pacto al que hayáis llegado con él no va a funcionar, y lo sabes. No puedes confiar en Whitney. Si nos estás traicionando a todas por mejorar las opciones electorales...*

Quiero a mi marido, Mari. No quiero que muera.

Aquello le hizo comprender. Mari se sintió una estúpida.

Ha sido idea tuya. Tú has pactado con Whitney. Vas a entregarle lo que quiera a cambio de la vida de tu marido. Sabías que Whitney había ordenado su asesinato. No había otra explicación. Whitney quería algo de Violet y Ed Freeman, y ellos estaban dispuestos a pactar. A cambio, Whitney retiraría la amenaza y sus amigos respaldarían a Freeman en su carrera a la vicepresidencia. *¿Qué debes hacer a cambio, Violet? ¿A quién vas a traicionar?*

A ti, por supuesto, Mari. Todo tiene que ver contigo y con tu hermana, y con los Norton.

Ken llevaba un rato corriendo por el laberinto para regresar al lado de Mari. Cuando oyó la respuesta de Violet, el corazón le dio un vuelco.

¡Jack! Si yo no llego a tiempo junto a ella, la sacarán con el grupo del senador. Maldición. Maldita sea.

El senador se acercó más a la puerta.

—Vendrás con nosotros.

—Cuando le raje el cuello, senador, voy a hacerlo despacio, para que pueda sentirlo, igual que hizo Ekabela con Ken Norton.

Los ojos de Freeman saltaron a sus vigilantes y luego a Whitney.

—De modo que conoces a Ken Norton.

—No se atreva a pronunciar su nombre —replicó entre dientes—. Hablo en serio. No se atreva.

Mari dejó que la promesa de muerte ardiera en sus ojos.

El senador retrocedió y lanzó otra rápida mirada a su alrededor para asegurarse de que sus vigilantes seguían en sus puestos.

Mari conectó telepáticamente con su hermana más vulnerable, Rose.

Cielo, ¿estás fuera de peligro? ¿Puedes ponerte a salvo?

Kane me está llevando a la planta baja. Estamos usando los ascensores del servicio. Me ayuda a escapar porque teme lo que pueda hacer Whitney al bebé.

Violet se aclaró la garganta.

—Está hablando con alguien.

Whitney mantenía su media sonrisa de siempre en el rostro.

—Está hablando con él. Ken Norton. ¿Verdad que sí? Está cerca. Sabía que no te dejaría, igual que Jack no dejará jamás a Briony.

—Vete al infierno, Whitney.

El científico levantó una ceja e hizo un gesto a Freeman y Violet y a los vigilantes situados en el pasillo.

—No tiene sentido intentar razonar con ella cuando se pone así —declaró—. Dejemos que mis hombres se ocupen. ¿Te apetece un café, Ed?

Salió sin mirar atrás, y Sean le siguió.

—Pareces su perro faldero, Sean —gritó ella, furiosa porque Violet y Sean fueran tan traidores.

Mari oyó las pesadas pisadas aproximándose a su celda. Querían que supiera que los soldados venían a por ella. Querían que se asustara. Y el miedo se coló en ella aunque no quisiera. Whitney era siempre poderoso. ¿Había encontrado una manera de aprovecharse de ella y capturar así a Ken, Jack y a Briony? Sintió náuseas.

La puerta de la celda se abrió y se encontró cara a cara con dos soldados de seguridad del equipo de Whitney. Reconoció a ambos. Don Bascomb se creía muy duro, pero Gerald Robard lo era de verdad. Los dos se hallaban codo con codo, con expresión seria.

Mari se obligó a sonreír.

—Hacía tiempo que no os veía, ¿cómo os va?

Se obligó a saludar con todo el desenfado posible. Mari intentaba ser la viva imagen de la cooperación.

Sin advertencia previa, tuvo a Robard encima incluso antes de ser consciente del peligro. La golpeó con la fuerza de un tigre enorme, empujándola por la habitación. A Mari se le fue la cabeza hacia atrás por la fuerza del impacto, y un millar de estrellas aparecieron dando vueltas, mientras la habitación giraba y empezaba a apagarse.

—Lo siento, muchacha —dijo Robard, sujetándola antes de que se diera contra el suelo—. No hace falta hacerlo más duro aún. —La echó sobre la cama—. Quiere que tengas mal aspecto. Hagas lo que hagas, Mari, no le desafíes como siempre. Limítate a cooperar y no irá tan mal.

Don Bascomb sacó una aguja y una jeringa. Mari abrió mucho los ojos y sacudió la cabeza con violencia. Mientras Robard se inclinaba sobre ella, levantó ambos pies y le dio con todas sus fuerzas en el pecho, empujándole hacia atrás. La potencia del golpe lo mandó contra la pared, gruñendo un poco y con el rostro ensombrecido de rabia.

—Estoy intentando facilitarte las cosas, demoniejo. Vamos, Mari, son órdenes del viejo. Cualquier otro aceptaría la inyección y se echaría a dormir. Puedo darte una buena tunda mientras estás dormida, y asunto resuelto.

Asombraba lo razonable que sonaba, como si dejar sin sentido a una mujer y darle una paliza mientras estaba inconsciente fuera perfectamente correcto. Robard retiró las mantas de la cama y fue otra vez a por ella.

Querían que Ken viera su cuerpo lleno de morados. Estaba segura de que planeaban que él la viera fugazmente mientras la sacaban para meterla en el avión. Estaban convencidos de que les seguiría, y así lo haría, aunque volvieran al Congo.

Bascomb permanecía en pie con una mueca mientras sacaba del bolsillo de la camisa un par de ampollas de líquido claro.

—Diviértete, Ger.

No se oyó nada, nada en absoluto le delató. En un momento Bascomb estaba de pie con aspecto de orangután, bromeando con su compañero, y al siguiente se encontraba desplomado sobre el suelo con una aguja clavada en el cuello, y Ken ocupando la habitación con aspecto de ángel vengador. El vigilante de la puerta se hallaba en el umbral en medio de un charco de sangre, con el cuello cortado.

—Veamos si pegas a alguien de tu tamaño —dijo en voz baja.

Demasiado baja. Mari dio un respingo al oír aquel tono, pues lo reconocía y sabía que era letal. Como mujer práctica, se bajó de la cama y cacheó el cuerpo de Bascomb en busca de la otra ampolla, llenó rápidamente la jeringa y se colocó tras Robard, que estaba concentrado en Ken, sin pensar que ella fuera una amenaza. Y Ken no debería estar ahí, porque no debían atraparle. Pasara lo que pasase, Robard tenía que estar fuera de combate cuando Whitney volviera por aquí.

—Ken Norton. ¿Cómo puñetas has llegado aquí? —preguntó Robard y fingió un puñetazo con la derecha, aunque se volvió con una patada brutal.

Ken bloqueó el ataque y le dio con el puño aplicando su fuerza mejorada, apoyándose también en el peso de su cuerpo. Fue directo a la cara del hombre. Robard se tambaleó bajo el impacto y dio un paso atrás en un intento de recuperar el equilibrio. Ken se agachó con sus puños levantados y le propinó tres golpes consecutivos, un zurdazo, un derechazo y un gancho que le dejó sin sentido. Mari se adelantó y clavó la aguja en las nalgas del vigilante, empujando el émbolo para inyectar el líquido claro.

El sonido del portazo en el pasillo la alertó. Su corazón casi deja de latir. Agarró a Ken por el brazo y le empujó.

—Sal de aquí, ya vienen. Hablo en serio, vete ahora.

Ken la agarró por la pechera de la camisa y la atrajo hacia él para llevar sus labios a su boca.

—Si te metes en otro lío, me llamas. Hablo en serio, Mari... como vuelvas a intentar ocuparte tú sola de otros dos soldados mejorados que planean darte una paliza, voy a ponerte sobre mis rodillas. —Le pasó los dedos por el rostro magullado—. Esto se tiene que acabar.

—Ya falta poco, Ken. Te lo juro, me iré contigo en cuanto sea posible. Dame un poco más de tiempo.

Ken aplastó sus labios, tirando con los dientes hasta conseguir abrir su boca y meter la lengua para tomar posesión. Mari pudo saborear la rabia y el miedo desesperado. Nadie se había preocupado tanto por ella, y aquel interés le confería poder. Le devolvió el beso. Fue un momento asfixiante de seda ardorosa, electricidad crepitante y pasión desmedida, y luego le apartó con decisión.

—Vete. Ya vienen.

Seguía sin soltar su camisa.

—No te expongas, Mari. ¿Me oyes? Mantente fuera de peligro. Pase lo que pase, haga lo que haga ese hijo de perra de Whitney, te sacaré de aquí, ¿entendido? Mantente a salvo y ten presente que vengo a por ti.

La ardiente lamida de deseo mezclada con el temor por ella derritieron el corazón de Mari como una papilla. Empujó el muro de su pecho de nuevo, sintiéndose cada vez más frenética.

—Lo haré. Tú vete. Tienes que irte.

Ken deslizó el pulgar por la curva de su mejilla; le dio el puñal ensangrentado y entonces se esfumó, alejándose justo cuando se oyeron voces por el pasillo. Mari retrocedió un paso, lejos de los dos cuerpos, y se alisó la ropa para esperar con la barbilla alta a que apareciera Whitney.

El doctor se detuvo en seco al ver la puerta de su celda abierta, sus dos supersoldados tirados en el suelo inconscientes, y el vigilante muerto. Su mirada voló a la magulladura en su rostro y luego al puñal que sostenía en la mano.

—Marigold. Pareces haber tenido algún problemilla.

Ella estiró las manos con gesto inocente.

—Los dos aparecieron con intención de inyectarme algo sin motivo aparente. Mencionaron algo de unas vitaminas, pero ya conoce mi fobia a las agujas.

Violet se aclaró la garganta, de pronto parecía nerviosa, sin dejar de recorrer con la mirada el pasillo, el techo e incluso el suelo.

—Vamos, Ed, larguémonos de aquí —dijo a su esposo tirándole del brazo—. Esto no es asunto nuestro.

Hizo una señal a su equipo para que rodearan al senador y le empujaran hacia el ascensor.

Al percatarse de que incumplían el trato, Whitney llamó a los guardias y retrocedió para observar como siempre hacía, distanciado y sin emociones, a la espera de ver qué sucedía, como si se encontrara en medio de un experimento científico y no de un drama a vida o muerte representado ante sus ojos.

El equipo de Violet y los hombres de Whitney se enzarzaron en una atroz pelea.

Violet empujó al senador por delante de ella:

—¡Corre hasta el ascensor!

—No hay posibilidad de escapar —gritó Whitney satisfecho de sí mismo.

Ella no le hizo caso y siguió corriendo tras su marido con una pistola en la mano. Mari se hizo con un arma y decidió seguirla. Un guardia de seguridad abatido la cogió por el tobillo haciendo que tropezara y se diese un trompazo contra el suelo.

—Detenedles —ordenó Whitney.

Antes de que nadie más pudiera moverse, Sean se adelantó y, con un movimiento fluido y eficiente, intentó seccionar la garganta de Whitney con su afilado puñal.

Capítulo 18

*E*l soldado más próximo a Whitney tiró de Sean hacia atrás y le tumbó en el suelo, cortándose con la hoja la parte posterior del brazo. Cuando sacó la pistola con un movimiento rápido y apuntó a Sean, Whitney dio un berrido:

—¡No! No le mates, le necesito vivo.

Sean no miraba a ninguno de los miembros del equipo de seguridad, tenía la mirada clavada en Whitney, como un robot programado para destruir. A pesar de los hombres que rodeaban al doctor, se abrió paso haciendo volar sus puños en un intento de alcanzar su objetivo.

Mari se puso en pie a duras penas. Violet y el senador ya habían llegado al ascensor, y no estaban esperándola. Se había quedado sola frente a Whitney, sus supersoldados y un Sean endemoniado. Respiró hondo y empezó a desplazarse lentamente hacia el pasillo. Casi todos los vigilantes estaban pendientes de Sean, intentando encontrar la manera de someterle sin resultar heridos. Era rápido y peligroso, había vencido a la mayoría de ellos en ocasiones anteriores.

Puesto que no podía coger el ascensor, las escaleras eran su única opción. Consiguió avanzar unos dos metros antes de que Whitney volviera la atención hacia ella.

—Quédate donde estás, Mari. No querrás que Rose salga malherida, ¿verdad que no?

Rose, ¿ya has salido?

Mari vaciló un momento, necesitaba estar segura.

He tenido que correr. Kane se enfrentó a un par de vigilantes. Unos hombres; deben de ser amigos tuyos, nos cubrió con sus disparos. Ya he llegado a la valla y corro libre. Alguien intentó detenerme; no paraba de gritar que podía sacarme, pero no me fío de nadie. Estoy siguiendo el plan original: dispersarnos y escabullirnos. Puedo llegar al alijo de dinero y coger mi parte.

Mari supo que se lo había pensado demasiado. La mayoría de supersoldados de Whitney que se encontraban en las cercanías forcejeaban con Sean para reducirlo. Profería ruidos como un animal y aun así intentaba arrastrarse, con todo el equipo de seguridad encima, hacia Whitney.

Cami. ¿Están todas las chicas a salvo y lejos?

Casi lo estamos. Nos dispersaremos y volveremos a reunirnos en el punto de encuentro, confirmó Cami. *¿Ya estás fuera? Puedo regresar a ayudarte.*

El doctor suspiró.

—Tienes mucho más talento del que nunca sospeché, ¿verdad, Mari? Y pensar que casi doy la orden de eliminarte. ¿Estás embarazada del hijo de Norton?

—Me mandó a Sean anoche. No lo sabré hasta que nazca el niño, ¿o sí?

Dio otro paso atrás, pero dos de los vigilantes de Whitney se acercaron a ella. Cada paso que daba, ellos lo reproducían, componiendo una danza macabra con Mari.

Era extraño y difícil ejecutar este baile mortal y al mismo tiempo mantener una conversación telepática con su hermana. Por supuesto, Cami estaba dispuesta a arriesgar la vida y regresar en su ayuda. Mari también lo haría por ella.

¡No! Sigue adelante. Yo me voy con Ken a su casa en Montana.

Envió imágenes de la ubicación que había encontrado en la cabeza de Ken.

—No entiendo cómo escaparon a mi atención tus capacidades todos estos años.

Whitney frunció el ceño y se frotó el caballete de la nariz.

—Sabía que usaba habilidades extrasensoriales. Emplea el tacto, ¿verdad? —dedujo Mari con astucia, confiando en zafarse de los vigilantes si hablaba con Whitney.

Ganó unos centímetros más, pero la entrada a las escaleras aún quedaba lejos. Era rápida, muy rápida, pero el equipo de Whitney tenía facultades mejoradas.

¡No! Cami protestó. *No te fíes de ninguno de ellos. Sigue nuestro plan.*

Vete, Cami. Estoy en medio de una pelea ahora. ¡Aléjate!

—Muy bien, querida mía. Por supuesto que es así. Tengo un cerebro superior además de ser vidente. Hay pocos videntes realmente fuertes en el mundo.

Dirigió una mirada a Sean. Estaba reducido y maniatado por los tobillos y las muñecas. Seguía forcejeando para acercarse a Whitney.

—Has controlado su mente, Mari. Inoculaste una sugestión, y además muy desagradable. No te ha tocado, ¿verdad? Sólo piensa que lo ha hecho. No obstante, Brett... —dijo pensativo, con un pequeño ceño de concentración en la cara.

Mari dio un brinco y recorrió la distancia hasta la escalera empleando su capacidad motriz mejorada. Se agarró a la baranda, saltó por encima y, empleándola como trampolín, saltó medio tramo de escaleras. Corrió hacia el descansillo del tercer nivel. Oyó a Whitney gritando a sus hombres para que fueran tras ella mientras se agarraba a la segunda baranda y daba un segundo brinco.

Ken, estoy huyendo. ¿Estáis a salvo tú y las otras mujeres?

No le gustaba aquel *casi* de Cami, y quería a Ken a su lado. Oía a los hombres, uno dando brincos tras ella, el otro disparado por las escaleras, hablando por radio y dando órdenes a alguien para que la interceptara. Otro vigilante esperaba en el siguiente nivel; oyó la radio y el zumbido de las voces de los hombres.

Las guié por el pasillo. Tu amiga Cami las guía el resto del camino. Depende de ellas salir una vez que estén en la superficie. Jack dice que se va a armar una buena. Voy de regreso a por ti.

Estoy en las escaleras, intentando llegar al segundo nivel, pero me encuentro atrapada entre dos equipos de seguridad. No creo que pueda alcanzarte. Tendrás que irte sin mí.

Y un cuerno, no seas ridícula. No voy a irme sin ti. ¿Cuánto te falta para el nivel dos? ¿Puedes derrotar al equipo que te persigue?

Sí, pero estoy corriendo y voy a darme de cabeza con los hombres que me esperan.

Mari hizo una pausa, incapaz de decidir qué dirección tomar.

Pues no dejes de correr, cielo. Rápido. Te interesa estar arriba; dales con fuerza y mala leche, gana un par de minutos para nosotros.

¿Qué quieres hacer?

Voy a desmontar su casa. Deduzco que Sean no lo consiguió...

No, y Whitney se percató de que estaba sugestionado, pero me lo ha atribuido a mí.

Había corrido hasta lo alto de la larga escalera. Sin reducir la marcha, golpeó la puerta y se estrelló contra el guardia que la esperaba allí. Ambos cayeron al suelo y Mari le pateó en la cara.

El vigilante le agarró el pie izquierdo y se lo retorció, obligándola a darse la vuelta sobre el estómago, pero ella le pateó con tal fuerza con la pierna derecha que le obligó a soltarla. Aprovechando aún el impulso de la caída rodó hasta ser capaz de quedarse a horcajadas, para levantarse de un brinco de nuevo. Un segundo guardia se elevaba ante ella, y se lanzó contra su pecho antes de poder detener el movimiento hacia delante. El soldado rodeó con los brazos su pequeña constitución, sujetándoselos contra los costados. Mari empleó las rodillas, y se lanzó hacia arriba para golpearle en la barbilla con la parte superior de la cabeza.

Entonces le clavó los pulgares bajo las costillas y cuando el soldado aflojó los brazos, se bajó más para abrir los codos y conseguir unos centímetros de espacio. Fue capaz de soltar un brazo y darle con la base de la palma en la nariz, girando sobre sus talones para sumar el peso de su cuerpo al golpe. Una vez libre, intentó correr de nuevo, pese a saber que tenía los otros dos perseguidores a tan sólo un par de pasos tras ella.

¡Agáchate!

Se echó al suelo cubriéndose la cabeza con ambas manos, mientras una explosión ensordecedora les derribaba a todos. Ken surgió de los escombros, la cogió del brazo y la levantó. Mientras se daban la vuelta, él proyectó la punta de su bota hacia la cabeza de uno de los guardas, tirándolo al suelo como una piedra.

—¡Corre, Mari!

Ken le tiró una pistola y un puñal, luego retrocedió un poco para cubrirla mientras se abría paso entre el polvo y los escombros.

A la izquierda, coge el pasadizo de la izquierda, le indicó mientras soltaba una ráfaga de balas, logrando que sus perseguidores retrocedieran.

Mari se giró en redondo, totalmente concentrada, cuando dos técnicos de laboratorio salieron agitando sus armas. Les disparó a ambos con puntería mortífera. No dejó de moverse, corriendo por el estrecho pasillo, cargándose dos cámaras mientras avanzaba, dejándose llevar por sus piernas cuando la mente parecía ofuscarse.

—¿Cómo están las otras, Ken? ¿Qué sabes? —preguntó ansiosa.

Ken la arrastró hacia el tabique, cubriéndole con su cuerpo mientras las balas alcanzaban la pared que tenían detrás. Respondió con disparos, empujándola hacia adelante, instándola a correr mientras él se plantaba en medio y lanzaba una ráfaga para cubrirles y seguir a lo largo del pasillo. Un vidrio se hizo añicos, y los vigilantes se metieron de un salto por alguna puerta, buscando refugio como podían. Ken corría de espaldas, sin dejar de disparar y cubrirles hasta doblar por el siguiente recodo y salir corriendo a toda velocidad tras ella.

—Jack dice que las mujeres se han desperdigado en direcciones diferentes. Mi equipo lo ha pasado fatal cubriendo a todas ellas, pero nadie logró convencerlas de que subieran al helicóptero que esperaba. Saltaron la valla y se dispersaron por el bosque. Detuvimos a la mayoría de perseguidores, pero los tiroteos entre los hombres de Violet que protegen al senador y los supersoldados de Whitney han sido atroces. De hecho, han servido para que las mujeres escaparan.

Ken la cogió del brazo e hizo que se parara en seco mientras él abría una pequeña puerta de mantenimiento en la pared.

—Empuja la rejilla y métete dentro del hueco. Date prisa.

No perdió tiempo haciendo preguntas. Tenían unos segundos. Cuando los vigilantes doblaran el recodo y viesen que habían desaparecido, comprobarían el pequeño cuarto de mantenimiento. Retiró la rejilla y se lanzó por el hueco, gateando para dejar sitio a Ken a continuación. Norton colocó la rejilla tras él e indicó hacia adelante.

Casi de inmediato las balas atravesaron la puerta y las paredes de la habitación que dejaban atrás. Mari vaciló un instante, con el corazón a cien, pero Ken le empujó el trasero instándola a seguir. Ella se arrastró todo lo rápido que pudo, intentando no hacer ruido. El tubo era sorprendentemente grande, y se anchaba a medida que avanzaban. Ken le dio un toque en el tobillo cuando llegaban a otra rejilla.

Mari la empujó y, al igual que la otra, ésta cayó con facilidad pues los tornillos estaban retirados. Mari salió de cabeza, rodando, con la pistola levantada y preparada, inspeccionando la habitación. Se encontró en otro cuarto de mantenimiento, con herramientas esparcidas por todas partes y un cubo de agua sucia con un mocho dentro, apartado de la pared. Encontró aquel cubo fuera de lugar con todas aquellas herramientas en el cuarto.

Miró a su alrededor, respirando con dificultad y esforzándose en controlar el miedo. Había participado en bastantes misiones con balas volando, pero nada la había preparado para esto: escapar de Whitney. Aquel hombre había controlado su vida durante tanto tiempo que no estaba segura de poder pensar por sí misma.

Ken le rozó la nuca con la mano.

—Llevas mucho tiempo pensando por ti misma, cielo. Deja de preocuparte.

—Ni siquiera estábamos en contacto pero sabías lo que estaba pensando. Detesto eso, me asusta a veces.

Norton le dedicó una sonrisita mientras la adelantaba para abrir una rendija en la puerta y asomarse.

—No es que pongas cara de póquer exactamente, cariño —dijo arrastrando las palabras.

—Ojalá pudiera creerte, pero no soy tan transparente como dices. Pasé demasiado tiempo engañando a Whitney. Tienes mucho más talento psíquico del que pretendes.

La alarma ahora aullaba por toda la base, donde se había desatado el caos. Los técnicos de laboratorio salían a toda prisa al pasillo. Ken sacó el brazo y agarró a un hombre por la bata, tirando de él para meterle en el cuartito y dándole a continuación un codazo en la cabeza. El técnico se cayó al suelo y se quedó allí gimiendo.

—Quítale la chaqueta.

Mari se agachó y siguió sus indicaciones. Whitney había impuesto a todos los técnicos del tercer nivel la obligación de llevar bata negra y a los del segundo nivel bata blanca. La de este hombre era blanca, pero había alcanzado a ver varios técnicos del tercer nivel. Subían en tropel por las escaleras con los equipos de seguridad, atravesando todos los niveles.

—¿Qué ha sido esa explosión?

Dio una patada al hombre cuando intentó levantarse, tirándolo al suelo por segunda vez. Se puso la prenda y buscó una gorra.

—Dispuse unas cuantas cargas sincronizadas. Las detonaciones se suceden a intervalos, lo justo para mantener a Whitney y a sus hombres nerviosos. Las mujeres han saltado la valla y se supone que han escapado. Jack dice que por desgracia el senador está ya casi en el avión. Jack nos espera.

—¿No tienen a mis hermanas? —Dio un respingo cuando Ken agarró a otro técnico de bata blanca y le lanzó contra la pared. Rebotó del porrazo y Ken lo arrastró al interior del cuartito—. ¿A ninguna?

—Tus hermanas no son muy de fiar. —Su intensa mirada se clavó en ella—. Ya sabías lo que pasaría, lo teníais todo hablado con anterioridad, ¿verdad?

Con el fin de evitar sus ojos gélidos, Mari se inclinó para quitar la chaqueta al técnico.

—Sí. Sabía que no te haría gracia.

Y menos le gustaría saber que se suponía que ella iba a darle esquinazo para reunirse con las otras lo antes posible.

—¿Sólo porque mis hombres están arriesgando la vida por sacar a las mujeres? Tus hermanas sabían que estarían ahí, con balas volando y un helicóptero a la espera, y saltaron la valla, dispersándose por el bosque. —Estiró el brazo y puso a Mari en pie—. ¿Planeas hacer lo mismo?

Evitó sus ojos. ¿Qué planeaba? ¿Ver a Briony? ¿Intentarlo con Ken.

—Lo que planeo es escapar contigo, luchar por todo lo que me merezco y lograr la libertad. ¿Conoces esa palabra que por lo visto representa el estilo de vida americano? Libertad, Ken. Queríamos libertad para tomar nuestras propias decisiones.

—Esas mujeres son videntes, la mayoría sin anclajes, igual que tú. ¿Cómo van a sobrevivir sin ayuda o cómo lo harás tú misma? ¿Piensas de verdad que Whitney va a dejarlas marchar? Mandará a todos los soldados que tiene tras ellas. Nosotros podíamos haberlas protegido.

—¿E intercambiar una prisión por otra?

Ken sintió su corazón atenazado por un torno.

—¿Es lo que piensas que vas a hacer, Mari?

Sus miradas se encontraron. Él contó los segundos. Por supuesto que Mari había hablado con sus hermanas y planeado irse por su cuenta. Él le había entregado el alma, y ella pensaba en escapar de él. ¿Y por qué no? La vida con él sería una forma de prisión. No podía negarlo, no podía engañarse. Él siempre querría controlar su vida, meterla en una burbuja y mantenerla oculta del mundo y de cualquier peligro. Ella quería y necesitaba con desesperación su libertad, y se la merecía.

Ken se tragó todo lo que quería decir y cogió la bata que ella le tendía para ponérsela. Le quedaba demasiado pequeña, tirante sobre sus brazos y espalda, pero serviría para ir por el pasillo. Con los explosivos detonando cada pocos minutos, dudaba que Whitney estuviera mirando las cámaras de seguridad. Ken había puesto gran empeño en disponer las cargas de manera que crearan el efecto mas caótico.

Mari le cogió del brazo antes de abrir el cuartito otra vez.

—No creo que esté intercambiando prisiones, Ken. Sólo tengo miedo. De hecho, estoy aterrada. No tengo ni idea de qué puedo esperar fuera de esta instalación. Me siento como si escapara sin permiso. Necesito descubrir quién y qué soy fuera y si seré capaz de vivir con el resto del mundo.

No añadió *antes de tener una relación*, pero él oyó el eco de sus palabras en su corazón. Tal vez las oyera en la cabeza de Mari. Y una relación con él no sería de su gusto, una vez que se encontrara afuera en el mundo real, donde hubiera hombres normales, tal vez con tendencia al romance y la caballerosidad, a su disposición.

Ken. La voz de Jack se inmiscuyó, brusca y autoritaria. Se está liando una gorda aquí. ¿Puedes llegar al primer nivel? Logan y Neil van a intentar llegar hasta ti. Yo les cubro, pero si no te vemos el pelo en unos minutos, voy a romper el protocolo y entraré a por ti. Muévete ya.

Había urgencia en su voz.

Ken sabía que además su hermano tenía intención de hacerlo. Jack pondría en peligro su vida y la de quien hiciera falta por sacarlo de cualquier problema, igual que él lo haría por Jack.

Estoy en camino. Nos encontramos en el segundo nivel intentando llegar al primero. Dame unos pocos minutos.

Igual no quedan esos minutos. ¡Oh, mierda!

Hubo un momento de total concentración.

Ken reconocía aquella voluntad de hierro, vacía y sin emoción, que detectó en su hermano, y sabía qué significaba: iba a pegarle un tiro a alguien. Esperó, pues sabía que había pasado algo.

Uno de los guardias de seguridad que llevaban al senador hacia el avión acaba de dispararle en la cabeza. Violet se ha cargado al hijoputa y ha metido a su marido en el avión, pero no tiene buena pinta. Es imposible distinguir a los buenos de los malos, Ken. Tienes que largarte de ahí y llegar al helicóptero. Salen del edificio en tropel.

Entendido.

Ken abrió una rendija en la puerta para asomarse al pasillo. La mayoría de técnicos corrían hacia las escaleras. Unos pocos vigilantes y soldados avanzaban intentando fijarse en cada individuo, lo cual revelaba que Whitney no había perdido la esperanza de encontrarles.

¿Alguien ha visto a Whitney?

Tú y yo sabemos que cuenta con algún túnel privado. No va a quedarse atrapado aquí. Lo más probable es que ya esté de camino a la siguiente guarida. Sólo con apretar un botón de un ordenador, envía sus datos a otras computadoras y abandona este laboratorio.

Ken tiró de Mari.

—No te separes de mí. Camina directa hacia las escaleras. Métete la pistola en el bolsillo y tenla lista para usarla. No levantes la mirada a las cámaras, tú anda con la riada de técnicos.

—Me reconocerán. No hay mujeres entre este personal técnico. Whitney pensaba que estarían demasiado distraídos.

—No tienes el pelo tan largo, puedes subirte el cuello de la chaqueta. Tenemos que irnos ahora, Mari. Si te digo que corras, sal disparada y no mires atrás.

—No voy a dejarte.

—Iré justo detrás de ti. No soy un héroe, cielo, no voy a dejar que Whitney me conecte a alguna máquina el resto de mi vida.

Mari le agarró de la bata.

—Tal vez haya tenido miedo, incluso vacilación, pero planeo seguir contigo. Continúa detrás de mí, hablo en serio, porque si no regresaré a por ti.

Dejando de lado las dudas sobre el futuro, nunca dejaría a Ken a merced de Whitney.

—Suenas como mi hermano. Pero si haces alguna estupidez de ese tipo voy a ponerte sobre mis rodillas para darte unos azotes.

Ella entornó los ojos.

—Me han dado unos cuantos azotes, Ken. No me asustas.

Él le dio un pequeño empujón.

—En marcha. No te pares.

Se iba con él. Tenía una prórroga, no sabía cómo iba a mantenerla a su lado, pero al menos ella no iba a saltar la valla y pelear por sí sola. Las mujeres llevaban tiempo planeando una escapada, y pese a la protección ofrecida por Ken y su equipo, no habían aprovechado la oportunidad para cambiar de plan. Creían las unas en las otras y en nadie más. Incluso Violet estaba fuera de su círculo. Eso le preocupaba. Si las mujeres se enfrentaban en algún momento a Mari por su decisión de quedarse con él, ¿acabaría guardándole rencor?

Suprimió todo pensamiento en su cabeza y pasó a modo guerrero en el momento en que salió del cuarto de herramientas. Se situó varios pasos por detrás de Mari para poder protegerla mejor mientras avanzaba por el pasillo. Ken advirtió con aprobación que ella buscaba dejar un espacio para poder pelear, avanzaba con seguridad pero mantenía apartada la cara de las cámaras. Sus andares eran de mujer, balanceando las caderas, y él captó la mirada de dos soldados que reaccionaban a su paso. Los hombres se hallaban en una puerta, inspeccionando a los técnicos que pasaban.

Ken les disparó antes de que ninguno de los dos pudiera hablar por radio. Fueron disparos mortíferos, los dos cayeron de golpe, un ataque uno-dos que dejó a ambos hombres en el suelo casi antes de que la multitud que huía captara los disparos. Siguió moviéndose, ocultando el arma con su cuerpo, y reaccionó igual que el resto, casi corriendo.

Una bala pasó silbando junto a su oreja y alcanzó a un técnico próximo a él que se empotró en la pared. La sangre salió a chorros mientras el hombre gritaba agarrándose el hombro. De inmediato todo el mundo se puso a correr, apresurándose a empujones hacia las escaleras y apartando a cualquiera con quien se chocaran.

Perdió de vista a Mari al agacharse para ocultarse entre la multitud y ubicar a su enemigo. Una descarga de balas dirigida a la masa en movimiento derribó a varias personas que quedaron despatarradas sobre el suelo mientras otros técnicos las aplastaban. La sangre corría por el pasillo. Ken volvió a introducirse en la sombra de una puerta e hizo unos rápidos disparos a las luces, dejando el pasillo a oscuras. Al instante trepó por la pared como una araña hasta llegar a las vigas que discurrían junto al soporte del techo.

¡Ken!, gritó Mari casi presa del pánico.

Estoy vivo. Sal de este infierno. Jack te cubrirá. Puedes confiar en Neil y Logan. Ellos te llevarán hasta el helicóptero.

No me voy sin ti.

Las balas barrieron toda la zona donde se encontraba momentos antes; el enemigo disparaba sistemáticamente primero abajo y luego más arriba, alcanzando a cualquiera que cruzara su área de muerte. Ken disparó al fogonazo, concentrado en la diana de cuatro puntos próximos donde debería estar el corazón del tirador.

Mari, te lo juro, voy a darle una patada a tu obstinado culo si no haces lo que digo. ¡Corre!

Saltó al suelo y se quedó ahí pegado, esperando a que respondieran con otra ráfaga, pero sólo oía el sonido de los moribundos y los gritos asustados de los técnicos que querían salir pero no se armaban de coraje para volver a moverse. Dio una cuidadosa mirada a su alrededor, empleando su visión nocturna reforzada. Un hombre a su izquierda estaba en el suelo a escasa distancia, aún con la pistola en la mano y un charco de sangre creciendo debajo de él. Ken se levantó de un brinco y salió disparado hacia las escaleras saltando sobre hombres caídos, sin hacer caso a sus gritos de ayuda.

Subió de un salto medio tramo de escaleras, continuó corriendo por el otro y salió lanzado al pasillo del primer nivel.

¡Al suelo! ¡Al suelo!

El grito frenético de Mari le hizo lanzarse al suelo y rodar lo más cerca posible de una puerta mientras sacaba la pistola listo para disparar. Una ráfaga de balas le hizo seguir rodando, en medio del ruido ensordecedor en los confines estrechos del pasillo. Consiguió entrar a rastras por la puerta abierta y se incorporó a duras penas apoyado en la pared, ascendiendo hasta situar su cuerpo directamente sobre la puerta. La bata se rompió sobre los músculos forzados que sostenían el peso, con piernas y brazos extendidos sobre la entrada. Pudo ver el punto en el tejido perforado por la bala, el agujero en la tela.

Están entrando. Formación clásica de dos hombres. Ten cuidado. Había miedo en la voz de Mari.

¿Estás bien, cielo?

Mantenía la calma y sonaba tranquilizador. Ésta era su vida. Mejor que lo supiera ella. Había nacido guerrero, y cualquiera lo bastante estúpido como para acosarle sencillamente era un suicida.

Tengo un cuchillo. Algún idiota no ha hecho el cacheo reglamentario. Avísame cuando estés fuera de peligro.

Ken pasó por alto la angustia en su voz, manteniendo el tono igual de calmado.

Te enterarás. ¿Cuántos vigilantes tienes ahí?

Dos. Puedo quitármelos de encima; tú asegúrate de librarte de los dos tuyos.

El tono de Mari imitó el suyo, calmado, seguro, lleno de una confianza total.

Los dos soldados vaciaron sus armas contra la puerta y muros de la habitación antes de meter nuevos cargadores y abrir de una patada lo que quedaba de ella. Se hizo astillas soltándose de las bisagras. Ambos hombres entraron en la habitación, espalda con espalda, rociando balas en un semicírculo para cubrir cada centímetro del cuarto.

Ahora, Mari.

Ken saltó del techo, sacando la pistola y disparando desde el aire al soldado más próximo. Aterrizó agachado y disparó al segundo a escasa distancia. Se arrancó la bata de técnico rota, aunque le disgustaba salir a la oscuridad con ropa blanca.

¿Estás fuera de peligro, nena?, dijo y se asomó tras el recodo.

Había un hombre tumbado a los pies de Mari, era obvio que muerto. El otro hombre peleaba con ella para quitarle el puñal. Ken vio cómo torcía el hombro y soltaba dos puñetazos a Mari intentando alcanzar su garganta. Ella consiguió volver el cuerpo lo suficiente como para que no la alcanzara, pero los golpes la sacudieron. No dejó caer el puñal. Ken se aproximó por detrás del vigilante y empleó su propio puñal, clavando la hoja a fondo en el riñón del hombre. Aplastó con la palma de la mano la cabeza del guarda, apartándole y derribándole, y tendió la mano a Mari.

Hizo un reconocimiento rápido para asegurarse de que ella no sangraba mientras se volvían ya para salir corriendo por el pasillo.

—Van a atacarnos con todo lo que tengan —dijo—. Whitney no quiere que te vayas.

—No va a matarme —dijo Mari con confianza absoluta—. Piensa que fui yo quien controlé a Sean y le hice creer que habíamos tenido relaciones sexuales.

Ken le dirigió una mirada pese a continuar inspeccionando el pasillo.

Es obvio, Jack, Whitney anda detrás de algo.

—¿Lo adivinó él solo?

—No se le escapa casi nada. Tampoco permitió que los vigilantes mataran a Sean, lo cual significa que lo mandará por mí.

—Ya contaba con eso —respondió Ken, manteniendo los escudos en su sitio con firmeza.

Lo último que ella necesitaba ahora era percibir la violencia descarnada que rondaba por su cerebro. Quería destrozar a Sean trozo a trozo, y tenía intención de conseguirlo.

—Pero sí hará todo lo posible para matarte a ti —añadió Mari—. Quiero cubrirte. Ve delante y yo ocuparé la retaguardia.

Ken hizo una indicación hacia delante.

—Lo haremos como siempre lo he hecho. Tenemos ayuda esperando. Dirijámonos hacia el helicóptero, te sacaremos de aquí.

Mientras le tendía más cargadores, sondeó la mente de Mari, pues no quería insubordinación en medio de lo que sabía iba a ser una batalla campal.

Mari planeaba sacrificarse si peligraba la vida de Ken o su propia libertad... quería libertad ahora que la había saboreado. Pero estaba decidida a que Peter Whitney no le capturara ni le torturara. Esta mujer podía destrozarle el corazón si era tan estúpido como para permitírselo. Hizo una pausa, pegándose a la izquierda de la puerta y acercando a Mari a él. Le rozó la parte posterior de la cabeza con los labios.

Pase lo que pase, Jack, júramelo, dirás al equipo que la sacamos de aquí. No me importa si tienes que darle en la cabeza y sacarla inconsciente. No va a hacerse la heroína y salvarme el culo sacrificándose ella.

La diversión de Jack fue un bálsamo calmante sobre una herida abierta.

Oh, qué mal lo tienes, hermanito. Esa mujer te tiene pillado. Sal de una vez de ahí y larguémonos. No vamos a dejar atrás a nadie.

Estamos saliendo ya, advirtió a su equipo.

Tienes enemigos repartidos en un amplio semicírculo, le dijo Jack. *Mitch está intentando llegar al risco, pero no va a conseguirlo.* Hubo un momento de silencio y luego: *Oh, maldición, ha resbalado y no se mueve.*

Mari salió la primera, corriendo con la velocidad borrosa de un soldado con facultades mejoradas, y Ken iba a pocos pasos tras ella. La chica no corría recto sino en zigzag, intentando cubrirse pese a haber poco lugar donde refugiarse. Los disparos no daban tregua, pero los dos siguieron corriendo. Ken confiaba en Jack y los otros para mantener al enemigo ocupado.

Ataque inminente.

Abajo, Mari, contra el suelo.

Ken saltó hacia adelante para hacerle un placaje, arrojándola al suelo mientras le advertía, cubriendo su cuerpo con el suyo. Sintió picaduras de abejas furiosas en la espalda y las piernas, pero se despatarró sobre Mari procurando cubrirla con los brazos y mantenerla a salvo de los pequeños misiles mortales que la minibomba había expulsado.

Jack maldijo mentalmente, juramentos largos y elocuentes.

Clavos. Han metido clavos en esa maldita cosa. Pareces un puñetero puercoespín. ¿Puedes correr?

No me queda otro remedio. Puedo hacerlo. No dejes que arrojen otra de esas.

El dolor era insoportable, pero no iba a dejar que le dispararan ni que le capturasen. Se levantó, y los músculos de su pantorrilla y espalda protestaron de dolor. Era obvio que Mari sentía el dolor en su mente porque no dejaba de intentar volverse para verle, pero él la empujaba con fuerza hacia adelante.

Se sacó el dolor de la cabeza. Compartimentar resultaba un recurso útil, algo que Ken y Jack habían aprendido de jóvenes. Corrió a toda máquina, sin que los clavos en su cuerpo redujeran su marcha. Varios tiradores, incluidos Neil y Logan, se acercaban a ellos por ambos lados y, apoyados sobre una rodilla, liquidaban sistemáticamente al enemigo.

Mari se aproximó al helicóptero y cogió la mano que le tendía Martin, permitiendo que la metiera de un tirón. Ken saltó y cogió el rifle que le arrojaron, atrapándolo en el aire con una mano y echándoselo al hombro mientras se colocaba para cubrir a su hermano que salía del follaje. Oyó el jadeo de Mari al ver los clavos en el cuerpo de Ken, pero mantuvo la concentración en el enemigo y en cubrir el culo a Jack.

Su hermano salió al claro disparando sin parar. Ken alcanzó a ver un soldado que lo seguía y apretó el gatillo. El hombre cayó, y barrió de inmediato la zona buscando a más. Uno se levantó justo delante de Jack y disparó demasiado rápido. Ken vio a Jack tambalearse.

Abajo.

Al tiempo que daba la orden, Ken apretó el gatillo. Jack se echó al suelo y el soldado cayó casi encima de él. ¿Estás malherido?

Sólo me ha trasquilado, ha alcanzado un poco de músculo, pero estoy vivo.

Jack ya estaba en pie y cubría la distancia deprisa, con aspecto igual de letal a pesar de la sangre en el brazo derecho.

Deja de hacerte el interesante y mete el culo de una vez en el helicóptero. Todo el mundo sabe que eres un tipo duro.

Ken quiso sonar despreocupado con sus bromas habituales.

Esperaba que vinieras a cogerme en brazos, me siento débil.

Jack disparó otra ráfaga y un soldado tras una roca cayó al suelo.

Ken localizó a dos enemigos más que tenían a Jack en su visor y disparó a ambos.

Briony va a asquearse contigo como vuelvas a casa en este estado.
Le traigo a su hermana. Me tratará como un héroe.

Jack dio los últimos pasos y saltó dentro del helicóptero. Martin y Neil siguieron su ejemplo.

—Vamos, vamos —ordenó Neil, y todos ellos centraron la atención a cualquier fuego dirigido desde tierra hacia ellos.

Logan empujó a Ken para que se sentara y se colocó a su lado.

—Tírame el botiquín.

Indicó un bulto situado detrás de la cabeza de Mari.

Ella lo agarró y se lo tiró con la mirada aún fija en tierra, observando. En cuanto se puso el rifle sobre el hombro dio al gatillo.

—Estamos fuera de peligro. No hay pájaros a la redonda.

Mari advirtió que nadie se relajaba. Neil y Martin ocuparon sus posiciones para proteger el helicóptero en el aire, mientras Logan empezaba a retirar los clavos de la espalda y las pantorrillas de Ken. Las heridas eran superficiales en su mayoría; había una o dos que parecían más profundas. Logan le despojó de la camisa y Mari se sorprendió al encontrar a todos los hombres intercambiando miradas. Se agachó al lado de Ken y le puso una mano en la nuca. Se inclinó sobre él, sintiéndose protectora, pues sabía que aunque disimulara, detestaba que los otros vieran las cicatrices y el aspecto de su espalda, como si un rallador gigante la hubiera raspado, convirtiendo caprichosamente su piel en requesón. El pecho tenía el mismo diseño de finas cicatrices que su cara y cuello. No había manera de bloquear la línea de visión. Despreció las miradas en sus rostros.

Eh, encanto, ¿estás bien?, quiso preguntarle en voz alta, para que todos apreciaran la preocupación en su voz, para que oyeran lo que sentía por él, pero no podía mostrarse tan vulnerable. Lo hizo en voz baja, mentalmente, intentando unirles y que sintiera que estaba con él.

Norton entrelazó sus dedos. Había dolor físico, pero podía soportarlo sin problemas. Le resultaba más duro, mucho más, que sus amigos le estuvieran observando, viendo la terrible destrucción de su cuerpo. Mari padecía por Ken, notó las lágrimas ardiendo en sus ojos y garganta. Había sido un hombre de rostro y físico asombrosos, y Ekabela se había tomado gran esmero en destruirle.

Mari se inclinó un poco más, rozando con los labios su sien en un esfuerzo por de distraerle.

Gracias por venir a salvarme. La verdad no quería quedarme ahí.

Ken estrechó sus dedos y atrajo la mano a su boca.

—¿Qué demonios está pasando aquí? —quiso saber Jack—. Me han disparado. ¿A nadie le importa lo más mínimo? ¿O tengo que sentarme ahí y desangrarme mientras todos mimáis a mi hermano?

Al instante Neil y Martin volvieron su atención a Jack.

—Lo siento. No parecía tan serio —dijo Neil.

—¿Tan serio? —repitió Jack—. Pues estoy sangrando.

Ken se atragantó. Cuando Mari tocó su mente, se estaba riendo. Por primera vez desde que conocía a Jack le cayó un poco bien. Le admiraba como soldado, sentía gran consideración y respeto reverencial por él como francotirador, pero no le caía demasiado bien y no acababa de gustarle que Briony estuviera con él.

Con esta pequeña actuación, Jack había cambiado su opinión de él. No era el tipo de hombre que atraía la atención hacia sí mismo o que se preocupaba por una heridita así. Tenía unas cuantas cicatrices también, prueba de su tortura a manos del mismo hombre que había retenido a Ken durante tanto tiempo. Jack Norton tenía reputación de ser duro como los clavos. Le dedicó una pequeña sonrisa y siguió su juego.

—Me aseguraré de que Briony sepa lo duro que eres.

—Lo más probable es que me arree con algo nada más verme. Le prometí ir con cuidado.

—Le diré que has estado luciéndote.

—Como hagas eso tomaré represalias. Briony puede ser muy mala.

Ken cerró los ojos, rodeando con fuerza los dedos de Mari, y se permitió desconectar. Estaba agotado físicamente, después de tres días sin dormir y su cuerpo ardiendo a causa de los clavos, pero tenía a Marigold y eso era lo único que importaba. Se relajó, escuchando a su hermano bromear con ella mientras el helicóptero les llevaba lejos de Peter Whitney y sus dementes experimentos.

Capítulo 19

*L*a casa de Ken, ubicada en las profundidades de la naturaleza de Montana, estaba rodeada por el parque nacional en tres de sus lados y era la cosa más bonita que Mari había visto en la vida. Ken permaneció de pie a su lado mientras observaba sobrecogida la gigante cabaña de troncos, que para ella representaba el arquetipo de las casas maravillosas con las que soñaba después de ver alguna película antigua de las que introducían los hombres clandestinamente en la zona de mujeres.

—Tenemos casi mil hectáreas, Mari, lo cual sin duda da cierta libertad. —Ken disimuló su repentino nerviosismo con una sonrisita—. A menos que prefieras ser una chica de ciudad.

Nunca podría vivir cómodo en la ciudad, pero sabía que si Mari quería eso o necesitara al menos intentarlo, él iría con ella.

Mari negó con la cabeza.

—No me desenvolvería bien en una ciudad. Demasiada gente, demasiado tráfico y ruido. Prefiero la soledad.

Ken dejó ir una exhalación.

—Somos por completo autosuficientes aquí. Si alguna vez estuviéramos mal de fondos, podríamos aprovechar los árboles. De hecho, tenemos una mina de oro explotable también, aunque nunca nos hemos preocupado. El suministro de agua se alimenta por gravedad, y empleamos un sistema hidroeléctrico para cargar baterías. —Quería que ella amara este lugar como él lo hacía, que notara la sensación de libertad que daba el bosque descomunal circundante y la autosuficiencia total de su casa—. Justo ahora estamos empleando un porcentaje muy pequeño de la energía disponible. Jack y yo podríamos vivir de la tierra, la caza y de las cosechas si fuera necesario, por lo tanto es un lugar perfecto para nosotros.

—No pensaba que fuera tan grande.

—Ahora mismo la casa supera los tres mil metros cuadrados. Jack y Briony ocupan el ala más grande; hemos estado montando una zona infantil para ellos. Compartimos la cocina, el comedor y un gran salón, y nuestra ala se encuentra en el otro lado. En este momento tenemos dormitorio, baño y despacho, pero tengo un segundo dormitorio bosquejado. El garaje casi duplica el espacio, por lo tanto hay mucho sitio para ampliaciones; y si Jack y Briony siguen a este ritmo, tendremos que hacerlo pronto. —Le dedicó una sonrisita—. Esperan gemelos.

—No lo habías mencionado.

—Me gusta reservar lo mejor para el final.

Mari le sonrió.

—Eso asusta un poco. ¿Dominan los gemelos en tu familia?

Asintió:

—Desde luego.

Marigold apartó la mirada para contemplar la casa otra vez:

—Me encantan los troncos. ¿Qué son?

Ken no dejó que se notara su decepción. Mari aún no estaba lista para un compromiso. La había traído a su casa en el bosque de Montana, eso ya era motivo de satisfacción, pero confiaba en convencerla para que se quedara.

—Pino blanco occidental, que hemos combinado con troncos serrados suecos en las esquinas, empleando aceite para el acabado. Jack ha hecho la mayoría del mobiliario de la casa, se le da muy bien la carpintería.

—Es preciosa. Me encanta el porche.

—El techo está construido para soportar una guerra, y tenemos un túnel para huir. Hemos instalado alarmas y unas cuantas trampas que avisan de visitas no deseadas. El taller de carpintería está ahí en el prado, y el garaje pequeño aloja el equipo. Tenemos un huerto en esa franja de tierra donde da más el sol. Briony ha plantado flores por todas partes.

Mari le agarró la mano con más fuerza.

—¿Se encuentra aquí?

—No estés tan asustada. No, Jack la traerá mañana. Quería verla él primero. Es muy protector con ella.

—Aún no se fía del todo de mí, ¿verdad?

—Jack no confía en nada ni en nadie en lo relacionado con Briony —explicó Ken—. Ella es su mundo, y si algo le sucediera perdería el juicio. Vendrá, cielo, confía en mí; le ha hecho mucha ilusión enterarse de que estás viva y bien. Nada va a impedir que venga aquí.

—Excepto Jack.

—Una noche. La quiere para él esta noche. Yo también confiaba en que tuviéramos unas pocas horas para nosotros.

Mari se encontraba de pie en la parte inferior de los escalones mirando la galería exterior. La noche caía y el viento hacía susurrar los árboles. El aire era más frío aquí, lo bastante como para provocarle un escalofrío.

—¿Me tienes miedo, Mari? —preguntó Ken.

Ella acercó su mano a la cara de Norton. Como siempre, a cubierto de la noche, las cicatrices se difuminaban, dejando sólo la perfección masculina de su rostro.

—No, Ken, no eres tú. —Vaciló como si buscara las palabras convenientes o la confianza necesaria para exponer sus miedos—. Soy yo. No sé nada de quién soy o qué quiero. Cuando estás lejos, siento que no puedo respirar sin ti. ¿Cómo voy a aprender alguna vez a sentirme plena si he pasado de no tomar una sola decisión por mí misma a involucrarme en una relación tan intensa? —Parecía afligida—. Estoy dando por supuesto que quieres una relación, aunque nunca me lo has dicho, ni una sola vez.

Mari pareció replegarse, retrocedió de él y de la casa. El bosque, con todos los árboles de suave balanceo y denso follaje, parecían un refugio, algo conocido, un lugar en el que esconderse. Se sentía expuesta y vulnerable, y muy confundida.

—Lo diré ahora, Mari: no quiero que me dejes nunca, te quiero más que nada en la vida. Puedo darte tiempo... el que necesites.

Mientras hablaba, Ken no sabía si decía la verdad. Quería darle tiempo, pero tenía sus limitaciones, él las conocía mejor que la mayoría de la gente.

Mari deslizó el dedo por el dibujo de los labios:

—Frunces el ceño.

—Te estaba mintiendo, no puedo mentirte de este modo. No soy un hombre perfecto, Mari, quiero ser todo lo que necesitas, pero no puedo verte con otros hombres mientras decides si esta relación es lo que quieres.

—¿Otros hombres? —Sus ojos oscuros centelleaban al mirarle—. ¿Qué tienen que ver otros hombres con esto?

—No quiero que mires a otros hombres para acabar de decidirte.

Mari juntó las cejas y cerró ambos puños. Miró de nuevo en dirección al bosque, luego volvió hacia la casa con determinación y subió a zancadas las escaleras del porche para no pegarle.

—¿Otros hombres? Tienes que estar mal de la cabeza. ¿Ya has olvidado de dónde vengo?

Mari recorrió el porche, furiosa con él y consigo misma. Se encontraba en una posición muy vulnerable; éste no era su sitio. Dio otra ojeada al bosque; ése era su sitio. Con sus hermanas, en ellas podía confiar. Tenían un plan juntas y lo había abandonado. Se apretó con los dedos la sien que de pronto le dolía. ¿Qué había hecho?

Ken se aclaró la garganta y se frotó el caballete de la nariz, luego se pasó la mano por el pelo con cierta agitación. ¿Cómo demonios sobrellevaban esto los hombres a diario? Era como andar por un campo de minas; un paso en falso y todo estallaba en tu cara.

—Tienes razón, ha sido estúpido por mi parte. No lo estoy haciendo nada bien.

—Deja de preocuparte por mí y por otros hombres, Ken —soltó ella.

Ken asintió, tendría que encontrar deprisa la manera de dominar sus celos. No era una mujer que fuera a consentirlo. Y no habría modo de esquivar sus puños.

—La mayoría de las mujeres tendrían problemas de soledad aquí arriba. En invierno, la carretera es intransitable sin trineos a motor. No hay teléfonos. Tenemos una radio, por supuesto, pero pocas mujeres querrían estar tan aisladas.

Marigold dirigió una rápida mirada a su rostro.

—¿Parezco la clase de mujer que hay que entretener en todo momento? Estoy acostumbrada al aislamiento.

—Mari, nunca antes he hecho esto. Nunca. No he traído ni a una sola mujer a esta casa ni he querido mantener una relación. Supongo que estoy metiendo la pata una vez tras otra, pero intento ser sincero, no quiero juzgarte.

—¿Ni una vez?

—¿Ni una vez qué?

—¿Nunca has traído aquí a una mujer?

—Es mi santuario, cielo. Mi hogar. Vengo cuando el mundo me oprime y necesito recuperarme. Es un sitio tranquilo, aquí reina la paz y me siento en casa. Es tu sitio; nadie más lo ha ocupado hasta ahora.

—No sé bien qué significa sentirse en casa. —Hizo un gesto en dirección al bosque—. Miro eso y siento que me llama. Quiero correr libre, Ken, correr entre los árboles y nada más. —Encontró sus ojos—. ¿Puedo hacerlo?

Ken intentó aplacar su corazón acelerado. Sabía que era inútil intentar retener un pajarillo salvaje, pero quería sujetarla con ambas manos.

—Por supuesto. Mañana te conseguiremos un par de deportivas. Puedes ir a donde quieras. Yo prefiero correr por la mañana, pero es bonito a cualquier hora.

Mari no contestó, se quedó mirando los árboles que la llamaban.

Ken le tendió la mano. Tal vez no estuviera del todo decidida a tener una relación con él, pero él sí. Ella parecía encajar ahí en su santuario, le daba buena impresión. Más que nada, pese a todo el desasosiego sobre qué decir y qué hacer, él se sentía feliz, feliz de verdad, sólo por tenerla en su propiedad. Lo único que tenía que hacer era descubrir la manera de que ella se sintiera igual.

Mari aceptó su mano y le siguió reacia a través de la sólida puerta, intentando no mostrar miedo.

—¿Cómo mantenéis la casa caliente cuando nieva?

—Empleamos calor de leña. Tenemos unas chimeneas muy eficientes en los dormitorios, la sala y la cocina. Podemos aislar cada ala de la casa para que quede cerrada y privada, o abrirla y tener una única gran casa.

—¿Y Briony vive aquí todo el año?

Se aferró a esa idea. Quería ver a Briony... al menos una vez. Una vez. Había alimentado recuerdos y fantasías sobre su hermana durante tanto tiempo que quería verla.

—No la dejamos aquí sola cuando nos vamos de misión. Jack nunca lo permitiría.

Las palabras surgieron antes de poder censurarlas.

Mari le dirigió una mirada severa mientras cruzaba el umbral.

—¿Permitir?

—En lo que a Briony respecta, somos muy conscientes de la seguridad. Imagino que tú también lo serás. Está embarazada de gemelos, y Whitney ha intentando varias veces secuestrarla. La última nos costó parte de la casa y un edificio exterior, pero el hijo de perra no lo consiguió.

Mari miró a su alrededor y vio un toque de mujer en la casa. Su corazón dio un pequeño y extraño brinco. Su hermana. Briony de verdad estaba viva, se encontraba bien y vivía aquí, en esta casa. Su hermana, a quien no había visto en años, pero en quien había pensado a diario.

Había gruesas mantas sobre los respaldos del mobiliario de buena factura, el tipo de mantas que Mari sabía que se hacían con amor, a mano. Sobre cada ventana había vidrios de colores, de hermosa e intrincada talla, y los colores se combinaban formando imágenes de fantasía sin duda elegidas o diseñadas por su hermana.

Anduvo a través de habitaciones vacías, oyendo el eco de la risa, percibiendo el vínculo amoroso que impregnaba las paredes. Cuando llegó al dormitorio de Ken, las lágrimas humedecían sus ojos y obstruían su garganta. No podía hacer esto. ¿Por qué había pensado que podría? No era nada femenina ni capaz de decorar una casa, no era ese tipo de esposa o pareja. Sólo sabía pelear en batallas. Debería haberse ido con sus hermanas, las que conocía, las que eran diferentes como ella, las que nunca habían vivido en un hogar y no sabían nada sobre tener una relación.

Briony vivía aquí y sabía perfectamente ser esposa y madre. Era obvio que se preocupaba por ambos hombres, no sólo por Jack. Mari nunca sería capaz de estar a la altura de su hermana. Y se alegraba por Briony... de verdad, pero sentía lástima por sí misma, se sentía una completa idiota por haber pensado que podría ser alguien que no era.

A Ken casi se le para el corazón al entrar en el dormitorio. Mari se encontraba en medio, lloriqueando.

—¿Qué pasa, cielo? ¿De qué se trata?

Ella estiró los brazos todo lo que pudo.

—Mira este lugar. No sé qué hacer con toda esta habitación. Mis ropas entraban en una taquilla al pie de mi catre. No sé cocinar ni ocuparme de una casa, ni siquiera mantener una relación. ¿En qué estaba pensando?

Ken la atrajo hacia él y la abrazó. Su cuerpo temblaba, y le cubrió la cabeza con la palma de la mano, apretando su rostro contra su corazón, protegiéndola lo mejor que pudo con su propio cuerpo.

—Escúchame, cielo. Ninguno de los dos ha hecho esto antes. Es normal que entremos en pánico, pero no importa. ¿Me oyes, Mari? No importa. Somos nosotros. Los dos. Tanto da lo que sea normal para los demás. Construiremos nuestra relación desde los cimientos, y será tan fuerte que nadie la derribará jamás. Nunca te dejaré. Nunca. Si hay algo con lo que puedas contar es con mi respaldo. No va a haber equivocaciones, porque vamos a resolverlo todo a nuestro ritmo.

—Pero Briony ha convertido este lugar en un hogar, no sólo por tu hermano sino por ti también. Puedo verlo. Es tu familia tanto como lo es Jack.

—Ella ilumina el mundo de Jack, Mari —dijo él, en un intento de seguir su línea de pensamiento—. ¿No quieres que yo me preocupe por ella?

—Por supuesto que sí, deberías, pero yo no puedo ser como ella. No tengo ni idea de qué hacer. Ni siquiera tengo ropa, Ken. Estoy aquí sin nada en absoluto.

Ken le levantó la barbilla y rozó la tierna boca con los labios. Sonaba tan desconsolada que él mismo se acongojó.

—No tienes que hacer nada ni tener nada. Te quiero a ti, Mari, ni ropas ni una sirvienta.

—¿No debería estar poniendo flores en un jarrón? ¿O fingiendo que hago la cena? —Parecía totalmente preocupada—. No tengo ni idea de cocinar, no lo he hecho en la vida, nunca. Esto no va a funcionar, Ken.

Norton se percató de que la dominaba por completo el pánico. Estaba mirando las estanterías y las cajas de música, y entonces la besó otra vez.

—¿Piensas que importa? Y no puedes poner flores en un jarrón si yo no te las he regalado antes, ¿verdad? Mañana iremos a la ciudad y compraremos ropa para que llenes el armario y el tocador si es lo que quieres. Y te compraré flores y un jarrón, y colocaremos esas malditas cosas. En realidad nada me importa.

—Tal vez ahora no, en este momento, pero a veces querrás que yo sepa llevar una casa. —Se sentía totalmente inepta al pensar en todas las cosas que no sabía hacer pero que su hermana hacía. Briony era una desconocida que había vivido en el seno de una familia cariñosa, no en unas barracas militares—. *¡Cami! Te necesito. Oh, Dios, ¿qué he hecho?* El pánico era algo desconocido para ella. No lo había sentido cuando la capturaron ni cuando la tirotearon, pero encontrarse en una casa real rodeada de cosas que no le resultaban familiares...

—Si quieres llevar la casa, adivinarás la manera de hacerlo; si no, pues bueno, durante años ha ido bien así.

Mari se agarró a él, su confianza en sí misma flaqueaba.

—Nunca he decidido cuándo ir a la cama por la noche. Apagaban las luces a las once, a menos que me hubiera metido en algún lío, y entonces las apagaban a las nueve o a las diez.

—Puedes estar toda la noche en pie, corazón.

—Nunca me han permitido salir de la habitación después de las nueve.

—Si te apetece que vayamos a California, pues nos vamos. O si tienes ganas de ir a la cocina y coger una fruta, adelante.

—¿Y sentarme fuera en el porche de la entrada?

Apretó los dientes para que no le castañetearan. No podía soportar la idea de dejar a Ken, pero no podía quedarse. No era ella, pero nunca lo sería. Su sitio estaba junto a sus hermanas, las mujeres que sabían cómo era la vida con Whitney.

—Toda la noche, Mari. A Briony le gusta el tejado, aunque Jack se pone un poco pesado ahora que ya se le nota el embarazo. Pero si te apetece el tejado, estaré ahí arriba contigo. Es uno de mis sitios favoritos. Y hay árboles a los que subir y senderos para caminar. ¿Has andado en bici alguna vez?

Ella negó con la cabeza, con más lágrimas llenando sus ojos.

—Hasta los niños pequeños saben, pero yo no sé ni eso. Nunca he montado a caballo tampoco.

—Tenemos bicis de montaña. Te enseñaré.

—Me da miedo. No dejo de pensar en las otras, mis hermanas ahí fuera ahora mismo, preguntándose cómo tomar cualquier decisión igual que yo. Whitney incluso nos marcaba una dieta. Detesto tomar vitaminas.

Le observó con atención para ver cómo reaccionaba él.

—Yo mezclo las mías en una batidora con una receta irresistible de fruta y zumo que me explicó tu hermana, pero si no quieres tomar vitaminas, pues nada. Más de la mitad de la población del mundo no lo hace. Tienes derecho a tomar tus propias decisiones en todo, cielo. —Ken apoyó la barbilla en lo alto de su cabeza—. A menos que sea una cuestión de seguridad personal. Entonces mi instinto se hará cargo y tendré la última palabra.

—O una cuestión de hombres.

Debía encontrar la manera de sobreponerse. Tenía que poder con esto o iba a salir corriendo cuan rápido pudiera.

Ken casi se atraganta.

—No llegaremos a eso. Mi corazón no podría soportarlo. Nuestra relación es exclusiva de los dos. Matrimonio. Marido y mujer. Pareja. Equipo. Puedo asimilar todo eso, pero no aceptaré a otro hombre.

—De modo que hay normas —insistió ella, pero su estómago se estaba asentando mientras le provocaba a él a posta.

—Bien, desde luego. Incluso Jack y yo tenemos normas para vivir en la misma propiedad. Es una cuestión de respeto.

—Por lo tanto ninguna relación tiene dos hombres y una mujer.

—Las nuestras, no —dijo con firmeza.

—Pero hay algunas —continuó ella—. Porque, ya sabes, podría tener ciertas ventajas...

La apartó con los brazos para mirar su rostro vuelto hacia arriba. Había risa en sus ojos oscuros, la angustia se había ido disolviendo mientras le tomaba el pelo.

—Eso no tiene gracia.

Pero era imposible no sonreír cuando ella lo hacía.

—Te lo merecías. Eres un idiota, ¿lo sabes? ¿Por qué sigues pensando que quiero otros hombres en mi vida? Ni siquiera me gustan los hombres. Bueno —corrigió—, la mayoría de ellos.

—¿De modo que me estabas tomando el pelo sólo para torearme?

—Ha sido fácil. Me lo pones demasiado fácil.

—Eso está muy feo, Mari.

Y entonces se inclinó para tomar posesión de su boca. Ella sabía a libertad, dulce y fresca como la lluvia de verano. La estrechó entre sus brazos y movió la boca sobre sus labios, tirando del inferior, tan carnoso y sexy que le enloquecía cada vez que la miraba.

—Me encanta mirarte.

Lo dijo susurrante, luego cambió a una comunicación mucho más íntima; su mente la empujó como si las almas de ambos se fusionaran.

Y tocar tu piel. Eres tan suave, nena, y cálida.

Marigold fue incapaz de responder, porque Ken absorbía su aliento y se lo arrebataba reteniéndolo en sus pulmones, y dotaba de vida a su cuerpo tan sólo con la boca, los dientes y la lengua. Ken podía crear un torbellino que la arrastraba, trasladándola a otra vida llena de amor, pasión y familia. Todo con un beso. Ken, con sus cicatrices y demonios ocultos, con su vulnerabilidad, era una mezcla excitante de suavidad y rudeza. ¿Cómo podía pensar ella en querer a otro hombre?

Mari le rodeó el cuello con los brazos y se apretujó contra su cuerpo, deseando compartir su piel para aliviar aquella temible tensión que siempre perduraba bajo su superficie calmada. Él conseguía que se sintiera la única mujer en el mundo, la única que él iba a ver, querer o necesitar jamás. Le devolvió sus besos, dejando que su boca la guiara.

Había tenido numerosos encuentros sexuales, pero ninguno bueno hasta que Ken entró en su vida; en realidad, ella no tenía idea de cómo besar o amar. Conocía la mecánica como cualquiera, pero no sabía amar a un hombre, y quería amar a este hombre con todo su ser. Era lo único que podía darle... antes de decir adiós.

—¿Qué pasa? —Ken enmarcó su rostro entre sus manos—. Cuéntame.

Mari no podía encontrar la mirada preocupada de Ken. La estaba volviendo loca con sus besos. Estaba pensando que quería convertir esto en el mejor momento de sus vidas, y no obstante... para ella sería el peor, pues sabía que no podía quedarse.

Norton se inclinó para besarla otra vez, ahora con delicadeza, como una pluma, un mero roce de sus labios contra los suyos. El leve raspado de la cicatriz mezclado con la ternura de su boca provocó un revoloteo en la boca de su estómago. No pretendía ser una insinuación sexual, Mari se daba cuenta, pero fueran cuales fuesen sus intenciones, él había expandido una oleada de excitación por todo su cuerpo.

—Mari. —La sacudió un poco—. Tenemos que hacerlo juntos, no quiero que te ocultes de mí.

—Eso es imposible, parece que sepas lo que pienso en todo momento.

—Tienes que hablarme.

Mari se soltó y cruzó la habitación hasta la ventana.

—¿Cómo se supone que voy a decirte que me siento totalmente incompetente en esto? Sobre todo si me dejas sin sentido con tus besos.

Para su consternación, Ken estalló en una carcajada y la siguió, se puso a su lado y la rodeó con los brazos para atraerla hacia él. Las manos le cubrían las costillas y rozaban con el dorso la parte inferior de sus senos. De inmediato fue consciente de la erección, gruesa y dura, que presionaba con fuerza contra sus nalgas.

—Entonces los dos nos sentimos incompetentes. No tengo ni idea de lo que estoy haciendo, aparte hacer todo lo posible para seducirte y que te quedes conmigo. No conozco otra manera. Quiero hacerlo bien si estoy en una relación, pero mira cómo vivo. —Señaló hacia la ventana con la cabeza—. Soy un solitario, siempre lo he sido. Tal vez mi vida haya acabado así por necesidad. Reacciono con violencia cuando las cosas van mal, por lo tanto siempre es mejor que controle mi entorno. De hecho, no soy bueno en las relaciones. —Le besó un lado del cuello, demorándose ahí con su boca—. Pero es agradable saber que puedo dejarte sin sentido con mis besos.

—Lo que dices no es cierto en absoluto, Ken —protestó ella—. Se te da bien esto.

—Se me da bien el sexo, Mari, o al menos se me daba antes, pero nunca he tenido relaciones sexuales que me importaran de verdad. No algo así. No sabía que un hombre pudiera sentir esto por una mujer. No puedo imaginarme siquiera volviendo a tocar a otra persona, o querer que me toquen. Pero no soy mejor en las relaciones que tú misma. Encontraremos la manera de estar juntos, pese a tener que andar a ciegas en la oscuridad un rato.

—¿Cómo pude quedarme allí tanto tiempo? Debía de haber maneras para descubrir que Briony estaba a salvo.

—Whitney la controlaba igual que te controlaba a ti. Sólo le concedió la ilusión de libertad. Al final, cuando sus padres dejaron de cooperar con sus planes, mandó a un par de supersoldados a asesinarles. Él podría haberla raptado en cualquier momento durante su infancia, y probablemente lo habría hecho si tú hubieras conseguido escapar. Pero la mantuviste a salvo.

Mari ladeó la cabeza contra su pecho.

—Al menos hice lo correcto.

—No te quedes aquí por ella, Mari. Quédate por mí.

Su tono carecía de expresión por completo, pero las palabras transmitían dolor. Había demasiados matices, y ella sabía que la mayoría de la gente nunca entendía a Ken pues presentaba una imagen al mundo y se ocupaba a solas de sus monstruos. Ella sabía qué era eso y no quería que él estuviera solo, igual que ella no quería estarlo.

—No voy a mentirte y decir que no quiero verla con desesperación. Me ayudó a aguantar todos estos años. Todo lo que deseaba alguna vez, soñaba que ella lo tenía. Quiero conocerla y mirarle a los ojos y saber, no sólo soñar, que es feliz, pero he venido aquí por ti.

Estaba aquí. Hasta ahí era cierto, pero la idea de quedarse la aterrorizaba. Tenía destrezas, pero ninguna era necesaria aquí.

Ken deseaba creerla, y también quería creer que se quedaría por él, pero empezaba a conocerla y podía ver que estaba deshecha. No la culpaba. Él nunca sería capaz de hacerse a un lado como hacía con Jack. Se plantaría delante de ella, y lo que Mari quería era tenerle a su lado. Ella quería libertad completa, y él nunca sería capaz de dársela.

En aquel momento ella volvió la cabeza para mirarle.

—Hay sombras en tus ojos, Ken. ¿No es extraño que Whitney piense que nos está controlando con sus feromonas? Pero si fuera sólo eso ninguno de nosotros se sentiría tan vulnerable. De algún modo afecta a nuestras emociones, como si de verdad sea el destino o un poder superior y en realidad estemos hechos el uno para el otro. Haga lo que haga con sus experimentos, no puede atribuirse esto.

Norton deslizó la mano por el cabello de Mari.

—No, no puede. Es un hombre muy triste y solitario, dominado por la locura, incapaz de entender por qué los seres humanos reaccionan así. Quiere robots capaces de tomar decisiones, pero las que sean idóneas según su criterio. Por mucho que logre introducir ADN animal y mejoras genéticas, nunca encontrará la perfección que busca.

—Piensa que él es perfecto.

—Quiere pensar eso —corrigió Ken—, pero sabe que no es verdad. Lo único decente que ha hecho a su vida es dejar en paz a Lily. Confío en que continúe así, aunque a ella le haya roto el corazón.

—Mantiene un seguimiento en todo momento, como hace con todo el mundo. Tiene también un expediente tuyo, mío, de tu hermano y Briony.

—El conflicto que tenemos nosotros ahora mismo con Whitney —añadió Ken— es que quiere que tú tengas un bebé conmigo y que Briony lo tenga con Jack. Una vez que nazcan los niños, estarán en riesgo máximo, pero hasta entonces tal vez nos deje tranquilos para ver qué sucede.

Mari se dio media vuelta y le levantó un poco la camisa para pegarse a su piel.

—Sé tan poco de cuidar un niño como de cuidar un marido.

—Por suerte, ambos aprendemos rápido.

—Habla por ti.

—No sé, cielo, le has cogido bien rápido el tranquillo a hacer el amor.

Mari le deseaba otra vez, de pronto cada terminación nerviosa estaba viva y reclamaba el cuerpo de Ken, pero retrocedió para mirarle... mirarle bien. Ken Norton podía romperle el corazón. De algún modo había conseguido colarse ahí, o aún peor, había logrado colarse en su alma. Si su reacción fuera sólo física, habría estado bien, pero la amenazaba a un nivel emocional que resultaba aterrador.

Ken gimió en voz baja.

—No puedo dejarte pensar mucho rato sin que pierdas la razón.

Sin preámbulos, Norton le sacó la camisa por la cabeza, que arrojó a un lado, dejándola desnuda de cintura para arriba, toda suya. Bajó la boca a sus labios, abriéndolos para él, para que la lengua se introdujera dominante y propagara aquel calor familiar. No le dio oportunidad de pensar, sólo la besó con hambre, exigiendo su respuesta y recibiéndola.

Mari no pudo contener el gemido de placer que se le escapó mientras él tomaba sus pechos con las manos, martirizando los pezones con los pulgares hasta transformarlos en puntas duras de deseo. Se quedó maravillada por lo rápido que su cuerpo respondía. Él la inclinó hacia atrás para besarla con ansia una y otra vez.

El sabor de Ken llenó sus sentidos, la puso a cien. La boca jugueteaba con sus labios, tirando del labio inferior y a continuación calmando el ansia con la lengua. Cada beso llameante se sumaba al fuego central, la intensidad de la excitación era tal que acabó incomodando a Mari. La necesidad crecía tan rápido que los músculos y la vagina se contrajeron dolorosamente. Cada vez que succionaba la lengua de Ken o que ésta danzaba en torno a la suya, percibía el sofocante calor propagándose y creciendo, hasta que casi estuvo loca de necesidad.

Ken retenía sus pechos con presión posesiva, era evidente que contenía su fuerza mientras friccionaba la carne cremosa y doliente. La empujó hacia atrás hasta dejarla contra la pared, atrapada entre el cuerpo y la dura superficie, y deslizó un muslo entre sus piernas para abrirla a él. El tejido del vaquero de Mari estaba demasiado ajustado y pegado a su cuerpo; deseó que no estuviera ahí.

Al instante Ken bajó las manos a la cremallera y la rompió. Retiró el material ofensivo de su cuerpo, permitiendo que ella lo apartara de una patada, y también le quitó las bragas, dejándola desnuda mientras él seguía vestido. Mari se percató de que se habían conectado de alguna manera, mente con mente. Percibía el deseo creciente en él igual que Ken sentía el suyo. Y aquello acentuaba la excitación mutua.

Era algo asombrosamente íntimo sentir el deseo desesperado de él. Su cuerpo se ruborizaba con las cosas que estaba pensando, las imágenes eróticas en su mente. Él volvió a empujarla contra la pared, deslizando el muslo entre sus piernas, con el tejido áspero sobre sus extremidades separadas. Mari se restregó contra su cuerpo, una fricción que difundía corrientes eléctricas desde su útero hasta los pechos. La excitación era atroz, tanta intensidad la dejaba consternada.

—Quítate la ropa, Ken.

Los pulgares sobre sus pezones hacían saltar relámpagos. Iba a asegurarse de que este rato juntos fuera todo lo perfecto posible. Desechó sus dudas y su pesar y deslizó las manos bajo la camisa.

—Todavía no. Quiero verte así, desnuda y anhelante.

Su voz ronca delataba el crudo deseo. Necesitaba verla así, tan hermosa y anhelante, su cuerpo tierno y flexible, inundado de calor, los pezones erectos, la boca hinchada y los ojos vidriosos.

La sostenía indefensa contra la pared, deslizando la boca sobre su garganta y explorando el cuerpo con las manos. Ahí sujeta, su cuerpo le pertenecía por completo, y él se sentía invencible. Embriagado de deseo y amor por ella, se excitó aún más con la lección de humildad y confianza de una Mari entregada a él con tal vulnerabilidad después de todo por lo que había pasado.

Ken la cogió por las muñecas y le estiró los brazos sobre la cabeza, sujetándolos ahí juntos mientras inclinaba su cabeza sobre sus pechos. A Mari se le cortó la respiración. No podía dejar de cabalgar sobre su rodilla, casi lloraba cuando él subió el muslo y presionó contra su cuerpo doliente. Con ojos excitados, miró sus pechos fijamente, la oscilación delicada de su respiración. Gracias a sus sentidos conectados, Ken notó el rápido espasmo de deseo comprimiendo la vagina cada vez que él se lamía los labios. Entonces se arqueó hacia él, pero la retenía bien sujeta, obligándola a esperar. Su anhelo era cada vez más ardiente, más cargado.

Con movimientos rápidos, Ken llevó la lengua sobre un pezón altamente sensibilizado. La temperatura interna de Mari se elevó, transformando su cuerpo en lava fundida. Un grito se escapó de su garganta mientras empujaba con fuerza contra la pierna de Ken, esforzándose por aliviar aquella terrible presión. Ken bajó el muslo sin dejar de lamerla con la lengua, como un cucurucho de helado, saboreando cada largo repaso. Mari pensó que iba a explotar de excitación.

Él deslizó sobre su vientre la mano que tenía libre, calmando los músculos tensos con un masaje acariciador. Marigold era muy consciente de los dedos desplazándose cerca del monte doliente. Ken pegó la boca al pezón duro, ardiente y húmedo, lamiendo con la lengua aquella yema prieta, para centrar ahí la atención al instante, en aquel relámpago que saltó del pecho al vientre y a continuación a su canal femenino. Ella contrajo sus músculos con fuerza, vapuleada por el espasmo interminable mientras él seguía succionando sin aliviar en ningún momento la presión. La convulsión continuaba creciendo, cada vez más elevada, más ardiente, sin que ella pudiera parar de menearse contra él.

—Ya no puedo más, no puedo, Ken. Es demasiado.

—Sí, puedes.

Acarició el vientre otra vez, un delicado toque con sus dedos, casi tierno, y entonces los dientes tiraron del pezón y los dedos ahondaron en su núcleo fundido. Mari chilló con el fuego que fulguraba por ella, y echó la cabeza hacia atrás, empujando aún más los pechos contra el infierno de su boca.

—Voy a observar cómo te deshaces en mis brazos.

Los dedos maliciosos y pecaminosos la acariciaban por dentro; su boca se desplazó al otro pecho, y ella casi vuelve a explotar. Casi. Pero no. El alivio que necesitaba, que ansiaba, no acababa de llegar. Sólo había más presión, más sensación, hasta que cada terminación nerviosa pidió desahogo a gritos.

De repente Ken la levantó, cogiéndola por sorpresa. El cuerpo tembloroso de Mari era tan acomodaticio que no pudo hacer otra cosa que seguir aferrada a él. La depositó sobre la cama con los brazos estirados por encima de la cabeza y las piernas separadas. Se sacó la camisa y la dejó caer al suelo, en todo momento deleitándose con la mirada en la exquisitez de su cuerpo.

—Qué hermosa eres, maldición.

—No puedo más.

Bajó la mano por un lado del pecho y el vientre, y se frotó el monte de Venus. Él le cogió la mano, besó sus dedos sin apartar la mirada de ella y volvió a recolocar el brazo, pero sus ojos reflejaban tal excitación, tal deseo ardoroso, que aún caldeó más su cuerpo llameante.

—No te muevas —le dijo; su voz más ronca que nunca.

Mari esperó quieta, con su cuerpo palpitante de excitación, pues las rudas órdenes y la exigencia impuesta por Ken alimentaban el infierno en su cuerpo. Apenas podía respirar al observarle quitándose los pantalones con intencionada pereza, incrementando aún más la urgencia en ella. La dejó sin aliento, aquel cuerpo duro y caliente, la mano rodeando la gruesa verga con el puño cerrado, acercándose a ella y arrodillándose sobre la cama entre sus piernas.

Mari subió las caderas con un ruego silencioso. Él negó con la cabeza.

—Qué mala eres, mujer. Ten un poco de paciencia.

Alcanzó sus nalgas con la palma abierta y una onda de calor se disparó por el útero de la muchacha.

Ken bajó la cabeza a su estómago y los músculos de Mari se comprimieron con tensión mientras le besaba su ombligo, describiendo círculos con la lengua.

—Me encanta tu perfume cuando estás excitada. Podría alimentarme de ti, de verdad.

—No. —Le retorció el pelo con los dedos en un intento de detenerle. Había pensado que la tomaría ya, que aliviaría la terrible ansia, pero estaba bajando la cabeza para inspirar su fragancia, soplando un aliento cálido sobre su núcleo. Se movía con lentitud deliberada, hasta el mismo dormitorio se expandió con el calor creciente. La piel de

Mari estaba tan sensible que una leve brisa llegada desde la ventana sobre sus pezones fue suficiente para propagar nuevas llamaradas por su cuerpo, quemándola desde dentro hacia fuera—. No puedes.

Casi sollozaba, temerosa de que fuera a matarla de placer.

—Puedo —murmuró con la boca pegada al calor húmedo.

Dio un lametazo sensual sobre el clítoris hinchado, y otro grito asfixiado se le escapó a Mari. Pegó la boca a la yema, succionando, sujetando las caderas en movimiento con sus brazos para mantenerla quieta mientras su lengua seguía atormentándola.

Marigold no podía pensar ni respirar, sólo podía sentir los rayos fulgurantes que la quemaban viva. Ken sujetaba sus caderas con manos firmes, manteniéndola abierta a su placer. Describió pequeños círculos con la lengua y restregó con los dientes las sensibles terminaciones nerviosas; lamió y succionó, y ella perdió la razón a causa de tanto éxtasis. Él en todo momento controlaba sus caderas imparables y las sostenía con firmeza contra su boca, tomando lo que quería, elevándola más y más sin permitirle alivio en ningún momento.

Sólo cuando estuvo rogando indefensa, con sus pequeños músculos tensos y contraídos, él alzó la cabeza con el deseo cincelado profundamente en las líneas de su rostro. Se desplazó sobre ella, atrapando ese cuerpo menudo debajo con el capullo de su verga posicionado en su entrada. Presionó con precisión hacia dentro, obstinado en que ella alojara la longitud y grosor de su miembro.

—Mírame, Mari. No dejes de mirarme.

Ella abrió los ojos y los clavó en los suyos. Entonces la penetró con potencia, atravesando músculos prietos e hinchados y clavándose hasta el fondo, estirándola, llenándola y propulsándola vertiginosamente hacia la cúspide con esa sola embestida. Mari se oyó gritar, pero no podía recuperar el aliento ni encontrar la voz, sólo podía agitarse indefensa debajo de él, intentando clavar los dedos en el colchón en busca de apoyo.

Ken se elevó sobre ella, con el rostro marcado por duras líneas, para iniciar la cabalgada. Cada penetración era brutalmente dura, abría paso a su verga a través de los músculos ceñidos y resbaladizos de la vagina, y la fricción era cada vez más ardiente e intensa con cada embestida.

Parecía imposible calmar aquel hambre terrible; crecía cada vez más alto, arremetía una y otra vez, y ella cabalgó sobre la cúspide del dolor con él. La sensación sólo parecía aumentar la violencia de la excitación de Mari. Las cicatrices restregaban los músculos internos hinchados y sedosos, y la vagina se comprimía y aferraba al miembro con ansia.

No podía apartar la mirada de él, no podía dejar de apretar los músculos, rodear y atenazar, estrujar y comprimir la verga mientras el placer alcanzaba proporciones martirizantes. Era aterrador sentir tanto, no saber dónde empezaba el dolor y acababa el placer. Se opuso a tantas sensaciones, se resistió a él retorciéndose y sacudiéndose, pero Ken no detuvo las embestidas duras y brutales que la llevaban cada vez más alto.

De hecho, Mari notaba cómo se hinchaba el miembro dentro, cómo crecía ardiente ensanchándola hasta lo imposible. Jadeó mientras su cuerpo sufría un espasmo y las sensaciones estallaban en una explosión salvaje. El orgasmo, feroz y potente, la desgarró mientras él sufría una sacudida, apretando los dientes y con todos los músculos del rostro en tensión. Mari sintió los latidos de los corazones de ambos en su verga, la notó crecer aún más, y luego sintió las caderas sacudiéndose y los chorros ardientes de su liberación golpeando sus músculos tensos y temblorosos.

—Sí, cielo, eso es, déjame seco.

Ella no podía parar. Aferrada a su cuerpo, lo exprimió con hambre insaciable. Un gemido ronco surgió de la garganta de Ken mientras el cuerpo se vaciaba en ella. Sintió de hecho un desmayo, su visión periférica se ensombreció y oscureció. Mari se agarró a la realidad, negándose a ser tan débil como para desmayarse de puro placer. Había lágrimas en sus ojos, también en su garganta. Nada podía ser tan bueno. No volvería a sentir algo así de brutal.

Ken apoyó su peso en los codos, con la cabeza baja intentando recuperar la respiración. Recogió las lágrimas de Marigold con su lengua y luego besó la comisura de su boca.

Ella le tocó el rostro. Estaban aún unidos y él le sonreía, con algo muy parecido al amor en el rostro. Tragó saliva:

—No puedo moverme.

—No tienes que moverte. Permanece ahí echada, así de guapa. Sólo estoy empezando.

Ella abrió mucho los ojos.

—¿Empezar qué?

—Empezar contigo, cielo. Tengo toda la noche para aprender qué es lo que más te gusta.

Capítulo 20

*S*intiéndose adormilada y por completo satisfecha, Mari se despertó envuelta en los brazos de Ken. Tenía el cuerpo pegado a ella y la erección presionaba contra sus nalgas. No podía creer que volviera a estar listo, pero la idea la excitó de todos modos. Había estado tirándosela toda la noche, una y otra vez, dándole órdenes al oído con voz ronca, tan exigente con sus manos como con la boca, como si nunca se hartara de ella. Y Mari no quería que se hastiara jamás. Antes de poder moverse, acarició su erección tentadora con la palma abierta, provocando una suave risa que alegró su oído.

—Lárgate de aquí, Briony. ¿Qué chiquillada es ésta? Estamos durmiendo.

—Lleváis horas durmiendo. Quiero conocer a mi hermana.

El corazón de Mari empezó a latir con fuerza, pero era incapaz de alzar la vista, no se atrevía. Notó su estómago revuelto y se le secó la boca.

—¡Jack! Maldición. Estoy desnudo en la cama, esto no está bien. Tu mujer no tiene sentido de la decencia.

—Deja de ser un crío. Sólo estoy mirando a mi hermana, no a ti, no seas tan presumido.

Ken se rió y el sonido atravesó a Mari como un maremoto, formando un nudo en su estómago de algo demasiado próximo a los celos. Reconoció esa emoción pese a no haberla experimentado antes. Ken no se reía a menudo, pero distinguió el afecto espontáneo en su voz. Sentía aprecio sincero por Briony, y eso que no lo sentía por mucha gente. Nunca se le había ocurrido pensar que ella pudiera tener celos de otra mujer... sobre todo cuando esa mujer era su hermana embarazada.

Avergonzada, respiró hondo para calmarse. La vida iba demasiado deprisa para ella. A pesar de haber querido ver a Briony toda su vida, ahora, enfrentada a la realidad, estaba asustada. Entonces se obligó a alzar la vista, a sonreír, a fingir que el corazón no golpeaba en su pecho y que una palabra errónea, una mirada de decepción, la machacaría... la destruiría.

Briony era menuda, con pelo platino y oro. Lo llevaba un poco más largo que ella, el corte un poco más suave, enmarcando su cara y atrayendo la atención hacia unos ojos grandes y oscuros. Tenía una barriga obviamente prominente, pero por lo demás se conservaba delgada. Mari observó a su hermana, asombrada del parecido, y también de lo diferentes que eran al mismo tiempo. Briony era todo lo que no era ella. Dulce. Femenina. Se notaba mucho. Incluso su cuerpo era diferente en algún aspecto sutil, que no tenía nada que ver con el embarazo. Sus curvas eran más sinuosas, mientras sus músculos eran pequeños pero definidos.

Su hermana parecía tener problemas en mirarla, estaba concentrada en Ken.

—Qué perezoso. Levántate de una vez, Ken. Llevo horas esperando.

—Pues no has esperado bastante. ¡Y mírate! Tienes la barriga más grande que una pelota de playa.

Le arrojó una almohada.

Briony le tiró la almohada de vuelta.

—Eso no es lo que quiere oír una mujer embarazada. Levántate y tráeme a mi hermana, ¡ahora!

Entonces desplazó la mirada a Mari, con lágrimas en los ojos. Conteniendo un sollozo, se dio media vuelta y salió corriendo.

Ken movió a Mari para tenerla de frente, con los senos comprimidos contra su pecho. Le pasó el muslo por encima de la pierna con despreocupación, dejándola sujeta debajo de él.

—Estás temblando, cielo. No le has dicho ni una palabra y ella no te ha dicho nada. Háblame.

Mari meneó la cabeza.

—Es perfecta. Sabes que lo es. Tan femenina...

Ken contuvo su primera reacción e inclinó la cabeza sobre sus pechos. Jugueteó y tiró con los dientes, deslizando la lengua sobre la carne cremosa.

—Tú eres la mujer más hermosa que he visto en la vida. ¿Cómo se te ocurre pensar que no vayas a gustarle?

Mari se estremeció y atrajo la cabeza de Ken. Hacía que se sintiera hermosa y querida. Estar en la cama con él parecía su único recurso.

—Nunca en la vida me ha asustado tanto conocer a alguien.

Hurgó con la boca entre sus senos, dejando un rastro de fuego que ascendió por el cuello y la barbilla hasta la comisura de sus labios.

—Lo harás bien. Date una ducha rápida e iremos juntos. Estaré ahí a tu lado.

Mari tenía el cuerpo deliciosamente dolorido. Se estiró con languidez, deslizándose contra él, piel con piel, encantada de sentirle pegado a ella. Le proporcionaba el coraje necesario para tomar las riendas de su vida, en éste su día más importante. Briony había sido tan importante siempre. Mari la había convertido en una fantasía. Todo lo que había querido ser, todo lo que quería tener y hacer, lo imaginaba para Briony. Mari sólo tenía una vida severa y fría, y muy disciplinada, y quería lo mejor para su hermana.

Rodeó con los brazos a Ken y le retuvo con fiereza junto a ella. Se sentía casi desesperada, deseosa de amoldarse a su mundo, pero consciente de que no podía. Briony sí. Verla lo dejaba más claro todavía. Ella era soldado. Era su forma de vida. Ken no la veía como un soldado, sino tierna y delicada, y la realidad distaba mucho de esa imagen.

En última instancia, su hermana era una desconocida para ella. Si Briony no podía aceptarla con todos sus puntos flacos, iba a sentirse herida, pero no pasaría nada. Sus hermanas eran mujeres forjadas al fuego, igual que ella. Conocían la disciplina y el deber, sabían qué suponía estar prisionera, vulnerable e indefensa. La conocían. La entendían y la amaban, y se lo jugarían todo por ella. Su sitio estaba a su lado.

Tragándose las lágrimas, con dolor en el corazón, dio un beso a Ken, le mordisqueó los labios y lamió la cicatriz que partía esa boca suya en dos segmentos blandos. Se había enamorado de esa cicatriz.

—Ven conmigo a la ducha.

Ken le hizo el amor, tomándose su tiempo, salpicados por el agua, procurando ser cariñoso mientras la tenía en sus brazos. Le costaba creer que la tuviera consigo en su casa, que la vida fuera tan bien. Al final, por más que lo intentara, la única manera de estimularse y llegar al orgasmo era la penetración bruta. Oyó el sonido de sus carnes juntándose, como un manotazo, y su cuerpo hundiéndose en ella, irritada ya tras la larga y exigente noche.

Clavó los dedos en sus caderas, llevándola al suelo para tener más sujeción y conseguir que la penetración fuera profunda y la estrecha vagina se aferrara como él necesitaba. Cuanto más brusco era, más hinchada y ceñida parecía ella y más placer notaba él. Bajó la vista y la observó con el agua cayendo sobre ambos, con sus huellas dactilares marcadas sobre la piel blanda, y detestó su cuerpo, detestó quién era.

Mari le deseaba, su cuerpo respondía a todo lo que él le hacía, forzando al límite su capacidad de aceptar la mezcla de placer y dolor, con tal de satisfacer sus deseos, pero ¿cómo podría amar a alguien tan depravado e impetuoso? ¿Cómo iba a quererle a sabiendas de que un monstruo, que había vislumbrado fugazmente, se agazapaba en su interior? No era una mujer tonta y había vivido toda su existencia en contacto con la violencia; sabía que él podría convertir su vida en un infierno. Pudo percibirla distanciándose en aquel instante mientras él le hacía el amor, mientras la adoraba. Entonces se volvió hacia el chorro de agua y dejó que cayera sobre su rostro y se llevara el escozor de las lágrimas.

Mari no dijo nada cuando él le ayudó a levantarse del suelo, pero advirtió que parecía haber llorado también. Le dio un beso en el pecho y salió de la ducha para secarse. Ken se quedó más rato bajo el chorro, deseando quedarse limpio del todo. Observó el agua yéndose por el desagüe y deseó que el pequeño reguero se llevara también sus pecados.

Briony esperaba en la cocina, recorriendo sin cesar la estancia delante de Jack. Se dio media vuelta cuando Mari y Ken entraron, frunciendo un poco el ceño como reprimenda.

A buenas horas. Va a darle un ataque de nervios.

Ken dedicó a su hermano una rápida mirada de advertencia.

A Mari también. No digas nada que pueda molestarla.

Jack le hizo una mueca.

Papá oso está muy gruñón y protector con su cachorrillo.

Al mismo tiempo colocó su cuerpo para poder proteger a Briony en caso necesario.

Ken mantenía la mano en la nuca de Mari, deseoso de darle todo su apoyo. Percibía el temblor sacudiendo su delgado cuerpo. Esta mujer tenía el coraje de diez personas juntas, pero enfrentarse a su hermana gemela por primera vez en tantos años era traumático.

—Briony —dijo Ken bajito—. Jack y yo prometimos que te traeríamos a tu hermana y lo hemos hecho. Ésta es Marigold... Mari.

Los ojos de Briony se llenaron de lágrimas.

—Lo siento mucho, pero no puedo dejar de llorar, seguro que es el embarazo. Estoy tan contenta de que por fin hayas venido...

Mari se limitó a observarla, a absorberla; apenas conseguía creer que estuvieran las dos en la misma habitación.

—Sólo hay que verte, pareces tan feliz...

—Estoy feliz. —Briony se secó las lágrimas que desbordaban sus ojos—. Whitney me hizo algo en la memoria, y yo no podía pensar en mi pasado sin sentir dolor. No me acordaba de nada, pero en cuanto logré recuperar algún recuerdo, intenté encontrarte.

Se acercó un par de pasos y luego se detuvo de nuevo, temerosa de sufrir un rechazo.

Mari dio un paso hacia ella.

—Whitney hacía eso a todos los que vivían en la base. Le gustaba decirme que sabía dónde estabas y lo que podría hacerte si yo no cooperaba.

Briony bajó la cabeza.

—Lo lamento, debe de haber sido terrible para ti.

—No —se apresuró a decir Mari—. No creas, en realidad no.

—Dio otro paso hacia su hermana—. Yo no conocía otra forma de vida, y de niña todo era bastante excitante. Pero te echaba de menos cada día.

Briony no pudo controlar una nueva oleada de lágrimas, se puso colorada. Jack quiso cruzar la habitación, pero Mari se adelantó. Cogió a su hermana entre sus brazos y la estrechó. Jack se quedó quieto, a medio camino, tragando saliva convulsivamente. Si había algo que no podía soportar eran las lágrimas de Briony.

Ken le tendió una taza de café, y se sentaron a la mesa de la cocina mientras las mujeres se iban al salón, rodeándose con el brazo.

Jack se pasó la mano por el rostro.

—Briony va a matarme con sus lágrimas. Confío en que Mari consiga que deje de llorar.

Ken le dedicó una sonrisita.

—Estás un poco pálido, hermanito. ¿Qué vas a hacer cuando se ponga de parto?

—Estoy considerando pegarme un tiro. —No dejaba de tamborilear sobre la mesa—. ¿Y tú qué? ¿Cómo van las cosas?

La sonrisa se esfumó, y por un momento Jack detectó el dolor en la mirada sombría de Ken.

—No va a quedarse.

—¿Estás seguro?

—¿Por qué iba a hacerlo? No es la situación más favorable para ella. No soy exactamente normal. Y a diferencia de Briony, ella no va a aceptar que le diga qué debe hacer todo el rato.

Jack casi expulsa el café por la nariz con el resoplido que soltó.

—¿Eso es lo que piensas? Más bien es Briony quien dice cómo van a ser las cosas, excepto tal vez en el dormitorio, e incluso entonces, le gusta lo que yo le hago o no participaría. No te engañes, hermanito, mi mujer marca las normas y la tuya hará lo mismo.

—Tal vez. —No era el momento de explicarle exactamente lo que le costaba tener sensibilidad en su piel cortada en pedacitos... aunque tal vez Jack lo imaginara. En más de una ocasión había tenido que poner remedio cuando Ken, incapaz de sentir la hoja de una sierra, se había dado cuenta demasiado tarde de un corte en la mano. No quería tener que ver la compasión en los ojos de su hermano—. ¿Has sabido algo del senador?

—Le tienen oculto en una ubicación clasificada, por lo tanto nadie va a aclarar la gravedad de sus heridas. No ha salido nada en las noticias, ni un comentario acerca de un ataque a tiros ni nada en los medios de comunicación sobre el laboratorio de Whitney. El general envió un equipo, pero el lugar estaba abandonado y por lo visto parecen haber destruido todos los datos. Por supuesto tardarán semanas en inspeccionarlo todo bien. Whitney se ha largado a otro sitio. —Jack frunció el ceño—. Logan llamó anoche por radio para advertirnos que Sean fue visto por última vez bajando de un avión en Montana. Viene hacia aquí, y tú lo sabes.

Ken asintió.

—Estaba seguro de que la seguiría, pero no pensaba que viniera tan rápido. Llévate a las mujeres y sal de aquí, Jack. Yo me ocuparé de él.

Jack gruñó.

—Como que voy a largarme ahora. Ya he llamado a Logan. Estará aquí dentro de una hora y protegerá a las mujeres. Voy a cubrirte igual que hacemos siempre.

—Sean no va a parar hasta tenerla o hasta caer muerto. No sabemos bien qué les hace Whitney a esos hombres, pero se creen que tienen derecho a esas hembras. No les importa si la mujer les quiere o no; es una posesión.

—Le pillaremos. —Jack tamborileaba con los dedos sobre la mesa—. ¿Eres consciente de que Whitney no está solo en esto? El padre del senador Freeman está implicado, y Mari mencionó el nombre de un banquero. Ha visto al menos a dos de sus cómplices, y eso significa que las otras mujeres también saben algo.

—Lo cual las expone a más peligro. Whitney y los otros tienen muchos motivos para quererlas de regreso en sus celdas. Debería haberlo entendido cuando Mari se negaba a hablar de ellas o a permitirme ver su aspecto en sus pensamientos, y comprender que planeaban emprender la huida por su cuenta.

—No es que podamos culparlas en realidad por no confiar en nadie —dijo Jack.

—No, pero estoy un poco molesto con Mari. Si me hubiera advertido, podría haber intentado convencerla de que tenían ayuda ahí fuera.

Mantenía la mirada apartada de su hermano. Mari estaba pensando en dejarle, iba a reunirse con sus hermanas y seguir el plan original. Estaba desesperado por enjaularla, pero ¿cómo?

—Te confió su vida, pero no la de las demás mujeres.

—Sí, eso mismo hizo —reconoció Ken, y se quedó mirando por la ventana mientras sorbía el café.

Una hora después llegó Logan, con rostro serio y enfadado.

—He detectado a Sean, o al menos estoy bastante convencido de que era él —dijo—. Se metió entre los árboles y toma suficientes precauciones para no cometer el mismo error dos veces. No tenía una identificación clara, por eso no pude eliminarlo.

—¿Está muy cerca?

—Cerca, Ken. Se mueve rápido. Dime qué quieres y lo haré.

—Vas a quedarte a proteger a Mari y a Briony. Jack va a subir a la montaña y dejará que Sean le vea. Con suerte pensará que soy yo. Yo intentaré hacerme pasar por Mari y saldré a dar un paseíto, para alejarle de la casa hasta el manantial que discurre junto al risco. Supongo que intentará ir a por Mari. Si no, irá a por Jack. De un modo u otro, Jack o yo le estaremos esperando.

—Y yo me quedo a hacer de niñera.

—Tu trabajo es el más importante, Logan —dijo Jack acercándose—. Como le pase algo a Briony no voy a portarme bien con nadie jamás.

—Lo mismo digo respecto a Mari —añadió Ken—. Si nos supera, tienes que matarle. Como sea; tiene que morir.

Logan asintió y dirigió un vistazo a las dos mujeres que entraban en la habitación.

—¿Por qué esas caras serias? —preguntó Briony.

Jack le cogió la mano y tiró de ella hasta tener su pequeño cuerpo contra él.

—Tenéis que meteros en el túnel, Bri. Tenemos una visita desagradable y no podemos correr riesgos. Coge el equipo de emergencias y vete con Mari y Logan.

Mari frunció el ceño y sacudió la cabeza.

—Es Sean, ¿verdad? Nos ha encontrado.

—Así es, cielo, y tenéis que daros prisa —dijo Ken—. Vete con tu hermana y Logan. Nosotros nos ocupamos de esto.

—¿Qué? ¿Te crees que voy a ocultarme mientras tú y tu hermano arriesgáis la vida? Piénsalo mejor —soltó Mari, con sus oscuros ojos centelleantes. Parecía furiosa—. Sean es responsabilidad mía, no tuya.

—Y un cuerno. Métete en el maldito túnel, Mari, donde no tenga que preocuparme por ti mientras me ocupo de ese hijoputa.

—Voy a quedarme contigo.

De repente la iluminación estroboscópica se activó y sonó una alarma baja. Jack y Ken dirigieron una mirada rápida y dura a Logan.

—¿Una hora? —dijo Jack.

—No tengo tiempo para esto —soltó Ken, con voz gélida—. Haz lo que digo. Esto tiene que ver con tu seguridad, y en lo que se refiere a tal tema, cumples órdenes, nada de discutir.

—Nadie me controla. Nadie. Whitney podía controlarme, pero antes muerta que permitírtelo a ti. No voy a esconderme mientras tú te pones en peligro.

Ken se acercó más a ella, con ojos gélidos.

—Vas a hacer exactamente lo que digo cuando lo digo, Mari. No estoy para chorradas con esto. No voy a permitir que te peguen un tiro para que puedas demostrar tu argumento. No tiene que ver con tu libertad o lo que sea que piensas. Sean quiere tenerte a toda costa, pero tendrá que pasar por encima de mí para llegar hasta ti. Si no lo logro, y Jack también fracasa y también Logan, puedes cargártelo tú solita.

Mari se quedó pálida y retrocedió un paso.

—¡Y no te atrevas a mirarme como si pensaras que voy a pegarte!

Ken la cogió del brazo y la acercó hacia él.

Mari puso las manos en posición defensiva de combate.

—Suéltame.

—Eso ha sido muy sensato por tu parte, sí señor —declaró, Jack—. Puñetas, Ken, ¿no puedes ser más bobo?

Ken no hizo caso a su hermano y atrajo a Mari para pegarla a su cuerpo.

—Anoche estuve tan dentro de ti que compartimos la misma piel, ¿y hoy me miras como si fuera un puñetero monstruo...?

Bajó la vista a sus propios dedos, clavados en su brazo, y la soltó con brusquedad. Miró a su hermano en busca de ayuda.

Jack tuvo mucho cuidado de no dirigir la mirada hacia Briony.

Corazón, tú eres el cerebro del equipo, haz algo, deprisa.

Sin vacilar, Briony profirió un leve sonido angustiado. Al instante todo el mundo se volvió hacia ella. Se agarraba su enorme vientre con brazos protectores.

—Jack, estoy muy asustada. La última vez... —su voz se apagó.

Mari acudió a su lado de forma instintiva.

—Sean no va a acercarse a ti. Eso no va a suceder de ninguna de las maneras.

—La última vez vinieron, Mari, con helicópteros, y escapamos por los pelos. No puedo trepar por el risco ahora ni puedo correr. El doctor me recomendó reposar en la cama porque ya he tenido algunas contracciones. Esta vez no puedo pelear.

—Mari es una soldado excelente, Briony —dijo Ken—. Tiene una puntería inigualable y la he visto pelear. No va a permitir que nadie se te acerque.

Mari le lanzó una mirada desafiante, pero sonrió a su hermana con expresión tranquilizadora.

—No voy a permitir que te suceda nada ni a ti ni a los bebés. Lo prometo. ¿Por qué no abres tú la marcha por el túnel?

—Mari... —Ken no tenía ni idea de qué iba a decir, pero no quería dejar así las cosas. Seguía indecisa acerca de quedarse a vivir con él, desde que la había traído a esta casa estaba cambiada.

—Vete. Hazlo ya. Necesito otra pistola y un par de cargadores de munición, para estar más seguros.

—Puedo enseñarte dónde está todo —dijo Briony estrechando su mano.

Ken sacudió la cabeza y siguió a Jack fuera de la casa, comprobando su rifle y las pistolas con gesto automático mientras disponían su alijo por todo el patio.

—Mantén la mente en lo que tenemos aquí —dijo Jack—. Si no, eres hombre muerto. Mari no va a irse a ningún lado.

—¿Cómo puedes saberlo?

—Veo cómo te mira. Hasta el más tonto se daría cuenta.

—No es Briony, Jack. De una forma u otra, en el dormitorio o fuera, voy a ser agresivo con ella. Más tarde o más temprano va a esfumarse, y no sé que cuernos haré entonces.

Y la verdad, no lo sabía. No podía pensar en ella abandonándole porque sabía que eso era justo lo que estaba considerando, y su mente se quedaba embotaba, completamente en blanco.

—Ken. —Jack le puso la mano en el hombro—. Sean es un asesino entrenado, o sea, que esto no va a ser fácil. Tienes que mantener la mente en lo que estás haciendo. ¿Por qué no me dejas intercambiar puestos? Él no captará la diferencia.

Ken meneó la cabeza.

—Voy a estar bien. Es mi guerra, Jack. Tú ten cuidado ahí arriba. Si te ve subiendo y piensa que soy yo, bien podría intentar eliminarte, apuntar y pegarte un tiro.

Jack se encogió de hombros.

—Entonces mejor que me cubras bien.

Ken asintió, entró en el taller y al cabo de unos minutos salió con una peluca rubia en la cabeza. Se encorvó intentando parecer más pequeño, manteniéndose entre el denso follaje para que cualquier observador le captara sólo fugazmente. Era necesario que Sean viera a Jack y creyera que era Ken quien ascendía por la cara de la roca. Eso le predispondría a pensar que Mari andaba sola por el bosque. Ken ocupó su posición, sentado en una roca cerca del manantial, con las frondas de helechos perezosos cubriendo casi todo su cuerpo, a la espera de que Sean le viera. En todo momento inspeccionaba con la mirada los riscos para asegurarse de que su enemigo no estuviera apostado y tuviese a tiro a Jack.

Pasaron los minutos. Quince. Ahora ya veía a Jack moviéndose por la cara vertical de la roca hacia su puesto de observación favorito. Visto desde fuera parecía entretenido con su ascensión recreativa por la roca. Ken sabía que una vez que Jack estuviera en lo alto, se deslizaría entre las sombras del precipicio, justo por dentro de una pequeña depresión donde nadie podría verle, y tendría una ubicación privilegiada para vigilar toda la zona circundante.

Veinte minutos. Ken se inclinó, cogió unas piedrecitas y las tiró al manantial como si pasara el rato. Notó cierto picor en la nuca, un escozor entre ambos omoplatos. Oyó un rumor de hojas rozando ropa. Ahora todo dependía de su instinto, y el instinto de supervivencia de Ken estaba afinado desde su infancia, cuando su padre entraba en casa borracho con la intención de hacer todo el daño posible a sus hijos. Sabía cuándo se encontraba en peligro. Alguien le estaba acechando.

Entonces se inclinó de nuevo como si cogiera más piedrecitas. Siguió agachado, inspeccionando la zona pero aparentando indiferencia. Aparentó seleccionar piedras planas para tirarlas. Una ramita se partió a su derecha en el estrecho sendero de ciervos que entrecruzaba las colinas. Los ciervos tenía un lugar favorito donde descansar en la sombra próxima al manantial. Ken dirigió una mirada hacia la zona donde las hierbas estaban perpetuamente pisoteadas y alcanzó a ver un fragmento de pernera de un pantalón. Cogió el puñal de la bota y se lo colocó en la palma mientras se enderezaba, con gran cuidado de permanecer en medio de los helechos crecidos.

—Hola, Mari —saludó Sean—. Si te quedas quieta, muy quieta, tal vez deje que vivan los demás, a excepción de tu amante. Si me das problemas, la primera a quien mataré será a la puta de tu hermana.

Ken se volvió despacio, ocultando el puñal pegado a la muñeca.

—Vigila esa boca cuando hables de mi cuñada.

—¡Tú! —bufó Sean mientras la ira dominaba su rostro. Luego una mueca hostil tensó su boca—. Justo el hijoputa que quería ver.

—No eres muy listo, ¿verdad? —preguntó Ken, dando un paso a la derecha para ver si Sean le imitaba—. ¿Pensabas que no iba a protegerla?

Sean rodeó a Ken, inspeccionando sin descanso la zona circundante, midiendo la distancia que les separaba.

—Te he visto subir por la montaña —dijo siguiendo la conversación—. ¿Cómo puñetas podías estar ahí arriba?

—Mi hermano, Jack —contestó Ken sin emoción.

Toda su ira se había esfumado, notaba el frío inevitable fluyendo por sus venas, ralentizando el tiempo, abriendo un túnel que sólo permitía ver un hombre con dianas marcadas en el cuerpo.

—Nunca podrás tenerla. Sé que tú fuiste quien me la quitó.

—Nunca fue tuya. Se pertenece a sí misma, Sean. No puedes tratarla como una posesión. Ella tiene sus propias ideas y voluntad.

Mientras hablaban en voz alta, se le hundió el corazón. Él era tan ruin como Sean; intentaba retenerla pese a saber que necesitaba ser libre. No podía cambiar su naturaleza, igual que Sean no podía deshacer lo que Whitney le había hecho con su permiso.

Sean palpó su puñal.

—Va a ser un placer matarte.

—¿De verdad crees que va a ser así de fácil? Te has vendido, burro, y ni siquiera lo has hecho con gracia. Es preciso amarla alguna vez, amarla lo bastante como para decidir que puedes tenerla... poseerla.

—¿Igual que tú? Vi lo que le hiciste.

Ken retrocedió del arroyo para atraer a Sean hacia el claro donde Jack pudiera realizar un disparo limpio.

—Y tú la querías tanto que dejaste que esos hijos de perra la desnudaran y la fotografiaran. Dejaste que el doctor le metiera los dedos dentro, que la tocara pese a saber cuánto detestaba eso. No te la mereces.

Sean se pasó el puñal de una mano a la otra, sin dejar de girar, obligando a Ken a continuar cediendo terreno. Su sonrisa no vaciló, mantuvo su pequeña mueca maligna y la mirada dura mientras le obligaba a retroceder unos pocos pasos más. Ken era consciente de que estaba cerca del extremo desmoronado del risco. Desplazó su peso sobre la parte anterior de las plantas de los pies y esperó.

Sean fingió un ataque. Ken no respondió. La sonrisita de Sean se desvaneció tan sólo un poco.

—Siempre fue para mí. Whitney me la prometió.

—¿Como pago por tu traición? ¿Grababas las conversaciones de las mujeres? ¿Sus planes de fuga? ¿Fuiste tú quien le dijo que Mari iba a intentar hablar con el senador sobre la repugnante fábrica de bebés de Whitney? Eso le enfadó de verdad, ¿a que sí? ¿Te dio él la dosis alta de Zenith y tú se la inyectaste como el tipo servil que eres?

Sean dejó ir una exhalación como si fuera a atacar, luego se movió con velocidad increíble y soltó un gancho. Ken consiguió sacudir la cabeza para apartarse lo justo y meter el vientre lo suficiente para evitar la hoja del puñal.

—No tenía ni idea de que eso podría matarla. Él dijo que aquello la curaría si resultaba herida. Nunca permitiría que Whitney le hiciera daño.

—No, sólo permitiste que aquel pervertido la tocara y tomara fotos para empapelar su pared y poder pelársela toda la noche. —Ken se adelantó con velocidad borrosa y sacudió la muñeca varias veces mientras pasaba junto a Sean. Ahora estaba a poco más de un metro del extremo del risco—. Tú mismo ibas a dejarla sangrando a golpes para violarla a continuación. Maldito enfermo retorcido.

Sean se quedó mirando la sangre que goteaba de su brazo, vientre y pecho. Habían quedado unas finas líneas dibujadas sobre su piel. Maldijo y volvió a abalanzarse, esta vez con la hoja hacia arriba, buscando las partes blandas del cuerpo del rival. En el último segundo Ken giró sobre sus talones, permitiendo que Sean pasara de largo con su propio impulso, mientras él sacudía la muñeca otra vez. En esta ocasión Sean se ganó unos largos y feos cortes en la mejilla izquierda, cuello, cadera y muslo.

Sean gritó con ojos llenos de furia. Se aproximó bailando ligero sobre sus pies pese a su enorme tamaño y lanzó una brusca ofensiva que alcanzó a Ken en el muslo con una dura patada frontal. La segunda patada le dio en el mismo lugar exacto, dejándole la pierna inútil. Antes de que Sean retirara la pierna, Ken le clavó la punta del puñal a fondo en la pantorrilla, se retorció y saltó hacia atrás, peligrosamente cerca del extremo del acantilado.

La herida fue especialmente brutal y la sangre salpicó formando amplios arcos mientras el soldado aullaba obscenidades, con la desesperación dominando su mirada.

—Maldito engendro de los cojones. ¿De verdad crees que Mari puede querer a un hombre como tú? Tal vez si llevaras una máscara para tapar el horror de tu cara.

Escupió y bajó la mano como si fuera a desclavarse el puñal de la pantorrilla, pero se incorporó y le arrojó su propio cuchillo al pecho.

Ken se movió con velocidad borrosa, metiendo el hombro para caer rodando a un lado y evitar el arma. Le rozó el bíceps derecho, afeitando su piel. Sean siguió el puñal, abalanzándose sobre él, seguro de que su cuerpo más pesado enviaría a su rival por el borde del peñasco. Ken agarró a Sean con ambas manos, una en la garganta y la otra en el brazo superior, firmes tenazas apretando y machacando con fuerza sobrehumana. El terror absoluto se apoderó de Sean. Había confiado en su propia fuerza mejorada y su odio por ese hombre, pero nunca había esperado la enorme fuerza del cuerpo de Ken.

Luchó como un animal salvaje, intentando con desesperación derribar las piernas de Ken, alcanzando dos veces más el mismo punto del muslo con sus patadas. Ken parecía inhumano, ¡un monstruo! Nada le afectaba y no cedía en su asimiento. Tosiendo y medio asfixiado, Sean arrojó hacia atrás todo su peso, buscando con los pies un agarre, rozando la tierra que se desmenuzaba y cedía bajo él.

De repente su cuerpo fue un peso muerto en el extremo del brazo de Ken. Lo único que impedía que el hombre cayera era que él lo tuviera cogido del cuello. Permanecieron mirándose uno a otro, Ken de rodillas, intentando encontrar la manera de clavar las puntas de los pies en la tierra blanda para sujetarse y no caerse por el extremo con su enemigo. Sean agarró a Ken del brazo, decidido a que si se precipitaba sobre las rocas inferiores, se lo llevaría con él. Su mano se resbalaba con la sangre, pero la desesperación incrementaba su fuerza. Clavó los dedos en la piel de Ken. El extremo del peñasco se desmenuzó todavía más, arrojando tierra por la cara del precipicio. Entonces él abrió la mano para dejar caer a Sean, pero el hombre se sujetaba a su muñeca con ambas manos.

—Si caigo, caes —ladró—. Levántame, maldición.

—Ni borracho, hijo de perra. Vas a desaparecer de su vida para siempre.

—Igual que tú, entonces.

Sean apretó los dientes, estrujando la muñeca como una tenaza.

El extremo estaba cediendo, cada vez caía más polvo y roca, y Ken se deslizaba con el peso del cuerpo de Sean tirando de él. No tenía nada con que hacer palanca, nada con que sujetarse, y la tierra a su alrededor se desplazaba y deslizaba.

No te muevas.

La voz de Jack sonaba calmada del todo.

Cuernos.

Ken maldijo a su hermano, intentando quedarse quieto por completo. Se estaba moviendo, deslizándose hacia el precipicio mientras Sean continuaba agarrado como un terrier.

Un agujero afloró de repente en medio de la frente de Sean y luego Ken oyó el estallido del disparo. La bala había pasado silbando cerca de su cabeza, afeitándole unos pocos pelos. Sean dejó de apretar sus dedos se soltaron cuando el cuerpo cayó a las rocas inferiores.

Ken echó hacia atrás su cuerpo, rodó una distancia y se quedó boca arriba mirando el cielo azul, pensando que se había desencajado el brazo. Estaba empapado en sudor y su pierna parecía haber recibido un mazazo donde Sean había propinado varias patadas. Se metió aire en los pulmones y esperó ahí quieto pues sabía que Jack aparecería.

Las nubes se arremolinaban en el cielo y proyectaban sombras sobre el suelo. Ken cerró los ojos consciente del agotamiento que se apoderaba de él. Creyó enfermar por dentro, su cuerpo y mente estaban fatigados. Las cicatrices palpitaban dolorosamente, demasiado tirantes para su piel, recordándole que Sean tenía razón. No podía ocultar más al resto del mundo lo que era. Mari lo sabía, Mari le veía como lo que era. No podía esconderse ya tras un rostro apuesto.

Y si ella se quedaba, siempre tendría el contraste observándola cada mañana. ¿Cómo podría mirar a Jack y no sentir vergüenza de estar con él? Pero tampoco eso importaba. Era tan patético como Sean. Quería que ella se quedara, que le amara. La necesitaba, pese a que nunca se había permitido necesitar nada ni a nadie. Ken intentó contactar con la mente de Mari y rozarla, pues ese frote mental era acaso más necesario que el aire con que intentaba llenar sus pulmones.

Mari. Ya está.

Lo sé. Jack ha avisado a Briony. Hubo una pequeña vacilación. *Sabes que no puedo quedarme, sabes que no puedo.*

Lo sabía, pero no podía aceptarlo. Su corazón casi deja de latir.

No. No hagas esto. Ahora mismo regreso a tu lado, cariño.

No quiero que vengas.

Y entonces sólo hubo un vacío negro. Ni roce íntimo, ni eco de risa ni compañerismo. Sólo vacío. Se había ido, le había expulsado de su vida. No más felicidad, no más sentirse vivo. Todo había terminado.

Se le retorcieron las entrañas y se dio la vuelta para quedarse de rodillas, enfermo sólo por la idea de perderla. Le dieron varias arcadas al saber con absoluta certeza que ella se había ido. No podía culparla. Era lo único inteligente que podía hacer, y Mari era lista. Dio con el puño en la tierra, una vez, dos veces.

—Ken. —Jack apareció ahí arrodillándose a su lado—. Pensaba que te había perdido.

Alzó la vista para mirar a Jack, sin verle en realidad. Ken se percató de que estaba perdido... en realidad llevaba ya mucho tiempo perdido. Mari le había devuelto a la vida.

—Se ha ido. —Su mirada saltó al rostro de Jack, pero vio un destello de culpabilidad en los ojos de su hermano—. ¿Lo sabías?

Jack se sentó sobre sus talones, con mirada cautelosa, vigilante.

—Briony está llorando. Me ha contado que Mari le ha dado un abrazo y le ha dicho que no podía quedarse... que su lugar está junto a las otras mujeres.

—¿Y no le has dicho a Logan que la detenga?

—Mari es soldado profesional. No quería poner en peligro la vida de Logan ni que Briony sufriera. No puedes retenerla atada el resto de su vida; sabes que no.

—Serás hijo de perra.

—Ken. Sé razonable.

No se sentía razonable. Notaba su mundo desmoronándose a su alrededor. Notaba su mente fracturada, un estruendo en su cabeza y truenos retumbando en sus oídos.

—¿Cuánto hace?

—Tómatelo con calma, Ken —dijo Jack para tranquilizarle.

—Maldición. —Ken dio otra vez con el puño en el polvo, aunque quería estamparlo en el rostro de su hermano—. ¿Cuánto hace?

—Se ha ido en cuanto ha sabido que Sean había muerto.

Ken se puso en pie. Un frío repentino dominó de súbito su cuerpo y su vientre se comprimió hasta el punto de hacerle daño. Se le secó la boca y el aire salió precipitadamente de sus pulmones, dejándole jadeante. Tenía tiempo, aún estaba a tiempo de detenerla.

Empujó a Jack y empezó a trotar montaña abajo. No se atrevía a correr a toda pastilla, el sendero era demasiado traicionero y le ardía la pierna. Intentó mantener la mente en blanco, como una bendición, pero la imagen de Mari insistía en colarse. Su sonrisa, sus ojos chocolate oscuro, la manera en que inclinaba la barbilla. Contuvo un sollozo, notaba su corazón a punto de explotar, desgarrándole el pecho.

La montaña, el bosque, su mundo, su santuario, era un lugar hostil e implacable. Se sentía incapaz de ver la belleza, no quería su belleza.

Nada, nadie, podía arrebatársela. Era la vida. Era la felicidad. Era lo único que podía hacerle seguir adelante y la necesitaba con desesperación. Sus hermanas no la tendrían, no la necesitaban como él. Llevaba tanto tiempo solo y vacío. Cada día de su existencia había trabajado, respirado, vivido como un autómata, y luego ella había aparecido y todo en él había cobrado vida.

No podían privarle de ella, el universo no podía ser tan cruel. Quería gritar su repulsa, pero necesitaba ahorrar fuerzas. Corrió a través de los árboles, saltó sobre rocas con el follaje desgarrando su piel. Su pierna destrozada palpitaba y ardía igual que sus pulmones, pero la imagen de Mari levantándose para provocarle le obligaba a seguir corriendo. ¿Por qué la había dejado? ¿Por qué había permitido que se separaran cuando ella tenía tantas dudas sobre su futuro? Él sabía que estaba indecisa, que no se sentía cómoda y segura de sí misma en un entorno extraño. No debería haber sido tan arrogante y mandón; podía haberle pedido amablemente, y no ordenando, que se metiera en los túneles.

No iba a permitir que nadie la apartara de él. Mari sería capaz de entender su naturaleza turbulenta, sus anhelos salvajes, igual que él entendía su necesidad de libertad. Reconocía la fuerza en ella, una voluntad de hierro semejante a la suya. Reconocía su lealtad, profunda y pura como la suya. Encajaban bien, dos mitades del mismo todo, se pertenecían el uno al otro.

Dejó el bosque medio corriendo, salió medio deslizándose del sendero para entrar en el patio, con el pecho agitado por el esfuerzo y los ojos un poco frenéticos. Corrió por el terreno irregular. Se estaba haciendo de noche y la casa estaba a oscuras, intimidante y silenciosa. No había luces en el interior.

Abrió de par en par la puerta de la cocina con el corazón acelerado y una herida descarnada cada vez más abierta en sus entrañas. Se había ido. Lo sabía con tal certeza que no necesitaba registrar la casa, corriendo como un loco de una habitación a otra gritando su nombre con voz ronca, pero lo hizo de todos modos.

—¡Mari! Maldita seas, Mari, vuelve conmigo.

Oyó su propio grito de angustia, pensó que las ventanas iban a saltar en pedazos, pero sólo se hizo un silencio.

De vuelta en al cocina, cogió las llaves de la camioneta con la idea vaga de ir tras ella, pero las lágrimas cegaron su visión. Se quedó mirando el mantel sin verlo, derrotado, con los amplios hombros hundidos, la ropa desgarrada y manchada de polvo pegada a su cuerpo sucio de sudor.

Tenía que ser decisión de ella o sería tan despreciable como Sean, Whitney y su padre. Se negaba a permitir que el legado de su progenitor le consumiera. No era esa clase de hombre egoísta, incapaz de entender que una mujer no es una posesión. Mari tenía que escogerle, querer estar con él. Debía aceptar el hecho de que ella no era Briony, de una personalidad mucho más dócil.

El amor era una opción, y si Mari sentía la necesidad de estar con sus hermanas, si la atracción era más fuerte que sus sentimientos por él, no podía ni debía obligarla. Se puso la base de la mano entre los ojos y no se esforzó en detener las lágrimas que saltaban de sus ojos, porque la amaba lo suficiente como para dejarla marchar.

Oía el tictac del reloj, el paso del tiempo. No podía detener los sollozos que desgarraban su pecho, las lágrimas que nunca antes habían brotado por su rostro echado a perder y su hombría destrozada. Apenas conseguía soportar el dolor esta vez. Siempre había aguantado estoicamente, pero perder a Mari era perder la vida y la esperanza una vez más, y su garganta ardía descarnada con dolor asfixiante.

—¿Ken?

Un amable interrogante, una voz hermosa.

Entró en tensión, incrédulo, sin atreverse a creer. Se pasó una mano por el rostro, tragó el nudo de la garganta y se volvió poco a poco.

Mari estaba de pie en el umbral, inquieta y muy despeinada. Tenía gotas de sudor por toda la piel, hojas y ramitas enredadas en el pelo. Había rasguños en sus brazos y un desgarrón en la camisa. Era la visión más hermosa que había contemplado en la vida.

—Pensaba que te habías ido.

Su voz sonaba ahogada.

—Corrí medio camino hasta la carretera y luego fui incapaz de seguir. Me detuve en seco y me quedé ahí llorando. No quería continuar. Me tiene sin cuidado que deba ir con mis hermanas. Te quiero, lo sé y no puedo marcharme. No tengo ni idea de cómo ser nada de lo que tú quieres que sea, pero lo intentaré.

Ken dio un paso hacia ella, recorriéndola con su mirada ansiosa.

—Nunca antes me habías dicho que me querías.

Ella ladeó la cabeza para mirarle.

—Tienes una aspecto horrible, Ken. ¿Estás herido?

Él quitó importancia a aquella cuestión con un ademán y la atrajo a sus brazos.

—No quiero que seas otra cosa que lo que eres, Mari.

—Bien, eso está muy bien después de lo insoportable que me he puesto para que quisieras que me quedara.

Le dio besitos en la garganta hasta llegar al mentón áspero.

La oleada de adrenalina había desaparecido, quedándose tembloroso y mareado. Su cuerpo rugía y le decía todo tipo de insultos por tanto abuso. No le importó. Nada importaba, sólo que ella estuviera en sus brazos y que él pudiera acariciar su cuerpo, estrecharla y acomodar sus caderas a las suyas. Y que quisiera volver a sonreír. Ella le hacía sonreír.

—Lo sabía. Vas a ser de armas tomar, siempre.

—Cuánta razón tienes. —Mari entrelazó sus manos tras el cuello de Ken y movió el cuerpo provocándole—. Me alegro de que te hayas dado cuenta.

Norton inclinó la boca sobre sus labios, obligándola a separarlos para saciar su hambre.

—¿Y qué hay de Sean? —murmuró ella cuando Ken levantó la cabeza.

—Está muerto —dijo lacónico—. Asunto zanjado.

Mari asintió.

—Siéntate y deja que te mire. —Ya deslizaba las manos por su cuerpo buscando daños. Le tocó el rostro con dedos delicados—. Temía por ti, y necesitaba estar contigo, no metida en un túnel en algún lugar.

—Lo lamento, cariño. —Se llevó sus manos a la boca—. Sé cómo eres, y debería haberme esforzado más por entender tu punto de vista. Juro que quiero entenderlo, pero la idea de que arriesgaras la vida...

—Es lo mismo que yo siento cuando tú arriesgas la tuya —replicó ella—. Tienes que aceptarme como soy en realidad, Ken. Veo en ti la necesidad de tenerme cerca y protegerme, y eso me encanta. Incluso puedo aceptar el hecho de que vayas a hacer el idiota cada vez que un hombre se atreva a mirarme, pero debes aceptarme tal como soy. Me educaron como soldado casi desde que nací. Eso es lo que soy y no vas a cambiarlo. No voy a cambiar. Vas a tener que aceptarme como compañera. Y, al final, si lo consigues, tu hermano también lo aceptará. Los tres podremos proteger a Briony y a cualquier niño que nazca en el seno de nuestras dos familias.

—¿Y si no lo consigo, Mari? ¿Y si no tengo esa clase de coraje?

—Lo tienes —le tranquilizó ella—, si no yo habría seguido corriendo montaña abajo. Vamos. —Tiró de su mano—. Necesitas una ducha. ¿Por qué no permites a Jack ocuparse de todos los detalles y me dejas cuidarte?

—Dilo otra vez.

—¿Qué?

Mari cerró con firmeza la puerta y empezó a retirar la camisa raída de los poderosos hombros.

Ken la agarró con fuerza casi dolorosa, zarandeándola un poco.

—Deja de tomarme el pelo. He esperado mucho tiempo.

—Siempre podríamos llegar a un arreglo —ofreció ella con dulzura—. Si me das lo que quiero, te daré lo que quieres.

Ken la levantó en brazos.

—Vas a decírmelo un centenar de veces hasta que me quede satisfecho —le advirtió él.

Y así lo hizo.

www.titania.org

Visite nuestro sitio web y descubra cómo ganar
premios leyendo fabulosas historias.

Además, sin salir de su casa, podrá conocer
las últimas novedades de
Susan King, Jo Beverley o Mary Jo Putney,
entre otras excelentes escritoras.

Escoja, sin compromiso y con tranquilidad,
la historia que más le seduzca
leyendo el primer capítulo de cualquier libro
de Titania.

Vote por su libro preferido y envíe su opinión
para informar a otros lectores.

Y mucho más…